Michelle Richmond

O Pacto

Tradução: Celina Portocarrero

GLOBOLIVROS

Copyright © 2017 by Michelle Richmond
Copyright © 2020 by Editora Globo S. A. para a presente edição

O Pacto é uma obra de ficção. Nomes, personagens, locais e incidentes são frutos da imaginação do autor ou foram utilizados de forma ficcionalizada. Quaisquer semelhanças com pessoa reais, vivas ou mortas, eventos ou locais, são meras coincidências.

Todos os direitos reservados. Nenhuma parte desta edição pode ser utilizada ou reproduzida — em qualquer meio ou forma, seja mecânico ou eletrônico, fotocópia, gravação etc. — nem apropriada ou estocada em sistema de banco de dados sem a expressa autorização da editora.

Texto fixado conforme as regras do Acordo Ortográfico da Língua Portuguesa (Decreto Legislativo nº 54, de 1995).

Título original: *The Marriage Pact*

Editora responsável: Amanda Orlando
Assistente editorial: Lara Berruezo
Preparação de texto: Luciana Figueiredo
Revisão: Elisabeth Lissovsky, Denise Schittine e Julia Barreto
Diagramação: Ilustrarte Design e Produção Editorial
Capa: Elmo Rosa
Imagem de capa: Shutterstock

1ª edição, 2020

CIP-BRASIL. CATALOGAÇÃO NA PUBLICAÇÃO
SINDICATO NACIONAL DOS EDITORES DE LIVROS, RJ

R393p

Richmond, Michelle
O pacto / Michelle Richmond ; tradução Celina Portocarrero. - 1. ed. - Rio de Janeiro : Globo Livros, 2020.
464 p. ; 23 cm.

Tradução de: The marriage pact
ISBN 9786580634545

1. Ficção americana. I. Portocarrero, Celina. II. Título.

20-62864

CDD: 813
CDU: 82-3(73)

Leandra Felix da Cruz Candido - Bibliotecária - CRB-7/6135

Direitos exclusivos de edição em língua portuguesa para o Brasil adquiridos por Editora Globo S.A.
Rua Marquês de Pombal, 25 — 20230-240 — Rio de Janeiro — RJ
www.globolivros.com.br

Para Kevin

1

Volto a mim num Cessna, aos solavancos pelo ar. Minha cabeça lateja e há sangue na minha camisa. Não faço ideia de quanto tempo se passou. Olho para as minhas mãos, esperando ver amarras, mas não há nenhuma. Só um cinto de segurança comum em volta da minha cintura. Quem o fechou? Não me lembro sequer de ter embarcado no avião.

Pela porta aberta da cabine, vejo a parte de trás da cabeça do piloto. Somos só nós dois. Há neve nas montanhas, vento fustigando o avião. O piloto parece inteiramente concentrado nos controles, com os ombros tensos.

Ergo as mãos e toco a cabeça. O sangue secou, deixando uma massa pegajosa. Meu estômago ronca. A última coisa que comi foi uma torrada. Há quanto tempo? No assento a meu lado, encontro água e um sanduíche embrulhado em papel encerado. Abro a garrafa e bebo.

Desembrulho meu sanduíche — presunto e queijo suíço — e dou uma mordida. Merda. Meu maxilar dói demais para mastigar. Alguém deve ter me dado um soco no rosto depois que caí no chão.

— Estamos indo para casa? — pergunto ao piloto.

— Depende do que você chama de casa. Estamos na rota para Half Moon Bay.

— Eles não disseram nada a meu respeito?

— Primeiro nome e destino, nada mais. Eu sou só um motorista de táxi, Jake.

— Mas você é membro, certo?

— Claro — ele responde num tom indecifrável. — Fidelidade à Esposa, Lealdade ao Pacto. Até que a morte nos separe.

Ele se vira, apenas o tempo suficiente para me lançar um olhar que me aconselha a não fazer mais perguntas.

Pegamos um bolsão de ar tão violento que meu sanduíche sai voando. Um alarme de urgência começa a soar. O piloto solta um palavrão e, histérico, aperta botões. Grita alguma coisa para o controle de tráfego. Estamos descendo rápido, e me agarro aos descansos para os braços, penso em Alice, recordo nossa última conversa, queria ter dito tantas coisas.

Então, de repente, o avião nivela, ganhamos altitude e tudo parece estar bem. Junto do chão os pedaços do meu sanduíche, embrulho aquela bagunça toda de volta no papel encerado e ponho no assento a meu lado.

— Desculpe a turbulência — diz o piloto.

— Não foi culpa sua. Bom trabalho.

Acima da ensolarada Sacramento, ele afinal relaxa e falamos dos Golden State Warriors e seu surpreendente desempenho naquela temporada.

— Que dia é hoje? — pergunto.

— Terça-feira.

Fico aliviado ao distinguir pela janela o contorno familiar do litoral, grato pela visão do aeroporto de Half Moon Bay. A aterrissagem é tranquila. Depois que tocamos o solo, o piloto se vira e diz:

— Não faça disso um hábito, ok?

— Não pretendo.

Pego minha maleta e saio. Sem desligar os motores, o piloto fecha a porta, taxia e decola.

Ando até o café do aeroporto, peço chocolate quente e escrevo uma mensagem de texto para Alice. São duas da tarde de um dia de semana, então é provável que ela esteja envolvida com milhares de reuniões. Não quero perturbá-la, mas realmente preciso vê-la.

Chega uma resposta.

Onde você está?

De volta a HMB.

Saio em 5 min.

São mais de trinta quilômetros do escritório de Alice a Half Moon Bay. Ela escreve falando do trânsito no centro, então peço comida, quase todo o lado esquerdo do cardápio. O café está vazio. A garçonete alegrinha flutua em seu uniforme engomado com perfeição. Quando pago a conta, diz:

— Tenha um bom dia, Amigo.

Saio e me sento num banco para esperar. Faz frio, a neblina descendo em ondas. Quando o velho Jaguar de Alice aparece, estou congelado. Fico de pé, e, enquanto me examino para ter certeza de que não esqueci nada, Alice anda até o banco. Está usando um terninho formal, mas, para dirigir, trocou os saltos altos por tênis. Seu cabelo preto está úmido, por causa do nevoeiro. Os lábios estão pintados de vermelho-escuro, e me pergunto se ela fez isso por mim. Espero que sim.

Ela fica na ponta dos pés para me beijar. Só então me dou conta da falta desesperada que senti dela. Alice dá um passo para trás e me olha de cima a baixo.

— Pelo menos você está inteiro.

Ela se apruma e toca meu queixo, delicada.

— O que aconteceu?

— Não sei direito.

Passo os braços em volta dela.

— Então por que você foi chamado?

Há muita coisa que quero dizer a ela, mas estou assustado. Quanto mais ela souber, mais perigoso será. E também, vamos admitir, a verdade vai deixá-la furiosa.

O que eu não daria para voltar ao começo — antes do casamento, antes de Finnegan, antes do Pacto virar nossas vidas de cabeça para baixo.

2

VOU SER HONESTO, o casamento foi ideia minha. Talvez não a localização, o lugar, a comida, a música, todas as coisas que Alice sabia fazer tão bem. Mas a ideia foi minha. Eu a conhecia há três anos e meio. Eu a queria, e o casamento era a melhor maneira de garantir que não a perderia.

Alice não tinha um bom histórico de estabilidade. Na juventude, era selvagem, impulsiva, às vezes atraída depressa demais por um objeto fugaz e brilhante. Tive medo de que, se esperasse muito tempo, ela se fosse. O casamento, sendo honesto, foi apenas um recurso para a estabilidade.

Fiz o pedido numa tranquila terça-feira de janeiro. O pai dela tinha morrido e estávamos de volta ao Alabama. Ele era seu último parente vivo e sua morte inesperada deixou-a num estado que eu nunca tinha visto. Passamos os dias depois do enterro limpando a casa da infância de Alice num bairro de Birmingham. Pela manhã, examinamos caixas no sótão, escritório, garagem. A casa estava cheia de objetos da família dela: a carreira militar do pai, os feitos de beisebol do irmão morto, os livros de receita da mãe morta, as imagens desbotadas dos avós. Era como um precioso achado arqueológico de uma pequena e há muito esquecida civilização perdida.

— Eu sou a última — dizia ela.

Não em tom de lamento, apenas como constatação. Perdeu a mãe para o câncer, o irmão para o suicídio. Sobreviveu, mas não ilesa. Em retrospecto, constato que sua situação como o único membro vivo da família tornou-a mais carinhosa e imprudente do que poderia ser se assim não fosse. Se ela não fosse tão sozinha no mundo, não sei se teria dito sim.

Encomendei o anel de noivado semanas antes, e ele chegou por entrega especial momentos antes de ela saber da morte do pai. Não sei bem por que, mas deslizei a caixa para dentro da minha mochila quando estávamos saindo para o aeroporto.

Duas semanas depois da viagem, chamamos um corretor e ele foi avaliar a casa. Perambulamos pelos cômodos, o corretor tomando notas, rabiscando sem parar, como se estivesse se preparando para um exame. No fim, paramos na varanda, à espera de sua estimativa.

— Vocês têm certeza de que querem vender? — perguntou o agente.

— Temos — disse Alice.

— É que...

Ele gesticulou para nós com a prancheta.

— Por que vocês não ficam? Casem-se. Tenham filhos. Construam uma vida. Esta cidade precisa de famílias. Meus filhos estão tão entediados. Meu garoto tem que jogar futebol porque não temos crianças suficientes para montar um time de beisebol.

— Bem — respondeu Alice, olhando para a rua —, pois é.

Era assim. *Pois é.* O fulano voltou na mesma hora para a função de corretor. Sugeriu um preço, e Alice sugeriu um pouco menos.

— Mas fica abaixo do valor de mercado para este bairro — retrucou ele, surpreso.

— Tudo bem. Eu só quero resolver logo — ela respondeu.

Ele fez mais uma anotação no bloco.

— Isso com certeza vai facilitar o meu trabalho.

Horas depois, um caminhão parou, saltaram uns fulanos, e a casa foi eviscerada da mobília gasta e dos velhos eletrodomésticos. Só sobraram duas espreguiçadeiras perto da piscina, que não tinha mudado desde o dia em que foi escavada e revestida em 1974.

Na manhã seguinte, chegou outro caminhão com outros homens — decoradores contratados pelo corretor. Eles levaram para dentro da casa um novo conjunto de móveis. Moviam-se depressa e confiantes, pendurando grandes quadros abstratos nas paredes e pequenos bibelôs brilhantes nas prateleiras. Quando terminaram, a casa era a mesma, mas diferente: mais limpa, menos atulhada, livre dos itens tediosos que dão alma a um lar.

No outro dia, uma procissão de corretores de imóveis conduzia pelos quartos um bando de compradores em potencial, todos sussurrando, abrindo gavetas e armários, estudando o folheto que fornecia a lista dos detalhes. Naquela tarde, o corretor apresentou quatro ofertas e Alice aceitou a mais alta. Empacotamos nossas coisas e fiz reservas num voo de volta a São Francisco.

À noitinha, quando as estrelas apareceram, Alice saiu para olhar o céu estrelado e se despedir de vez do Alabama. A noite estava quente e o cheiro dos churrascos flutuava por cima da cerca dos fundos. As lâmpadas do lado de fora brilhavam, refletidas na piscina, e as espreguiçadeiras eram tão confortáveis quanto devem ter sido no primeiro dia em que o pai dela as arrastou para o jardim, quando sua esposa era linda e bronzeada e as crianças pequenas e levadas. Achei que aquilo era o melhor que o Alabama poderia oferecer, e Alice parecia muito triste, imune à beleza que nos tinha invadido sem aviso prévio.

Mais tarde, eu diria a nossos amigos que a ideia de aproveitar aquele momento para fazer o pedido surgiu num impulso. Eu quis fazê-la se sentir melhor. Quis lhe mostrar que havia um futuro. Quis fazê-la feliz, num dia tão triste.

Andei até a piscina, me ajoelhei, tirei o anel da caixa e apresentei-o a Alice na palma da minha mão suada. Não disse nada. Ela me olhou, olhou para o anel, sorriu.

— Tá bom — concordou.

3

Nosso casamento foi num campo junto às margens do Rio Russo, duas horas ao norte de São Francisco. Meses antes, tínhamos ido até lá dar uma olhada. Passamos direto duas vezes, porque não havia nenhuma tabuleta na estrada. Quando abrimos o portão e descemos a trilha até o rio, Alice me abraçou e disse:

— Adoro.

No começo, achei que ela estivesse brincando. Em alguns pontos, a grama tinha mais de um metro de altura.

A propriedade era uma enorme e sinuosa fazenda de gado leiteiro, com vacas soltas no pasto. Pertencia à guitarrista da primeira banda de Alice. É, ela tinha tocado numa banda, e é até possível que vocês tenham ouvido sua música, mas podemos falar disso depois.

Na véspera da cerimônia, errei de novo o caminho e passei direto. Mas dessa vez foi porque o lugar estava completamente diferente. A guitarrista, Jane, tinha passado semanas cortando, aparando e renovando a grama do pasto. Estava incrível. Parecia o gramado do mais belo campo de golfe do mundo. A relva subia a colina e se estendia pelo declive até o rio. Jane disse que ela e a esposa tinham tentado criar um projeto.

Havia uma grande tenda, um jardim, uma piscina e um moderno vestiário anexo à piscina. Um estrado foi construído às margens do rio e, num ponto mais alto, um gazebo com vista para tudo aquilo. As vacas ainda andavam por lá, com seu jeitão lento e meditativo.

Foram instaladas cadeiras, mesas, equipamento de som, alto-falantes e barracas de sol. Ainda que Alice não fosse exatamente fã de casamentos, adorava festas. Embora não tivéssemos dado nenhuma nos anos em que nos conhecemos, eu tinha ouvido histórias. Grandes badalações em salões de baile, em praias, em seus apartamentos anteriores; ao que parecia, ela tinha talento para a coisa. Então, quando chegou a hora dos preparativos, fiquei de fora e deixei-a cuidar de tudo. Meses de planejamento, tudo perfeito, tudo calculado com precisão.

Duzentas pessoas. Deveriam ser cem para mim, cem para ela, embora no fim a proporção tenha sido desigual. Era uma lista de convidados meio engraçada, como em qualquer casamento. Meus pais e avó, os donos do escritório da minha mulher, colegas da clínica onde eu costumava trabalhar, antigos clientes, amigos do tempo de colégio e da faculdade, músicos amigos de Alice e uma desequilibrada combinação de outras pessoas.

E Liam Finnegan com a mulher.

Foram os últimos a serem convidados, os números 201 e 202 da lista. Alice os tinha conhecido três dias antes da cerimônia, no escritório de advocacia em que trabalhou dia e noite no último ano. Eu sei, é bizarro, minha esposa é uma advogada. Se vocês a conhecessem, também ficariam surpresos. E também podemos falar disso, mas depois. O importante aqui é Finnegan — Finnegan e sua mulher, Liam e Fiona, convidados 201 e 202.

Minha esposa foi a associada júnior a quem o escritório entregou o caso de Finnegan. Era uma questão de propriedade intelectual. Finnegan era, agora, um homem de negócios. Anos antes, porém, tinha sido o famoso líder de uma banda de rock irlandesa. É provável que vocês nunca tenham ouvido sua música, mas talvez tenham visto seu nome. Ele aparecia em todas aquelas revistas inglesas de música — *Q, Uncut, Mojo*. Dezenas de músicos o citavam como uma influência fundamental.

Por dias e dias, depois que Alice recebeu o caso, álbuns de Finnegan tocavam sem parar em nossa casa. O caso era tão simples quanto pode ser um caso de propriedade intelectual. Uma jovem banda tinha roubado parte de uma de suas canções e a transformado num enorme sucesso. Se vocês são como eu e não entendem de música num nível técnico, não percebem as semelhanças, mas para um músico, afirmou minha mulher, o plágio era óbvio.

O caso resultou de um comentário feito por Finnegan alguns anos antes. Ele disse a um entrevistador que o sucesso da banda se parecia, de um jeito bem suspeito, com uma canção do seu segundo álbum. Não pretendia levar aquilo adiante, mas então o empresário da banda jovem mandou uma carta a

Finnegan, pedindo que ele se desculpasse pelo comentário e declarasse publicamente que sua canção não tinha sido plagiada. A partir daí, as coisas evoluíram a tal ponto que minha mulher acabou trabalhando um milhão de horas em seu primeiro caso importante.

Como eu disse, ela era uma associada júnior, então, quando o veredicto foi dado a favor de Finnegan, os membros levaram todo o crédito. Um mês depois, na semana anterior ao nosso casamento, Finnegan fez uma visita ao escritório. Tinha ganhado uma quantia absurda, muito mais do que pretendia, com certeza mais do que precisava, portanto queria agradecer a todos pelo trabalho. Quando chegou, os sócios o levaram para a sala de reuniões, onde o entretiveram com histórias a respeito de sua incrível estratégia. No final, ele agradeceu, mas perguntou se poderia conhecer todas as pessoas que haviam realmente trabalhado no caso. Citou alguns de seus relatórios e moções, surpreendendo os sócios com o grau de atenção que havia dado aos menores detalhes.

Um relatório do qual ele tinha gostado bastante havia sido escrito por Alice. Era um texto divertido e criativo — tanto quanto um relatório jurídico pode ser. E assim os sócios convidaram Alice para a sala de reuniões. Em algum momento, alguém mencionou que ela iria se casar naquele fim de semana. Finnegan disse que adorava casamentos. Alice, brincando, perguntou:

— Você gostaria de ir ao meu?

Ele surpreendeu todos ao responder:

— Seria uma honra.

Mais tarde, antes de ir embora, ele parou no cubículo de Alice e ela lhe entregou um convite.

Dois dias depois, um mensageiro chegou ao nosso apartamento com uma caixa. Naquela semana, vários presentes de casamento já haviam sido entregues, então não foi exatamente uma surpresa. No endereço do remetente, lia-se *Os Finnegan*. Abri o envelope; dentro, havia um cartão branco dobrado, com a imagem de um bolo. Apetitoso.

> Para Alice e Jake, minhas supremas felicitações por ocasião de suas iminentes núpcias. Respeitem o casamento e ele lhes proporcionará muito em troca. Liam.

Os presentes que havíamos recebido até aquele momento nada tinham de surpreendentes. Havia uma equação que me permitia prever o conteúdo de cada pacote, antes de abri-lo. O custo total do presente era, em geral, um cálculo da renda líquida do remetente multiplicada pelo número de anos em que conhecíamos a pessoa, sobre Pi. Ou coisa parecida. Minha avó nos comprou seis jogos completos de pratos de porcelana. Meu primo nos deu uma torradeira.

Mas, com Finnegan, eu não tinha como calcular. Ele era um homem de negócios bem-sucedido, acabava de ganhar uma enorme indenização num caso importante e tinha um catálogo de antigas canções que talvez não rendessem muito. Na verdade, não o conhecíamos há muito tempo. Tá bom, não o conhecíamos, ponto.

Curioso, abri logo o pacote. Era uma caixa de madeira reciclada, grande e pesada, com um rótulo gravado a fogo na tampa. A princípio, achei que fosse o estojo de alguma marca de uísque irlandês de fabricação limitadíssima e hiperelitista, o que teria feito sentido. Seria exatamente o previsto pela equação dos presentes.

Aquilo me deixou um pouco nervoso. Alice e eu não tínhamos bebidas fortes. Preciso explicar. Alice e eu nos conhecemos numa clínica de recuperação ao norte de Sonoma. Naquela época, eu já trabalhava como terapeuta há alguns anos e me agarrava a qualquer chance de aprender mais. Estava substituindo um amigo e ganhando experiência profissional. No segundo dia, monitorei um grupo de terapia que incluía Alice. Ela afirmou que bebia demais e precisava parar. Não para sempre, ela explicou, só o tempo suficiente para conseguir fazer as mudanças necessárias a fim de estabilizar a vida. Disse que nunca tinha sido uma grande bebedora antes, mas que uma série de tragédias familiares fizeram com que se comportasse como uma irresponsável e queria reassumir o controle de sua vida. Fiquei impressionado com sua determinação e clareza.

Semanas depois, de volta à cidade, resolvi telefonar para ela. Eu estava coordenando um grupo de garotos de colégio com dificuldades semelhantes, e esperava que ela quisesse aparecer e conversar com eles. Ela falava de suas próprias dificuldades de um jeito que ia direto à raiz do problema, pontual mas instigante. Eu queria estabelecer uma conexão com os meninos e sabia que eles a ouviriam. O fato de Alice ser musicista não importava. Com sua velha jaqueta de motociclista, cabelo preto repicado e histórias da vida pelas estradas, sua aparência e jeito de falar eram ótimos.

Resumindo: ela concordou em conversar com o meu grupo, tudo correu bem, eu a levei para almoçar, ficamos amigos, os meses passaram, começamos a namorar, compramos um lugar para morar juntos, e depois, como vocês sabem, eu a pedi em casamento.

Enfim, por causa disso, quando o embrulho de Finnegan chegou, fiquei tenso imaginando que poderia ser uma garrafa de qualquer bebida incrivelmente rara. Quando conheci Alice, ela não bebia nada nos primeiros meses. Depois de algum tempo, porém, passou a apreciar, às vezes, um copo de cerveja ou de vinho no jantar. Não é bem assim que costumam agir as pessoas com problemas relacionados ao álcool. Com Alice, no entanto, pareceu dar certo. Mas só cerveja e vinho. Bebidas fortes, ela costumava brincar, *sempre acabam com alguém sendo preso*. Era difícil imaginar uma cena daquelas, porque Alice era a pessoa mais centrada que eu conhecia.

Pus o presente em cima da mesa. Uma grande e elegante caixa de madeira. Mas o rótulo, na frente, parecia fora de contexto.

O Pacto.

Que uísque irlandês se chama *O Pacto*?

Abri a caixa e encontrei outra caixa de madeira, cercada de veludo azul. De cada lado, aninhada no tecido, havia uma caneta de aparência terrivelmente cara, de prata, ouro branco ou talvez até platina. Peguei uma e me surpreendi com o peso, com a estrutura. Era o tipo de presente incrível que se compra para alguém que tem tudo, e era por isso que, para nós, era um presente estranho. Nós dois trabalhávamos duro e estávamos nos saindo bem, mas não tínhamos tudo, de jeito nenhum. Quando Alice se formou na faculdade, aliás, eu lhe dei uma caneta. Era um belo objeto que comprei num fornecedor particular na Suíça, depois de meses de pesquisa no terreno surpreendentemente complexo dos bons instrumentos de escrita. Foi como se eu tivesse aberto uma porta esperando encontrar um pequeno armário e, em vez disso, tivesse descoberto todo um universo. Foi bem complicado pagar aquilo sem que ela descobrisse seu valor exorbitante. Caso ela viesse a perdê-la, eu não queria que se sentisse oprimida pelo peso do valor real da perda.

Segurei a caneta de Finnegan. No papel de embrulho, rabisquei alguns círculos e depois a frase *Obrigado, Liam Finnegan!* A tinta fluía com suavidade, a caneta deslizando no papel brilhante.

Na caneta, alguma coisa havia sido gravada.

A letra era tão pequena que não consegui ler. Lembrei-me de uma lente que veio junto com um jogo de tabuleiro que Alice tinha me dado de presente no Natal. Vasculhei o armário do corredor. Atrás de Risco, Monopoly e Parole, encontrei o jogo, a lente ainda embrulhada em papel celofane. Levei a caneta para a luz e segurei a lente acima dela.

ALICE & JAKE, seguido da data do casamento, e depois apenas DUNCAN MILLS, CALIFÓRNIA. Admito que fiquei um pouco desapontado. Esperava mais de um dos maiores cantores populares vivos do mundo. Eu não me surpreenderia se a gravação contivesse o sentido da vida.

Tirei a outra caneta da caixa e coloquei-a na mesa. Depois, peguei a caixa menor. Era feita da mesma madeira reciclada, com o mesmo entalhe elegante e o mesmo nome gravado na tampa: O PACTO. Era surpreendentemente pesada.

Tentei abri-la, e descobri que estava trancada. Pus a caixa em cima da mesa e examinei o embrulho, em busca de uma chave. Enfim, não encontrei chave alguma, só um bilhete manuscrito:

Alice e Jake, saibam: O Pacto nunca os abandonará.

Fiquei olhando para o bilhete. O que poderia querer dizer?

Alice precisou trabalhar até tarde, finalizando detalhes de casos e projetos antes do casamento e da lua de mel. Quando ela chegou, milhões de coisas já haviam acontecido, e o presente de Finnegan foi esquecido.

4

A GENTE DESCOBRE COMO SERÁ uma festa de casamento a partir dos primeiros cinco minutos. Se as pessoas chegam um pouco atrasadas, andando devagar, pode-se ter certeza de que será uma tortura. Na nossa, porém, todos chegaram cedo. Meu padrinho, Angelo Foti, e sua mulher, Tami, vieram de carro da cidade mais depressa do que esperavam. Pararam num café em Guerneville, para fazer hora. No café, encontraram quatro outros casais em roupas de casamento. Apresentaram-se, e, ao que parece, a festa já começou ali.

Com o fluxo de amigos e parentes, mais meu nervosismo e todo o resto, foi só depois da cerimônia ter começado que me dei conta de que Finnegan estava lá. Eu estava olhando para Alice em seu lindo vestido, percorrendo a nave, sozinha, e vindo direto para *mim*, e para ninguém mais, quando, por cima do seu ombro, de repente avistei Finnegan, de pé na última fila. Ele usava um terno impecável, com gravata vermelha. A mulher a seu lado, talvez uns cinco anos mais moça, usava um vestido verde. Fiquei surpreso ao vê-lo sorrindo, evidentemente feliz por estar ali. Acho que imaginei que Finnegan e sua esposa fossem aparecer por dever profissional, chegando tarde e saindo cedo, comparecendo ao casamento de sua advogada — uma obrigação social, marcando presença, nada além disso. Mas não era o caso, muito pelo contrário.

Eu não sabia disso naquele dia, mas sei agora. Num casamento, se prestarmos atenção, podemos identificar os casais felizes. Talvez se trate de uma confirmação da escolha que fizeram, talvez apenas de uma crença na instituição do matrimônio. Há neles alguma coisa, fácil de identificar, difícil de definir, e o casal Finnegan a tinha. Antes que eu voltasse a prestar atenção em Alice —

linda em seu vestido branco sem mangas e um chapeuzinho retrô —, o olhar de Finnegan encontrou o meu, ele sorriu e ergueu uma taça imaginária.

Tudo aconteceu muito depressa. Os votos, o anel, o beijo. Minutos depois de Alice andar pela nave, éramos marido e mulher, e logo a recepção estava a toda. Fui envolvido pelas conversas com amigos, parentes, companheiros de trabalho, uns poucos ex-colegas de faculdade, todos muito dispostos a contar suas versões da minha vida, muitas vezes na ordem errada, mas sob uma luz positiva. Só quando começou a escurecer voltei a ver Finnegan. Ele estava parado perto do estrado da banda, observando os músicos amigos de Alice fazendo o melhor que podiam com uma eclética seleção de canções. Estava atrás da esposa, os braços passados pela sua cintura. Ela vestia o paletó dele, no ar fresco da noite, e ainda havia em seus rostos aquele ar de contentamento.

Eu tinha perdido Alice e, para encontrá-la, passei os olhos pelo grupo de pessoas. Percebi, então, que ela estava de pé no palco. Desde que a conheci, ela nunca se apresentou; era como se tivesse deixado para trás, em definitivo, aquele pedaço de sua vida. As luzes estavam apagadas, mas, na penumbra, eu a vi apontar para alguns amigos, chamando-os ao palco. Jane, sua antiga baterista, um colega do escritório de advocacia com seu baixo e outros, um grupo de pessoas que eu não conhecia direito, algumas que nunca tinha visto, cuja presença falava de toda a vida que ela tivera antes de mim, uma importante parte de sua própria essência que, de algum modo, me era estranha. Fiquei ao mesmo tempo triste e animado ao vê-la sob aquela luz: triste porque não podia deixar de me sentir posto de lado e não necessário, mas feliz porque... bem, porque ela continuava a ser, para mim, um mistério, da melhor maneira possível. Alice apontou a mão para Finnegan. O lugar começou a brilhar com uma luz azulada, e eu reparei que, enquanto Finnegan se aproximava do palco, as pessoas, em silêncio, acionavam seus celulares e começavam a filmar.

Minha mulher ficou ali de pé por um tempo interminável. As vozes foram se calando, em expectativa. Por fim, ela andou até o microfone.

— Amigos — disse ela. — Muito obrigada por estarem aqui.

Então ela apontou para mim, e, atrás dela, uma nota de órgão se fez ouvir. Finnegan estava em seu instrumento, dedilhando o teclado. Era um som belo e indefinível, o órgão trazendo aos poucos os outros instrumentos à vida. Alice continuava de pé, olhando para mim, ondulando lentamente ao som da música. Quando as luzes se acenderam, Finnegan começou uma melodia que eu reconheci no mesmo instante. Era uma velha canção, Led Zeppelin no auge, sutil e envolvente, uma bela música de casamento, "All My Love". O canto de Alice começou baixo e inseguro, mas logo se tornou mais confiante. Não sei como, mas ela e Finnegan pareciam estar na mesma frequência.

Enquanto a música continuava, ela deu um passo e entrou num facho de luz, fechou os olhos e repetiu o belo estribilho, uma declaração tão óbvia, e pela primeira vez eu me dei conta de que, sim, ela me amava. Passei os olhos pela tenda e, na penumbra, vi nossos amigos e parentes, todos dançando com a melodia.

Então a música mudou de tom, e Alice cantou a frase crítica da qual eu tinha me esquecido há muito tempo, uma pergunta simples, mas que cobria o resto da letra com uma fina camada de ambiguidade e dúvida. Por um instante, me senti fora de prumo. Pus uma das mãos nas costas de uma cadeira para me acalmar e olhei em volta, tudo enfeitiçado pelo brilho da lua: as pessoas, o pasto, vacas perambulando pelo campo, o rio. Ao lado do palco, vi a mulher de Finnegan dançando em seu vestido verde, olhos fechados, imersa na música.

A festa continuou por horas e horas. Quando raiou a aurora, éramos um pequeno grupo sentado em volta da piscina, olhando o sol nascer ao longo do rio. Alice e eu dividíamos uma espreguiçadeira, o casal Finnegan uma outra.

Em algum momento, os Finnegan recolheram seus casacos e sapatos e se encaminharam para a saída.

— Vamos levá-los até lá — disse Alice.

Acompanhando-os até o carro, eu me sentia como se os conhecesse há anos. Quando subiram no Lamborghini — emprestado de um amigo, disse Finnegan, piscando um olho —, me lembrei do presente.

— Ah! — falei. — Eu me esqueci de agradecer. Deveríamos ter falado a respeito do seu estranho presente.

— Sem dúvida — retrucou Finnegan. — Tudo a seu tempo.

Sua esposa sorriu.

— Amanhã voltamos para a Irlanda, mas mandarei um e-mail depois que vocês voltarem da lua de mel.

E assim foi. Duas semanas. Duas semanas num antes grande mas agora quase abandonado hotel no Adriático, um longo voo de volta, e de repente estávamos exatamente onde começamos — os mesmos, só que casados. Era o fim, ou apenas o começo?

5

Ao voltarmos da lua de mel, tivemos ambos o cuidado de evitar o desapontamento que com facilidade poderia se seguir à festa maravilhosa e às semanas numa praia tranquila e ensolarada. Na primeira noite de volta à nossa casinha em São Francisco, a dez quarteirões dos limites do continente e da última praia ensolarada de qualquer lugar, tirei do armário a porcelana de minha avó e preparei uma refeição de quatro pratos, arrumando a mesa com guardanapos de pano e velas. Já morávamos juntos há mais de dois anos, e eu queria que a vida de casados fosse diferente.

Preparei uma receita de carne assada com batatas que achei na internet. Ficou horrível — um grande e pesado desastre marrom. A seu favor, preciso dizer que Alice limpou o prato e afirmou estar tudo delicioso. Apesar de pequena — ela só mede um metro e sessenta e sete, quando está com seus saltos mais altos —, ela é capaz de acabar com uma travessa de comida caseira. Sempre gostei dessa sua característica. Por sorte, o bolo com cobertura de chocolate salvou a refeição. Na noite seguinte, tentei outro jantar feito em casa. Me saí um pouco melhor.

— Estou exagerando? — perguntei.

— Exagerando em querer me engordar, talvez — disse Alice, desenhando espirais no purê de batatas com uma coxa de frango.

Depois disso, voltamos aos velhos hábitos. Encomendávamos cachorro-quente, pizza ou comida pronta e comíamos na frente da televisão. Foi em algum momento durante uma maratona de episódios de *Life After Kindergarten* que o celular de Alice anunciou o recebimento de uma mensagem.

Alice pegou o telefone.

— É de Finnegan — explicou.

— O que ele diz?

Ela leu alto:

— *Muitíssimo obrigado por nos ter convidado, a Fiona e a mim, para celebrar suas núpcias. Não há nada de que gostemos mais do que um belo casamento e uma boa festa. Ficamos honrados por termos participado do seu dia especial.*

— Simpático.

— *Fiona diz que você e Jake a fazem pensar em nós dois, vinte anos atrás* — ela continuou a ler. — *Ela faz questão de que vocês venham passar o próximo verão conosco em nossa casa no Norte.*

— Uau! — eu reagi. — Parece que eles realmente querem que fiquemos amigos.

— *Por último, o presente* — Alice continuou a leitura. — *O Pacto foi um presente que Fiona e eu recebemos quando nos casamos. Foi deixado na soleira da nossa porta na manhã de uma segunda-feira chuvosa. Só duas semanas depois soubemos que vinha do meu primeiro professor de violão, um velhinho de Belfast.*

— Presente reciclado? — perguntei, perplexo.

— Não — retrucou Alice —, acho que não.

Ela voltou a olhar para o telefone e continuou:

— *Acontece que esse foi o melhor presente que Fiona e eu ganhamos e, francamente, o único do qual me lembro. Ao longo dos anos, demos o Pacto a alguns jovens casais. Não é coisa para qualquer um, é o que eu deveria ter dito em primeiro lugar, mas, no curto espaço de tempo em que conheci você e Jake, achei que poderia funcionar com vocês. Sendo assim, posso fazer algumas perguntas?*

Alice digitou depressa: *Pode.*

E ficou olhando para o telefone.

Plim.

Ela leu outra vez em voz alta.

— *Desculpe a minha ousadia, mas vocês gostariam que seu casamento durasse para sempre — sim ou não? Só vale se vocês forem honestos.*

Alice me olhou, um pouco confusa, hesitou por um segundo talvez longo demais e então escreveu: *Sim.*

Plim.

Ela parecia cada vez mais intrigada, como se Finnegan a estivesse levando por uma rua escura.

— *Vocês acreditam que um casamento longo enfrentará períodos de alegria e tristeza e de luz e escuridão?*

É claro.

Plim.

— *Vocês estão ambos dispostos a se esforçar para que seu casamento dure para sempre?*

— Mas é óbvio que estamos! — eu disse.

E Alice digitou.

Plim.

— *Algum de vocês desiste com facilidade?*

Não.

— *Os dois aceitam bem as novidades? Estão dispostos a aceitar ajuda dos amigos, caso eles tenham em mente o seu sucesso e a sua felicidade?*

Intrigante. Alice me olhou.

— O que você acha?

— Tudo bem, pelo menos para mim — respondi.

— Ok, para mim também — ela concordou, digitando.

Plim.

— *Ótimo! Vocês vão estar em casa no sábado pela manhã?*

Ela olhou para cima.

— Vamos?

— Com certeza — eu disse.

Sim, ela escreveu. *Você está por aqui?*

— *Infelizmente, estou num estúdio fora de Dublin. Mas minha amiga Vivian irá à sua casa para explicar o Pacto. Se vocês estiverem mesmo dispostos, será uma honra para mim que você e Jake decidam fazer parte de nosso grupo muito especial. Às dez da manhã é uma boa hora?*

Alice consultou a agenda do celular antes de responder, mais uma vez, *sim*.

Plim.

— *Maravilha. Tenho certeza de que vocês e Vivian vão se dar bem.*

Depois disso, esperamos, mas não chegaram novas mensagens. Alice e eu ficamos olhando para o telefone, à espera de um novo *plim*.

— Isso tudo parece... complicado — comentei, afinal.

Alice sorriu.

— Que mal pode haver?

6

UM POUCO SOBRE MIM. Trabalho como terapeuta e conselheiro. Embora eu tenha tido pais adoráveis e o que, de fora, poderia parecer a infância dos sonhos, crescer nem sempre foi fácil. Olhando para trás, a carreira me escolheu, bem mais do que eu a ela.

Cheguei à Ucla para cursar Biologia, mas isso não durou muito. No começo do segundo ano, aceitei um trabalho de conselheiro na Faculdade de Letras e Ciências. Gostei bastante do treinamento e, depois, do trabalho. Eu adorava conversar com as pessoas, ouvir seus problemas, ajudá-las a encontrar soluções. Quando me formei, não quis que minha "carreira" como conselheiro acabasse, então resolvi fazer pós-graduação em Psicologia Aplicada na Universidade de Santa Bárbara. Meu estágio de pós-doutorado me trouxe de volta a São Francisco, onde trabalhei com adolescentes em situação de risco.

Hoje, divido com dois amigos do tempo do estágio um pequeno consultório de terapia. Quando começamos o grupo, há um ano e meio, no que restava de uma velha oficina de consertos de aspiradores de pó no distrito de Outer Richmond, tínhamos medo de não sermos capazes de fazer face às despesas. A certa altura, para ajudar a pagar o aluguel, chegamos até a pensar em abrir um negócio paralelo de venda de café e dos meus secretamente famosos biscoitos de chocolate.

Mas, com o tempo, o consultório parecia sobreviver sem qualquer intervenção desesperada. Meus dois sócios, Evelyn (trinta e oito anos, solteira, espertíssima, filha única, nascida no Oregon) e Ian (inglês, quarenta e um anos, também solteiro, gay, o mais velho de três irmãos), são pessoas agradáveis, envolventes, felizes na maior parte do tempo, e acho que essa felicidade de alguma maneira contribuiu para que o negócio sobrevivesse.

Cada um de nós trabalha em sua própria área. Evelyn lida basicamente com dependência química, Ian se especializou em controle de raiva e distúrbio obsessivo-compulsivo em adultos, e eu fico com as crianças e os jovens adultos. Pacientes que se encaixam claramente numa dessas categorias são encaminhados ao sócio adequado, enquanto tudo mais é dividido por igual. Há pouco tempo, porém, resolvemos abrir o leque de opções, ou pelo menos Evelyn decidiu que abriríamos. Ao voltar da lua de mel, descobri que ela havia dado um jeito de me fazer liderar nossa expansão, como terapeuta de casais.

— Porque eu tenho uma enorme experiência com casamento?

— Exatamente.

Evelyn, como gênio de marketing, já me garantira três novos clientes. Quando protestei, ela me mostrou os e-mails, nos quais deixava claro para os clientes que eu tinha vários anos de experiência em terapia e exatas duas semanas de experiência pessoal de casamento.

Tive medo de não estar preparado. Por isso, quando Evelyn contou a novidade, entrei na mesma hora em pânico e comecei a estudar. Pesquisei a evolução do casamento e me surpreendi ao descobrir que o casamento monogâmico só havia sido estabelecido nas sociedades ocidentais há cerca de oitocentos anos.

Descobri também que pessoas casadas vivem mais do que as solteiras. Eu já tinha ouvido falar desse factoide, mas nunca havia examinado os estudos a respeito. São bastante convincentes.

Na outra ponta do espectro, Groucho Marx afirmou:

— O casamento é uma instituição maravilhosa, mas quem quer viver numa instituição?

Anotei outras citações, recolhidas na internet e numa prateleira de livros sobre casamento que comprei na livraria perto do consultório.

> Para um casamento ser bem-sucedido é preciso que nos apaixonemos muitas vezes, sempre pela mesma pessoa.

> Não sufoquem um ao outro, nada cresce na sombra.

Coisas desse tipo. Citações podem ser uma simplificação exagerada, o último refúgio do diletante, mas gosto de tê-las à mão nas sessões de terapia. Às vezes, aparece alguma coisa a respeito da qual não sei o que dizer. Um pouco de Groucho Marx pode quebrar o gelo, ou apenas me dar um minuto para pôr as ideias em ordem.

7

Sábado pela manhã, levantamos cedo para nos prepararmos para a visita de Vivian. Às 9:45, Alice acabou de passar o aspirador e eu tirei do forno os pães de canela. Sem combinar, estávamos os dois vestidos de um jeito um pouco formal demais. Quando saí do quarto de camisa social e calças bege que não usava há meses, Alice riu.

— Se eu for comprar uma televisão de tela plana na loja de eletrodomésticos — ela disse —, você será o meu vendedor preferido.

Claro, estávamos os dois tentando apresentar uma versão um pouco melhorada de nós mesmos e de nossa minúscula casa com seu fiapo de vista para o oceano Pacífico. Não sei bem por que achamos que precisávamos impressionar Vivian, mas, mesmo sem confessar em voz alta, compreendemos que era o que queríamos.

Às 9:52, Alice parou de trocar de roupa pela terceira vez. Entrou na sala de visitas e deu uma voltinha em seu vestido azul florido.

— Demais?

— Perfeito.

— E os sapatos?

Eram sapatos de salto, fechados e sérios, do tipo que ela só usava para trabalhar.

— Muito formais — opinei.

— Certo.

Ela desapareceu no corredor e voltou de botinas vermelhas.

— Isso aí — eu disse.

Dei uma olhada pela janela, mas não havia ninguém lá fora. Eu estava meio nervoso, como se estivéssemos esperando ser entrevistados para um emprego para o qual nem tínhamos nos candidatado. Mesmo assim, nós o queríamos. Com a caixa, as canetas e os e-mails enigmáticos, Finnegan tornara tudo tão atraente — e, devo admitir, tão *exclusivo*. No fundo, Alice é uma verdadeira perfeccionista; tudo o que começa, quer fazer até o fim. Tudo o que termina, quer que seja um sucesso — seja isso bom ou não para ela.

Às 9:59, olhei outra vez pela janela. A neblina estava densa, e eu não conseguia ver nenhum carro chegando.

E então, ruído de passos nos degraus. Saltos altos, muito altos. Alice olhou para suas botinas, depois para mim, e sussurrou:

— Escolha errada!

Decidido, andei até a porta e a abri.

— Vivian — cumprimentei, mais formal do que pretendia.

Ela usava um vestido bem cortado, mas absurdamente amarelo. Amarelo-canário. Parecia mais jovem do que eu tinha imaginado.

— Você deve ser Jake — ela disse. — E você — acrescentou — deve ser Alice. É ainda mais linda do que nas fotos.

Alice não ficou vermelha; ela não é do tipo que enrubesce. Mas inclinou a cabeça e encarou Vivian, como se a avaliasse. Conhecendo Alice, era provável que ela suspeitasse que Vivian tivesse segundas intenções, mas achei que a mulher estava sendo sincera. Alice provoca esse efeito nas pessoas. Ainda assim, eu sabia que Alice teria trocado as maçãs do rosto salientes, os grandes olhos verdes, o cabelo preto e grosso — tudo aquilo — por uma família normal, uma família calorosa e amorosa, uma mãe que não envenenasse o fígado, um pai que não envenenasse os pulmões e um irmão que não tivesse optado pelo que as pessoas erroneamente chamam de "solução fácil".

Vivian era atraente a seu modo, de um jeito que vem da autoconfiança, boa educação e do bom gosto. Sua aparência indicava oitenta por cento trabalho, vinte por cento "café da manhã com amigos na manhã de sábado". Trazia nas mãos uma bolsa de couro fino e usava um colar de pérolas cintilantes. Quando a luz bateu em seu rosto, ocorreu-me que ela deveria ter bem mais de quarenta anos. Seu cabelo era brilhante e a pele tinha viço — pensei que deveria ser o resultado de uma dieta orgânica, exercícios regulares e todo o resto em moderação. Imaginei-a com um bom emprego em tecnologia, algumas ações e um bônus anual que nunca deixava a desejar.

No consultório, ao atender pela primeira vez potenciais clientes, eu em geral conseguia avaliar a profundidade de seus problemas só de dar uma boa olhada neles. Ao longo dos anos, ansiedade, estresse e insegurança se revelam no rosto das pessoas. Como a curva de um rio, o estresse ou a ansiedade podem ir desgastando aos poucos o rosto, até que um leve padrão se torna perceptível a olho nu.

Naquele momento, quando a luz furou a neblina, atravessou nossa sala de visitas e literalmente faiscou no rosto de Vivian, ocorreu-me que aquela mulher não tinha estresse, ansiedades ou inseguranças.

— Café? — perguntei.

— Por favor.

Vivian se sentou na grande poltrona azul que custou a Alice metade do seu primeiro salário no escritório de advocacia. Abriu a pasta e tirou de lá um laptop e um minúsculo projetor.

Relutante, fui até a cozinha. Pensando agora, me dou conta de que fiquei nervoso por deixar Alice sozinha com Vivian. Quando voltei com o café, as duas falavam de nossa lua de mel e da beleza da costa do Adriático. Vivian mencionou o nome do nosso hotel. Como ela sabia onde tínhamos nos hospedado?

Sentei-me perto de Alice e servi três pães de canela em três pratos de sobremesa.

— Obrigada — disse Vivian. — Eu adoro pão de canela.

Vivian conectou o projetor ao laptop e se levantou.

— Vocês se importam se eu puser este quadro no chão?

Mas já o estava tirando do seu lugar na parede. Era uma fotografia de Martin Parr que Alice tinha me dado de presente no meu último aniversário, um quadro que sempre admirei, mas nunca pude comprar. De longe, a foto mostrava um homem solitário num dia de tempestade, nadando numa piscina pública decadente, ao lado de um mar verde-escuro numa cidade escocesa em ruínas. Quando perguntei a Alice onde tinha comprado, ela riu. *Comprar? Se pelo menos tivesse sido tão fácil...*

— Então? — quis saber Vivian, ligando o projetor. — O que Liam disse a vocês?

— Na verdade — Alice respondeu —, ele não nos disse nada.

— Podemos abrir a caixa? — Vivian perguntou. — Vocês só precisam trazer a menor. E também vamos precisar das canetas.

Atravessei o corredor até a sala dos fundos, onde guardamos os presentes de casamento que ainda não tínhamos agradecido. Diz a boa educação que temos exatamente um ano para escrever um bilhete de agradecimento, mas, no mundo dos e-mails e mensagens instantâneas, isso parece uma eternidade. Sempre que eu via os presentes, me sentia culpado por todos os cartões que ainda deveríamos mandar.

Pus a caixa e as canetas na mesinha de centro diante de Vivian.

— Ainda fechada — ela comentou, com um sorriso. — Vocês passaram no primeiro teste.

Alice deu um gole nervoso em sua xícara. Ela só tinha visto a caixa depois da lua de mel. Quando a viu, tentou sem sucesso abrir a fechadura com uma pinça.

Vivian pôs a mão na bolsa e tirou um molho de chaves douradas. Escolheu a chave certa e inseriu-a na fechadura, mas não a girou.

— Preciso da confirmação verbal de que vocês estão prontos para continuar — disse ela e olhou para Alice, à espera.

Pensando agora, me dou conta de que deveríamos ter percebido, naquele dia, que havia alguma coisa errada. Deveríamos ter mandado Vivian embora e nos recusado a atender os telefonemas de Finnegan. Deveríamos ter acabado com tudo aquilo, antes mesmo que começasse. Mas éramos jovens, curiosos e casados há pouco tempo. E o presente de Finnegan foi tão inesperado, sua mensageira tão apressada, que recusar teria parecido falta de educação.

Alice fez que sim com a cabeça.

— Estamos prontos.

8

Vivian ligou o projetor e um slide apareceu na parede onde segundos antes estava minha fotografia de Martin Parr.

O Pacto, estava escrito.

Nada mais, nada menos. Fonte *Courier* em grandes letras pretas contra um fundo branco.

— Então... — começou Vivian, limpando os dedos num guardanapo que sobrara de nosso casamento.

Ainda me causava um certo choque — um choque feliz — ver nossos nomes impressos no guardanapo: *Alice & Jake*.

— Preciso fazer algumas perguntas a vocês dois.

Ela puxou da bolsa uma pasta de couro preto e abriu-a, revelando um bloco amarelo. A máquina ainda projetava em nossa parede as palavras O Pacto. Tentei não olhar para aquelas palavras grandiosas pairando sobre nós, sobre nosso recente e frágil casamento.

— Nenhum de vocês já foi casado antes, certo?

— Certo — respondemos em uníssono.

— Quanto tempo durou seu relacionamento anterior mais longo?

— Dois anos — respondeu Alice.

— Sete — eu disse.

— Anos? — perguntou Vivian.

Fiz que sim.

— Interessante.

Ela escreveu alguma coisa no bloco.

— Quanto tempo durou o casamento dos seus pais?

— Dezenove anos — disse Alice.

— Quarenta e qualquer coisa — respondi, sentindo um imerecido orgulho do sucesso matrimonial dos meus pais. — Ainda dura.

— Excelente — fez Vivian. — E Alice, o casamento dos seus pais terminou em divórcio?

— Não.

A morte de seu pai era muito recente, e eu sabia que ela não queria falar do assunto. Alice é como um livro fechado. Como terapeuta, para não dizer marido, eu às vezes acho bem difícil aceitar esse temperamento.

Vivian se inclinou para a frente, descansando os cotovelos no bloco amarelo.

— O que vocês acham que é o motivo mais comum de divórcio entre os casais do mundo ocidental?

— Você primeiro — disse Alice, me dando um tapinha no joelho.

Não precisei pensar muito.

— Infidelidade.

Vivian e eu olhamos para minha mulher.

— Claustrofobia? — sugeriu Alice.

Não era a resposta que eu esperava.

Vivian registrou nossas respostas no bloco.

— Vocês acham que as pessoas devem se responsabilizar pelos seus atos?

— Sim.

— Sim.

— Vocês acham que uma terapia de casal pode ser útil?

— Com certeza — respondi, rindo.

Ela rabiscou alguma coisa. Inclinei-me para ver o que ela estava escrevendo, mas sua letra era pequena demais. Fechando a pasta, ela mencionou dois famosos atores que se tinham separado há pouco tempo. No mês anterior, os detalhes escabrosos do divórcio estiveram em todos os lugares.

— Então — ela continuou —, qual dos dois vocês acham que é o responsável pelo divórcio?

Alice franzia a testa, tentando imaginar o que Vivian esperava ouvir. Como eu disse, Alice é perfeccionista — ela não quer apenas passar no teste, precisa tirar a nota máxima.

— Acho que a responsabilidade é dos dois — disse ela. — Embora eu ache que as coisas que ela fez com Tyler Doyle não sejam lá muito adultas, seu marido poderia ter reagido de outra maneira. Ele não deveria ter publicado aquelas mensagens, por exemplo.

Vivian concordou com a cabeça e Alice se sentou um pouco mais reta, evidentemente satisfeita. Ocorreu-me que aquela devia ser a maneira como ela agia na faculdade, sempre a garota com a mão levantada, atenta e a postos. Agora, aquilo parecia torná-la vulnerável, mas de um jeito positivo; havia alguma coisa deliciosamente incongruente na minha esposa — com seu emprego importante, seus acordos multimilionários e seu guarda-roupa muito adulto — tentando com tanta ênfase dar a resposta certa.

— Como sempre, concordo em tudo com a minha mulher.

— Boa resposta — disse Vivian, piscando um olho. — Só mais algumas. Qual é a sua bebida preferida?

— Chocolate com leite — respondi. — Chocolate quente, quando faz frio.

Alice pensou por um instante.

— Já foi groselha com vodca e gelo. Agora é tônica com sabor de frutas vermelhas. Qual a sua?

Vivian pareceu um pouco surpresa com a virada de mesa.

— Talvez *Green Spot*, 12 anos, puro.

Ela folheou o bloco.

— A mais importante de todas: vocês querem que seu casamento dure para sempre?

— Sim — respondi, sem pensar. — É claro.

— Sim — disse Alice.

Parecia que ela estava falando sério, mas, de novo, e se ela só estivesse dizendo aquilo para passar no teste?

— Fim — declarou Vivian, deslizando a pasta para dentro da bolsa de couro. — Podemos ver os slides?

9

— O Pacto é um grupo de pessoas que pensam da mesma maneira, dispostas a atingir um objetivo semelhante — começou Vivian. — Foi criado em 1992 numa pequena ilha da Irlanda do Norte por Orla Scott. Desde esse dia, o Pacto cresceu exponencialmente em tamanho e comprometimento.

Ela se sentou mais na ponta da cadeira, de modo que nossos joelhos ficaram a poucos centímetros de distância. Seu computador ainda projetava O Pacto na nossa parede.

— Então é um clube? — perguntou Alice.

— É uma espécie de clube, sim — disse Vivian —, ao mesmo tempo que não.

O primeiro slide mostrava uma mulher alta e magra na frente de uma casa de campo branca, com o mar ao fundo.

— Orla Scott era uma advogada criminalista, atuava como promotora — explicou Vivian. — Era extremamente determinada, uma carreirista, em suas próprias palavras. Casada, sem filhos. Queria poder dedicar todo o seu tempo à profissão, queria crescer dentro do Ministério da Justiça e não queria que nada a atrapalhasse. Pouco antes dos quarenta anos, em menos de doze meses, os pais dela morreram, seu marido a deixou e ela foi demitida.

Alice olhava fixo para a imagem na parede. Imaginei que, de alguma maneira, se identificasse com Orla. Ela entendia de perdas.

— Orla atuou em mais de três mil casos — continuou Vivian. — Dizem que ganhou todos. Ela era parte da engrenagem de Thatcher e de repente Thatcher perdeu o poder e Orla perdeu o emprego. Orla foi para Rathlin, a ilha onde tinha crescido. Alugou um chalé, esperando ficar por lá uma ou duas semanas, pensar em tudo e planejar seu próximo passo. Nos dias que se seguiram, porém, ela se viu cada vez mais envolvida pela paz da vida na ilha e pela existência tranquila que conhecia da infância. Percebeu que as coisas às quais mais dava valor pareciam fúteis. Tinha ido para a ilha para conseguir lidar melhor com o estresse e a ansiedade de ter perdido o emprego e acabou descobrindo que a demissão não era tão devastadora quanto havia imaginado. E se deu conta de que o que realmente a abalou foi o fim do casamento. Seu marido era um homem pelo qual ela se apaixonara perdidamente na faculdade. Casaram-se bem jovens e depois foram aos poucos se distanciando um do outro. Quando ele pediu o divórcio, ela ficou aliviada, era só mais um complexo conjunto de problemas com o qual não precisaria mais lidar. Quando foi brutalmente honesta consigo mesma, deu-se conta de que via o casamento como um entrave, algo que a fazia se sentir culpada a cada vez que precisava trabalhar até tarde. Ela havia se dedicado ao Direito Criminal por idealismo e desejo de ajudar as vítimas. Nos meses que se seguiram ao divórcio, porém, passou a observar sua carreira sob um ângulo mais crítico. Vivia à base de adrenalina, passando depressa de um caso a outro, sem tempo para examinar as coisas sob uma perspectiva mais ampla. Com o tempo, tornou-se parte de um cenário político mutante pelo qual não tinha grande respeito. E viu-se contaminada pela inércia dos acontecimentos cotidianos. Ao perceber tudo isso com clareza, ela começou a analisar o quadro do seu casamento. Esforçou-se para reavivar a relação, mas ele já estava em outra.

Vivian, agora, falava depressa, fascinada por uma história que com certeza já havia contado dezenas de vezes.

— Um ano depois, Orla fazia sua caminhada diária pela ilha quando encontrou alguém. Richard era um turista americano, viajando sozinho pelas ilhas da Irlanda do Norte, tentando se conectar com as raízes distantes de sua família. Richard cancelou o voo de volta, largou o emprego nos Estados Unidos, prolongou sua reserva na única hospedaria da ilha e, um belo dia, pediu Orla em casamento.

Eu podia ver que alguma coisa incomodava Alice.

— Nessa história — ela disse — todo mundo larga o emprego. Isso é alguma exigência ou coisa parecida? Porque Jake e eu adoramos nossos empregos.

— Posso lhes garantir que o Pacto tem muitos membros, como o seu padrinho, que são extremamente bem-sucedidos nos negócios — respondeu Vivian. — O Pacto quer que sejamos nós mesmos, só que melhores.

Eu tinha certeza de que já ouvira aquele slogan numa colônia de férias.

— Orla hesitou em aceitar o pedido de Richard — nos disse Vivian. — Tinha plena consciência de todas as coisas que havia feito e que levaram à dissolução do seu casamento. Não queria repetir os mesmos erros. Orla acredita que somos criaturas movidas pelos hábitos. Uma vez escolhido um caminho, é difícil mudar.

— Mas é possível mudar — insisti. — Meu trabalho, toda a minha área de atuação, se baseia nessa noção.

— É claro que é — disse Vivian. — E Orla concordaria com você. Ela decidiu que, para que seu segundo casamento desse certo, precisaria de uma estratégia bem definida para acertar. Por dias a fio, passeou pelo litoral, pensando em casamentos: as coisas que os faziam fracassar e as que os ajudavam a florescer. No chalé, datilografava suas ideias na mesma máquina de escrever que sua mãe, uma aspirante a romancista, havia usado décadas antes. Por dezessete dias, as páginas escritas se acumularam ao lado da máquina. O Manual cresceu e estavam criadas as regras para um casamento estável. Não se enganem: trata-se de um sistema, um sistema altamente eficaz e com bases científicas, cujo mérito vem sendo comprovado diversas vezes. Porque Orla acredita que o casamento não deveria ser deixado ao acaso. No fim, as ideias que Orla teve durante aquelas caminhadas representam a real base do Pacto.

— Orla e Richard chegaram a se casar? — perguntei.

— Sim.

Alice se inclinou para a frente.

— E continuam casados?

Vivian concordou com entusiasmo.

— É claro que continuam. *Todos nós* continuamos. O Pacto funciona. Funciona para Orla, funciona para mim e vai funcionar para vocês. Simplificando, o Pacto são duas coisas. É um acordo que você faz com seu cônjuge. E é fazer parte de um grupo.

Ela clicou para projetar outro slide e fez um gesto na direção da imagem de pessoas felizes num gramado verde.

— Uma irmandade de indivíduos que pensam da mesma maneira, para apoiar e reforçar esse acordo. Ficou mais claro?

— Não de todo — disse Alice, sorrindo. — Mas estou curiosa.

Vivian passou mais alguns slides. A maioria mostrava fotos de gente rica se divertindo junta em imponentes gramados e quartos bem equipados. Parou numa foto de Orla de pé numa varanda, dirigindo-se a uma multidão absorta, com a luz do sol e um amplo deserto às suas costas.

— Orla havia, a princípio, se dedicado ao trabalho jurídico — continuou Vivian. — Gostava do fato de que as regras do Direito fossem duras e rápidas, e, quando não eram, de que a precedência legal mostrava o caminho. Era reconfortante saber que as respostas estavam todas ao seu alcance. Orla percebeu que o casamento, assim como a sociedade, precisa de um conjunto de leis. Ela acreditava que a sociedade britânica funcionava muito bem há centenas de anos devido a essas leis. Todos sabiam o que esperar. Embora as pessoas pudessem ter vontade de enganar, roubar ou até, Deus nos livre, cometer assassinatos, a imensa maioria dos cidadãos não desobedecia às leis, porque sabia quais seriam as consequências. Depois que o primeiro casamento de Orla fracassou, ocorreu-lhe que não só as expectativas do casamento eram pouco claras, as consequências também eram.

— Então — eu disse —, o Pacto é um esforço para trazer os princípios das leis britânicas para a instituição do casamento.

— É mais do que um esforço. Está realmente acontecendo. — Vivian desligou o projetor. — Não tenho como superestimar o valor real: o Pacto traz apoio e encorajamento para a comunidade e estrutura para a instituição do casamento.

— Você falou em consequências — interveio Alice. — Não sei se entendi bem.

— Veja — disse Vivian —, eu tive um primeiro casamento. Eu tinha vinte e dois anos e ele vinte e três. Nos conhecemos na faculdade e namoramos por uma eternidade. No começo, era excitante, nós dois juntos contra o mundo, mas depois, não sei bem quando as coisas mudaram, eu comecei a me sentir muito *sozinha*. Tínhamos problemas, e não havia ninguém a quem eu pudesse pedir ajuda. Ele estava me traindo. Eu não sabia por quê. Achei que a culpa fosse minha, mas não sabia como reagir. O divórcio chegou depressa, como se fosse a única saída e eu só precisasse abrir aquela porta.

Havia uma única lágrima no canto do olho de Vivian. Ela endireitou o corpo e afastou a lágrima com a ponta do dedo.

— Quando conheci Jeremy, eu estava muito assustada. Exatamente como Orla. Jeremy me pediu em casamento e eu aceitei, mas fiquei adiando tudo. Estava apavorada, com medo de cometer os mesmos erros. A ideia de casamento evocava todos os pensamentos negativos.

— E como você acabou fazendo parte da organização? — perguntou Alice.

— Acabei sem poder dar mais desculpas. Jeremy estava decidido a marcar a data, então eu concordei e tudo aconteceu depressa. Duas semanas antes do casamento, viajei a trabalho. Eu estava na sala VIP do aeroporto de Glasgow, tomando gim, talvez um pouco demais. Lembro-me de estar sentada sozinha, chorando. Soluçando, na verdade. Alto o bastante para que as pessoas à minha volta se levantassem e mudassem de lugar. Constrangedor. E então um senhor mais velho, bem vestido, de boa aparência, se aproximou e se sentou ao meu lado. Ele estava a caminho de Palo Alto, para visitar o filho na faculdade. Conversamos e conversamos. Eu lhe contei tudo a respeito do casamento, e foi ótimo despejar meus medos nos ouvidos daquele estranho, alguém que não tinha qualquer participação nos fatos. Um vulcão entrou em erupção na Islândia, então nossa escala de duas horas durou oito. Mas o senhor era tão gentil, tão interessante, que o atraso se tornou prazeroso. Alguns dias depois, um presente de casamento chegou pelo correio. E aqui estou eu. Casada e feliz há seis anos.

Vivian esticou a mão para a caixa de madeira, girou a chave dourada na fechadura e abriu a tampa. Dentro, havia um conjunto de documentos impressos com tinta azul em papel pergaminho. Ela retirou os documentos e colocou-os em cima da mesa. Por baixo dos documentos, havia dois livrinhos idênticos, com capas de couro dourado.

Alice aproximou o corpo e passou os dedos pelos livros, intrigada.

Vivian nos entregou os livros dourados, um a cada um. Fiquei perplexo ao ver que, em alto relevo, estavam gravados nossos nomes, a data do nosso casamento e, em letras maiores, O Pacto.

— Este é o Manual — nos disse Vivian. — Vocês devem decorá-lo.

Abri o livro e comecei a folheá-lo. O texto estava escrito em letras minúsculas.

O telefone de Vivian começou a vibrar. Ela o pegou e, passando o dedo pela tela, disse:

— Página quarenta e três: quando seu cônjuge telefonar, sempre atenda.

Quando lhe lancei um olhar interrogativo, ela apontou para o Manual.

Vivian foi para a varanda da frente, fechando a porta às suas costas. Alice levantou o livro, olhos esbugalhados, e movimentou os lábios formando as palavras *sinto muito*. Mas estava sorrindo.

Não sinta, respondi, da mesma maneira.

Ela se inclinou e me beijou.

Como já expliquei, pedi Alice em casamento porque queria mantê-la comigo. Desde que voltamos da lua de mel, tive medo de que ela pudesse sentir um desapontamento pós-nupcial. As coisas voltaram bem depressa a ser exatamente como eram antes da festa, e eu estava nervoso. Alice precisa de um certo grau de entusiasmo. Ela se entedia com facilidade.

Àquela altura, decidi que casar, no sentido físico, não era em nada diferente do que viver junto. No sentido intelectual, porém, casar era um passo enorme. Não sei bem como definir isso, mas, assim que o juiz pronunciou as palavras "Eu agora os declaro marido e mulher", eu *me senti* casado. Embora esperasse que Alice se sentisse da mesma maneira, não podia ter certeza. Ela parecia mais feliz, mas a felicidade às vezes se esvai.

Por todos esses motivos, sou obrigado a admitir que gostei daquela coisa estranha para a qual Finnegan nos estava arrastando. Talvez aquilo trouxesse mais entusiasmo ao nosso novo patamar de relacionamento. Talvez fizesse com que sentíssemos nossos laços modificados, mais fortes.

Vivian voltou.

— O tempo voa — afirmou. — Preciso ir. Podemos assinar?

E empurrou os documentos apergaminhados na nossa direção. As letras eram minúsculas, e no fim da declaração havia duas colunas destinadas às assinaturas. Vivian assinou à esquerda, acima da palavra "Anfitriã". Mais abaixo, Orla Scott havia assinado em tinta azul. A palavra sob sua assinatura era "Fundadora". Do lado direito, Finnegan tinha assinado acima de "Padrinho". Meu nome tinha sido impresso acima da palavra "Marido". Vivian nos entregou as canetas personalizadas que vieram com nossa caixa de madeira.

— Podemos ficar com os contratos por alguns dias? — Alice perguntou.

Vivian franziu o nariz.

— É claro, se precisarem. Mas vou sair da cidade hoje à tarde e realmente gostaria de cuidar da sua papelada o mais depressa possível. Detestaria que vocês perdessem a próxima festa.

— Festa? — perguntou Alice, se aprumando.

Comentei que Alice adora festas?

— Vai ser espetacular!

Vivian indicou os papéis com um gesto negligente.

— Mas eu não quero apressá-los. Levem o tempo que precisarem.

— Tudo bem — disse Alice, voltando à primeira página.

Talvez ela fosse mais advogada do que musicista. Examinei as páginas, tentando me concentrar, transpor o impenetrável véu de duplo sentido e jargão legal. Observei o rosto de Alice enquanto ela lia; algumas vezes sorria, outras franzia a testa. Não consegui adivinhar o que ela estava pensando. Depois de algum tempo, ela chegou à última página, pegou sua caneta e assinou. Quando percebeu a surpresa no meu rosto, ela me abraçou e disse:

— Vai ser bom para nós, Jake. Além disso, você acha que eu perderia a festa?

Àquela altura, Vivian havia começado a guardar o projetor. Eu sei que talvez devesse ler o impresso. Mas Alice quis participar. E eu queria fazer Alice feliz. Senti o peso da caneta entre meus dedos e assinei meu nome.

10

EM TODOS NÓS, é claro, há uma lacuna entre quem somos e quem achamos que somos. Embora eu goste de achar que, em mim, essa lacuna é pequena, devo reconhecer que ela existe. Um indício? Penso em mim mesmo como uma pessoa agradável e um tanto popular, com um número de amigos acima da média. E, no entanto, não sou convidado para muitos casamentos. Não sei bem por quê. Algumas pessoas, como Alice, por exemplo, são o tempo todo convidadas para festas de casamento.

O lado positivo é que me lembro de todos os casamentos para os quais já fui convidado, inclusive o primeiro.

Eu tinha treze anos e uma das minhas tias favoritas ia se casar em São Francisco. O namoro tinha evoluído depressa e de repente havia uma data marcada. Era num sábado de julho e a recepção foi no imenso e escuro Centro Cultural dos Irlandeses Unidos. O piso estava grudento e o cheiro de cerveja barata de festas há muito esquecidas subia de cada fenda. Uma banda de *mariachi* se apresentava no palco e *enchiladas* e *tortillas* saíam da cozinha. Um grande bar se estendia ao longo de toda a parede dos fundos, barmen irlandeses sobressaindo por entre as garrafas. O salão estava apinhado de gente. Um fulano me entregou uma cerveja e ninguém pareceu se importar. Por instinto, eu soube que recusar teria sido considerado um insulto.

Minha tia chefiava um sindicato, coisa séria. Seu futuro marido era um líder trabalhista do mesmo nível, embora de outra região. O lugar estava muito cheio, muito festivo. Mesmo naquela idade, eu sentia que alguma coisa importante estava acontecendo. As pessoas entravam aos borbotões pelas portas, felizes e barulhentas, conferindo casacos, bolsas e chaves dos carros, evidentemente planejando se demorar por ali. Dizer que havia bebidas, dança, discursos e música, e mais bebidas e danças seria pouco para descrever o evento. Foi a festa mais animada e longa da minha vida. Não me lembro de como terminou e não me lembro de ter ido para casa. Até hoje, essa lembrança nebulosa permanece comigo, como um sonho estranho e barulhento, de alguma maneira empoleirado na beirada de um precipício entre a infância e a idade adulta.

Não me recordo de ter ouvido dizer que o casamento da minha tia chegou ao fim. Mas a relação parece ter se desfeito aos poucos. Um dia meu tio estava lá, e no outro não estava. Anos se passaram. Ambos obtiveram sucesso e notoriedade em suas respectivas carreiras. E então, numa manhã, lendo o *Los Angeles Times*, eu soube que meu tio tinha morrido.

Há pouco tempo, sonhei com a festa de casamento — a música, a comida, as bebidas, a louca alegria no salão atulhado e fedorento — e me perguntei se aquilo tinha mesmo acontecido. Foi a minha primeira festa de casamento de verdade, ou pelo menos as primeiras bodas que me ensinaram que o casamento deveria ser uma fonte de felicidade e alegria.

11

ERA TARDE DA NOITE, depois da visita de Vivian, e estávamos na cama quando Alice me entregou meu exemplar do Manual.

— É melhor você estudar. Não quero que você seja levado para a cadeia do casamento.

— Não é justo. Você estudou Direito. Você leva vantagem.

O Manual se divide em cinco partes: "Nossa missão", "Regras de procedimento", "Leis do Pacto", "Consequências e arbitragem". "Leis do Pacto" ocupa, sem dúvida, a maior parte do Manual. As partes se dividem em capítulos, os capítulos em artigos, os artigos em parágrafos, os parágrafos em alíneas e itens, tudo isso em letras miúdas. É um verdadeiro tijolo, e, só de passar os olhos, posso dizer que não irei muito além de uma leitura superficial. Alice, ao contrário, vive de detalhes e jargões.

— Ora, ora! — ela exclama. — Eu posso me dar mal.

— Como é?

— Artigo 3.6, Ciúme e Suspeita.

Não é segredo que Alice tem problemas de ciúme. É uma complicada rede de insegurança que eu vinha tentando deslindar desde que começamos a namorar.

— Você poderia estar passando por algum momento difícil — eu retruco.

— Não tire conclusões tão depressa, meu senhor. Que tal o Artigo 3.12, Saúde e Boa Forma?

Tentei arrancar o Manual de suas mãos, mas ela o puxou de volta, rindo.

— É suficiente para uma noite — eu disse.

Ela largou o Manual na mesinha de cabeceira e encostou o corpo no meu.

12

MEU CONSULTÓRIO ESTÁ CHEIO DE LIVROS e textos sobre casamento. Um estudo da Universidade Rutgers descobriu que, quando uma mulher está contente com o casamento, seu marido é muito mais feliz; o nível de satisfação do homem com o casamento, no entanto, parece não ter qualquer influência na felicidade de sua esposa.

Homens baixos ficam mais tempo casados do que os altos.

A melhor receita para o sucesso do casamento? Um bom crédito financeiro.

A lei babilônica determinava que, se uma mulher traísse o marido, deveria ser jogada num rio.

Se os textos são acadêmicos, um bom estudo com uma conclusão séria é em geral o resultado de uma grande quantidade de dados. Quanto mais extensos os dados, menos se percebem os pontos discrepantes e mais a verdade real entra em foco. Às vezes, porém, acho que dados em excesso provocam uma superabundância de informações, e, nesse caso, a verdade começa a nos escapar. Eu não saberia dizer como isso se dá em relação ao casamento. Com certeza há algo a aprender com os sucessos e fracassos de casamentos anteriores. Mas será cada casamento um caso único?

Liza e John são meus primeiros clientes. Leio tudo antes que cheguem ao meu consultório, porque é assim que sou, é isso que faço. O dia está chuvoso, ainda mais sombrio do que costuma ser em Outer Richmond. Ele é empreiteiro, ela trabalha com marketing. Casaram-se há cinco anos, numa elaborada cerimônia num campo de golfe em Millbrae.

Gostei deles no mesmo instante. Ela usa um chapéu multicolorido tricotado por ela mesma, que parece o oposto do que alguém usaria por vaidade, e ele lembra um bom amigo que tive na faculdade, só que mais inteligente. Talvez este tipo de terapia venha a ser um bom contraponto para meu habitual trabalho com crianças. Posso gostar de, para variar, estar entre adultos, tendo conversas adultas que não girem em torno de Nietzsche, Passenger ou os cientificamente provados benefícios da maconha. Não me entendam mal, adoro crianças. Mas o que as torna tão vulneráveis — sua sensação de descoberta mesclada ao desespero, sua ingênua crença na originalidade de seus pensamentos — também pode torná-las repetitivas. Já me senti tentado a pendurar na minha porta uma tabuleta dizendo SIM, EU JÁ LI FRANNY & ZOOEY E NÃO, A ANARQUIA NÃO É UMA FORMA VIÁVEL DE GOVERNO. Assim, Liza e John são um novo território fértil. Gosto da ideia de ajudar pessoas a resolver problemas mais próximos dos meus. Fossem outras as circunstâncias, eu quase poderia ser amigo deles.

John trabalha como um louco na sua *startup*, desenvolvendo um aplicativo que faz alguma coisa inovadora que ele não consegue explicar muito bem. Liza está entediada com seu trabalho, que enaltece as maravilhas de um hospital que, para ela, mais parece uma fábrica de doentes.

— Eu me sinto uma fraude — Liza confessa, arrumando o chapéu de tricô. — Eu sinto falta dos meus amigos. Quero voltar para Washington...

— Você sente falta de um amigo — John a interrompe. — Vamos deixar isso claro.

E depois, olhando para mim, ele repete:

— Ela sente falta de *um* amigo.

Ela o ignora.

— Eu sinto falta da vida animada na capital do país.

— Que vida animada? — ironiza John. — Ninguém na capital sai de casa, mesmo se o tempo está ótimo. Nove entre dez restaurantes são cervejarias. Não se consegue comer uma salada decente. Não me diga que você quer voltar para uma vida de rodelas de cebola e icebergs.

Posso perceber como aquela energia negativa deixa Liza irritada.

Ela explica que há seis meses entrou em contato com um namorado do tempo da faculdade que a encontrou pelo Facebook.

— Ele está na política — ela informa. — Ele está *fazendo* alguma coisa.

— Não sei o que é pior — diz John. — Que minha mulher esteja tendo um caso, ou que ela esteja tendo um caso com algum pomposo picareta político.

— Liza — eu digo —, John acredita que você está tendo um caso. Você descreveria sua relação com seu antigo namorado como um caso?

Às vezes, a franqueza é útil, mas em outras é preciso abordar o assunto de uma forma indireta. Não sei bem em que tipo de situação estamos agora.

Liza lança ao marido um olhar furioso e continua sem me responder.

— Nós nos encontramos para um café quando ele estava aqui a trabalho. E, uma outra vez, fomos jantar fora.

Ela menciona um restaurante absurdamente caro, descrevendo o encontro num tom de deslumbramento e surpresa incompatível com a absoluta trivialidade da situação. Tenho vontade de lhe dizer que não há nada de original em deixar o cônjuge em casa para sair com uma antiga paixão que você encontrou no Facebook. Tenho vontade de lhe dizer que ela e o ex não estão reinventando a roda, só estão seguindo por um caminho que nunca leva a um bom lugar. Mas não digo. Não é meu papel. Tenho a impressão de que John estaria melhor sem ela. Alguns meses depois que Liza se for, ele vai encontrar uma boa garota programadora de sistemas e sair de bicicleta para ver o pôr do sol.

Liza fala de "compatibilidade intelectual e sexual", como se estivesse lendo algum tipo de manual. Usa a expressão *autorrealização* — que, embora séria no início, transformou-se num bordão para "fazer o que é melhor para mim, pouco importando a quem eu magoo". A cada segundo que passa, ela vai ficando mais irritante, e John mais desanimado. Não demora muito para que eu perceba que sou apenas uma pausa em seu caminho para o divórcio. Duas quintas-feiras depois, quando John telefona para cancelar as consultas, fico triste por ele e desapontado comigo, mas não surpreso.

13

TRÊS DIAS DEPOIS DA VISITA de Vivian, fomos convidados para a festa anual do escritório de advocacia de Alice. Talvez *convidados* não seja a palavra correta: o comparecimento é obrigatório para os associados juniores. É no Hotel Mark Hopkins, no alto de Nob Hill. Este é o primeiro ano em que faço parte da lista de convidados. Trata-se de uma firma careta, conservadora e tradicional. Namorados e namoradas nunca são bem-vindos; cônjuges, por outro lado, são obrigados a participar.

Tiro do armário meu melhor terno Ted Baker, o que usei no casamento. Tento dar-lhe um ar um pouco festivo, com uma camisa xadrez verde e uma gravata vermelha. Alice me dá uma olhada e torce o nariz. Põe uma caixa da Nordstrom em cima da cama.

— Use isto. Comprei ontem.

A camisa é azul, bem cortada.

— E isto — ela acrescenta.

Aponta para uma caixa de gravata, também da Nordstrom. A gravata é de seda, de um azul um pouco mais escuro do que o da camisa, com sutis riscas roxas. O colarinho me incomoda e brigo com a gravata. Só aprendi direito a dar um nó de gravata quando já passava dos trinta anos. Não sei bem se isso é algo que me deixa orgulhoso ou constrangido.

Quero que Alice venha e me ajude a dar o nó, como fazem as esposas na tv, mas é claro que ela não é esse tipo de esposa. Nem de longe o tipo que passa roupa e sabe como dar o nó na gravata de um homem, olhando-o com ar sedutor pelo espelho à sua frente, braços passados em volta do seu pescoço.

Ela é sexy, mas não o tipo doméstico de sexy, o que é muito bom. Mais do que muito bom.

Alice está toda produzida num vestido preto bem cortado e um par de sapatos pretos de pele de cobra. Brincos de pérola, uma pulseira de ouro, nenhum colar ou anel. Já vi fotos dela usando pilhas de pulseiras, montes de brincos e colares pendurados por toda parte. Mas agora sua regra de ouro para joias vem direto de Jackie O: duas peças é o ideal, três é exagero, qualquer coisa além disso implora para ser repaginado. Quando foi que seu guarda-roupa passou de roqueira *old school* da década de 1990 para associada júnior elegante? Seja como for, ela está incrível.

Deixamos o carro no estacionamento do hotel. Chegamos um pouco cedo — Alice detesta chegar cedo —, então damos uma rápida volta pelo quarteirão. Ela não usa muita maquiagem, mas ao batom vermelho se soma o rubor saudável do exercício e, quando chegamos na festa, está corada e adorável.

— Você está pronto? — ela pergunta, segurando a minha mão, sabendo o quanto detesto aquele tipo de coisa.

— Só não me arraste para uma conversa sobre crimes.

— Sem promessas. Lembre-se, isto é trabalho.

Entramos na festa e um garçom nos recebe com champanhe.

— Não acho que seja uma boa hora para pedir um licor Bailey's com gelo — sussurro para Alice.

Ela aperta minha mão.

— Nunca é uma boa hora para um homem da sua idade pedir Bailey's com gelo.

Alice faz as apresentações e eu sorrio, balanço a cabeça e aperto mãos, usando o inócuo "Prazer em vê-lo" em vez de "É um prazer conhecê-lo". Algumas pessoas fazem as costumeiras piadas sobre terapeutas: "O que Freud diria deste coquetel?" e "Só de olhar para mim você já fica sabendo dos meus piores segredos?".

— Para dizer a verdade, fico sim — respondo, sério, para um fulano chamado Jason, tão alto quanto arrogante, que consegue pronunciar as palavras *Faculdade de Direito de Harvard* três vezes durante o primeiro minuto de conversa.

Depois de uns dez encontros semelhantes, desengato de Alice — a nave auxiliar se separando da nave mãe — e me dirijo às mesas de doces. São enormes, ostentando pilhas de trufas e centenas de docinhos delicados e mil-folhas em miniatura. Adoro doces, mas o verdadeiro atrativo daquele canto da sala é a ausência de gente. Detesto bater papo, conversar fiado e conhecer pessoas desse jeito falso que garante que vamos saber menos a respeito delas no final da conversa do que no começo.

Os clientes importantes chegam, e observo de longe os advogados se dedicando ao trabalho. Àquela altura, as festas são menos fonte de divertimento do que de negócios. Alice se move de um grupo a outro, e percebo o quanto ela é boa no que faz. É evidente que ela é apreciada pelos sócios e colegas e que também faz sucesso com os clientes. É uma fórmula, sem dúvida; o escritório quer apresentar uma harmoniosa equipe de sócios mais velhos, experientes e imparciais, combinada a impetuosos e ambiciosos jovens associados. Alice representa seu papel com desenvoltura, deixando os clientes sorridentes e felizes quando participa de suas conversas.

Dito isso, quando observo Alice com o mesmo meio copo de champanhe na mão, há alguma coisa que não me parece bem. Ela está "no alto da montanha", como seu chefe gosta de dizer, mas alguma coisa naquilo me deixa... digamos... triste. Sem dúvida, o dinheiro é bom, e sem ele não teríamos podido comprar a casa. Ainda assim, penso em Michael Jordan durante aqueles anos no meio de sua carreira, quando desistiu do basquete para fazer uma incursão no beisebol profissional. Penso em David Bowie e todo aquele tempo gasto como ator... bons filmes, embora com o tempo se tenham tornado apenas uma lacuna em seu catálogo musical.

Um sujeito mais jovem, Vadim, se junta a mim na mesa de doces. Parece menos interessado em me conhecer e mais em sair do jogo que se desenrola no resto do salão. Usa uma camisa verde com gravata vermelha, ao que tudo indica sem uma esposa que lhe dê aulas de bom gosto. Nervoso, recita o resumo de seu currículo. É o pesquisador do escritório. Quando me fala do seu doutorado em Informática e dos quatro anos que trabalhou no Google, entendo por que foi admitido; ao mesmo tempo, entendo também que ele nunca se sentirá inteiramente à vontade num lugar como aquele. A conversa forçada nos conduz a algumas áreas estranhas, inclusive um longo relato a respeito de seu medo de aranhas e do relacionamento insensato com uma chinesa que foi mais tarde indiciada por espionagem corporativa.

Dizem que Vadim é o futuro do Vale do Silício, que os Vadins do Vale estão procriando com as garotas programadoras, produzindo uma nova geração de incrivelmente espertos rebentos cujas excêntricas habilidades sociais não serão consideradas obrigatórias no futuro, mas apenas um ramo diferente de evolução, necessário para garantir a sobrevivência da raça humana num admirável mundo novo. Embora, como típico sujeito ligado às artes e à ciência, eu acredite na teoria, às vezes acho difícil me relacionar com rapazes como Vadim.

Mas então, depois do currículo, das aranhas e da longa e intrincada história de espionagem, acabamos por nos comunicar. Porque, na verdade, era de Alice que Vadim queria falar. Aparentemente desconhecendo o fato de que eu era o marido (embora eu não tenha certeza de que isso fosse fazer diferença), ele diz:

— Acho Alice muito atraente. Tanto no sentido físico quanto no intelectual.

E começa a analisar seus concorrentes:

— Há o marido, é claro, mas também Derek Snow.

Ele aponta para um homem alto e bonitão, de cabelo cacheado e uma pulseira amarela de Lance Armstrong, parado um pouco perto demais de Alice e tocando-a no ombro. Observando Derek, vejo que Vadim tem razão: ele não é o único no escritório que cobiça a minha mulher. Com sua antiga fama e seu talento musical, ela é uma anomalia num escritório repleto da costumeira safra de graduados da Ivy League.

— Houve uma série de apostas sobre se ela iria mesmo se casar com o terapeuta — diz Vadim.

— Ah, é?

— Eu não participei, é claro. Apostar no relacionamento alheio é irracional. São fatores incalculáveis demais.

— Quantas pessoas apostaram?

— Sete. Derek perdeu mil pratas.

Peguei um doce cuja etiqueta dizia "Enroladinho de figo orgânico sem glúten com raspas de laranja" e comi todo de uma vez.

— No interesse da total transparência — confesso —, o terapeuta sou eu.

— Você me enganou! — exclama Vadim.

E, aparentemente não ofendido pela minha omissão, ele se vira e me avalia, sem disfarçar.

— É, vocês combinam bastante, do ponto de vista físico — ele decide —, se considerarmos que as mulheres muitas vezes se unem a homens que são ligeiramente menos atraentes, sendo a atração um amálgama de altura, boa forma e simetria. Você é mais alto do que a média, parece um esportista e seus traços são bem alinhados, se não perfeitos. A covinha no queixo compensa a sua testa.

Toco minha testa. Mas que merda, o que há de errado com a minha testa?

— Alice não parece se importar com a minha testa — digo.

— Estatisticamente falando, uma covinha no queixo de um homem compensa uma série de pequenas falhas. Pura verdade: homens com covinhas no rosto ganham pontos extras no departamento da sedução, mas uma mulher perde pontos por uma covinha no queixo, que é associada à masculinidade. De qualquer maneira, se a sedução fosse uma escala tonal, vocês dois estariam bastante perto de produzir harmonia.

— Obrigado, eu acho.

— E, é claro, eu não tenho como saber se vocês combinam bem do ponto de vista intelectual.

— Acredite você ou não, eu sou brilhante. De qualquer maneira, obrigado por não ter participado das apostas.

— De nada.

Ele pergunta do casamento, da lua de mel, do hotel, dos voos, sempre querendo mais detalhes. Tenho a impressão de que está coletando dados para inserir num programa que vai prever nossas chances de sucesso matrimonial e, com isso, suas chances de tomar o meu lugar. Não sei bem por que, mas em algum momento faço referência ao Pacto.

— Alice e eu somos sólidos — digo. — Além do mais, temos o Pacto.

— Nunca ouvi falar.

— É um clube. Para ajudar casais casados a continuarem casados.

Ele já está pegando o telefone e começando a digitar.

— Posso encontrar esse clube on-line?

Por sorte, antes que eu compartilhe quaisquer detalhes reais a respeito do Pacto, Alice chega para me salvar.

— Oi, Alice — diz Vadim, nervoso. — Você está linda esta noite.

— Obrigada, Vadim — ela responde, sorrindo com doçura.

E, virando-se para mim:

— Eu preciso ficar, mas você já cumpriu com a sua obrigação. Já pedi o carro.

Eu a amo por isso, e pelo demorado beijo nos lábios que ela me dá diante de Derek Snow, Vadim, o Interessado, seu patrão e todos os outros, o beijo que, sim, sem deixar dúvidas, declara "Eu sou comprometida".

14

Na manhã seguinte, meu telefone toca quando estou sentado na cozinha, tomando o café da manhã. Não reconheço o número.

— Oi, Jake. É Vivian. Tudo bem?

— Tudo. E você?

— Eu só tenho um minuto. Estou na padaria, comprando um bolo para Jeremy.

— Diga a ele que desejo feliz aniversário.

— Não é o aniversário dele. Só estou comprando um bolo porque ele gosta de bolos.

— É muita gentileza sua.

— Sei. Você com certeza não leu o Manual.

— Comecei, mas não fui muito longe. O que um bolo tem a ver com o Manual?

— Leia e vai descobrir. Mas não foi por isso que liguei. Duas coisas rápidas: número um, vocês estão convidados para a sua primeira festa do Pacto. Você tem uma caneta?

Pego uma caneta e um bloco de cima da mesa.

— Tenho.

— Dia 14 de dezembro, às dezenove horas — diz Vivian.

— Tudo bem para mim, mas a agenda de Alice é complicada. Preciso checar para ter certeza.

— Resposta errada. — O tom de Vivian muda de repente. — Tudo bem para vocês dois. Pronto para o endereço?

— Pode dizer.

— Green Hill Court número quatro, Hillsborough. Repita para mim.

— Green Hill Court número quatro, Hillsborough. 14 de dezembro, dezenove horas.

— Ótimo. Número dois: não fale sobre o Pacto.

— Claro que não — respondo, repassando de imediato na minha cabeça a conversa com Vadim na festa.

— Com ninguém — Vivian insiste. — Não é culpa sua.

Não é culpa minha? Como ela poderia saber que eu o mencionei?

— Instruções quanto ao sigilo do Pacto estão incluídas no Manual, mas talvez eu não tenha enfatizado a importância de lê-lo. Por inteiro. Decore-o, Jake. Orla acredita em clareza de comunicação e clareza de propósitos, e eu errei com vocês em termos de comunicação.

Imagino Vivian de pé no canto da sala por causa do erro cometido. É ridículo. Como ela poderia saber? Alice deve ter deixado escapar.

— Vivian — digo. — Você não errou...

Mas ela me interrompe.

— Vejo vocês dia 14 de dezembro. Diga a Alice que mando carinho e apoio.

15

ALICE ESTÁ CADA VEZ MAIS obcecada pelo trabalho. Nos últimos dias, por volta das cinco da manhã, eu me aproximo do outro lado da cama e descubro que ela não está mais ali. Minutos depois, ouço o chuveiro, mas em geral volto a dormir. Quando, por volta das sete, saio andando pelo corredor, ela já não está em casa. Na cozinha, encontro copos sujos e recipientes vazios espalhados, folhas de papel amarelo amassadas. É como se um guaxinim formado em Direito e apreciador de iogurtes islandeses caríssimos invadisse nossa casa todas as noites, só para desaparecer às primeiras luzes da manhã. Em raras ocasiões, encontro outras coisas... como seu violão no sofá, seu MacBook aberto no Pro Tools e letras rabiscadas num bloco.

Numa manhã, encontro seu exemplar do Manual no braço da poltrona azul. Também tenho lido o Manual — ordens de Vivian —, mas em geral durante meu tempo livre no consultório. Tá bom, talvez eu esteja enrolando. A cada capítulo, os termos se tornam mais específicos e técnicos, culminando com o capítulo final, em que as leis e os regulamentos são dispostos em parágrafos numerados e escritos com incrível atenção aos detalhes.

Minha reação ao Manual é de fascínio e repulsa, em partes iguais. Sob muitos aspectos, aquilo me lembra das aulas de Biologia. Como a dissecação do coração de uma ovelha no primeiro dia do semestre, o Manual se apossou de algo vivo — no caso, o casamento — e dilacerou-o até a menor das células, para ver como funciona.

Sendo uma pessoa mais interessada pela visão geral, o último da turma em Estatística, sou mais atraído pelos capítulos mais gerais. A primeira parte é a mais curta: "Nossa missão".

Parafraseando, o Pacto foi criado por três razões: primeiro, para estabelecer um conjunto claro de definições que podem ser usadas para compreender e discutir o contrato de casamento; segundo, para estabelecer regras e regulamentos aos quais devem aderir os cônjuges, destinados a fortalecer o contrato de casamento e garantir seu sucesso (*o conhecimento das Regras e Regulamentos fornece um mapa claro e definido e ilumina o caminho para a felicidade*"); e, terceiro, criar uma comunidade de indivíduos que partilham de um objetivo comum e desejam ajudar uns aos outros a atingir seu objetivo individual — um casamento bem-sucedido —, que, por sua vez, reforça o grupo. Partindo desses princípios, tudo mais deve fluir logicamente.

De acordo com o Manual, o Pacto não tem qualquer agenda além do que está estabelecido na declaração de sua missão. Nem tem qualquer mensagem política. Não faz discriminações de etnia, nacionalidade, gênero ou orientação sexual.

A Parte Um explica também como novos membros são descobertos, selecionados e aprovados. Novos casais são escolhidos com base em sua capacidade de trazer algo "singular, especial e útil para a comunidade como um todo". Membros do grupo com no mínimo cinco anos têm permissão para indicar a cada dois anos um novo casal para o processo de aprovação. Um Agente Imparcial é então designado e fornece um conjunto completo de informações a respeito dos candidatos. O Comitê de Admissão baseia nessas informações sua decisão de rejeitar ou aprovar a indicação. Os candidatos não podem ser informados a respeito de sua indicação até que tenham sido totalmente aprovados para a adesão. Os casais rejeitados nunca saberão do Pacto ou de sua malograda indicação.

Não me surpreende, ao dar uma olhada no seu exemplar, que Alice seja mais atraída pelos capítulos relacionados a Regras e Regulamentos. Ela deixou o livro aberto em Regra 3.5, Presentes.

> Todo membro deve presentear seu cônjuge uma vez por mês. Um presente se define como um objeto ou atitude especial que demonstre cuidado em sua escolha ou execução. O presente se destina, basicamente, a demonstrar o papel central, respeitado e apreciado que o cônjuge representa na vida do membro. O presente deve também demonstrar total conhecimento do cônjuge, de seus interesses e do atual estado dos desejos do cônjuge. Um presente não precisa ser caro ou raro; seu único requisito é ser expressivo.

Cada regulamento vem acompanhado de uma respectiva anotação em Penalidades. Para Presentes, 3.5b, eis a penalidade:

O não cumprimento da oferta de um presente no decorrer de um mês deve ser tratado como Contravenção de Terceiro Grau. O não cumprimento da oferta de presentes por dois meses consecutivos deve ser tratado como Contravenção de Segundo Grau. O não cumprimento da oferta de três ou mais presentes no decorrer de um ano deve ser tratado como Crime de Primeiro Grau.

Naquela noite, de volta do trabalho, Alice chuta sapatos, meias e saia na ordem de costume, deixando um rastro de roupas pelo corredor, e veste uma calça de moletom antes de pegar o livro e ir ler no quarto. Ela quase sempre lê quando chega do trabalho. É seu ritual, seu tempo ocioso. Meia hora depois, como um relógio, entra na cozinha, pronta para prepararmos juntos o jantar. Espero que comente seu material de leitura, mas ela nunca o faz. Acho que estamos ambos resistindo a falar do Pacto, da estranha experiência com Vivian, da coisa toda, simplesmente porque estamos tentando nos decidir a respeito. No começo, teria sido fácil considerar tudo aquilo um tanto estranho e ridicularizar a coisa toda, mas acho que me dei conta de que isso não seria inteiramente justo. O objetivo do Pacto — criar um casamento bom e sólido, com o apoio de outros indivíduos com o mesmo tipo de pensamento — é tanto admirável quanto desejável.

Na manhã seguinte, vou até a cozinha e, mais uma vez, descubro que Alice já saiu e encontro o caos de papéis, uma xícara de café vazia e meia tigela de cereal, sua costumeira colher de Ovomaltine ainda boiando no leite.

No meio da mesa, porém, há um pacotinho embrulhado para presente num papel estampado com pinguins bailarinos. Ela escreveu meu nome com tinta dourada num cartão branco preso ao embrulho. Dentro, encontro a espátula mais encantadora do mundo. Laranja na parte de cima, minha cor favorita, e amarela em baixo. A etiqueta diz *made in suomi*, em inglês e também em finlandês. Não necessariamente cara, mas perfeita, e talvez bem difícil de se achar. Viro o cartão. Minha mulher tinha escrito: *Você faz os melhores biscoitos de chocolate do mundo. E eu te amo.*

Depois de abrir o embrulho com a espátula, tiro no mesmo instante uma foto de mim mesmo, razoavelmente vestido, segurando-a, sorrindo e mando por e-mail para Alice, com apenas três palavras: *Também te amo*. Quando fiz uma fornada de biscoitos usando a espátula naquela noite, nenhum de nós mencionou sua conexão com o Pacto ou seus regulamentos.

Mesmo que eu não esteja de todo convencido daquilo em que estamos nos metendo, fico feliz por Alice estar adotando O Pacto. Compreendo que sua aceitação do Pacto é prova de que também está aceitando o nosso casamento.

Nos dias seguintes, quero demonstrar-lhe que também estou disposto a aceitar o Pacto e, mais importante, que estou igualmente comprometido a fazer nosso casamento dar certo. Assim, mergulho mais fundo no Manual. O Capítulo 3.8 se intitula Viagens.

Ainda que o lar seja o santuário de um bom casamento, viagens são também essenciais. Viagens fornecem a um relacionamento luz e espaço a fim de que floresça em ambiente mais propício. Viagens permitem que os parceiros cresçam juntos, através de experiências compartilhadas. Viagens permitem que os cônjuges revelem os diferentes aspectos de si mesmos fora do contexto da vida cotidiana. Viagens podem ser rejuvenescedoras para os indivíduos, e viagens compartilhadas podem ser rejuvenescedoras para um casamento.

3.8a – Cada parceiro deve planejar uma viagem conjunta por trimestre. Viagens devem ser definidas como idas para longe de casa por um período não inferior a 36 horas. Os parceiros não devem viajar na companhia de amigos, família ou outras pessoas. Embora a maioria das viagens deva incluir apenas os cônjuges, viagens com outros membros do Pacto são aceitáveis e até mesmo incentivadas. Viagens não precisam ser dispendiosas, distantes ou longas.

3.8b(1) – Penalidade: O não cumprimento do planejamento de pelo menos uma viagem no decorrer de um período de nove meses deve ser considerado Contravenção de Segundo Grau. O não cumprimento do planejamento de pelo menos uma viagem no decorrer de um período de doze meses deve ser considerado Crime de Quinto Grau.

Não consigo deixar de rir daquele linguajar. Contravenção? Com o Pacto, parece ser muito fácil se meter em apuros. No entanto, concordo que honrar a regra das viagens traria mais emoção ao casamento, então começo a planejar minha primeira viagem, conforme as instruções do Pacto.

Quatro noites depois de ter recebido a espátula, enquanto Alice se preparava para ir para a cama, dou uma fugida até a cozinha e deixo em cima da mesa um envelope em seu nome. O envelope contém os detalhes da viagem que planejei — um fim de semana no Twain Harte, em Sierra Nevada. O chalé que aluguei não tem endereço, apenas um nome, o Rubi da Montanha. Grampeado no contrato de locação há uma foto da vista da janela principal do Rubi da Montanha: quilômetros de um lago azul que se estende na direção dos picos das montanhas cobertos de neve.

16

ALICE E EU ESTAMOS AMBOS ocupados com o trabalho e as compras de Natal. O dia 14 de dezembro chega antes do previsto.

Alice tem estado muito envolvida com um novo caso; um escritor recluso contratou seu escritório para mover uma ação judicial contra um estúdio de televisão, alegando que o estúdio plagiou três contos seus para uma nova série. Como o homem tem um orçamento limitado, o caso foi entregue a Alice. Ela tem feito montes de horas extras, trabalhando até tarde da noite e desde muito cedo pela manhã; seja qual for a solução do caso, seu nome constará em todas as etapas.

Saio cedo do trabalho e me dirijo à Escola de Arte. Um antigo paciente, um rapaz de 18 anos de quem tratei durante os dois primeiros anos do ensino médio, me convidou para uma apresentação diurna de *Um conto de Natal*, no qual faz o papel do protagonista. Ele é um garoto gentil com alguns problemas de socialização e se dedicou muito àquela produção; fiquei animado para ir assistir.

Alice e eu nem chegamos a conversar a respeito da festa em Hillsborough agendada para hoje à noite. Quando Vivian telefonou, eu na mesma hora anotei na nossa agenda compartilhada na nuvem, mas depois me esqueci de checar. Alice e eu costumávamos bater papo durante horas, mas, desde que seu trabalho ficou mais puxado, nossas oportunidades de conversa minguaram. Meu horário de trabalho só começa às nove da manhã e é muito difícil me obrigar a me levantar às cinco para vê-la sair de casa. Na maioria das noites, ela chega em casa depois das onze, trazendo comida de algum restaurante chinês medíocre das redondezas. Tenho vergonha de admitir que nos acostumamos a jantar no fim da noite sentados na frente da televisão.

Andamos assistindo à série que constitui a base do caso de Alice com o escritor Jiri Kajanë. Os contos acusados de plágio eram parte de sua coletânea *Some Pleasant Daydream*. A série de TV gira em torno de dois amigos homens, um velho, o outro jovem, que vivem numa cidadezinha de um país sem nome. A série se chama *Sloganeering*, que é também o título de uma das histórias do livro do seu cliente. É uma dessas coisas de TV a cabo, muito excêntrica para a rede aberta, mas bizarra o bastante para ter conquistado um público surpreendentemente grande e fiel ao longo de cinco temporadas. Por causa do processo, o escritório de Alice recebeu DVDs de todas as temporadas da série, então a cada noite vemos um ou dois episódios.

Talvez pareça que mergulhamos na rotina, mas não se trata disso, de modo algum. Gostamos da série, e vê-la é a melhor maneira de relaxar no fim de dias intelectualmente exaustivos. Além do mais, isso nos dá uma sensação de tranquila vida matrimonial. Se o casamento começa como um carrinho de mão cheio de cimento fresco, amorfo e com infinitas possibilidades para o formato que virá a assumir, a rotina noturna de comida chinesa e *Sloganeering* está dando ao nosso casamento uma chance de endurecer e se firmar.

Num intervalo do programa, mando uma mensagem de texto a Alice para conferir se ela viu na agenda a festa em Hillsborough.

Acabei de ver, ela escreve de volta. *Que diabos?*

Devemos ir. Pode ser interessante. Você pode?

Posso, mas o que a gente usa para ir à festa de uma seita?

Vestidos?

Os meus estão todos na lavanderia.

Dá tempo. Entregam às 5h.

Vamos sair às 6:15.

Ok. Bjbj.

Uma matéria de jornal que li há pouco tempo mencionava pesquisas indicando que casais que trocam mensagens de texto durante o dia têm vidas sexuais muito mais ativas e relatam maior satisfação com seus cônjuges. Levei a pesquisa a sério e nunca deixo passar um dia sem pegar o celular para mandar alguma mensagem à minha mulher, por menor que seja.

17

HILLSBOROUGH FOI FUNDADA na década de 1890 pelos magnatas dos bancos e ferrovias que queriam fugir da invasão de São Francisco pela ralé. A cidade é formada por um labirinto de estradas estreitas, sinuosas, abrindo caminho pelos desfiladeiros como figurinhas de origami. Hillsborough tem poucas calçadas, nenhum comércio, apenas grandes casas construídas atrás de muros cobertos de hera. Não fosse a força policial vigilante e amável, que tem a reputação de sempre estar disposta a mostrar aos intrusos a saída da cidade, seria possível alguém se perder em seu labirinto por dias a fio, até o ponto de ficar sem gasolina e ser obrigado a sobreviver alimentando-se de restos de caviar e pernas de cordeiro trufadas das latas de lixo orgânico penduradas nas imponentes muralhas.

Chegamos à saída para a autoestrada às 7:15. Depois de voltar atrasada do trabalho, Alice experimentou às pressas sete roupas diferentes antes de conseguirmos sair porta afora. Estou nervoso e ansioso quando pegamos a saída, socando o GPS, que diz que não há sinal disponível.

— Relaxe — diz Alice. — Que tipo de festa começa na hora marcada?

Um Jaguar 1971 passa voando. O carro é lindo, verde-escuro como os carros de corrida ingleses, com capota, arredondado na parte de trás. Meu sócio Ian me disse que é o carro dos seus sonhos. Acelero, esperando alcançá-lo.

— Tire uma foto, para o Ian — digo a Alice.

Mas, antes que ela clique no ícone da câmera no celular, o Jaguar dobra numa entrada particular e desaparece.

Alice aponta para a caixa de correio do lugar onde o Jaguar acaba de entrar:

— Green Hill Court, 4.

Reduzo a marcha até a velocidade de um caracol, parando para olhar para ela.

— Você tem certeza de que queremos fazer isto?

A casa nº 4 em Green Hill Court tem um nome: Villa Carina. O nome está gravado numa tabuleta de pedra presa ao portão de ferro forjado. Originalmente, Hillsborough era composta por nove propriedades — completas, com casas de hóspedes, estábulos e acomodações para a criadagem — situadas em meio a centenas de acres de jardins e árvores. Ao que parece, esta costumava ser a entrada principal de uma dessas propriedades.

A longa trilha de tijolos é flanqueada por árvores bem cuidadas. Por fim, chegamos a uma grande área pavimentada em pedra, onde uma fileira de carros quase desaparece diante de uma imensa mansão de quatro andares. Alice conta catorze carros, a maioria Teslas. Há também um velho Maserati, um 2cv recauchutado, um Bentley azul, um Avanti laranja e o Jaguar.

— Veja — diz Alice, apontando mais tranquila para um Audi preto (talvez o de Vivian) e um Lexus sedan cinza-escuro —, carros do povo, quase. E nós achando que nos sentiríamos deslocados.

— Talvez ainda possamos desistir — falei, quase a sério.

— Esqueça. Este lugar deve estar todo monitorado por câmeras. Tenho certeza de que já estamos aparecendo em algum vídeo.

Estaciono o mais longe possível, parando meu Jeep Cherokee ao lado de um Mini Countryman.

Alice abre o para-sol do lado do passageiro para checar o batom no espelho e passar um pouco de pó, enquanto confiro minha gravata no retrovisor.

Desço do carro e vou para o lado de Alice para abrir a porta. Ela se desenrola lá de dentro, fica de pé e pega meu braço. Adiante, luzes cintilam nos andares superiores. Andando em direção à porta, passando pelos carros, vislumbro um reflexo de nós dois no vidro do Jaguar. Eu no meu terno Ted Baker e de gravata nova, Alice no vestido vermelho vivo que comprou para nossa lua de mel. "Maduro e sexy", é como ela o chama. Seu cabelo está puxado para trás, de um jeito formal, mas bonito.

— Quando foi que nós crescemos? — cochicho.

— Deveríamos ter tirado uma foto — ela responde —, para o caso de, a partir de agora, ser tudo ladeira abaixo.

Sempre que me sinto velho — o que parece estar acontecendo cada vez mais nos últimos dias — Alice me diz para me imaginar tirando uma foto de mim mesmo e me visualizar vinte anos depois olhando para aquela foto, pensando em como eu era jovem, desejando que eu tivesse aproveitado ou pelo menos reconhecido minha juventude. Costuma funcionar.

Quando nos aproximamos da casa, ouço vozes. Quando circulamos a sebe, lá está Vivian à espera, no primeiro degrau da escadaria.

Ela não me disse o que vestir ou o que levar, e só agora me ocorre que isso talvez fosse outro teste. Fico de repente satisfeito por ter saído do meu caminho hoje à tarde para comprar uma bela garrafa de vinho para o anfitrião. Vivian está usando outro vestido brilhante, desta vez fúcsia. Tem numa das mãos um drinque, alguma coisa clara só com gelo, e, na outra, um buquê de tulipas amarelas.

— Amigos — diz ela, beijando-nos sem respingar uma gota. Entrega as tulipas a Alice e recua para olhá-la. — As tulipas amarelas são uma tradição, embora eu não saiba dizer quando ou por que começou. Venham. Estou ansiosa para apresentar vocês dois ao grupo.

Enquanto subimos os degraus de pedra, Alice me lança um olhar, como se dissesse *Tarde demais para recuar*.

As portas maciças dão para um gigantesco vestíbulo. Mas não é o que eu esperava — nenhum mármore, nenhum rebuscado mobiliário francês, nenhum retrato de um barão da ferrovia há muito falecido acima da lareira. Em vez disso, há pisos de madeira natural, uma mesa de aço escovado enfeitada por uma tigela de concreto cheia de suculentas e muito espaço livre. Depois do vestíbulo, há uma enorme sala com janelas do chão ao teto. As janelas enquadram um grupo de pessoas no pátio.

— Estão todos animados para conhecê-los — diz Vivian, conduzindo-nos pelo salão. Pelo espelho acima da lareira, vejo o rosto de Alice. É difícil avaliar sua expressão. Gosto de vê-la segurando as tulipas amarelas, que a fazem parecer mais suave. Desde que assumiu o posto no escritório de advocacia, ela desenvolveu arestas mais agudas; os serões e a intensidade do trabalho tornaram-na, o que é compreensível, um pouco impaciente.

Uma mulher atraente na casa dos cinquenta passa apressada em direção a uma porta à nossa esquerda, carregando uma bandeja vazia. Parece exausta, embora por trás da energia nervosa esteja a postura de uma mulher que tem dinheiro e influência.

— Ora — diz Vivian —, o momento perfeito. Deixem-me apresentá-los à nossa anfitriã, Kate. Kate, estes são Alice e Jake.

— Claro que são — reage Kate, empurrando a porta com o ombro e revelando uma enorme cozinha.

Ela põe a bandeja no balcão e se vira para nós. Adianto-me para lhe apertar a mão, mas ela me puxa para um longo abraço.

— Amigo — ela exclama —, seja bem-vindo!

De perto, ela exala um leve aroma de pasta de amêndoas. Percebo uma cicatriz no lado esquerdo do seu queixo. Ainda que a tenha coberto com maquiagem, pode-se ver que foi um grande corte. Pergunto-me como aconteceu.

— Minha querida Amiga — diz ela, beijando Alice —, você é exatamente como Vivian descreveu.

Virando-se para Vivian:

— Por que você não os leva para fora e os apresenta ao grupo? Tenho trabalho a fazer. Já faz muito tempo desde que dei uma festa para trinta e seis pessoas sem ajuda.

— As Regras determinam que ninguém além dos membros esteja presente na festa trimestral — explica Vivian quando a porta da cozinha se fecha por trás de Kate. — Sem bufê, sem garçons, sem cozinheiros, sem empregados. Por segurança, é claro. Prestem atenção: sua vez vai chegar.

Alice me olha com as sobrancelhas erguidas, animada. Já a vejo planejando a festa na cabeça.

O quintal é gigantesco. Uma piscina retangular azul brilhante, uma fogueira, um gramado exuberante cercado por olmos — parece a foto de uma luxuosa revista de casa e jardim. Tochas refinadas dão à área um brilho suave, e, na penumbra, consigo vislumbrar os grupos de convidados.

Vivian nos entrega duas taças de champanhe e nos leva para o centro do pátio.

— Amigos — ela chama, com duas palmas.

Todos param de falar e se viram para olhar. Embora eu não seja exatamente tímido, não gosto de estar num palco e sinto meu rosto avermelhando.

— Amigos, eu lhes apresento Alice e Jake.

Um homem de paletó esporte azul e jeans escuros dá um passo à frente. Percebendo de repente que a maioria dos homens está vestido da mesma maneira — mais para empresário do Vale do Silício do que para investidor de Wall Street —, quis não ter posto o terno. Ele ergue seu copo.

— A novos Amigos! — exclama.

— A novos Amigos! — o grupo ecoa.

E todos bebemos. Depois de acenos de cabeça e sorrisos dirigidos a Alice e a mim, os outros voltam a suas conversas e o homem se aproxima para se apresentar.

— Roger — diz ele. — Estou muito contente por recebê-los em minha casa no dia da sua apresentação.

— Obrigada por nos acolher — diz Alice.

Vivian me pega pelo braço.

— Vamos deixar esses dois conversarem. Há pessoas que você precisa conhecer.

É um grupo de pessoas melhor do que eu esperava — tranquilas, felizes, nenhuma óbvia arrogância ou pretensão. Dois investidores de capital de risco, um neurologista e sua mulher dentista, um ex-jogador profissional de tênis, muita gente de tecnologia, o âncora de um jornal local, um designer de roupas, um casal de publicitários e o marido de Vivian, Jeremy, um editor de revistas.

Aproximamo-nos do último grupo. Quando Vivian começa as apresentações, me dou conta de que uma das mulheres é alguém que conheço. JoAnne Webb — agora JoAnne Charles, segundo Vivian. Fomos colegas de faculdade. Mais do que isso, estávamos na mesma classe, vivíamos em dormitórios adjacentes durante o penúltimo ano e éramos ambos monitores de andar. Todas as terças-feiras, o ano inteiro, eu a encontrava na reunião semanal de monitores, no Salão da Lareira.

Mesmo sem ver JoAnne há anos, eu na verdade pensei nela muitas vezes. Foi por influência de JoAnne que me tornei terapeuta. No meio do segundo ano, numa noite quente durante a semana, eu estava jantando na cantina quando um garoto do meu andar chegou correndo, pálido e apavorado.

— Tem alguém querendo pular do prédio Sproul — ele sussurrou. — Estão precisando de você.

Saí correndo da cantina, atravessei a rua e subi voando até o telhado do dormitório vizinho. Empoleirado na beirada, havia um garoto que não reconheci direito. Suas pernas balançavam no ar, sete andares acima do chão. JoAnne era a única outra pessoa ali. Eu podia ouvir sua voz macia, falando devagar enquanto ela ia chegando mais perto. O garoto parecia irritado, prestes a pular a qualquer momento. Pelo telefone das escadas, chamei a polícia do campus.

Aproximei-me de onde JoAnne tinha se sentado ao lado do garoto, as pernas também penduradas para fora do telhado. Ela fez um leve gesto com a mão, pedindo tempo e privacidade. À medida que a voz do garoto ia ficando mais agitada, a de JoAnne se tornava mais suave e baixa. O menino tinha uma longa lista de coisas que o estavam incomodando — notas, dinheiro, os pais, o de sempre, embora parecesse ter sido um relacionamento curto e fracassado o que mais o levara àquele momento na beirada. Dois outros tinham pulado do mesmo telhado meses antes, naquele semestre; pelo som da voz do garoto, acreditei que ele logo seria o terceiro.

Por quase duas horas, JoAnne ficou sentada com ele, enquanto uma multidão de estudantes, a polícia do campus e um caminhão dos bombeiros se amontoavam lá embaixo. Sempre que alguém ia até o telhado e se aproximava deles, JoAnne levantava a mão como para dizer *Me dê mais tempo*. A certa altura, ela me acionou.

— Jake — ela chamou. — Estou com dor de garganta, você pode me pegar um refri lá na máquina?

E então se virou para o garoto.

— John, vai um refri pra você também?

O garoto pareceu baixar a guarda. Ele parou de falar, encarou-a e, por fim, declarou:

— Taí, parece uma boa.

Não sei explicar por que, mas no mesmo instante eu soube que naqueles dez segundos, naquele simples oferecimento de um refrigerante, JoAnne de alguma maneira tirou do garoto a ideia de se matar. Eu era bastante bom no que fazia, trabalhando com gente, mas naquele instante percebi que estava anos atrás de compreender as pessoas do jeito que JoAnne compreendeu aquele menino. Alguns meses depois, mudei de curso e fui para Psicologia Comportamental. Desde então, sempre que vejo uma lata de refrigerante numa máquina, ouço a voz de JoAnne: *Vai um refri pra você também?*

Na faculdade, JoAnne era feiosa, o cabelo comprido em tons mesclados de louro e castanho. Agora, de pé à minha frente, à luz das tochas, parece outra. Cada fio em sua cabeça parece seguir as ordens severas de algum cabelereiro exigente e ditatorial de um caríssimo salão em Union Square. Não é que ela não esteja bem. Só é surpreendente. Quando foi que ela aprendeu a se maquiar?

— É um prazer vê-lo, Jake — diz JoAnne.

— Então vocês dois se conhecem.

Há uma alegria falsa na voz de Vivian.

— Que coincidência mais perfeita! Estou surpresa por ninguém me ter avisado.

— Trabalhamos juntos na faculdade — explica JoAnne. — Há séculos.

— Ah! — faz Vivian. — Fora do alcance da nossa atual política de rastreamento.

Então JoAnne me dá um longo abraço, sussurrando no meu ouvido:

— Olá, velho amigo.

Um homem se aproxima — moreno, anguloso, peso médio, usando um terno caríssimo.

— Sou Neil — diz ele, apertando minha mão com muita força. — O marido de JoAnne.

— Espero que JoAnne não se importe que eu conte — falei —, mas eu a vi salvar a vida de um garoto, uma noite.

Neil muda o peso do corpo de um pé para o outro. Seu olhar passa de mim para JoAnne. Já vi aquele olhar antes. Ele está me avaliando, avaliando a reação de sua esposa em relação a mim, decidindo se sou uma ameaça.

— Ela é uma mulher de muitos talentos — retruca.

— Ora — JoAnne protesta em voz baixa —, não foi bem assim.

Antes que eu tenha tempo de responder, Vivian me puxa dali.

— Temos que ver outras pessoas — insiste, guiando-me até onde está nossa anfitriã Kate. Perto dela, no gramado, um oleado está preso por estacas. Kate está pisoteando o oleado com seus sapatos, parecendo perturbada com isso.

— Você precisa de ajuda? — pergunto.

— Não, não — ela responde —, cogumelos idiotas. Logo hoje, quando consegui que o pátio ficasse perfeito, eles resolveram brotar. Uma vergonha.

— Bobagem — diz Vivian. — Está tudo maravilhoso.

Kate ainda está franzindo o nariz.

— Hoje à tarde, eu estava a ponto de arrancá-los e jogá-los no lixo orgânico quando Roger saiu correndo da casa e me interrompeu. Ao que parece, são de um tipo raro e venenoso. Poderiam ter me matado. Roger sabe reconhecer; ele era botânico antes de ir para o banco. De qualquer maneira, só jogamos um oleado em cima deles. O rapaz virá na terça.

— Na nossa fazenda em Wisconsin, quando eu era criança — diz Vivian —, tivemos um cogumelo com mais de quatrocentos quilos. Tinha crescido dentro da terra até o tamanho de um caminhão antes mesmo que percebêssemos que estava ali.

Vivian não me convence como garota fazendeira de Wisconsin. É isso o que acontece no Vale do Silício. Deixe alguém aqui por algumas décadas e as arestas agudas e características típicas de seus estados natais dão lugar a um revelador brilho do norte da Califórnia. Alice o chama de "Saúde com uma boa dose de ações da Bolsa".

Kate se desculpa por ir terminar de preparar a comida e Vivian me arrasta para outro grupo. Roger se aproxima com uma garrafa de vinho e um copo limpo.

— Sede?

Concordo com a cabeça.

— Por favor.

Ele enche meu copo até a metade antes que a garrafa esvazie.

— Espere aí — ele pede, pegando uma garrafa idêntica no bar improvisado na mesa do jardim.

Do bolso de trás, tira um objeto oval de aço inoxidável e, com um movimento de seu pulso, aquilo se transforma de uma estranha amostra de arte moderna num simples saca-rolhas.

— Tenho isto há quase vinte anos — explica. — Kate e eu o trouxemos de nossa lua de mel na Hungria.

— Uma aventura — observa Vivian. — Jeremy e eu só fomos até o Havaí.

— Nós éramos os únicos turistas num raio de quilômetros — conta Roger. — Tirei um mês de férias e alugamos um carro para conhecer o país. Vivíamos em Nova York naquela época e Hungria foi a coisa menos nova--iorquina em que conseguimos pensar. Enfim, estávamos saindo da cidade de Eger no nosso Lancia quando um pistão quebrou e tudo congelou. Empurramos o carro para o acostamento e começamos a andar. Havia luz numa casinha. Batemos à porta. O dono nos convidou a entrar. Moral da história, passamos alguns dias em sua casa de hóspedes. Ele tinha um negócio paralelo de fabricação de saca-rolhas e nos deu este como presente de despedida.

— É só um objeto — continua Roger —, mas eu o adoro. Ele me lembra da melhor época da minha vida.

Eu nunca tinha ouvido um homem falar da sua lua de mel com tanta nostalgia. Aquilo me faz pensar que talvez o tal Pacto seja algo especial.

A noite toda é um borrão. A comida é excelente, sobretudo a sobremesa, uma impressionante pilha de profiteroles; não sei como Kate conseguiu fazer aquilo tudo sozinha. Infelizmente, estou nervoso demais para apreciar tudo como deveria. Passei a noite inteira me sentindo como se estivesse no meio de uma daquelas nada ortodoxas entrevistas de emprego no Vale do Silício — intermináveis perguntas disfarçadas de bate-papo, mesmo que você saiba tratar-se de uma conversa bem elaborada cujo propósito é trazer à tona a sua verdadeira essência.

Na volta para casa, Alice e eu comparamos impressões. Estou preocupado por ter falado muito pouco e talvez entediado todo mundo. Alice está preocupada por ter falado demais. Ela faz isso quando está nervosa. É um hábito perigoso que já lhe causou problemas em eventos sociais. Descendo em zigue-zague pela saída dos carros, seguindo por estradas tortuosas e de volta à rodovia, estamos os dois cheios de energia nervosa. Alice está otimista, mesmo meio tonta.

— Já estou torcendo pela próxima — diz ela.

E naquele instante resolvo não contar a ela meu segundo encontro com JoAnne. Foi mais tarde durante a noite, quando todos estavam reunidos perto da fogueira. Parecia ser um momento de compartilhamento organizado, em que os casais contavam que presentes tinham dado um ao outro e que viagem haviam feito desde a última festa trimestral. Desconfortável e um pouco entediado, fugi para o banheiro. Depois de lavar as mãos e esperar alguns minutos para juntar meus pedaços, apreciando o silêncio depois de uma noite de conversa fiada, abri a porta e encontrei JoAnne parada ali. A princípio, achei que ela também tivesse subido para usar o banheiro, mas depois me dei conta de que tinha me seguido.

— Oi — eu disse.

Nervosa, ela olhou para os dois lados do corredor antes de sussurrar:

— Me desculpe.

— Por quê? — perguntei, surpreso.

— Você não deveria estar aqui. Eu não vi seu nome na lista. O e-mail deve ter chegado quando estávamos de férias. Eu poderia ter impedido, Jake. Poderia ter salvado vocês. Agora é tarde demais. Sinto muito.

Ela me encarou com aqueles olhos castanhos dos quais eu me lembrava tão bem.

— De verdade, me desculpe.

— São pessoas simpáticas — respondi, confuso. — Com certeza, você não tem por que se desculpar.

Ela pôs uma das mãos em meu ombro e pareceu prestes a dizer alguma coisa, mas só suspirou.

— É melhor você voltar para lá.

No dia seguinte à festa, cheguei em casa e encontrei uma caixa pesada na varanda da frente. Dentro, garrafas de vinho húngaro e um cartão sem assinatura. *Sejam bem-vindos, Amigos*, estava escrito em letras cursivas douradas. *Ansiosos para revê-los.*

18

EMBORA ESTEJAMOS EM PLENA temporada natalina, Alice ainda está muito ocupada no escritório. Bem impressionados pela maneira com que ela atacou o novo caso de propriedade intelectual, os sócios lhe tinham dado novas responsabilidades.

Mergulho de cabeça no meu próprio trabalho. Através de um contato em sua igreja, Ian começou a me encaminhar mais clientes para a terapia de casal. A maioria está às voltas com as coisas de sempre, a chegada de filhos, um caso extraconjugal, uma queda na renda familiar.

Setenta em cada cem pretendiam se divorciar, mas eu estava decidido a diminuir esse percentual. Cheguei ao ponto de conseguir prever as perspectivas de sobrevivência conjugal de um casal nos primeiros dez minutos de conversa. Sem querer me gabar, eu sou bom em decifrar as pessoas. É um dom que tenho... um talento natural, apurado por anos de prática. Às vezes, eu era capaz de saber como estavam as coisas mesmo antes de nos instalarmos no consultório. Casais que se acomodavam juntos no sofá ainda estavam tentando fazer o casamento funcionar, enquanto os que se encaminhavam para as poltronas já haviam aceito — pelo menos no subconsciente — um eventual divórcio ou separação. Sem dúvida, havia outros indícios: o modo como se sentavam, pés virados ou afastados, braços soltos ou cruzados, casacos vestidos ou no colo. Cada casal mandava centenas de pequenos sinais quanto ao caminho que seguiria seu casamento.

Winston e Bella — ambos asiáticos e com trinta e poucos anos — eram meu casal preferido. Ele era farmacêutico, e ela tecnóloga de informação. Ambos lidavam com seus problemas com bom humor e, na maioria das vezes, eram suficientemente maduros para superar as pequenas mesquinharias que começavam a me incomodar em alguns pacientes. Isso dito, o rompimento de Bella com o namorado anterior, Anders, respingara um pouco demais no começo de sua relação com Winston. Tudo havia acontecido há quase dez anos, mas continuava a ser um obstáculo regular para seu progresso. Não fossem o ciúme e a insegurança de Winston, insistia Bella, ela nem se lembraria da existência de Anders durante todos aqueles anos. Infelizmente, Winston parecia incapaz de superar os detalhes do seu início problemático.

Naquela quinta-feira, enquanto Bella estava na sala de espera, Winston me perguntou se eu achava que um relacionamento podia sobreviver a um começo difícil.

— É claro — respondi.

Mas então Winston me questionou:

— Você não nos disse, em nossa primeira sessão, que a semente do fim de um relacionamento pode sempre ser encontrada no seu começo?

— Disse.

— Meu medo é que a semente tenha sido plantada no nosso primeiro mês juntos, quando ela ainda se encontrava em segredo com Anders, e que agora a árvore tenha crescido demais para ser arrancada.

— O fato de vocês estarem aqui significa que há grandes chances de tudo dar certo.

Eu queria que fosse verdade, mas também sabia que Winston, quer se desse conta ou não, ainda estava alimentando aquela semente, regando-a, permitindo à árvore crescer, apesar de suas melhores intenções. E eu lhe disse isso.

— Mas como eu me livro disso? — ele pediu.

Eu percebia que seu coração estava partido.

— Ela ainda se encontra com Anders para almoçar, você sabe. E nunca me conta. Eu sempre descubro por terceiros, por algum amigo de amigo, e quando lhe pergunto, ela fica logo na defensiva. Como é que eu posso confiar nela se ela me prova, a cada vez que se encontra com ele às escondidas, que seu passado com ele é importante a ponto de valer a pena arriscar nosso futuro?

Quando Bella voltou para o consultório, resolvi confrontá-los com o fato de que a semente tinha se transformado em árvore.

— Bella — comecei —, por que você acha que ainda conserva essa amizade com Anders?

— Porque eu não deveria precisar desistir dos meus amigos.

— Tudo bem, eu entendo o seu ponto de vista. Mas, sabendo que a manutenção dessa relação está tendo um efeito negativo sobre seu casamento, você não consideraria ser mais honesta com Winston a respeito? Por exemplo, você não poderia contar a Winston quando for almoçar com Anders? Talvez pudesse até convidá-lo para ir junto.

— Não é tão simples. Se eu disser a ele, teríamos uma briga.

— Quando você mantém segredo, isso também dá em briga, não dá?

— Pode apostar.

— Muitas vezes, se um dos cônjuges sente necessidade de manter alguma coisa escondida do outro, há algum motivo subjacente que ultrapassa a provável reação do cônjuge enganado. Você é capaz de pensar num motivo subjacente?

— É que há muita história — ela admitiu. — Um monte de bagagem. É por isso que eu não conto ao Winston.

Vi os ombros de Winston caírem, vi os pés de Bella se afastarem dele na direção da parede, vi seus braços se cruzarem — e percebi que aquilo seria mais difícil do que eu tinha imaginado.

19

— VIVIAN LIGOU PARA VOCÊ? — me perguntou Alice pelo telefone.

Era de manhã, véspera de Natal.

— Não — respondi, distraído.

Eu estava no consultório, estudando a pasta de um paciente, me preparando para o que prometia ser uma sessão difícil. O paciente, Dylan, era um garoto de catorze anos, brilhante e às vezes divertido, que lutava com uma depressão. Sua tristeza, e minha incapacidade de curá-lo, acabavam comigo.

— Ela quer me encontrar para almoçar.

Alice parecia agitada.

— Eu disse que estou atolada, mas ela insistiu que era importante e eu não soube como recusar, depois de ela ter sido tão gentil conosco na festa e eu nunca ter lhe mandado nem um bilhete de agradecimento.

Fechei a pasta, usando o indicador para marcar a página.

— O que você acha que ela quer?

— Não sei. Temos uma reserva para o meio-dia no Fog City.

— Eu esperava que você fosse chegar cedo em casa.

— Duvido muito. Mas vou tentar.

Quando cheguei, às duas da tarde, a casa estava gelada, então acendi a lareira e comecei a embrulhar os presentes de Natal de Alice. A maioria era de livros e discos que ela mencionara nos últimos meses, mais umas blusas de sua loja favorita. Mas eu queria que parecessem bonitos. O item principal era um cordão de prata com uma bela pérola negra encastoada num pingente.

Para Alice e para mim, como para muitos casais, os planos de Natal eram complicados. Quando cresci, minha família sempre o celebrava de um jeito estranho. Quando meu pai chegava do trabalho na véspera do Natal, meus pais amontoavam as crianças no carro e então papai desaparecia na casa por alguns minutos, alegando ter esquecido a carteira. Quando ele voltava, minha mãe já tinha ligado o rádio nas músicas de Natal e estávamos todos cantando. Então papai subia atrás do volante e saíamos em busca da pizza, numa noite em que a maioria das lojas de pizza estava fechada. Quando voltávamos para casa, Papai Noel tinha passado. Os presentes, nunca embrulhados, estavam jogados debaixo da árvore; e começava o pandemônio.

Os Natais da infância de Alice eram mais tradicionais. Dormir cedo no dia 24, biscoitos deixados para o Papai Noel, presentes embrulhados a ser descobertos debaixo da árvore na manhã de Natal, seguidos por um longo culto numa igreja batista.

Em nosso primeiro Natal juntos, decidimos que seria justo alternarmos o calendário das festas. Nos anos ímpares celebraríamos do meu jeito, e nos pares honraríamos as tradições da família de Alice. Mas a coisa legal em Alice era que ela sempre cedia quando se tratava do jantar da véspera de Natal; ela gosta de pizza tanto quanto eu. Aquele era um ano par, motivo pelo qual eu estava embrulhando tudo.

Perambulei pela casa a tarde toda, à espera de Alice. Arrumei tudo e assisti a *Um conto de Natal*. Às sete horas, Alice ainda não havia chegado.

Exatamente quando eu começava a me aborrecer porque era provável que fôssemos perder a chance de conseguir uma pizza, ouvi a porta da garagem se abrir e seu carro entrar. Ouvi seus passos nos degraus dos fundos e, mesmo antes de vê-la, senti cheiro de pizza. Ela trazia uma grande, de *pepperoni*. E tinha até alguns presentes para mim, embrulhados e empilhados em cima da pizza.

— Isso parece legal — eu disse, vendo o papel xadrez brilhante, os laços intrincados, a etiqueta dourada do MoMA de São Francisco. Imaginei que, até aquela manhã, Alice tivesse se esquecido por completo de que era véspera de Natal e parado na loja do museu a caminho do almoço.

Quando Alice abriu a caixa da pizza e deslizou uma fatia para o meu prato, reparei que estava usando um bracelete que eu nunca tinha visto. Era moderno, prateado, de algum tipo de plástico duro moldado ou talvez de alumínio ou fibra de vidro. Tinha cinco centímetros de largura e aderia perfeitamente ao braço. Não vi um fecho, nem como estava preso ou, mais importante, como seria tirado.

Era uma bela peça de bijuteria, mas me surpreendeu que ela tivesse pensado em fazer compras para si mesma com tanto trabalho com que se preocupar.

— Bela pulseira — comentei. — MoMA?

— Não — disse ela, dividindo sua pizza pela metade. — Presente.

— De quem?

Meu primeiro pensamento foi para aquele sujeito na festa do escritório, Derek Snow, o do cabelo cacheado.

— Da nossa amiga Vivian.

— Ah! — exclamei, aliviado. — Muita gentileza dela.

— Não, não foi mesmo.

— Como é?

Ela parou um pouco, para comer a pizza.

— O almoço foi bizarro. Mais do que bizarro. Eu nem deveria estar falando nisso, não quero criar problemas para você.

Aquilo me fez rir.

— Vivian não é exatamente a Gestapo. Tenho certeza de que ficarei bem. O que foi que ela disse?

Alice ficou séria, mexendo no bracelete novo.

— Parece que, na festa, eu realmente falei demais.

— Como assim?

— Vivian disse que alguém que estava na festa tem restrições a meu respeito. Estão preocupados com o fato de que eu não esteja tão ligada no nosso casamento quanto deveria. Apresentaram uma queixa ao Pacto.

Parei de mastigar.

— Uma queixa? Mas o que é isso?

— Uma denúncia extraoficial. — Alice mexia no bracelete. — Basicamente, alguém me denunciou: redigiu uma queixa formal e mandou.

— Mandou para onde? — perguntei, incrédulo.

— Para a "Matriz", seja lá o que isso queira dizer.

— O quê? Só pode ser brincadeira.

Alice balançou a cabeça.

— Foi o que achei, no começo. Que Vivian estava só se divertindo às minhas custas. Mas não era brincadeira. O Pacto tem um tribunal que se ocupa dos problemas entre os membros, inclusive aplicando multas e penalidades.

— Penalidades? Jura? Achei que aquela parte do Manual fosse só simbólica.

— Parece que não. Eles usam todo o jargão e os métodos dos tribunais.

— Mas quem iria acusar você?

— Não sei. É anônimo. Vivian sublinhou que, se eu tivesse lido o Manual inteiro, iria compreender. Todos no grupo são responsáveis por relatar qualquer motivo de preocupação que possa refletir negativamente sobre outro membro e seu casamento. Ela ficava repetindo que a pessoa me denunciou "porque são nossos amigos".

— Mas quem você acha que foi?

— Eu não sei — ela repetiu. — Fico pensando numa conversa que tive. O de cabelo castanho com sotaque francês.

— Moreno?

— É, não consigo me lembrar do nome dele.

— Não, esse é o *nome* dele — esclareci. — Moreno. Sua mulher era Elodie. Ele é advogado. Direito Internacional. Ela é vice qualquer coisa no consulado francês.

— Isso mesmo. Ele ficou me fazendo perguntas a respeito do escritório, dos meus casos, da carga de trabalho. Me lembro de ter falado sem parar sobre todas as horas que estava trabalhando e como estava dormindo pouco. Ele me deu um olhar de desaprovação quando mencionei que muitas vezes nós só nos sentávamos para jantar supertarde. Achei estranho. Ele é advogado... como pode não ter feito serão algumas vezes?

Alice estava pálida. Era evidente que estava exausta por conta de tanto trabalho e tão pouco sono. Pus outra fatia de pizza em seu prato e empurrei-o para a frente dela.

— Isso é bizarro, não é?

— A notificação extrajudicial dizia que gostaram de nós dois, que ambos parecíamos dedicados ao nosso casamento, mas que estavam preocupados com o fato de eu gastar grande parte da minha energia e do meu tempo com meu trabalho. Segundo Vivian, isso é um problema comum.

— Espero que você tenha dito a ela que ninguém tem nada a ver com quanto tempo você trabalha.

Mas, pela expressão no rosto de Alice, eu soube que ela não tinha dito nada.

— Vivian levou seu exemplar do Manual, com a página marcada. Parece que eu poderia estar a ponto de infringir o Parágrafo 3.7.65, "Prioridade de foco". A queixa não era de que eu tivesse infringido alguma regra, mas o informante se preocupava com o fato de que, se não houvesse uma intervenção, eu pudesse vir a cometer tal infração no futuro.

86 *Michelle Richmond*

— Informante? Céus! Retiro o que eu disse quanto à Gestapo.

Mas então eu me dei conta de que havia mais alguma coisa me perturbando: a calma na expressão de Alice, o jeito resignado e indiferente com que ela me contava aquilo tudo.

— Você não parece zangada — observei. — Como é que pode, você não estar zangada?

Alice pegou outra vez no bracelete.

— Para ser honesta, acho que estou curiosa. Toda essa coisa com o Manual, Jake, eles levam isso *muito* a sério. Preciso reler essa coisa.

— Então, qual foi a penalidade? Um bom almoço com Vivian? Achei que seria pior.

Alice levantou o braço, chamando a minha atenção para o bracelete.

— *Isto* é a penalidade.

— Não estou entendendo — insisti.

— Vivian disse que a sede decidiu que eu era candidata a maiores observações.

Entendi afinal o que ela estava dizendo. Peguei a mão de Alice, examinando melhor o bracelete. Estava quente e cedia ao toque. Quando olhei mais de perto, vi que a parte inferior tinha um anel de pequenas luzes verdes incorporado ao plástico, traçando um círculo em volta do pulso de Alice. À frente, onde deveria ficar o mostrador de um relógio, havia uma série de furinhos formando a letra *P*.

— Isso dói? — perguntei.

— Não.

Ela parecia muito calma, quase contente. Percebi que não tinha falado de trabalho nem uma vez desde que chegara, a não ser no contexto da preocupação do Pacto com o excesso de tempo que ela dedicava à advocacia.

— Como você tira isso?

— Não tiro. Vivian me disse que nos encontraremos de novo daqui a quinze dias. É provável que então isso vá se abrir.

— O que isso *faz*, Alice?

— Não sei. De algum jeito, isso me *monitora*. Vivian disse que é uma oportunidade para que eu prove o quanto estou focada no nosso casamento.

— GPS? Monitoramento por áudio? Por vídeo? Cristo! O que eles querem dizer, exatamente, com monitoramento?

— Não tem vídeo — disse Alice. — Ela foi bem clara quanto a isso. Mas tem GPS sim, e talvez também tenha áudio. Vivian disse que nunca usou um e que não tem certeza do que acontece quando é retirado. As instruções que recebeu foram apenas para colocar o bracelete no meu braço, me explicar por que eu o estava usando e depois removê-lo e devolvê-lo à sede dentro de duas semanas.

Examinei melhor o bracelete, mas não consegui descobrir um jeito de tirá-lo.

— Não se preocupe — disse Alice. — Há uma chave. Está com Vivian.

— Ligue para ela — falei, zangado. — Hoje. Pouco me importa se é véspera de Natal. Diga que isto tem que sair. Tudo isso é um absurdo.

Mas então Alice me surpreendeu. Ela passou os dedos de leve pela pulseira.

— Você acha que eu me dedico demais ao trabalho?

— Todo mundo se dedica ao trabalho. Você não seria uma boa advogada se não se dedicasse. Assim como eu não seria um bom terapeuta se não me dedicasse ao que faço.

Mas, enquanto eu falava, fiz um rápido cálculo mental das horas que tinha trabalhado naquela semana, versus as horas que Alice tinha trabalhado. Pensei em quantas vezes eu não tinha vindo jantar em casa desde que nos casamos — exatamente zero — e em quantas vezes Alice não tinha jantado em casa: perdi a conta. Pensei em seus começos de manhã na cozinha, repassando casos e dando telefonemas para a Costa Leste enquanto eu ainda estava na cama. Pensei em como, nas cada vez mais raras vezes em que ficávamos os dois sozinhos, ela estava sempre olhando para o celular, sempre pensando em outra coisa. Fossem quais fossem as observações feitas pelo informante da festa, não estavam de todo erradas.

— Acho que o que estou dizendo é que eu quero tentar — explicou Alice. — Quero que o nosso casamento dê certo, quero tentar o Pacto e, se isto faz parte do pacote, estou disposta a continuar.

Ela apertou minha mão.

— Você está?

Olhei-a nos olhos, buscando algum sinal de que ela só estivesse representando para o bracelete. Mas não havia nada disso. Se há uma coisa que sei a respeito da minha mulher é que ela está sempre pronta para coisas novas, sempre ansiosa pela próxima grande experiência em saúde, ciência ou engenharia social. Tendo sobrevivido à sua família disfuncional, ela acredita que pode sobreviver a tudo. Chegou a se candidatar para ir a Marte, quando Elon Musk fez o convite para que exploradores leigos embarcassem na primeira nave espacial tripulada. Graças aos céus não a escalaram, mas o caso é que ela fez seu vídeo de apresentação, preencheu a papelada e realmente *se candidatou a tirar a bunda da Terra* e ir para o espaço e muito provavelmente morrer na aventura. É assim que ela é. Uma das coisas que amo em Alice é ela ser tão loucamente aberta a novas experiências. O perigo não a apavora, só a entusiasma. O Pacto é bizarro, certamente, mas, comparado a uma passagem só de ida para Marte, quão apavorante poderia ser?

Naquela noite, no quarto, em nossa cama grande e alta com sua pequena mas linda vista do oceano Pacífico, Alice e eu fizemos amor. Ela se movia com uma intensidade de paixão e desejo que, para ser honesto, eu não via há algum tempo, embora nenhum de nós tenha dito uma palavra, antes ou depois. Foi realmente incrível.

Mais tarde, depois que ela pegou no sono, fiquei deitado, acordado, incapaz de desligar o cérebro. Teria aquele desempenho sido para o bracelete, ou para mim? De qualquer maneira, senti-me grato — pelo nosso casamento, por Alice e até mesmo por aquela estranha novidade em que nos tínhamos envolvido. Aquele Pacto parecia estar fazendo exatamente aquilo a que se propunha: nos aproximar.

20

O Natal e os dias que se seguiram foram extraordinariamente promissores. Meus sócios e eu tínhamos fechado o consultório por uma semana. Era uma espécie de reconhecimento pelo ano difícil mas muito bem-sucedido que tivemos.

Tínhamos ampliado nossa visibilidade e aumentado nossos lucros. Em agosto, concluímos a compra do nosso imóvel, um encantador apartamento vitoriano de dois quartos que havia sido transformado em conjunto comercial. Nosso consultório tinha, de alguma maneira, conseguido superar todos os obstáculos e agora parecia estável e definitivo.

Cinco dias depois do Natal, porém, minha maré de boa sorte chegou ao fim. Às cinco e meia da manhã, acordei e vi Alice parada ao lado da cama, segurando meu celular. Estava enrolada numa toalha, com outra menor em volta da cabeça, como um turbante. Cheirava a limão e baunilha, aquela loção que ela usa e sabe que me deixa doido. Fiquei morto de vontade de puxá-la para a cama, mas a expressão de alarme em seu rosto me disse que não seria o caso.

— Tocou quatro vezes, por isso atendi — disse ela. — Há um problema.

Enquanto estendia a mão para pegar o telefone, repassei na cabeça minha lista de clientes, preparando-me para o que ouviria.

— Jake?

Era a mãe de uma menina do meu grupo das terças-feiras — adolescentes cujos pais estavam se divorciando ou tinham se divorciado há pouco tempo. A mulher falava tão depressa que não consegui entender o nome da filha. A garota tinha fugido, ela disse. Sem perguntar outra vez seu nome, tentei rapidamente imaginar quem seria. Na semana anterior, havia seis adolescentes no grupo. Três meninas, três meninos. No mesmo instante eliminei Emily, uma garota de dezesseis anos que frequentava as reuniões há um ano e estava pronta para sair, sentindo que havia enfim se conformado com o divórcio dos pais. Mandy também parecia pouco provável — aguardava com ansiedade uma viagem de uma semana a Park City para ajudar o pai em seu trabalho de caridade. Restava Isobel, que estava muito abalada pelo recente divórcio dos pais. Fiquei preocupado com o fato de que nossa semana de férias natalinas pudesse tê-la afetado bastante, quase tanto quanto a Dylan.

— Você já falou com seu marido? — perguntei.

— Já. Ela deveria ter tomado o trem para ir à casa dele, ontem, mas nunca chegou lá — disse a mulher, histérica. — Só nos demos conta hoje pela manhã, meu marido achou que Isobel estivesse comigo. Você teve notícias dela?

Sua voz vibrou de esperança.

— Não tive, sinto muito.

— Nós já deixamos centenas de mensagens.

— Você se importa se eu ligar para ela?

— Por favor, ligue.

A mãe me deu o número do celular de Isobel, junto com seu e-mail, nome no Twitter, nome no Snapchat. Fiquei impressionado por ela saber tanto a respeito da presença da filha nas redes sociais; a maioria dos pais não era assim, mesmo que as redes sociais sejam a maior fonte de problemas para a garotada. A mãe de Isobel me disse que já tinha chamado a polícia, mas que a informaram que, na idade de Isobel, só poderiam registrar uma queixa vinte e quatro horas depois do seu desaparecimento. Alice ficou de pé ao lado da cama o tempo todo, de turbante e toalha. Quando desliguei, ela quis ouvir a história.

— Você acha que ela está correndo perigo? — Alice perguntou, tirando do armário um comportado terninho azul.

— Isobel tem a cabeça no lugar — afirmei. — É provável que só tenha passado a noite com alguma amiga. Ela está zangada com os pais. E me disse que precisava de um tempo longe do comportamento imaturo dos dois.

Alice vestiu a saia.

— Ela disse isso?

Fiz que sim.

— Caraca! Você contou aos pais?

— Não. Sigilo paciente-terapeuta. Mas eu disse a ela para não fazer nenhuma bobagem. Disse que, mesmo que seus pais estejam se comportando como crianças, eles a amam, têm sido pais bastante bons e merecem saber sempre onde ela está.

Alice passou uma camiseta pela cabeça.

— Está parecendo que você não a convenceu.

— Obrigado.

— Na boa — disse Alice, calçando a meia-calça azul-marinho e puxando-a por baixo da saia. — Você deveria mandar uma mensagem, em vez de telefonar.

Teclei o número de Isobel e escrevi:

Isobel, é Jake Cassidy. Há um café bem perto do meu consultório, na esquina de 38 com Balboa. Café Z. Podemos nos encontrar lá ao meio-dia. Eu te ofereço um chocolate quente. Seremos só nós dois, eu juro. As pessoas estão preocupadas com você.

De propósito, não usei a palavra *pais*. Garotos cujos pais estão se divorciando sentem todo tipo de raiva, culpa, amor e pena em relação aos pais, um emaranhado de emoções difíceis de deslindar.

Nenhuma resposta.

21

ANTES DO MEIO-DIA, fui ao Café Z. Me sentei numa mesa de canto. Por conta do café medíocre e dos doces superfaturados, o lugar está sempre vazio. Abri o laptop em cima da mesa, um jornal dobrado ao lado. Se Isobel aparecesse, eu queria parecer tranquilo, não ameaçador.

No meu trabalho com adultos, às vezes é melhor atacar os problemas de frente e com força. Mas com adolescentes, é melhor abordar as coisas pela tangente. Adolescentes estão sempre na defensiva. A maioria dos garotos que conheço aprendeu a construir muralhas rápidas e impenetráveis.

Ao meio-dia, ouço a porta se abrir. Olho, esperando ver Isobel, mas era um casal de hipsters, produzidos da cabeça aos pés com roupas caras feitas para parecer baratas, artisticamente rasgadas para deixar ver as tatuagens, os dois carregando o último modelo de MacBook Air.

Por volta de meio-dia e meia, comecei a me preocupar. E se alguma coisa tivesse mesmo acontecido com Isobel? E se ela não estivesse só dando um tempo daqueles pais terrivelmente imaturos e autocentrados? Estava a ponto de desistir, ir para o consultório e ligar para a mãe quando Isobel se sentou à minha frente. Seu cabelo castanho estava uma bagunça, os jeans estavam sujos e havia círculos negros em volta de seus olhos.

— Você não achou que eu não fosse aparecer, não é?

Eu já tinha ensaiado o que diria, ou parte.

— Para dizer a verdade, meio que achei. Mas você sempre me pareceu alguém que não deixa um amigo plantado.

— Isso aí — concordou Isobel. E, quando me levantei: — Ei, onde é que você vai?

— Estou te devendo um chocolate duplo. Com creme?

— Acho que eu preciso de café.

Enquanto estava no balcão, mandei uma mensagem para a mãe dela. *Isobel ok. Estou com ela agora.*

Graças a Deus, respondeu a mãe. *Onde vocês estão?*

Perto do meu consultório. Nos dê alguns minutos. Não quero assustá-la.

Esperei pela mensagem histérica querendo saber mais, mas reconheço que a mãe de Isobel pareceu compreender que o momento era delicado. *Muito obrigada. Esperarei notícias suas.*

Voltei para a mesa com o café.

— Obrigada — disse Isobel, derrubando um pacotinho de açúcar no café. Ela parecia não ter dormido.

— Então — comecei, dobrando o jornal entre nós dois. — Algum drama sério em casa?

— É.

— Eu disse à sua mãe que você está bem e que está comigo.

Isobel enrubesceu e desviou os olhos. Eu podia ver que ela oscilava entre a raiva e o alívio.

— Tá. Valeu, eu acho.

— Você quer comer alguma coisa, um burrito, talvez? Você já foi ao chinês mais lá na frente? Eu convido.

— Não, obrigada, eu tô legal.

— Sério.

Fechei o laptop e enfiei-o na mochila.

— Eu fico mal não te dando de comer. Você está claramente morta de fome.

Fiquei de pé e comecei a andar para a porta. Isobel me seguiu.

Em silêncio, eu me dei parabéns por tirá-la daquele café e fazê-la se mexer. Conversar andando é sempre mais eficiente do que o suposto constrangimento de estar sentado numa sala, em círculo, com um grupo de companheiros. Enquanto andávamos, Isabel pareceu ir relaxando. Ela tem dezesseis anos, mas, em alguns aspectos, parece mais nova. Ao contrário de outros adolescentes da sua idade, o divórcio dos pais a surpreendeu. Em geral, os filhos descobrem meses antes. Muitos ficam, na verdade, aliviados quando os pais resolvem enfim abrir o jogo. Isobel não. Segundo ela, tudo estava ótimo, sua família era feliz. Ela achava que seus pais tinham um bom casamento, até o dia em que sua mãe lhe disse que ia se mudar para ser "fiel a si mesma".

— Eu sei que não deveria me importar com isso de ela se mudar para ficar com uma mulher — Isobel jogou o copo de café numa lata de lixo —, mas isso me deixa muito puta. É tão injusto com meu pai. E se pelo menos ela estivesse com outro homem, ainda poderia ter, sei lá, uma chance mínima de que eles voltassem a ficar juntos.

— Se ela tivesse ido viver com outro homem — perguntei, com suavidade —, não teria sido injusto do mesmo jeito?

— Não sei — disse Isobel, cada vez mais zangada. (Não comigo, mas com o mundo. Com aquela virada de mesa que a mãe tinha dado em sua vida antes feliz.) — Quer dizer, como é que ela podia não *saber*? Por que ela se casou com meu pai, em primeiro lugar? Eu tenho amigas gays, e elas estão só no ensino médio, mas elas já *sabem*. Não entendo como uma pessoa acorda um dia, quarenta e três anos depois de uma vida totalmente hétero, e muda de ideia.

— Era diferente, na geração da sua mãe.

Andamos uma quadra em silêncio. Alguma coisa a estava incomodando, e ela acabou falando.

— Consigo imaginar como teria sido mesmo melhor, para o meu pai, se ela *soubesse*. Fico imaginando uma vida alternativa para ele, em que ele poderia realizar seu sonho de envelhecer junto com a mesma pessoa. Você acredita que, desde o dia em que eles se casaram, ele separa um dinheiro, toda semana, para a casa de praia que ele pretendia comprar depois que os dois se aposentassem? Minha mãe adora praia, e a casa seria o grande presente dele para ela, seu grande gesto de amor. Durante vinte anos, ele acalentou esse sonho idiota de surpreendê-la com uma casa de praia. Mas o tempo todo esse sonho era falso, e ele nunca soube.

— Triste — eu disse.

Isobel me olhou.

— O que eu estou dizendo é isso: toda a minha existência se baseia na futura infelicidade do meu pai. Mas eu ainda prefiro a minha existência à felicidade dele. Isso faz de mim uma pessoa má?

— É uma premissa falsa. Você existe porque seus pais se casaram e tiveram você. Nada que você pense ou sinta pode mudar isso. Uma coisa da qual eu tenho certeza é que seus pais a amam muito. Nenhum dos dois, eu garanto, trocaria você por uma vida diferente.

Passamos pelo Cinema Balboa, onde havia uma mostra especial da trilogia *Matrix*, então falamos nisso por alguns minutos. Num trabalho para sua aula de moda, me disse Isobel, ela havia desenhado um casaco preto comprido baseado no que Neo usa. As contradições em Isobel me impressionavam; ela parecia ter conhecimentos, vocabulário e habilidades de uma pessoa com o dobro de sua idade, mas sua compreensão do comportamento humano, do mundo real e de suas interações básicas parecia um pouco abaixo de sua faixa etária. Tenho visto muita coisa assim ultimamente. As crianças estão aprendendo cada vez mais depressa a respeito de cada vez mais coisas, mas sua compreensão de si mesmas e dos que as cercam parece estar se desenvolvendo ainda mais devagar do que quando eu era um garoto. Meus colegas costumam culpar celulares e videogames, mas não tenho muita certeza disso.

— Chegamos — anunciei. — Aqui está o Chino. Os melhores burritos de Richmond. O que você quer?

— Vou pedir — decidiu ela.

Foi até o balcão e, confiante, pediu um burrito com carne assada, arroz, sem feijão e com molho de ervas — tudo em espanhol, como uma verdadeira garota de São Francisco. Pedi a mesma coisa, mais batatas fritas e guacamole, e peguei duas Fantas na geladeira.

— Vi a sua mulher no YouTube — disse Isobel, abrindo sua Fanta. — Assisti a uns quatro concertos inteiros de dez anos atrás. Ela é tão *o máximo*.

— É — concordei —, ela é sim.

Gosto de ser lembrado disso. Eu não conhecia Alice há dez anos, quando ela fazia seu nome no mundo da música, se apresentando várias noites por semana e fazendo shows por toda a Costa Oeste. Ela não era importante, não era famosa no sentido tradicional, mas tinha seus seguidores, gente que ansiava pelo seu próximo álbum, que largava qualquer coisa que tivesse na agenda para ir ver sua banda tocar no Bottom of the Hill ou fazer o show de abertura para alguém mais importante no Fillmore. Ela chegou a ter tietes — rapazes, na maioria — que a seguiam de um show a outro e faziam questão de falar com ela nos bastidores, tão nervosos na sua frente que começavam a suar e gaguejar. Ela me disse que não sente falta dos tietes, que sempre a assustaram um pouco, mas sente falta das outras coisas.

Sobretudo da própria música. Hoje em dia, eu me preocupo com o fato de que parte dela vai aos poucos sendo enterrada debaixo de intermináveis dias e noites de trabalho advocatício e conversas corporativas.

— As letras dela são brilhantes — continuou Isobel. — Tudo nela é brilhante. Fiquei olhando a maquiagem dela e tudo o que consegui pensar foi: *Por que é que eu sou um fracasso tão grande? Por que não consigo me maquiar desse jeito?*

— A: você definitivamente não é um fracasso. B: tenho certeza de que você conseguiria, se quisesse.

Isobel me encarava.

— Se eu for à sua casa neste fim de semana e fizer o café da manhã para você e sua mulher, você acha que ela me ensinaria alguns truques de maquiagem?

— Claro — respondi, surpreso.

O balconista chamou nosso número e peguei nossos burritos. Nos sentamos perto da janela.

— Eu sou boa cozinheira, de verdade — disse Isobel, abrindo o embrulho do seu burrito. — Faço umas rabanadas realmente ótimas.

Peguei um pouco de guacamole com uma batata.

— Alice adora rabanadas.

Entre mordidas no burrito, ela me disse ter passado a noite anterior em Ocean Beach, com um surfista chamado Goofy e um bando de gente de Bakersfield.

— Estava gelado. Me enrosquei num cara fedorento chamado DK. Ele usava um colar de conchas idiota, mas eu estava morrendo de frio.

— Não acho isso nada engraçado — falei. — E não me parece lá muito seguro.

— Foi divertido no começo, e depois não foi. Tava todo mundo chapado, menos eu. Mas meu celular tava morto. Mamãe nos passou há pouco tempo para um novo plano, os números são novos, eu ainda não decorei, então eu não pude nem pegar o telefone de alguém e ligar para os meus pais. Cheguei a pensar em andar até o Safeway, mas parecia mesmo muito perigoso. Tem um monte de tarados em Ocean Beach, de noite. Quando achei um café hoje de manhã para carregar o celular, tinha milhões de mensagens e eu não sabia o que fazer.

Pensei em Isobel jogada na praia, sem conseguir ligar para alguém que fosse buscá-la, e meu coração apertou. Acho que é isso o que quero dizer quando afirmo que as crianças parecem mais imaturas hoje em dia. No meu tempo, a gente decorava o número de telefone e o endereço antes do primeiro dia no jardim de infância.

— Sabe, você realmente precisa ir para casa — eu disse. — Se não for por sua causa, faça isso pelos seus pais. Talvez eles não se comuniquem tão bem quanto deveriam, mas você sabe que eles te amam. Talvez você não queira ouvir isso, mas eles também estão passando por maus momentos agora. Você sem dúvida já tem idade bastante para entender que os pais são apenas adultos comuns, com problemas comuns de adultos que nem sempre giram em torno dos filhos.

Isobel começou a brincar com o papel de alumínio, dobrando-o em quadrados cada vez menores.

— Eu me lembro da primeira lição de vida que aprendi — aventurei-me.

Apesar de todo o revirar de olhos e desdém, adolescentes na verdade *confiam* em adultos que têm mais experiência de vida do que eles, mais bom senso. É por isso que seu mundo desaba quando os adultos não se comportam direito, quando deixam que seus erros e defeitos sejam jogados no ventilador.

— Lição de vida?

— Você sabe, uma coisa de verdade, uma coisa que te toca em algum lugar e fica com você.

— Tá — disse ela, parecendo interessada.

— Eu não vou perder o seu tempo com detalhes, mas vamos só dizer que eu tinha quinze anos e as coisas iam mal por diversas razões. Eu tinha feito besteira e tudo o que eu queria era desaparecer. Fiquei vagando pela cidade, tentando imaginar o que fazer, e esbarrei com meu professor de inglês saindo do Câmera Obscura. Foi muito estranho vê-lo fora de contexto. Ele estava sozinho. Vestia jeans e camiseta, em vez do habitual paletó e gravata. E estava numa pior, era evidente, nada a ver com o professor equilibrado e confiável que eu conhecia, ou pelo menos achava que conhecia.

— De qualquer maneira, quando mandei a mensagem para você hoje cedo, me lembrei dele. No dia em que o encontrei, ele teve a capacidade de sacar na mesma hora que eu também estava numa pior. E perguntou se podia me convidar para uma xícara de chocolate quente.

— Já ouvi isso — disse Isobel, sorrindo.

— Para encurtar, eu contei a ele meus problemas e ele não me passou um sermão nem coisa parecida. Não fez com que eu me sentisse mal pelos erros que tinha cometido. Só me olhou e disse: *Sabe, às vezes a gente só tem que dar meia-volta e refazer o caminho*. E foi tudo. Quando o vi na segunda seguinte, ele não disse uma palavra a respeito da nossa conversa. Só perguntou: *Você deu meia-volta?* E, quando eu disse que sim, ele só concordou com a cabeça e confessou: *Eu também.* E foi tudo, mas eu me lembro disso mais do que de qualquer outra coisa que aprendi no colégio.

Enquanto andávamos na direção do consultório, meu celular tocou.

— É a minha mãe, não é?

Fiz que sim.

— Tá — ela disse. — Eu faço um trato com você. Se a sua mulher prometer me ensinar uns truques de maquiagem no fim de semana, eu vou para casa.

— Fechado — concordei. — Mas você precisa mesmo dar uma chance aos seus pais.

— Vou tentar.

Atendi o telefone.

— Está tudo bem — informei. — Vamos encontrar você em frente ao meu consultório.

Enquanto esperávamos que a mãe de Isobel chegasse, mandei uma mensagem para Alice.

Você tem um segundo?

Rápido.

Você pode ensinar a Isobel alguns dos seus velhos truques secretos de maquiagem?

Numa boa.

A van Saab azul parou e eu abri a porta para Isobel.

— Sábado de manhã, às nove — falei.

Dei o endereço e me inclinei para a janela aberta para confirmar com a mãe, que envolveu Isobel num abraço longo e apertado. Fiquei feliz ao ver que Isobel correspondia ao abraço.

22

Durante toda aquela semana, Alice não mencionou o bracelete. Às vezes, porém, eu a via passar os dedos pela superfície macia. Em dias de trabalho, ela sempre usava mangas compridas, embora isso pudesse ter mais a ver com a baixa temperatura. Quando chegava em casa — e tinha começado a chegar bem mais cedo do que de costume —, trocava depressa a blusa de mangas compridas por uma camiseta, ou às vezes por uma camisola de renda, ou um pijama delicado.

Detesto dizer isso, mas ela ficou muito mais atenta a mim depois do almoço com Vivian. Se o objetivo do bracelete era lembrá-la de dar mais atenção ao casamento, estava funcionando. Claro, era possível que o objetivo fosse mais nefasto. Por isso, eu tentava tomar cuidado com o que dizia, abafar meus sons quando estávamos juntos na cama, tirar da cabeça a ideia de estar sendo vigiado. Ainda assim, aproveitava ao máximo nosso tempo juntos. Curtia cozinharmos e comermos juntos, curtia tudo no nosso sexo maravilhoso, curtia ver *Sloganeering* no sofá, tomando sorvete.

Quando Isobel chegou à nossa casa no sábado pela manhã, a primeira coisa que disse a Alice foi:

— Eu amo amo amo a sua pulseira. Onde você a conseguiu?

Alice me deu uma olhada e sorriu:

— Foi presente de uma amiga.

Como prometido, Isobel tinha todos os ingredientes para as rabanadas e fez questão de nos preparar o café da manhã. Alice ligou o som e se esticou no sofá para ler o jornal. Estava usando sua velha camiseta dos Buzzcocks e um jeans esfarrapado; estava exatamente igual à minha antiga namorada Alice, não à minha esposa advogada Alice.

Mais tarde, quando nós três tomamos juntos o café da manhã, eu me senti como se tivesse entrado numa máquina do tempo. Senti-me como seria ter um filho nosso — mas muito à frente no futuro, depois das fraldas e da época das músicas mamãe-e-eu e das ginásticas papai-e-eu, depois do alívio e do coração partido do jardim de infância e da excitação de nossa criança em sua primeira ida à Disneylândia, depois de uma centena de idas ao consultório do pediatra, de milhares de abraços e beijos e de milhões de birras e todas as coisas que acontecem entre o nascimento e a adolescência. Foi bom, eu podia ver Alice e eu fazendo exatamente aquilo, um dia, com uma filha nossa. Se bem que eu compreendia que, com nossa própria filha, teria sido mais complicado. Isobel podia estar ali conosco, daquele jeito, porque não havia história entre nós, não havia bagagem. Nós não a tínhamos desapontado e ela não nos tinha deixado mortos de preocupação. Mesmo assim: uma família de três, juntos numa manhã de sábado. Eu podia imaginar.

Depois do café da manhã, Isobel e Alice foram para o quarto dos fundos cuidar das coisas de maquiagem. Isobel tinha trazido o laptop para poder mostrar um dos vídeos de Alice.

— *Esta* é a Alice que eu quero imitar — eu a ouvi dizer.

— Esta? — fez Alice, rindo. — Tem *certeza*? Em 2003 eu pegava um pouco pesado no delineador.

Deixei-as sozinhas e fui ler meu livro na sala de estar. Mesmo assim, eu podia ouvi-las rir e aquilo me deixava feliz, como se fôssemos aquela perfeita imperfeita família. Parecia ser exatamente o que Isobel precisava; poderia ser também o que Alice precisava. Por causa de sua própria história, que ela poucas vezes comentava, mas que às vezes ficava pendurada em cima dela como uma nuvem, Alice tinha uma frágil visão do que era família. Ao vê-la com Isobel, percebi que ela daria uma grande mãe.

23

Na quinta-feira seguinte, fui convidado para dar uma palestra em Stanford. Na volta para casa, parei no mercado Draeger's, em São Mateo. Estava na seção de congelados, procurando meu sorvete de baunilha preferido, quando a JoAnne da festa do Pacto, JoAnne da faculdade, JoAnne da minha antiga vida, surgiu no corredor. Pareceu surpresa ao me ver. Seu cabelo caía liso sobre as orelhas e ombros e ela usava uma echarpe dourada enrolada no pescoço.

— Olá, Amigo — disse ela com um sorriso um pouco maldoso.

Então olhou por cima do ombro, como se vigiasse alguém.

— Isto é tão estranho — continuou. — Eu queria ter te ligado depois que nos vimos. Encontrei seu consultório na web. Devo ter pegado o telefone uma dúzia de vezes.

— Por que não ligou?

— É complicado, Jake. Estou preocupada com você e Alice.

— Preocupada?

Ela deu mais um passo.

— Neil está aqui.

Parecia nervosa.

— Se eu disser uma coisa — ela sussurrou —, você me promete que não vai contar para absolutamente ninguém?

— Claro.

Para ser honesto, ela parecia meio desligada. Costumava ser tão normal, tão calma.

— Não, é sério, não conte nem mesmo a Alice.

Olhei-a nos olhos e afirmei, sem sorrir:

— Eu nunca te vi, nós nunca nos falamos.

Ela trazia numa das mãos um saco de grãos de café e, na outra, uma bisnaga embrulhada.

— Desculpe-me por ser paranoica, Jake, mas um dia você vai entender.

— Entender o quê?

— O Pacto. Ele não é o que parece. Ou pior, ele é o que parece...

— Como é?

Ela olhou de novo por cima do ombro, e sua echarpe desceu alguns centímetros. E foi então que percebi a feia mancha vermelha em seu pescoço. Estava parcialmente oculta pelo lenço, mas parecia dolorosa e recente.

— JoAnne... você está legal?

JoAnne puxou a echarpe para o lugar.

— Neil é muito bem relacionado dentro do Pacto. Eu o ouvi falando ao telefone e sei que estavam falando de Alice.

— É — falei, confuso. — Ela está com aquela pulseira...

JoAnne me interrompeu.

— Isso é *ruim*. Você não pode deixar que eles se concentrem nela, Jake. Você precisa desviar a atenção deles para outra coisa. Alice precisa sair disso. Só vai piorar, eu juro. Sejam bons. Leiam o maldito Manual. Há muitas maneiras de errar, e as penalidades vão de inócuas, se você tiver sorte, a graves. — Ela levou a mão ao pescoço e seu rosto se crispou de dor. — Faça com que eles achem que está tudo bem... não importa o que acontecer. Se isso não funcionar, se ainda parecer que eles a estão observando, faça com que ela ponha a culpa em você. Isso é muito importante, Jake. Dividam a culpa, o foco, entre vocês dois.

O rosto de JoAnne estava ficando vermelho. Era inacreditável vê-la em pânico, fora de controle. Pensei no que ela havia dito ao garoto no telhado, no refrigerante, no modo como ela se comportava naquelas reuniões semanais de monitores, caneta na mão, observando todos. Era sempre tão serena.

Ela olhou por cima do ombro.

— Preciso ir. Nunca te encontrei, nunca tivemos esta conversa.

Virou-se para ir, mas então me olhou de volta.

— Eu gosto de fazer compras aqui duas ou três vezes por semana.

Com isso, afastou-se, deixando-me atordoado, confuso e, devo admitir, apavorado. Penalidades? Graves? Que droga era aquilo? JoAnne estava enlouquecendo? Com certeza, devia estar. Ou pior, seria ela uma pessoa absolutamente sadia, aprisionada num clube de sádicos? Um clube do qual Alice e eu também éramos sócios?

Perambulei pelo corredor de biscoitos, ainda abalado, fazendo hora, não querendo dar de cara com JoAnne e Neil na saída. Depois de alguns minutos, fui até os caixas. Podia vê-los andar para as portas de vidro deslizantes... Neil na frente, JoAnne atrás. Quando as portas se abriram e Neil passou por elas, vi JoAnne hesitar por uma fração de segundo e então olhar para dentro da loja. Me procurando, pensei. Que porra era aquela?

24

Subindo a rua 101, atravessando a 380, seguindo pela 280, durante todo o caminho de volta tentei me lembrar das palavras exatas de JoAnne. Quando parei em frente de casa, olhei para o pacote de biscoitos Stella D'oro que tinha acabado de comprar e vi que estava vazio, migalhas por toda parte, embora eu não conseguisse me lembrar de ter comido nenhum.

Alice ainda não tinha chegado, então comecei a preparar o jantar. Frango com alface romana e molho pronto. Eu não conseguia me concentrar para fazer nada mais complexo.

Alice apareceu depois das sete, parecendo cansada em seu tailleur Chanel vintage. Segurei-a em meus braços e beijei-a, abraçando-a com força. O bracelete estava macio e quente quando ela cruzou as mãos atrás do meu pescoço. Mas agora, depois da conversa com JoAnne, aquilo me arrepiava.

— Fico contente por você chegar cedo em casa — eu disse, talvez mais para a pulseira do que para qualquer um de nós.

Ela massageou minha nuca com os dedos.

— Estou contente por chegar cedo em casa.

Puxei seu pulso na direção da minha boca e falei para o bracelete:

— Obrigado por trazer meu sorvete superfavorito, foi muita gentileza sua!

Claro, era eu quem tinha trazido o sorvete, mas não havia como eles saberem disso, certo?

Ela sorriu.

— Bem... — respondeu ela, falando para o bracelete. — Eu trouxe porque te amo. E porque estou feliz por ter me casado com você.

Eu quis contar a ela meu encontro com JoAnne. Pensei em pegar o rolo de papel na mesa da cozinha, escrever tudo e entregar a Alice para que, em silêncio, pudéssemos discutir aquela coisa e pensar em como agir. Mas o aviso de JoAnne voltou à minha cabeça: nenhuma palavra a ninguém, nem mesmo a Alice. A parte mais sensata do meu cérebro me dizia que JoAnne estava passando por algum problema, perdendo o controle. Eu já tinha visto aquilo acontecer com gente absolutamente normal e mentalmente estável, casos tardios de esquizofrenia e paranoia. Reações inesperadas a algumas drogas. Gatilhos que desencadeavam algum trauma de infância e pareciam mudar a personalidade de alguém da noite para o dia. Profissionais de meia-idade que usaram ácido demais na faculdade e de repente descobriam que algum estranho e oculto portal para a insanidade se abrira dentro dos seus cérebros. Eu queria acreditar que aquele pânico de JoAnne e sua bizarra história de penalidades eram causados por algum demônio pessoal que ela não conseguia dominar. Desejei ter passado mais tempo conversando com seu marido na festa, para poder fazer uma ideia do tipo de pessoa que ele era. Mas a ameaça de ação contra Alice e a ideia de que Neil e outros estivessem discutindo seus supostos crimes e adequadas penalidades me davam arrepios. Como eu poderia saber o que era real e o que era produto da imaginação febril de JoAnne?

Enquanto arrumávamos a mesa, Alice me disse que, no dia seguinte, ia se encontrar com Vivian para almoçar.

— Passaram-se catorze dias — ela me lembrou. — Amanhã o bracelete cai fora.

Alice dispensou sua meia hora de leitura naquela noite. Um jantar comprido, sem televisão, uma volta pelo bairro, conversas adoráveis, uma união lenta e atipicamente barulhenta no quarto. Nosso desempenho como casal feliz foi tão completo que teria feito outros casais felizes, como Mike e Carol Brady ou Samantha e James Stephens, parecerem à beira de um desagradável divórcio. A parte estranha era que nunca admitimos que nossa atuação fosse para o bracelete, ou mesmo que *fosse* uma atuação, de modo que para mim aquilo se tornou outra coisa, algo mais genuíno, à medida que a noite passava. Mas, quando acordei na manhã seguinte, minha esposa perfeita não existia mais. Seus sapatos de salto estavam no vestíbulo, jogados pelo chão, de modo que quase tropecei neles, uma confusão de cremes, rímel e batons espalhados pelo balcão do banheiro, uma embalagem de iogurte e uma xícara de café, manchada de batom, na mesa. Eu meio que esperava um bilhete — *Obrigada pela noite incrível, amo você mais do que as palavras podem dizer* —, mas não havia nada. Quando o relógio bateu cinco da manhã, minha dedicada esposa Alice tinha voltado a ser a advogada superfocada que era. Para ela, receei, a atuação daquela noite tinha realmente sido para o bracelete.

Enquanto me preparava para ir trabalhar, lembrei-me da primeira vez em que passamos a noite juntos. Foi em seu apartamento na Haight. Ficamos acordados até tarde na véspera, preparando o jantar e vendo um filme, e caímos juntos na cama no fim da noite, mas não fizemos amor. Alice queria ir devagar, e para mim estava tudo bem. Adorei me deitar perto dela, abraçando-a, ouvindo os ruídos da rua lá embaixo. Na manhã seguinte, Alice e eu nos sentamos na cama, lendo jornal. Havia música — uma peça para piano excelente, por Lesley Spencer. O sol entrava pelas janelas e o apartamento tinha um lindo brilho dourado. Por alguma razão, aquele momento pareceu perfeito. E eu sabia que a lembrança ficaria comigo por muito tempo.

Sempre me surpreende o fato de que nossas lembranças mais indeléveis sejam, muitas vezes, de coisas aparentemente banais. Eu não saberia dizer a idade da minha mãe, ou por quantos anos ela manteve seu emprego de enfermeira depois de ter filhos, ou o que ela fez para a minha festa de aniversário de dez anos. Mas sou capaz de contar que, uma vez, numa tarde quente de sexta-feira, num verão da década de 1970, ela me levou ao mercado Lucky em Millbrae e, quando entramos, disse que eu podia comprar qualquer comida que quisesse.

Não consigo me lembrar dos detalhes da maioria dos marcos importantes da minha vida, dos acontecimentos que deveriam estar carregados de significado: primeira comunhão, crisma, formatura na faculdade, o primeiro dia do meu primeiro emprego. Não consigo nem me lembrar do meu primeiro encontro. Mas sou capaz de, com inacreditável clareza, descrever minha mãe naquela noite de verão em Millbrae: seu vestido amarelo, sandálias anabela com saltos de cortiça e tiras floridas, o perfume do creme Jergens em suas mãos, misturado ao cheiro limpo e metálico da geladeira, o grande e prateado carrinho de compras, as luzes brilhantes do mercado, os Flaky Flix e Chocodiles empilhados no carrinho, o caixa adolescente que me disse que eu era um garoto de sorte e a emoção calorosa e feliz que senti, meu enorme amor pela minha mãe naquele momento. As lembranças, como a alegria, sempre parecem me surpreender quando não as estou procurando.

25

NAQUELE DIA, CHEGUEI EM CASA às cinco da tarde. Queria ter o jantar pronto quando Alice voltasse. Estava nervoso e estranhamente ansioso para ouvir os detalhes do seu almoço com Vivian. Não sabia bem se o jantar deveria ser uma comemoração, ou algo mais contido, então fiz uma simples paella, abri uma garrafa de vinho e arrumei a mesa com velas.

Às seis e quinze, ouvi a porta da garagem se abrir e o carro de Alice entrar. Ela demorou tanto para subir que fui ficando nervoso. Não queria demonstrar minha ansiedade, caso as coisas com Vivian tivessem acabado mal. Por fim eu a ouvi nos primeiros degraus, e depois a porta se abriu. Ela carregava a maleta do computador, o casaco, uma caixa de pastas de arquivo — cheia, como sempre. Na mesma hora olhei para seu pulso, mas estava coberto pela manga de sua capa de chuva.

— Hmm! — exclamou ela, vendo a panela no fogão. — Paella!

— É — respondi. — *Nouvelle cuisine*, com estrelas do Michelin.

Tirei a caixa de suas mãos e levei-a para a sala de estar. Quando voltei, seus sapatos, meias e saia estavam no chão, seu cabelo solto. Ela estava ali parada, de blusa, capa de chuva e roupa de baixo, com a expressão de quem podia enfim respirar. Ela havia desenvolvido uma pequena imperfeição na parte interna da coxa esquerda, uma veia que, alguns meses antes, se projetara um pouco. No dia em que aquilo apareceu, ela me mostrou, chateada além do necessário, na minha opinião.

— Que droga é esta? — perguntou. — Estou ficando um lixo. Daqui a pouco não vou poder nem usar saias.

— É bonitinho — garanti, ajoelhando-me, beijando a veia e subindo.

Isso se tornou uma espécie de código: sempre que ela queria aquele favor especial, apontava para a veia e dizia "Meu bem, eu estou me sentindo muito mal por causa disto". O efeito foi que, a partir de então, sempre que eu via a pequena imperfeição, me vinham algumas ideias eróticas.

— Como foram as coisas com Vivian? — perguntei, chutando seus sapatos para baixo da mesa da cozinha, para não tropeçar.

Volta e meia eu pensava que qualquer ladrão que ousasse arrombar nossa porta da frente sofreria um acidente fatal com os sapatos de Alice muito antes de poder roubar alguma coisa.

E então ela fez uma dancinha lenta e sensual, tirando a capa, desabotoando a blusa de seda, desnudando os ombros e, por fim, removendo a última manga para revelar que não havia mais bracelete.

Peguei sua mão e beijei com gentileza o pulso. Parecia machucado.

— Senti sua falta — falei.

Eu estava muito aliviado, como se um peso físico tivesse sido tirado dos meus ombros.

— Eu também — ela retrucou.

E então dançou pela cozinha, só de calcinha e sutiã, mãos para cima.

— Isso quer dizer que passamos no teste?

— Não exatamente. Vivian disse que não se deve considerar a ordem de tirar a pulseira como uma indicação de que fomos inocentados dos atos subversivos contra o casamento.

—Atos subversivos? Você está brincando?

— Às vezes — Alice continuou —, eles continuam a nos observar depois que a pulseira foi retirada.

Na sala de jantar, puxei uma cadeira e ela se sentou, as pernas pálidas esparramadas à sua frente.

— Comece do começo — pedi.

— Bem, fui a primeira a chegar ao Fog City, então pude conseguir uma mesa.

— Bom começo.

— Vivian pediu de novo salada de atum e eu escolhi hambúrguer. Ela não mencionou a pulseira até terminarmos a entrada. Só então ela disse *Boas novas, recebi a chave do seu bracelete*. Pediu o meu pulso, estiquei-o em cima da mesa e ela tirou uma caixa de metal da bolsa. Na tampa, havia um monte de minúsculas luzes azuis. Ela a abriu e havia uma chave presa ao interior por um arame. Vivian pegou o meu pulso e deslizou a chave para dentro do bracelete. Depois, apertou um botão dentro da caixa e a pulseira simplesmente se abriu. E ela declarou: *Você está livre*.

— Bizarro!

Eu trouxe a paella da cozinha e me sentei à mesa com Alice.

— E então Vivian botou a pulseira e a chave de volta na caixa, fechou-a e guardou-a na bolsa. Fiquei feliz por ver aquela coisa sumir. Mas nem tudo foi tão bom. Havia condições para eu ser dispensada do bracelete.

— Não! — reagi, pensando na minha conversa no Draeger's.

Penalidades. Tive a desconfortável sensação de que havia alguma verdade nas palavras de JoAnne.

Alice provou um pouco da paella e declarou-a deliciosa.

— Você se lembra de que, quando ela explicou aquela coisa toda a respeito da Orla e de como o Pacto se baseia no sistema de justiça criminal britânico, nós achamos que ela estivesse falando em sentido figurado, e não literal? Pois acontece que estávamos errados.

Alice explicou as condições da sua libertação. Tudo aconteceu realmente como no mundo dos tribunais criminais. Ela precisou assinar alguns papéis, pagar uma multa de cinquenta dólares e concordar em ver um conselheiro uma vez por semana, pelas próximas quatro semanas.

— Liberdade condicional — explicou.

— Há uma coisa que eu talvez devesse te contar.

Descrevi meu encontro com JoAnne no Draeger's e como aquilo ficou girando na minha cabeça nos dois últimos dias.

— Por que você não me contou antes? — ela perguntou, num tom magoado.

— Não sei. O Pacto está me deixando paranoico. Eu não quis dizer nada enquanto você estivesse usando o bracelete. Depois de tudo o que JoAnne disse, eu não queria te meter em encrencas. E também não queria criar problemas para JoAnne. Ela parecia muito nervosa.

Uma nuvem passou pelo rosto de Alice. Eu a reconheci, e soube o que ela iria dizer antes que as palavras saíssem de sua boca.

— Você me disse que vocês trabalharam juntos na faculdade. Mas não me disse se alguma vez dormiu com ela. Você dormiu com ela, Jake?

— Não! — respondi, enfático. — E, de qualquer maneira, precisamos falar nisso? Eu estou tentando te contar coisas importantes.

— Continue — disse Alice.

Mas eu podia ver que a suspeita continuava.

— O que eu estou dizendo é que, depois do seu encontro de hoje com Vivian, preciso reavaliar o aviso de JoAnne. Precisamos analisar tudo o que ela disse sob um novo ponto de vista.

Alice empurrou o prato.

— Agora *eu* estou ficando paranoica.

Só depois de tirarmos a mesa, enquanto lavávamos os pratos, Alice me contou a outra novidade do dia: o escritório havia anunciado os bônus anuais. A quantia que Alice ia receber era tão grande que reduziria quase pela metade seu empréstimo escolar na Faculdade de Direito.

— Isso pede champanhe — declarei.

Enchemos os copos e brindamos ao bônus, bem como à nossa vitória contra, ou talvez a favor, do Pacto. Brindamos à nossa vida feliz. E depois fomos para a cama e fizemos amor do nosso jeito calmo e privado.

Mais tarde, quando estávamos adormecendo, Alice me abraçou e sussurrou:

— Você acha que a pulseira me tornou uma esposa melhor?

— Você é a esposa perfeita, de qualquer maneira. O Pacto faz de mim um marido melhor?

— Aposto que vamos descobrir.

Relembrando aquela noite, surpreende-me o fato de que estivéssemos os dois um pouco assustados, mas de modo algum tão alertas quando deveríamos. O Pacto tinha aquele misterioso apelo das coisas que ao mesmo tempo nos repugnam e nos atraem. Como um barulho na garagem no meio da noite, ou um oferecimento romântico vindo de alguém de quem sabemos que deveríamos nos afastar, ou uma luz estranha e brilhante que perseguimos pela floresta, sem saber aonde vai nos levar ou que tipo de perigos nos aguarda. Estávamos ambos fascinados por ele, apesar do bom senso. Havia nele uma intensa e inexplicável atração magnética, à qual não conseguíamos, ou não queríamos, resistir.

26

Há INÚMEROS DADOS RELATIVOS às previsões para um bom casamento. Mesmo que as estatísticas permitam interpretações, uma das conclusões em relação às quais a maioria dos pesquisadores concorda é esta: Quanto maior a sua renda, mais provável é que você se case. Mais importante: Quanto maior a sua renda, mais provável é que você *permaneça* casado. Numa observação, embora se possa esperar que a quantia gasta por um casal em sua festa de casamento seja diretamente proporcional às suas chances de um casamento bem-sucedido, na verdade acontece o oposto: aqueles que gastam menos do que 5 mil dólares têm muito mais probabilidades de continuarem casados do que os que gastam mais de 50 mil.

Quando compartilhei essa informação com meus sócios, Evelyn especulou que isso tinha a ver com expectativas: alguém disposto a queimar 50 mil numa festa de casamento é alguém que quer que tudo seja perfeito, e quando o casamento se revela menos do que perfeito a decepção é maior.

— Isso também demonstra a preferência pela satisfação imediata e por impressionar os outros no momento do que pela estabilidade a longo prazo — disse ela.

Ian concordou.

— Vamos dizer que alguém ponha os 45 mil extras numa casa em vez de numa festa. Esse alguém deu um grande passo. Fez um investimento no seu futuro. Eu não quero parecer sexista, mas acho que as mulheres comandam o espetáculo quando se trata de festas de casamento. E é provável que uma noiva que precisa de uma festa de 50 mil dólares, com cabeleireiro, cerimonialista, uma refeição de cinco pratos e todo o resto, seja alguém acostumado a gastar muito.

Pensei em nossa festa discreta, em que a comida não seria motivo de comentários, mas onde todos estavam bebendo e se divertindo. O vestido de Alice ficou incrível nela, apesar de ter saído da arara de um brechó, porque ela se recusou a gastar mais do que 400 dólares num vestido que só usaria uma vez. Os sapatos, comprou na liquidação da Macy's, porque, segundo ela, "quantas vezes eu vou usar sapatos de cetim branco?". O meu terno foi caro, mas isso porque eu uso meus ternos durante anos, e Alice insistiu para que eu investisse num de boa qualidade.

Outras estatísticas interessantes: casais que namoram por mais de um ou dois anos antes do casamento têm menos probabilidades de divórcio. Quanto mais velhas forem as pessoas ao se casar, maiores as suas chances de dar certo. E eis uma que desafia a intuição: pessoas que começaram a namorar seus cônjuges quando estavam envolvidas em outro relacionamento *não* são mais propensas a um eventual divórcio; na verdade, dá-se o oposto.

— Porque elas fizeram uma escolha — especulou Evelyn. — Elas tinham uma coisa e encontraram outra melhor, então talvez sejam gratas ao cônjuge por aparecer exatamente na hora certa, salvando-a da decisão errada. E também, nesse caso, o cônjuge se sentiu escolhido. O cônjuge sabe que seu marido, ou mulher, desistiu de algo para ficar com ele.

Gostei daquela lógica e fiz uma anotação para usar no meu próximo encontro com Bella e Winston. "Bella escolheu *você*", eu diria a ele. Esperava que desse certo.

Toda a pesquisa que eu estava fazendo fez eu me sentir muito bem em relação ao meu próprio casamento. Considerando o preço da nossa festa, somado ao fato de que eu e Alice vivíamos juntos antes de nos casarmos e de que éramos os dois adultos quando nos casamos — Alice com trinta e quatro, eu chegando aos quarenta —, mais o envolvimento dela com o antigo companheiro de banda quando nos conhecemos, diriam as estatísticas que Alice e eu éramos bem sólidos. Mas, no fim das contas, cada casamento é único. Cada casamento é seu próprio universo, operando pelo seu próprio e complexo conjunto de regras.

27

As únicas vezes em que realmente falávamos do Pacto nas semanas seguintes era às quintas-feiras, depois da visita semanal de Alice ao seu oficial de condicional. Dave era um engenheiro civil com escritório em Mission. Tinha uns quarenta e poucos, pelo que deduziu Alice, moderadamente inteligente, mais ou menos atraente. *Nós os conhecemos, ele e a mulher, na festa em Hillsborough*, insistiu Alice, embora eu não me lembrasse deles. Ela era meio artista, disse Alice, se bem que com um belo saldo na poupança. Tinha um ateliê só para ela em Marin e já havia participado de algumas coletivas locais, mas não parecia ter qualquer necessidade ou vontade de vender seus trabalhos.

Às quintas, Alice saía cedo do escritório, pegava o metrô até a rua 24 com Mission, e depois andava as quadras compridas até o escritório de Dave para o seu encontro. Sempre fazia tudo com muita antecedência, para não se atrasar. Minha conversa com JoAnne a tinha deixado hiperatenta. Em geral, chegava cedo à quadra onde ficava o moderno escritório de Dave, ao lado de um restaurante que servia tacos.

As visitas de Alice a Dave duravam apenas meia hora. Ela não me revelava os detalhes porque Dave lhe disse que era "absolutamente contra as Regras", embora tenha comentado que os encontros em geral consistiam em ambos sentados à sua escrivaninha, tomando café Philz trazido pela secretária dele, falando das suas semanas. Dave temperava a conversa com algumas perguntas diretas a meu respeito e em relação ao casamento. Às vezes, usava a linguagem do Manual, expressões que, de modo geral, ninguém empregaria numa conversa normal, fazendo com que Alice sempre se desse conta, com muita clareza, de que pisava em território desconhecido. As conversas eram agradáveis, ela insistia, mas as perguntas eram diretas o bastante para que ela nunca se sentisse de todo à vontade, nem suficientemente tranquila para revelar, sem querer, qualquer detalhe que pudesse ser usado contra nós.

No último encontro, Dave perguntou-lhe a respeito das nossas viagens. Tendo agora se tornado inteiramente versada nas minúcias do Manual, Alice relatou com detalhes a viagem de fim de semana para Twan Harte planejada por mim e a estada de quatro dias em Big Sur, que ela havia planejado para dali a três meses. Ainda não tínhamos feito nenhuma viagem, mas o fato de que estivessem em nossa agenda deveria preencher os requisitos de viagens para aquele trimestre e para o próximo. Alice usava aquelas conversas com Dave para marcar o máximo possível de pontos, coisas capazes de levar as autoridades do Pacto a olhar para outro lado, como JoAnne tão enfaticamente afirmara que deveríamos fazer.

Dave também falou de suas últimas viagens, chegando a anotar algumas sugestões de hotéis. Embora soubesse que ele iria reportar a alguém os detalhes de suas conversas, ela sentia que ele era um cara legal que sem dúvida tinha em mente o nosso bem-estar. Ele nunca se insinuou, nem da maneira menos audaciosa possível, o que, para ela, o fez ganhar muitos pontos. Depois da primeira semana, Alice não parecia se incomodar com os encontros. Por mais difícil que fosse escapulir do escritório no meio da tarde, disse que era uma boa maneira de esfriar a cabeça.

— Como uma terapia — afirmou.

Se bem que nunca tinha feito terapia, a não ser, é claro, se considerarmos aquele grupo na clínica de recuperação, na semana em que nos conhecemos.

Então, em sua quarta e última semana de conversas, ela me ligou. Apertei o botão para atender e tudo o que ouvi foi:

— Merda! Merda! Merda!

— Alice?

— A porra do juiz nos atrasou.

Ela estava sem fôlego e correndo, e eu podia ouvir o barulho da rua à sua volta.

— Eu só tenho dez minutos de merda para chegar ao escritório de Dave. Não vai dar. Uber ou metrô?

— Ahn...

— Uber ou metrô?

120 Michelle Richmond

— Sua única chance é metrô. Ponha a culpa em mim — falei, pensando no aviso de JoAnne. — Diga a ele que eu te atrasei. Diga que...

— Não! — ela berrou. — Eu não sou um dedo-duro.

— Me escute — ponderei, mas a ligação já tinha caído.

Liguei de volta, mas ninguém atendeu.

28

SE DIRIGISSE DEPRESSA, eu conseguiria chegar ao Draeger's na mesma hora em que tinha encontrado JoAnne da outra vez. Me preocupava que o atraso de Alice fosse botá-la de volta no radar e queria falar com JoAnne para descobrir o que exatamente aquilo poderia significar.

Cheguei cedo, estacionei o carro, peguei um carrinho de compras e comecei a perambular pelos corredores. Nem sinal de JoAnne. Peguei o celular, querendo que tocasse. Alice com certeza ligaria para dizer que tudo estava ok. Aquilo tudo era ridículo. Afinal de contas, chegar com dez minutos de atraso numa reunião no norte da Califórnia é como chegar dez minutos adiantado numa reunião em qualquer outro lugar. Andei pelo mercado durante quase meia hora, comprei cereal, Ovomaltine, açúcar mascavo para meus biscoitos, flores para Alice. Por fim, desisti, peguei minha sacola de compras caras e fui embora.

Quando cheguei de volta à cidade, ainda não havia notícias de Alice. Dirigi até nossa casa, mas o carro dela não estava lá, então deixei o meu na garagem e fui a pé até o consultório. Havia vários clientes na minha agenda do dia seguinte e eu ainda não tinha me preparado para nenhum deles. Um monte de e-mails se acumulava na caixa de entrada. Documentos, jornais e contas cobriam minha mesa.

Mais tarde, recebi uma mensagem de Alice.

Foi mal. Preciso voltar ao trabalho. Vou chegar tarde. Falamos quando eu estiver em casa.

Ok. Escreva quando estiver saindo. Vou comprar o jantar no Burma Superstar. Te amo, eu.

Ela respondeu com duas palavras, *te amo*, e uma carinha triste.

Já passava das dez da noite quando Alice e eu enfim nos sentamos juntos à mesa da cozinha. Alice tinha chutado os sapatos ao entrar... seu casaco, tailleur e meia-calça criavam uma trilha até nosso quarto e o armário em que ela guarda o pijama de flanela. Estava de pijama agora, uma roupa ridícula e enorme que eu lhe dei de presente num Natal, coberta de caras de macacos. Havia rímel borrado debaixo de seus olhos e uma minúscula espinha despontava à esquerda da covinha em sua bochecha esquerda... exatamente no mesmo lugar onde lhe nasce uma espinha sempre que ela está especialmente estressada. Pensei que eu conhecia aquela mulher, que a conhecia de verdade, mais do que qualquer outra pessoa e provavelmente mais do que me conhecia. Apesar das muralhas que ela construía tão bem, especializei-me no meu próprio curso: Observação de Alice. Embora ainda houvesse muitas coisas que ela conseguia esconder de mim, havia muitas que não conseguia. Deus, como eu a amava!

— Então?

Alice se levantou para pegar duas garrafas de cerveja na geladeira e só então me contou seu encontro com Dave.

— Eu corri mais de um quilômetro e meio de salto alto e cheguei lá catorze minutos atrasada. Se não tivesse perdido o primeiro trem para Daly City, quase teria conseguido. Enfim... corri pela rua 24, pela entrada do prédio, subi correndo as escadas até o escritório dele. Minha blusa estava toda suada e meus sapatos bem destruídos.

Ela estava de pernas cruzadas e balançava a de cima para a frente e para trás enquanto comia, nervosa como eu não a via há muito tempo.

— Dave podia ver que eu tinha corrido até lá. Ele me deu um copo d'água e me levou até sua mesa.

— Isso é bom — comentei. — Então ele entendeu.

— Foi o que eu pensei. Esperei que, quando eu me desculpasse pelo atraso, ele fosse dizer "sem problemas". Achei que ele ficaria impressionado por eu ter atravessado a cidade toda e corrido uma boa parte do caminho. Você me conhece, eu nunca corro para lugar nenhum. Daí eu meio que esperava que Dave fosse me dar um tapinha nas costas e me dissesse o quanto apreciava que eu tivesse me esforçado tanto para ir ao seu encontro. Em vez disso, assim que fechou a porta do escritório, enquanto eu ainda estava ali de pé recuperando o fôlego, ele se sentou na sua enorme poltrona atrás da sua enorme escrivaninha e disse: *Alice, francamente, eu estou um tanto surpreso com o seu atraso. Catorze minutos!*

— Babaca! — murmurei.

— Pois é. E então eu explico que estava no tribunal. Falo do caso, dos clientes ranzinzas, do juiz difícil, e Dave não diz uma palavra. Só fica ali sentado, revirando nas mãos um peso de papéis, como o vilão num filme de James Bond. Empatia zero. Ele só repete *Alice*. Ele repete muito o meu nome, eu já te disse?

— Odeio quando as pessoas fazem isso.

Alice pegou um pouco de iscas de filé com molho de gergelim e empurrou a travessa na minha direção.

— E ele diz: *Alice, nas nossas vidas, somos obrigados a priorizar muitas coisas diferentes a cada dia, algumas grandes, outras pequenas, algumas a curto prazo, outras a longo prazo.* Eu me sinto uma criança na sala do diretor da escola. Ele estava tão diferente do que tinha sido nos encontros anteriores. Era como se um interruptor tivesse desligado o Dave Boa-praça e ligado o Dave Mandão. Ele continua a falar sobre como a maioria de nossas prioridades, família, trabalho, comida, água potável, exercício, lazer, são hábitos tão entranhados que nem mesmo precisamos pensar em colocá-los acima das habituais coisas mundanas que a vida nos atira. Quanto mais tempo uma coisa permanece prioritária, disse ele, mais se torna uma segunda natureza, integrada aos nossos pensamentos e atitudes.

Alice tinha terminado a cerveja e foi até o armário buscar um copo.

— Enfim, ele diz que um dos objetivos do Pacto é ajudar as pessoas a determinar suas prioridades.

— Vivian disse que o objetivo era fortalecer nosso casamento. Nunca mencionou nada a respeito de prioridades.

Alice encheu o copo com água da bica.

— *Tudo tem a ver com foco*, disse Dave. *Todos os dias, a vida tenta nos puxar em mil direções diferentes. Às vezes, um objeto brilhante atrai o nosso olhar e precisamos ter aquilo. É quando essas coisas exigem prioridade sobre o casamento que ficamos em apuros.*

Ela se recostou na cadeira.

— Dave afirmou que o trabalho é especialmente insidioso. Disse que passamos tanto tempo com nossos colegas de escritório e investimos uma parte tão grande do nosso tempo e atividade intelectual em nossa profissão que é fácil nos esquecermos de que isso não deveria ser a nossa prioridade essencial.

— Eu não discordaria muito disso.

Pensei nos serões de Alice antes do bracelete e em como as engrenagens da minha própria cabeça às vezes giravam a noite inteira, de preocupação com meus clientes e seus problemas.

Alice imitou a voz grave de Dave:

— *Não me entenda mal, Alice. O trabalho é muito importante para todos nós. Olhe em volta. Você já viu as maquetes na minha sala de reuniões, viu as fotos de antigos projetos no vestíbulo.* E aí ele se gaba da estrutura que ajudou a projetar para a casa de hóspedes dos Jenkins em Point Arena, Pin Sur Mer...

— Cruzes, que impressionante!

Os Jenkins eram donos de boa parte dos prédios comerciais da Península, e Pin Sur Mer foi notícia de jornal várias vezes, sem falar do *Architectural Digest*. Eu estava ficando cada vez mais irritado com Dave.

— Pois é. Enfim, ele continua falando em como dedicou zilhões de horas àquilo, como passou três meses inteiros brigando com o arquiteto.

— Pin Sur Mer — falei. — Que coisa mais pretensiosa!

Alice beliscou a salada de manga.

— Ele me contou como se perdeu no projeto, como suas prioridades se ferraram todas. *Talvez você não queira ouvir isso agora, Alice,* disse ele, *mas ainda bem que eu tinha o Pacto para me ajudar a mudar o foco e ver o que era importante. Não vou mentir, foi muito difícil, mas fico feliz por eles estarem lá para me apoiar e gostaria que tivessem feito isso mais cedo.* E então ele listou um monte de prêmios ganhos por Pin Sur Mer, mas...

Alice imitou outra vez a voz dele:

— *Nem um único projeto, nem um único detalhe, nem um único parafuso em qualquer um desses projetos é tão importante quanto minha mulher ou minha família. Pin Sur Mer não está à minha espera no fim do dia. Kerri está. Sem ela, eu ficaria à deriva.*

— Você tem certeza de que conhecemos Kerri na festa? — perguntei, tentando imaginar como ela era.

— Tenho, você não se lembra? Aquela escultora barra pintora barra escritora com sapatos Jimmy Choo. Pessoalmente, se eu tivesse que escolher entre Kerri e Pin Sur Mer, me sentiria tentada a ficar com a casa. Enfim, ele continuou: *O Pacto é especial. Eu sei que é cedo para você, e talvez você ainda esteja tentando entendê-lo. Mas deixa eu te dizer uma coisa: O Pacto sabe do que está falando, ora porra!*

— Credo!

— Ele disse que daqui a vinte anos estaremos sentados perto um do outro num dos jantares trimestrais, rindo deste pequeno mal-entendido.

— Vinte anos? Acho que não.

— *Você vai me agradecer*, insistiu ele, *e você e Jake vão estar felizes por Finnegan ter trazido o Pacto para suas vidas. Agora talvez não tanto, mas este é um obstáculo que precisamos superar. Neste momento, é meu dever alinhar corretamente as suas prioridades, Alice. É meu dever ajudá-la a se livrar do seu pensamento equivocado.*

Lembrei-me de um seminário de Publicidade a que assisti na faculdade.

— Mao não usou a expressão "pensamento equivocado" durante a Revolução Cultural?

— É provável — suspirou Alice. — O discurso todo soou muito autoritário. *Eu gosto de você, Alice*, disse Dave, *e Jake parece ser um cara legal. O equilíbrio trabalho-casa é difícil. É por isso que precisamos fazer um reajuste mental e consertar seu foco.*

— Um reajuste mental? Que droga ele quis dizer com isso?

— Não sei. Ele me disse que tinha alguém à sua espera na sala de reuniões e que nosso tempo já estava no fim. Mas que queria me dizer que, na história do Pacto, nem um único casal se divorciou. Nem separações provisórias, nem casas separadas, nada disso. *O Pacto pode exigir muito*, insistiu ele, *mas, acredite, dá muito em troca. Como o casamento.*

Dei uma golada na minha cerveja.

— Precisamos sair do Pacto. É sério!

Alice brincava com a salada, separando os pedaços de manga dos de pepino.

— Jake... eu acho que isso não vai ser fácil.

— O que eles podem fazer, nos prender na jaula do casamento? Eles não têm como nos obrigar a ficar.

Alice mordeu o lábio. Depois afastou os pratos e se inclinou para segurar minhas mãos.

— É aí que fica mais apavorante. Quando me levantei para sair, falei sem rodeios: *Eu não gosto nem um pouco disso. Estou me sentindo intimidada por você.*

— Ótimo. E como ele reagiu?

— Ele só sorriu e disse: *Alice, você precisa aceitar o Pacto. Eu aceitei o Pacto, e Jake vai aceitar. É preciso. Ninguém sai do Pacto e o Pacto não sai de nin-*

guém. Aí ele se inclinou, segurou meu braço com tanta força que quase doeu, e cochichou no meu ouvido: *Ninguém sai vivo, é isso aí*. Me desvencilhei dele, completamente apavorada. E então ele voltou a ser o sujeito jovial da festa. *Essa última parte é brincadeirinha*, ele disse rindo. Mas Jake, sinceramente, não foi o que pareceu.

Imaginei aquele filho da mãe pondo as mãos na minha mulher, ameaçando-a.

— Pois então tá. Amanhã eu vou fazer uma visitinha a ele.

Alice sacudiu a cabeça.

— Não, isso só pioraria as coisas. A boa nova é que não preciso mais vê-lo. Ele me acompanhou até a saída. E, em frente ao prédio, me disse que aquele era o nosso último encontro. *Foco, Alice, foco!*, ele recomendou. *Faça tudo direito. Lembranças ao meu Amigo Jake*. E aí ele entrou e me deixou lá plantada. Foi assustador pra caramba!

— Precisamos achar uma saída.

Alice me olhou com uma cara estranha, como se eu não tivesse entendido nada.

— Qual é, Jake? O que eu estou dizendo é que não acho que *exista* uma saída.

Ela apertou minhas mãos, e de repente eu vi em seus olhos uma coisa desconhecida, uma coisa que eu nunca tinha visto.

— Jake, eu estou morta de medo!

29

O CASO É O SEGUINTE: eu não contei a Alice minhas idas diárias ao Draeger's naquela semana. Não que eu estivesse exatamente escondendo isso dela, só não queria aumentar sua ansiedade. Quando estávamos juntos, eu agia de um jeito normal, tentando transmitir a sensação de que não estava perdendo o sono. Quando ela mencionava o Pacto, em geral para dizer que não tinha tido notícias de Vivian ou Dave naquele dia, eu tentava não parecer muito preocupado. Dizia: *Vai ver nos preocupamos à toa*. Não acreditava nisso e acho que Alice também não, mas, quando se passaram semanas e nada aconteceu, nossos nervos pareceram se acalmar.

Mesmo assim, eu finalmente entendia como se sentiam os meus pacientes, os adolescentes que me diziam estar esperando que os pais os confrontassem com a notícia do seu divórcio iminente. Passava os dias lutando contra a ansiedade, procurando JoAnne no Draeger's, esperando más notícias sobre o Pacto. Imaginamos que o mais provável seria um telefonema de Vivian, um convite — ou uma ordem velada — para almoçar. E então ela nos acusaria de alguma coisa totalmente inesperada — alguma regra que teríamos violado, alguma ordem vinda das instâncias superiores.

À medida que os dias transcorriam sem telefonemas, afirmei a mim mesmo que aquele medo do Pacto era absurdo. Por que estávamos tão receosos de uma coisa que não fizera mais do que nos convidar para uma grande festa e fornecer à minha mulher uma joia temporária e quatro semanas de aconselhamento grátis que, a não ser pela última sessão, tinha sido bastante sensato e razoável?

Mas, como quase sempre, sucumbi à paranoia. Voltava para casa a pé do trabalho e, quando virava a esquina no Balboa, na nossa quadra, examinava a rua em busca de alguma coisa fora do comum. Uma noite, vi um sujeito sentado num Chevrolet Suburban preto em frente à nossa casa. Em vez de subir nossos degraus, dei a volta no quarteirão e voltei pela outra calçada, anotando a placa do carro, tentando enxergar o que havia por trás dos vidros escuros. Quando a porta de uma das casas se abriu e uma anciã chinesa foi até lá e entrou no Chevrolet, eu me senti um idiota.

Depois de alguns dias sem qualquer novidade, Alice enfim começou a relaxar. Mas não voltou de todo ao normal. Ainda chegava em casa para jantar todas as noites, mas parecia distraída e não se interessava por sexo. A espinha de estresse ao lado da covinha do lado esquerdo do rosto sumia, depois reaparecia. Havia manchas escuras debaixo dos seus olhos, e eu sabia que ela se revirava na cama durante a noite, levantando-se cada vez mais cedo para trabalhar em seus casos antes de ir para o escritório.

— Meu cabelo está caindo — disse ela uma manhã, num tom mais de resignação do que de alarme.

— Bobagem! — retruquei, mas podia ver as provas no box, na pia do banheiro e nos fios emaranhados em suas roupas.

Voltei ao Draeger's, mais uma vez em vão. Comecei a ter todo tipo de pensamento bizarro. Por que JoAnne não aparecia?, eu me perguntava. Estaria em apuros? Eu não gostava do jeito que o Pacto fazia com que eu me sentisse, e não gostava de como ele se transformara numa nuvem negra em cima da cabeça de Alice.

Na terça-feira, liguei para Vivian e perguntei se poderíamos tomar um café. Ela na mesma hora sugeriu o Java Beach, em Sunset.

— Encontro você lá em meia hora — disse ela.

Na verdade, eu não esperava que ela aceitasse, nem que sugerisse nos encontrarmos tão depressa. Mais importante: não tinha ainda chegado à conclusão do que pretendia lhe dizer.

É, eu queria sair do Pacto, mas qual a melhor maneira de abordar o assunto? No meu trabalho, ao longo dos anos, descobri que as pessoas em geral reagem menos ao que você diz do que como você diz. Todo mundo espera boas e más notícias — assim é a vida, afinal. O bem e o mal são inevitáveis, em algum momento somos todos atingidos por eles. Notícias são notícias. Mas o modo como as notícias são dadas, os gestos, as palavras, a empatia e a compreensão — é essa a área nebulosa na qual o mensageiro tem o poder de tornar as coisas um pouco mais fáceis ou muito mais difíceis.

A caminho de Java Beach, fiquei repassando e editando o que tinha a dizer a Vivian. Queria fazer tudo direito. Queria ser direto, mas não hostil, descontraído, mas ponderado. Queria que minhas palavras soassem em parte como uma pergunta — para afastar qualquer raiva que ela pudesse sentir —, mas principalmente como uma declaração firme. Alice e eu precisávamos sair do Pacto, era o que eu lhe diria. Aquilo estava nos causando estresse e ansiedade e estava deixando sob tensão o nosso casamento — exatamente a instituição que o Pacto foi projetado para proteger. Nos separarmos seria o melhor para nós e para as pessoas maravilhosas do Pacto, eu diria. Agradeceria a Vivian por sua gentileza e me desculparia por termos mudado de ideia. A conversa seria curta, mas minha determinação inequívoca. E então tudo estaria resolvido. Aquela bizarra nuvem de maldição que pairava sobre mim e Alice desapareceria.

Vi uma vaga a uma quadra e meia do Java Beach. Andando até o café, vi que Vivian já estava lá, numa mesa no terraço. Havia duas xícaras diante dela. Como ela chegou lá tão depressa? Seu vestido roxo parecia casual, mas caro, a bolsa apenas cara. Ela usava grandes óculos escuros apesar da neblina e bebericava seu café, o olhar perdido no oceano. Era exatamente como Alice a descrevia: absolutamente comum à primeira vista, mas, depois de um exame mais atento, nem um pouco comum.

Enquanto os outros ao seu redor se agitavam sem parar, Vivian estava calma, rosto sereno, nenhum celular ou computador à vista. Ela estava, pensei, extremamente em paz consigo mesma.

— Amigo — ela exclamou, levantando-se.

Me deu um abraço apertado e me segurou por um segundo a mais do que eu imaginaria. Cheirava bem, como a brisa do mar.

— Chocolate quente, não é?

Ela indicou a caneca à espera diante da minha cadeira e tirou os óculos.

— Exatamente.

Dei um gole, ensaiando mentalmente minha fala.

— Jake, vou nos poupar de um momento de constrangimento. Eu sei por que você está aqui. Eu compreendo.

— É mesmo?

Ela pôs a mão sobre a minha. Seus dedos estavam quentes, as unhas perfeitamente pintadas.

— O Pacto pode ser assustador. Até hoje ele me amedronta. Mas um pouco de medo, quando usado para um objetivo nobre, pode ser algo positivo, uma motivação adequada.

— Na verdade — falei, puxando devagar a mão, tentando recuperar o controle da conversa —, quanto às táticas de medo...

Lamentei aquelas palavras assim que saíram da minha boca. Tom errado. Agressivo demais. Comecei de novo.

— São duas as razões pelas quais telefonei. Primeiro, quero lhe agradecer pela sua gentileza.

Eu tentava soar tranquilo.

— Alice se sentiu muito mal por nunca ter te agradecido com um cartão adequado.

— Ah, mas ela agradeceu! — exclamou Vivian.

— Como é?

— Depois do nosso último almoço. Por favor, diga a ela que as tulipas amarelas eram deslumbrantes.

Bizarro. Alice não falou sobre ter mandado flores.

— Direi — respondi, preparando-me para continuar.

Vivian se inclinou sobre a mesa para voltar a pôr a mão sobre a minha.

— Jake, Amigo, por favor, eu sei por que você está aqui. Você e Alice querem sair.

Fiz que sim, surpreso pela facilidade com que tudo se desenrolava.

— Nós adoramos todos os que conhecemos no grupo. Não é nada pessoal. Só não serve para nós.

Vivian sorriu, e eu relaxei um pouco.

— Jake, eu estou ouvindo o que você está dizendo. Mas às vezes, Amigo, o que nós queremos e o que é bom para nós não são exatamente a mesma coisa.

— Ah, mas às vezes são.

— Vou ser franca.

Vivian soltou minha mão, e a cordialidade em seus olhos desapareceu.

— Eu não vou deixar vocês desistirem do Pacto. E o Pacto, com toda certeza, não vai desistir de vocês. Nem nos bons tempos, nem em momentos de dificuldade. Muitos de nós já estivemos na sua situação. Muitos de nós já sentimos o que você e Alice estão sentindo agora. Medo, ansiedade, falta de clareza quanto ao que haverá no futuro. E todos nós superamos. Todos nós, no fim, só ganhamos com isso.

Vivian sorriu, absolutamente calma. Eu me dei conta de que, no passado, ela já havia tido aquela mesma conversa com outras pessoas.

— Jake, ouça o que digo, vocês precisam aceitar o Pacto. É o que há de melhor para vocês, de melhor para o seu casamento. O Pacto é um rio, forte e poderoso se alguém resiste a ele, tranquilo e sereno quando se tem boa vontade. Se você se mover com ele, ele pode levar você, Alice e o seu casamento a um lugar de perfeição, a um lugar de beleza.

Obriguei-me a continuar calmo. E, como faço quando as sessões de terapia ficam de repente difíceis, comecei a falar mais devagar.

— Vivian, Alice e eu ficaremos bem sem esse lugar de beleza. Nós precisamos encontrar nosso próprio caminho. Nós *vamos* encontrar nosso próprio caminho. O Pacto está deixando Alice apavorada. Está me deixando apavorado. Com toda sinceridade, isso parece um culto. As ameaças veladas, os falsos contratos.

Ela ergueu as sobrancelhas, com ar de surpresa.

— Falsos? Eu lhe garanto, Jake, não há nada falso em tudo isto.

Pensei naquele primeiro dia, quando Alice e eu assinamos nossos nomes, acreditando que tudo não passava de uma brincadeira sem consequências reais. Aquelas malditas canetas. Os slides. Orla e seu chalé na Irlanda.

— Você não é a lei, Vivian. Nem você, nem Dave, Finnegan ou os outros. O Pacto não tem qualquer tipo de autoridade. Você entende isso, não é?

Vivian continuou imóvel.

— Tenho certeza de que você se lembra de quem os convidou para o Pacto — afirmou ela. — Finnegan é o maior cliente do escritório da sua esposa, não é? Sem sombra de dúvida um homem de alto nível, um homem influente. Acredito que ele valha muito para o escritório e foi por sugestão dele que aquele novo caso importante foi entregue a Alice. Jake, como estou certa de que você agora compreende, o Pacto não somos apenas eu, Orla e Finnegan. O Pacto são milhares de Finnegan, todos brilhantes em seu próprio campo de atuação, todos exercendo seu pessoal e exclusivo poder de influência. Advogados, médicos, engenheiros, juízes, generais, astros de cinema, políticos... gente cujos nomes deixariam você tonto. Jake, a sua visão é pequena, míope. Vocês precisam parar um pouco, olhar com atenção para o quadro como um todo, compreender o caminho que há adiante.

Eu estava tonto. Estiquei a mão para o chocolate quente, mas de algum jeito calculei mal a distância. A caneca se espatifou no chão de concreto, salpicando a bolsa de Vivian de manchas marrons. As pessoas em volta de nós se viraram para olhar. Vivian secou a bolsa com um guardanapo, imperturbável. Comecei a catar os cacos.

Uma garçonete se aproximou.

— Não se preocupe. Mandarei Anton varrer isso tudo.

Ela usava argolas no nariz e na boca, tatuagens nos braços e pescoço e exalava um leve cheiro de cachorro molhado, como se vivesse com um monte de animais. Tive de repente vontade de chegar mais perto e passar os braços em volta dela, como se ela fosse algum tipo de boia salva-vidas. Senti uma enorme inveja dela, inveja da vida normal que levava.

— Eu quero o melhor para vocês — disse Vivian, friamente, depois que a garçonete se afastou. — Estou aqui para ajudá-los a chegar ao seu destino.

— Mas você não está nos ajudando porra nenhuma, Vivian.

— Acredite em mim.

Vivian era quase robótica em sua persistência, em sua absoluta recusa de ouvir o que eu estava dizendo.

— Acredite no Pacto. O que estou dizendo, Jake, é isto: você precisa se afastar desse pensamento pequeno, desse pensamento *errado*, e ver o quadro geral. Você e Alice precisam aceitar a mensagem que Dave lhes passou.

Vivian recolocou os grandes óculos escuros.

— Vocês precisam aceitar a força que o Pacto pode trazer para o seu casamento, para suas carreiras, para suas vidas. Como tantas coisas... como terremotos, ondas gigantes, tsunamis... o Pacto acontecerá em suas vidas. É inevitável. A única questão é como vocês reagirão.

— Parece que você não me ouviu. Alice e eu estamos fora.

— Não.

Vivian se levantou, pegando a bolsa.

— Vá para casa. Vá ficar com sua adorável noiva. Você é meu Amigo, Jake. Para sempre.

Com isso, ela se virou e saiu.

30

ALICE ESTÁ NO SOFÁ, livros e pesquisas jurídicas espalhados à sua volta. O laptop está aberto na mesa, mas ela está ocupada com o violão, tocando aquela música da Jolie Holland que eu adoro, a bela peça acústica que cantou no nosso casamento. Seu jeito de tocar é tão bonito, sua voz suave e agradável. A casa parece estar absorvendo a música, mergulhando em silêncio para ouvi-la. Ela levanta os olhos, sorri para mim e canta: "Eu ainda estou com a roupa de ontem, meias de seda e um velho casaco de Paris. E me sinto uma rainha, no ponto de ônibus da rua. Veja o que você fez comigo".

Meu coração se aperta diante da pureza de sua voz, da visão dela sentada ali. Me odeio por ter falhado com ela na minha conversa com Vivian.

Há muito tempo Alice não pegava num instrumento. A canção é tão delicada e por um instante parece desmanchar as camadas de Alice, derrubar os muros invisíveis que estão sempre lá. Quantas vezes me perguntei sobre a Alice que repousa debaixo das demãos de sua persona de advogada, a Alice debaixo dos convencionais tailleurs azul-marinho. Desde criança, ela sonhou em ser musicista. Sua mãe dava aulas de piano e violão para as crianças do bairro e sempre havia música em sua casa. Não consigo imaginar a menina Alice sonhando em um dia se tornar advogada, mas, quando a conheci, ela estava no segundo ano da faculdade de Direito. Embora ainda gravasse discos, ainda fizesse shows, ainda atualizasse seu site e respondesse e-mails, ainda produzisse eventuais álbuns para outros músicos, eu podia ver que ela já tinha mudado de rumo. Alice entrou na faculdade de Direito quando fez vinte anos, "desviada pelas minhas paixões juvenis", disse ela, e com isso era uma das mais velhas de sua turma. Achava que tinha muita coisa para pôr em dia, um monte de tempo perdido a compensar. Mas como aqueles anos fazendo o que realmente queria fazer poderiam ser considerados tempo perdido? Para mim, pareciam ser o oposto de tempo perdido.

— Eu não era feliz — ela me disse uma vez, depois de alguns meses de namoro. — As coisas estavam fora de controle na banda. No meu... — ela hesitou — relacionamento.

Eu sabia, por textos encontrados on-line, que o fim do seu relacionamento com o baixista, Eric Wilson, tinha causado problemas para a banda. A feiura da sua separação se refletiu na música, segundo ela. Tudo ficou contaminado. Ela resolveu que era tempo de crescer. E foi por isso que começou a estudar Direito.

A melodia é comovente e é bom ouvir sua voz ecoar pela sala. Quando ela termina a canção, não me diz oi nem me conta como foi seu dia, simplesmente pega o teclado na ponta do sofá e começa a tocar "Dance Me to the End of Love", de Leonard Cohen. Durante toda a música — um hino ao amor e à perda escrito quando Cohen entrava na meia-idade, no ápice de sua força lírica — ela me olha, um sorriso irônico brilhando nos lábios.

Deixo cair minha maleta na mesa, tiro o casaco e me enrosco na outra ponta do sofá. Olhando para ela — tão evidentemente feliz com o que fazia — não consigo deixar de pensar no que abandonou. Teria largado tudo por ela mesma? Ou teria sido por mim? Depois de algum tempo, ela deixa de lado o teclado e escorrega para o meu lado do sofá.

— Você está tão quentinha — digo.

Não tenho coragem de lhe contar a conversa com Vivian. O momento é tão perfeito. Só quero que dure. Só quero voltar no tempo, para antes do Pacto.

Ficamos sentados, em silêncio. E então ela põe a mão no bolso do casaco. Tira um pedaço de papel amassado.

— O que é isto?

Parece um telegrama. Na frente, há o nome de Alice, mas não o endereço.

— Foi entregue em mãos, hoje — ela diz.

Está escrito:

> Cara Amiga, você está, por meio deste, instruída a comparecer às 9h desta sexta--feira ao aeroporto de Half Moon Bay. Você será recebida pelo nosso representante e, nesse momento, lhe serão repassadas novas instruções. Não é necessário trazer roupas ou outros itens. Por favor não traga quaisquer objetos de valor, objetos pessoais ou eletrônicos. Esta mensagem é uma diretriz, não é um pedido. O não cumprimento de uma diretriz, como você sabe, está perfeitamente explicado no Capítulo 8.9.12-14. Estamos ansiosos por vê-la. Cordialmente, um Amigo.

Dentro de mim tudo desaba, o pavor me invade.

— Eu tinha afinal começado a pensar que estava errada a respeito de Dave. Quase me convenci de que era tudo bobagem, de que eu só peguei o que era na verdade uma conversa normal e transformei, na minha cabeça, numa coisa sinistra.

— Não é bobagem — afirmo.

E conto o meu encontro com Vivian.

Seus olhos se enchem de lágrimas.

— Eu sinto tanto, querida.

Eu a abraço.

— Eu nunca deveria ter deixado que nos envolvêssemos com isso.

— Não, *eu* sinto muito. Fui eu que convidei Finnegan para a droga da festa de casamento.

— Você não pode ir ao aeroporto. O que eles podem fazer?

— Muita coisa. Se eles me despedirem do escritório, se eles...

Posso ver sua cabeça acelerando, o pânico se instalando.

— Nós temos todos aqueles empréstimos, não haverá boas referências, não haverá outro emprego, a hipoteca... Vivian tem razão. A influência de Finnegan vai longe. E não é só Finnegan, são todos os outros membros do Pacto que não sabemos quem são.

Um pensamento me ocorre.

— O quanto isso importa? Você parecia tão feliz ainda agora, tocando sua música. O que acontece se você simplesmente pegar o seu bônus e sair?

— Eles ainda não pagaram os bônus. Não há cheque. Nós precisamos mesmo daquele dinheiro.

— Podemos nos virar sem ele — insisti, embora a verdade seja que estamos com o orçamento muito apertado, com os novos investimentos no meu consultório, com a hipoteca das salas vitorianas, a hipoteca daquela casa, fora o custo de vida numa das cidades mais caras do mundo.

— Eu não quero ser pobre de novo, aquilo não é jeito de se viver.

— Você está dizendo que precisa ir a Half Moon Bay?

— Acho que tenho que ir. Mas há um problema. Nesta sexta, eu tenho uma audiência no tribunal. É quando vamos discutir minha moção para julgamento sumário. Passei meses trabalhando nisso. É nesse dia que podemos ganhar a coisa toda. Se perdermos na sexta, vai tudo por água abaixo... milhares de horas de trabalho, trabalho inútil, nenhuma chance de ganhar. Não posso acreditar. Eu escrevi a maldita moção, ninguém vai poder fazer isso por mim.

— O telegrama fala em consequências. Quais são?

Alice se levanta e tira da prateleira o seu exemplar do Manual. Vai para o Capítulo 8.9.12–14.

— *As penalidades são aplicadas conforme a gravidade do crime e calculadas por um sistema de pontos descrito abaixo* — ela lê. — *Reincidências, conforme observado, são calculadas em 2x. Cooperação e confissões voluntárias merecem adequadas concessões.*

— Bem, isso ajuda — eu digo.

— Podemos fugir — sugere Alice. — Podemos nos mudar para Budapeste, mudar de nome. Arrumar empregos no grande mercado perto da ponte, comer *goulash*, engordar.

— Eu adoro *goulash*.

Estamos tentando nos manter calmos, mas não há leveza no ar. Parece que estamos mesmo muito fodidos.

— Podemos ir à polícia.

— E dizer exatamente o que a eles? Que uma mulher com uma bolsa muito linda me deu uma pulseira. Que eu estou com medo de perder meu emprego? Ririam de nós na delegacia.

— Dave te ameaçou — lembrei.

— Imagine contar essa história para um guarda. Não tem como nos levarem a sério. *"Ninguém sai do Pacto"*? Por favor. E se falarem com Dave, o que obviamente não fariam, ele lhes diria que foi brincadeira. E depois lhes ofereceria uma ida a Pin Sur Mer.

Ficamos em silêncio por algum tempo, enquanto Alice e eu tentamos encontrar uma solução. Eu me sinto como se fôssemos dois ratinhos presos numa gaiola, ambos ainda convencidos de que deve haver como escapar.

— Merda de Finnegan — ela acaba dizendo.

Pega o teclado e toca outra música, uma melodia mal-humorada do último álbum da sua banda, uma que ela e o namorado escreveram juntos quando estavam terminando o relacionamento.

— Budapeste não é má ideia — comentei, quando a música terminou.

Alice parece considerar a proposta. Eu falei de brincadeira, mas talvez não precisasse ser. Pensei que para mim estaria bem qualquer coisa que ela decidisse. Eu amo Alice. Quero que ela seja feliz. Não quero que ela tenha medo.

Meu coração encolhe quando ela sussurra:

— Eles nos encontrariam, não é?

31

EMBORA EU SIGA MEU padrão habitual de comportamento, hoje — acordando, indo a pé para o trabalho, atendendo pacientes — meus pensamentos não estão no que faço. Se na sexta-feira Alice vai se apresentar no aeroporto, precisamos bolar um plano.

Ontem à noite, Alice queria esvaziar a cabeça, então assistimos a *Sloganeering*. Era um episódio engraçado sobre o ministro dos Slogans e seus esforços para comprar um carro fedorento da Itália. Foi bom nos enroscarmos, pensar em outra coisa. Depois de desligar a TV, fomos para a cama e dormimos profundamente. Hoje pela manhã, a habitual bagunça de papéis, impressos e livros de Direito entulhava a mesa da cozinha. O Manual estava no braço da grande poltrona azul. Alice tinha posto um marcador no começo do Capítulo 9: Formalidades, Diretrizes e Recomendações.

Nos intervalos entre as consultas, fico tentando encontrar um jeito de contornar a coisa. Enquanto algumas pessoas ficam cada vez mais paranoicas quando ruminam um problema, comigo em geral acontece o contrário. Às três da tarde, estou quase convencido de que a situação não é tão medonha quando parecia ontem. Estou pensando nisso quando Evelyn entra no consultório e larga um envelope branco em cima da minha mesa. Nenhum selo. Letras douradas do lado de fora, só o meu nome, sem endereço. Fico olhando para aquilo, suando.

— Um mensageiro de bicicleta acabou de deixar isto — diz ela.

Dentro, há um cartão branco com uma mensagem manuscrita, também em tinta dourada:

Agradecemos a honra da sua presença na reunião trimestral dos Amigos às 18h do dia 10 de março. O endereço é Bear Gulch Road, 980, em Woodside. O código de segurança do portão é 665544. Sob circunstância alguma compartilhe o endereço ou o código com outra pessoa.

Não há assinatura ou endereço do remetente.

32

NA MANHÃ DE TERÇA-FEIRA, estou sentado na cama, de camiseta e cueca, olhando Alice se vestir para o trabalho.

— O que nós vamos fazer? — pergunto.

— Eu vou fazer o meu trabalho — ela responde. — Você vai fazer o seu. Sejam quais forem as consequências, nós vamos atravessar essa ponte quando chegarmos nela. A ameaça de Vivian falou em Finnegan e no escritório, mas, se eu não comparecer ao tribunal, também vou ficar seriamente encrencada no meu trabalho.

— E quanto ao longo alcance da influência do Pacto?

— Eu não sei.

Alice fala com firmeza, sem um pingo do pavor que estou sentindo. Sua confiança é verdadeira, ou ela está fingindo para me tranquilizar? Seja como for, só o fato de Alice ser ela mesma agora, pronta para ir à luta, faz com que eu me sinta melhor. Se a musicista Alice é uma criatura delicada e mística que eu gostaria de ver mais, a advogada Alice é uma mulher forte, esperta e muito competente, que me alegro de ter a meu lado.

— Vou pensar em você o dia inteiro — prometo, observando-a escovar o cabelo.

Ela passa o sutil batom cor de ameixa e coloca os pequenos brincos de argola.

— E eu em você.

Ela me dá um beijo, demorado mas suave, com cuidado para não borrar o batom.

Por alguma razão complicada envolvendo obras nas ruas e estacionamento, ela, hoje de manhã, pega uma carona com um colega. Um Mercedes cinza encosta no meio-fio às seis em ponto, e Alice se vai.

Às 8:45 estou no trabalho, remoendo nosso problema insolúvel. Passo o dia inteiro enrolado, seguindo a rotina com os pacientes, esperando a próxima bomba, me perguntando como será.

— O que é que você tem, Jake? — quer saber Evelyn. — Você não está normal. Está acontecendo alguma coisa?

— Não sei.

Brinco com a ideia de contar a ela, mas o que vai adiantar? Imagino-a oscilando entre a gargalhada e a descrença. Ela não compreenderia de imediato a profundidade do Pacto e a ameaça que aquilo representa. Por outro lado, tenho certeza de que seu envolvimento representaria mais problemas para mim e Alice.

Às duas, meu telefone faz *plim*. É uma mensagem de Alice, um texto absolutamente comum. *Não chego em casa antes de meia-noite.*

Deixe-me te dar uma carona, escrevo de volta. *Paro aí em frente por volta das 11:30. Desça quando puder.*

Depois de ontem, quero abraçar Alice, ver com meus próprios olhos que ela está bem.

Chego cedo em frente ao escritório dela. A rua está calma, a noite gelada. Trouxe dois sanduíches, uma garrafa de refrigerante para Alice, dois bolinhos Bundt. Deixo o aquecedor ligado e tento ler o último *Entertainment Weekly*. Mesmo a matéria de capa sendo a viralização de *Sloganeering*, não consigo me concentrar. Olho sem parar para as janelas acesas do escritório de advocacia, em busca da silhueta de Alice, querendo que ela desça.

À meia-noite, a porta se abre. Aquele sujeito da festa está com Alice, o alto, de cabelo crespo, Derek Snow. Abro uma fresta da janela e ouço-o perguntar se ela gostaria de beber alguma coisa, mas ela diz: *Não, obrigada, meu querido marido veio me buscar.* Fico absurdamente feliz por vê-la. Inclino-me sobre o banco do passageiro para abrir a porta e ela desliza para dentro do carro, virando-se para botar a bolsa e a pasta no banco de trás. Me dá um beijo longo e apaixonado, e eu me sinto um bobo pela ponta de preocupação que me passou pela cabeça. É claro que o sujeito não é o tipo dela; eu sou.

Ela vê a sacola no console.

— Sanduíches! — exclama.

— Sim, senhora.

— Você é o melhor marido do mundo.

Faço um retorno na California Street enquanto Alice ataca o jantar, contando seu dia. Sua equipe encontrou alguma nova prova importante e suas chances no julgamento sumário parecem boas. Só depois de virarmos no Balboa trago à tona o assunto que estamos evidentemente evitando.

— Quais são os seus planos para amanhã?

— Eu liguei para Dave — ela responde. — Não foi legal. Ele insistiu que uma diretriz é uma diretriz. Disse que o seu encontro com Vivian não ajudou. E depois repetiu a mesma coisa: *Nós precisamos aceitar o Pacto.*

— O que você acha que vai acontecer? — pergunto, depois de uma pausa. Ela não responde.

— Eu gostaria que você não tivesse falado com Dave sobre sua ida ao tribunal. Deveríamos ter feito como JoAnne disse: você precisa pôr a culpa em mim, dividi-la.

— Depois do seu incidente com Vivian — avisa Alice enquanto entramos na garagem —, tenho a impressão de que você vai receber sua parte de culpa.

33

Na sexta, acordei de madrugada. Sem dizer uma palavra, esgueirei-me até a cozinha e preparei o café da manhã. Bacon e waffles, suco de laranja e café. Quero que Alice tenha energia, quero que ela se saia bem no tribunal. E, mais importante, quero que ela saiba que estou do seu lado.

Ponho o café da manhã numa bandeja e levo-o para Alice. Ela está sentada na poltrona azul, de roupa de baixo e meia-calça, focada no trabalho. Olha para cima e sorri.

— Eu te amo.

Às seis, ela sai porta afora. Arrumo tudo, tomo um banho de chuveiro e só quando estou no telefone com nosso recepcionista, Huang, me dou conta do que vou fazer. Digo a ele que não estou me sentindo bem e que talvez não apareça hoje.

— Intoxicação alimentar — minto. — Você pode cancelar minhas consultas?

— Claro — diz ele —, mas os Bolton não vão gostar.

— É verdade. Sinto muito. Você quer que eu ligue para eles?

— Não, eu vou dar conta.

Deixo um bilhete, para o caso de não estar aqui quando Alice chegar em casa. *Fui ao aeroporto de Half Moon Bay. É o mínimo que posso fazer. Te amo, J.* Depois, acrescento um *post-scriptum* que parece melodramático até quando escrevo, mas expressa exatamente o que estou sentindo: *Obrigado por ter se casado comigo.*

Na estrada litorânea, fico satisfeito com a minha decisão. O aeroporto de Half Moon Bay não passa de uma longa pista perdida entre hectares e hectares de plantações de alcachofras. Na neblina densa, mal consigo enxergar alguns Cessnas cobertos e o pequeno prédio que abriga o Café 3-Zeros. Estaciono na vaga mais próxima. Dentro do restaurante, me instalo numa mesa de onde vejo a pista. Não há segurança alguma, nem balcões de passagens, nem esteira de bagagens, só uma porta de vidro destrancada separando a pista do café. Entra uma mulher magra num uniforme antiquado de aeromoça.

— Café?

— Chocolate quente, se tiver.

— Claro.

Examino o aeroporto em busca de algo fora do comum. Só há três carros no estacionamento: o meu, um Ford Taurus vazio e um caminhão Chevrolet com um sujeito no banco do motorista. Ele parece estar esperando alguém. Me pego tamborilando na mesa, um velho hábito nervoso. O desconhecido sempre me apavorou muito mais do que qualquer perigo real. Alguém está planejando se encontrar com Alice aqui e lhe passar outro sermão? Outro bracelete, talvez? Ou estão vindo para levá-la a algum lugar? Nem Vivian nem Dave menciona-ram viagens de avião. Eu deveria ter prestado mais atenção naquele dia que Vivian tirou a foto de Martin Parr e projetou seu PowerPoint na parede de nossa sala de estar.

Um avião desce sobre as colinas. Vejo-o dar uma grande volta e se apro-ximar para aterrissar no nevoeiro. A aeronave é pequena, particular, se bem que maior e mais sofisticada do que os Cessnas perto do hangar. Confiro meu relógio, 8:54. Faltam seis minutos. Será esse o fulano?

O avião desliza até a área junto à mangueira de combustível. Um operário corre até lá, ele e o piloto conversam por um segundo, e o operário começa a encher o tanque do avião. O piloto se aproxima do restaurante. Vejo-o estre-mecer e passar os olhos pelo estacionamento. É evidente que procura alguma coisa ou alguém. Entra e examina a sala, mal reparando em mim. Confere o celular, franze a testa e se encaminha para o banheiro.

Não há qualquer outra pessoa à vista e nenhum avião chegando para aterrissar, só eu, a garçonete, o homem no Chevrolet e o piloto. São nove em ponto. Ponho uma nota de cinco dólares na mesa e me levanto. O sujeito sai do banheiro e examina mais uma vez o local antes de sair pela porta da frente para o estacionamento. É muito alto, quarenta e poucos anos, ruivo, bonitão, vestindo camisa jeans e calça cáqui.

Saio.

— Bom dia — digo.

— Olá.

Ele tem um leve sotaque. Não sei dizer de onde.

— Você por acaso está procurando Alice?

O homem se vira de frente para mim, me olha de cima a baixo. Estico a mão.

— Jake.

Ele me lança um olhar de dúvida e me aperta a mão.

— Kieran.

O sotaque é irlandês. No mesmo instante, penso na história de Vivian a respeito de Orla e da ilha na Irlanda.

— Você conhece Alice? Ela deveria estar aqui.

Ele parece um pouco irritado.

— Sou o marido dela.

— Ótimo. Onde está Alice?

— Ela não pôde vir.

Ele dá um sorrisinho, como se eu estivesse zombando dele.

— Mas ela vai chegar, certo?

— Não. Ela é advogada. Está presa no tribunal. É um caso muito importante.

— Bem, isso é inédito.

Kieran ri.

— Essa sua mulher tem peito.

Ele tira um chiclete do bolso, desembrulha-o e põe entre os dentes.

— Talvez não seja muito inteligente, mas com certeza tem peito.

— Eu vim no lugar dela — digo.

Kieran sacode a cabeça.

— Vocês dois são uma viagem.

Me debato num emaranhado de sentimentos, tentando não deixar transparecer nenhum, certo de não conseguir.

— Ela não podia vir e eu não queria deixá-lo aqui esperando, então vim no lugar dela. Num gesto de cortesia.

— Cortesia? Sério? Não sei bem como vou explicar isso a Finnegan.

— Finnegan mandou você aqui?

Kieran aperta os olhos. Parece surpreso com o quanto sou idiota. Ou ingênuo.

— Tudo isto é mesmo culpa minha — insisto.

É verdade, fui eu quem botou Alice naquela confusão. Tá bom, Finnegan era um contato dela e foi só ela quem o convidou para nossa festa de casamento. Ainda assim, o casamento foi ideia minha. Alice teria ficado feliz se continuássemos a viver juntos, segura em nosso relacionamento, para todo o sempre. Como eu disse, eu a amo, mas não foi por isso que me casei com ela.

— Bem — diz Kieran —, eu agradeço por você ter aparecido, isso foi admirável, e até corajoso... mas não é assim que funciona.

— Ela estaria aqui, se pudesse.

Ele olha o relógio, confere um e-mail no celular. A coisa toda parece tê-lo deixado confuso.

— Me deixa entender direito. Ela não vem mesmo?

— Não.

— Então tá, prazer em conhecê-lo, Jake. Boa sorte para a sua mulher. Ela vai precisar.

O piloto dá meia-volta e entra no avião. Olhando o aparelhinho prateado subir em meio ao nevoeiro, sinto um gosto amargo na boca.

34

No CAMINHO DE VOLTA à cidade, recebo um chamado de Huang. Ele tentou cancelar meu encontro das onze com os Bolton, mas a madame não quis saber.

— A sra. Bolton é um pavor — ele diz.

Os Bolton, Jean e Bob, estão casados há mais de quarenta anos. Foram os primeiros clientes que Evelyn me arranjou quando entramos no terreno da terapia de casal. Depois entendi o motivo — os Bolton já tinham passado por todos os outros terapeutas da cidade.

Detesto a hora que passo com eles toda semana. Os dois são um casal de infelizes, mais infelizes ainda por estarem juntos. A hora demora tanto a passar que desconfio que o relógio de parede esteja quebrado. Os Bolton deveriam ter se divorciado há décadas, não fosse o insistente pastor de sua igreja exigir que fizessem terapia. Em geral, dou seis meses a um cliente para então avaliar como estão as coisas. Se sentir que não estão chegando a lugar algum, encaminho para outro terapeuta. Talvez não seja uma grande jogada comercial, mas acho que é o melhor para os clientes.

Com os Bolton, mais ou menos por volta da terceira semana, perguntei se já tinham pensado em divórcio. Bob respondeu no mesmo segundo:

— Todos os dias de merda nos últimos quarenta anos de merda.

Foi a única vez que vi sua mulher sorrir.

— Tudo bem — digo a Huang —, diga a eles que eu vou à consulta. Na hora de sempre. Vou chegar no consultório às dez e meia.

— Você não está mais se sentindo mal?

— Defina o que você quer dizer com se sentindo mal.

Os Bolton aparecem às onze em ponto. Eu, na verdade, não ouço nada do que dizem — ou melhor, do que Jean diz, porque é ela quem fala o tempo todo —, mas nenhum deles parece perceber que eu, hoje, estou fora do ar. Tenho quase certeza de que Bob também passa a maior parte do tempo dormindo de olhos abertos, como um cavalo. Na verdade, ele parece roncar. Exatamente ao meio-dia, aviso que a sessão acabou. Os dois se arrastam para fora do consultório, Bob reclamando do nevoeiro. Na semana anterior, o tempo estava lindo e ele reclamou do sol. Depois que saem, Huang anda pelo consultório, borrifando um purificador de ar e abrindo as janelas. Tenta se livrar do cheiro horroroso do perfume de Jean.

Recebo um telefonema de Alice à 1:47.

— Ganhamos! — ela grita, em êxtase.

— Que maravilha! Estou muito orgulhoso de você!

— Estou levando o pessoal para almoçar. Você não quer vir conosco?

— Festeje esta vitória com a sua equipe. Nós comemoraremos à noite. Onde vocês vão?

— Eles querem ir ao Fog City.

— Espero que você não dê de cara com Vivian.

— Se eu desaparecer, saiba que meu carro está estacionado perto da esquina da Battery com a Embarcadero. É todo seu.

A leveza em sua voz faz tudo parecer normal, mas no meu coração eu sei que nada é normal. Não conto minha visita ao aeroporto de Half Moon Bay. Quero deixá-la curtir a vitória antes de oprimi-la com as notícias.

Depois de desligarmos, me instalo na escrivaninha, checando e-mails sem vontade, tentando entender minha interação com Kieran naquela manhã. O que teria acontecido se Alice estivesse lá? Kieran a poria no avião e levantaria voo? Aonde teriam ido? Quando ela teria voltado? Ela teria lutado com ele ou aceitado seu destino e subido no avião? Me lembro de uma foto estranha que vi há anos na revista *Life*. Era de um grupo de homens num lugar cercado, na Arábia Saudita. A legenda dizia que todos eles tinham sido condenados por roubo e aguardavam para ter uma das mãos decepada. O mais perturbador na foto era que todos os homens pareciam muito calmos, sentados sem reação, à espera do horror inevitável.

Ando até nossa casa e dirijo até a Península. Destino: Draeger's. Uma das funcionárias, uma moça baixinha e rechonchuda chamada Eliza, me acena quando passo pela porta. Devem agora me considerar um freguês assíduo.

— Adoro homens que fazem compras — diz Eliza todas as vezes que passo pelo caixa.

Em todas aquelas idas, ainda não consegui encontrar JoAnne, e hoje não é diferente. Compro flores para Alice e uma garrafa de Veuve Clicquot para festejar sua vitória. Compro alguns biscoitos para mim.

Acabo desistindo de esperar JoAnne e vou até o caixa.

— Adoro homens que fazem compras — diz Eliza.

E então, enquanto registra os biscoitos, ela me olha e diz:

— Você precisa botar alguma proteína na sua cesta, meu amigo.

— O quê? — gaguejo.

— Proteína. Você sabe, carne, porco ou alguma coisa que não contenha gordura hidrogenada.

Ela sorri.

Não sei dizer se é um sorriso genuíno, ou um sorriso de advertência. É Eliza, eu me digo. A doce e amável Eliza. O que ela acabou de dizer... foi *amigo* com *a* minúsculo, não com *A* maiúsculo.

— Essa coisa vai te matar — ela acrescenta, piscando o olho.

Agarro a sacola e saio correndo, examinando o estacionamento em busca de qualquer coisa preocupante. Mas como eu saberia o que poderia ser preocupante? O que há é a costumeira mistura de Teslas e Land Rovers, um esporádico Prius ao lado de um BMW. Brigo comigo mesmo: deixe de ser paranoico. Ou não.

Alice chega em casa poucos minutos antes das seis. Já joguei fora o bilhete que escrevi naquela manhã, dizendo que ia ao Half Moon Bay. Decido que as notícias podem esperar até o dia seguinte. Ela ainda está empolgada com a vitória, bêbada por conta do almoço longo e festivo. Sua embriaguez é contagiante, e, pela primeira vez em meses, consigo afastar aquela constante sensação de mal-estar — não a destruo, mas a enfio num canto da cabeça, pelo bem de Alice. Arrumo queijo e bolachas numa travessa e Alice abre o champanhe. Nos instalamos na minúscula varanda do nosso quarto. O sol está quase se pondo e a neblina começa a se instalar, mas ainda podemos ver nossa faixa de mar. Foi aquela pequena e perfeita vista do mar que nos inspirou a comprar a casa que não podíamos pagar. Não é só o mar que torna a vista tão especial, mas as fileiras de casas baixas da década de 1950, os quintais simpáticos, as belas árvores ladeando a Fulton Street, onde nosso bairro se encontra com o Golden Gate Park.

Nos demoramos na varanda, a garrafa de champanhe vazia. Alice me conta toda a audiência, fazendo imitações hilárias de cada um dos advogados oponentes, bem como do juiz rabugento. Sua atuação é brilhante, e eu quase sinto como se estivesse com ela no tribunal. Ela trabalhou muito naquele caso e eu estou loucamente orgulhoso dela.

O encontro perturbador com o piloto, a sessão tóxica com os Bolton e a frustrada e paranoica ida ao Draeger's, tudo se ofusca. Me dou conta de que estou fazendo um esforço muito consciente para me manter no momento... para ficar focado, como se diz em linguagem popular. Aquele momento descontraído e privado com Alice — celebrando seu sucesso, curtindo a companhia um do outro — é a própria essência do casamento, em seu sentido mais perfeito. Gostaria de poder engarrafá-lo, gostaria de poder repeti-lo a cada dia. Me imagino guardando aquele momento na minha cabeça, reservando-o para quando mais precisar. Quero dizer a Alice para fazer o mesmo — mas isso é uma contradição, não é? Se eu lhe dissesse para guardar aquele momento bem guardado e se lembrar dele, não equivaleria a lhe dizer que a felicidade é passageira, que a qualquer momento as coisas podem mudar para pior?

E então o celular de Alice toca e sou arrancado do meu devaneio. Bem quando estou prestes a dizer "Não atenda", Alice põe o fone no ouvido.

Ela sorri, e eu dou um suspiro de alívio. É seu cliente Jiri Kajanë, ligando de sua dacha no litoral da Albânia. Ele acabou de ouvir as boas novas da vitória. Alice ri e põe a mão no fone para me dizer que ele deu seu nome a uma personagem em sua continuação de *Sloganeering*.

— Eu sou Alice a datilógrafa que resolve o caso do papel que faltava no importantíssimo dossiê U'Ren. Kajanë está dizendo que você pode ser o ajudante na quadra de bocha do Hotel Dajti. É um papel pequeno, mas importante.

Ela pisca para mim.

— Alice a datilógrafa e Jake o ajudante de bocha encontrarão o amor e a felicidade? — ela pergunta a Kajanë.

Longa pausa.

Ao que parece, a resposta é complicada. Então Alice se vira para mim.

— O verdadeiro amor é ilusório, mas eles vão tentar.

35

Acordo sobressaltado no meio da noite, certo de que alguém batia com insistência à nossa porta da frente. Ando pela casa, espiando por todas as janelas, checando a câmera de segurança, não vendo nada de estranho. Tarde da noite, nosso bairro é absurdamente silencioso; a brisa do mar e a neblina densa amortecem todos os sons. Ilumino o jardim com a lanterna. Nada. Examinando a cerca dos fundos, vejo os olhos vermelhos de quatro guaxinins assustadoramente brilhantes à luz da lanterna.

Pela manhã, Alice parece morta para o mundo, não tendo se mexido nem um centímetro do lugar na cama em que adormeceu. Faço o café e começo a preparar waffles com bacon.

Uma hora depois, Alice entra.

— Bacon!

Ela me beija. Vê, então, que lavei e dobrei toda a sua roupa.

— Eu dormi semanas? Que dia é hoje?

— Coma o seu bacon — digo.

— Acho que nos preocupamos sem razão — ela comenta, durante o café da manhã. — Eu não apareci no aeroporto e nada aconteceu.

É quando conto a Alice meu encontro com o piloto. Não disse nada na véspera, não querendo estragar sua alegria pela vitória no tribunal. Mas ela tem que saber. Tenho medo de que Vivian ou Dave telefonem — ou pior, Finnegan — e não quero que ela seja pega de surpresa. Falo do sotaque do piloto, da sua atitude impaciente; da incredulidade por ela não estar lá. Conto nossa rápida conversa.

— Ele mencionou o nome de Finnegan?

Ela está com a testa franzida.

Faço que sim.

Ela põe a mão na minha nuca, torcendo os dedos no meu cabelo.

— É tão gracinha você ter ido no meu lugar.

— Estamos nisso juntos.

— Bem, pareceu que ele estava lá para me dizer alguma coisa? Para entregar um embrulho ou coisa parecida?

— Ele não levava nenhum embrulho.

— Ele ia me levar a algum lugar?

— Ia.

Alice respira fundo, rapidamente. A ruga de preocupação entre suas sobrancelhas se aprofunda.

— Então tá.

— Vamos dar uma volta — digo.

Quero conversar, mas, depois da pulseira, depois de ontem, nem ao menos tenho certeza de que seja seguro conversar na nossa própria casa.

Ela vai ao quarto e volta de jeans e suéter, vestindo um casaco acolchoado. Lá fora, passa os olhos pela rua. Faço o mesmo. Viramos à esquerda, nosso caminho habitual em direção a Ocean Beach. Alice anda depressa e com determinação. Nenhum de nós fala. Quando enfim alcançamos a areia, ela relaxa um pouco. Andamos lado a lado pela beira d'água.

— Você sabe — diz ela —, eu estou muito feliz por ter me casado com você, Jake. Não mudaria isso por nada. E isso vai parecer estranho, mas tenho pensado naquele momento em que estávamos todos na sala de reuniões, depois da vitória de Finnegan. Os sócios me chamaram. A sala estava lotada e de repente me vejo ombro a ombro com o próprio Finnegan. Quando Frankel menciona que eu vou me casar, Finnegan passa o braço pelos meus ombros com carinho e diz: *Adoro casamentos*. E eu respondo: *Gostaria de ir ao meu?*

— Eu nem mesmo sabia que iria convidá-lo até as palavras saírem da minha boca. Eu não falei a sério. Todos na sala riram. Quando ele disse *Seria uma honra*, fez-se um silêncio bizarro. Todo mundo estava arrancando os cabelos para chamar a atenção dele, para ser notado pelo Incrível Finnegan, aquela lenda que sempre dava a impressão de se manter distante, e foi como se todos ficassem surpresos com o que acabara de acontecer, com a generosidade do seu comentário para mim, embora, é claro, ninguém achou que ele falasse a sério.

Eu não achei. Mais tarde, pouco antes de sair, ele entrou na minha baia. Os convites do casamento acabavam de ser entregues, a caixa estava em cima da minha mesa, e, quando Finnegan perguntou, *Onde serão as bodas, minha cara?*, eu simplesmente puxei um deles e lhe entreguei. Tudo pareceu tão natural. Como a continuação de uma brincadeira que nenhum de nós queria admitir que fosse brincadeira. Ou pelo menos foi o que pensei. Só depois que ele saiu eu me dei conta de que, para ele, não tinha sido brincadeira. E, Jake, aí está a parte bizarra: foi como se ele soubesse que aquilo ia acontecer, como se ele *quisesse* que acontecesse.

— Ele não tinha como saber.

— Tem certeza?

Estamos parados à beira d'água, agora. Alice tira os sapatos e os joga atrás de nós, na areia, e eu faço o mesmo. Pego sua mão e andamos em direção às ondas. A água está gelada.

— É o seguinte, Jake. Nosso casamento foi um dia mágico e eu não me arrependo de nada. Não me arrependo de ter conhecido Finnegan e, acredite você ou não, não me arrependo do Pacto.

Me esforço para processar aquilo e acho que entendo o que ela está dizendo. É como quando Isobel me disse que sua existência dependia da infelicidade de seu pai. Às vezes, duas coisas não podem ser separadas. Uma vez enredadas, é assim que são. Voltar atrás no tempo não desmancharia apenas o ruim, mas o bom também.

— Você tem sido tão bom para mim, Jake. Eu só quero fazer por merecer.

— Você merece muito mais.

Poucos metros adiante, um surfista está fechando o zíper de sua roupa de mergulho, prendendo a tira do tornozelo. Há um cachorro a seu lado, ofegante. Alice e eu ficamos olhando o surfista fazer um carinho na cabeça do cachorro e ir para a água. O cachorro o segue por alguns metros, mas, apontando para a praia, o surfista ordena:

— Volte, Marianne.

A cadela obedece e nada de volta. Marianne, que nome estranho para um cão.

— Quando eu era pequena — diz Alice —, eu era tão independente e determinada que minha mãe costumava comentar que tinha pena do homem que se casasse comigo. Quando cresci, ela começou a afirmar que achava que eu nunca me casaria. Uma vez, ela me disse que, mesmo que gostasse de estar casada com meu pai, aquilo não queria necessariamente dizer que o casamento seria para mim. Eu precisava encontrar meu próprio caminho, ela me garantiu. Precisava criar minha própria felicidade. Mas eu também me lembro de ler nas entrelinhas, achando que ela queria dizer que eu desapontaria qualquer um que se casasse comigo. Até algum tempo depois de você e eu nos conhecermos, provavelmente mais tempo do que você gostaria de imaginar, eu ainda sabia, no fundo do coração, que nunca me casaria.

Sua confissão me atinge como um choque. O surfista está agora nadando para longe, os braços fortes acariciando as ondas contra a corrente. A cadela late na praia enquanto a neblina engole seu dono.

— Mas aqui está a parte engraçada — continua Alice. — Quando você me pediu em casamento, a ideia me pareceu boa. Eu queria me casar com você, mas tinha medo de desapontá-lo.

— Alice, você não me desapontou. Você não vai...

— Me deixe terminar — ela diz, me puxando mais para o fundo.

A água fria bate nos meus tornozelos, ensopando o jeans.

— Quando Vivian apareceu pela primeira vez e nos deu aqueles papéis para assinar, eu fiquei *feliz*. O que ela descreveu soou como um culto, ou uma sociedade secreta, ou alguma coisa que em geral me daria vontade de vomitar e me faria sair correndo para bem longe. Mas eu não quis fugir. Todo o discurso sobre o Pacto, a caixa, os papéis, Orla... tudo aquilo me fez pensar: *Isto é um sinal. Isto tinha que acontecer. Este é o instrumento que vai me ajudar a dar certo num casamento. É exatamente o que eu preciso.* Quando fomos arrastados mais para dentro do Pacto, eu ainda apreciei o presente. Nem o bracelete, nem as tardes com Dave, nada me incomodou do jeito que incomodou você. Eu via naquilo algum tipo de objetivo. Aquelas duas semanas em que usei a pulseira foram tão incrivelmente intensas. Sei que pode parecer estranho, mas eu senti uma conexão tão forte com você, mais profunda do que qualquer outra coisa que já senti com qualquer outra pessoa. E é por isso que, apesar de tudo, não posso dizer, sinceramente, que gostaria que o Pacto nunca tivesse acontecido. Isso pelo que estamos passando me parece um teste pelo qual precisamos passar... não pelo Pacto, não por Vivian ou Finnegan, mas por *nós*.

O surfista, agora, desapareceu de todo. Marianne parou de latir e choraminga, patética. Me lembro de uma coisa que li a respeito de bebês, jovens demais para processar a ideia de que uma pessoa ou coisa que não está à sua frente ainda existe. Quando a mãe de uma criança muito pequena sai de perto e a criança chora, é porque não sabe se a mãe vai voltar. Toda a sua experiência com ela, todas as centenas de vezes que ela saiu de perto e voltou, nada significa naquele instante. Tudo o que ela compreende é que a mãe desapareceu. O bebê se sente literalmente impotente, porque não é capaz de imaginar um futuro no qual estará de novo com a mãe.

Uma onda estoura, ensopando minhas pernas e as coxas de Alice, e nós nos viramos e corremos das ondas, às gargalhadas. Puxo-a para perto e sinto seu corpo magro por baixo do casaco enorme e acolchoado. Sinto meus olhos se encherem de lágrimas — lágrimas de gratidão. Nos poucos minutos anteriores, Alice me revelou mais a respeito do nosso relacionamento, e do que ele significa para ela, do que já havia revelado em todos os anos desde que nos conhecemos. Penso que agora, apesar das ameaças penduradas acima de nós, da incerteza, do abismo escuro do desconhecido pairando à nossa frente, estou mais feliz do que nunca.

— Acho que o que estou dizendo, Jake, é que estou feliz por estar nesta estrada com você.

— Eu também. Eu te amo muito!

De volta à casa, antes de subirmos os degraus, Alice me beija. Perdido naquele instante, fecho os olhos por tempo suficiente para não ver a van preta encostar no meio-fio. Quando os abro, o carro já está ali. Encosto a boca em sua orelha e sussurro:

— Por favor... só diga a eles que a culpa foi minha.

36

Exceto durante o sono, o casal americano médio mal passa quatro minutos junto e sozinho por dia.

A palavra *noiva* deriva do latim "nupta", ou "coberta pelo véu", que na Roma antiga significava "submissão ao marido".

Mais da metade de todos os casamentos termina em divórcio no sétimo ano.

Trezentos casais por dia contraem matrimônio em Las Vegas.

A média dos casamentos custa o mesmo que a média dos divórcios: vinte mil dólares.

A chegada dos filhos reduz a felicidade em mais de sessenta e cinco por cento dos casamentos... Por estranho que pareça, filhos também reduzem a probabilidade de divórcio.

Uma das melhores receitas para o sucesso de um casamento nos dias atuais é o fato de a mulher sentir que as tarefas domésticas são divididas de maneira justa entre o casal.

Milhares de factoides em relação ao casamento são publicados a cada ano. Não surpreende que muitos não resistam a uma análise mais profunda. A influência da religião e das organizações religiosas nos diversos estudos é responsável por boa parte das informações incorretas. A maioria dos amplamente aceitos mitos relativos ao casamento envolve os efeitos nocivos da coabitação pré-marital, do casamento com alguém de outra religião e do sexo pré-marital.

Um matrimônio tem cinquenta e sete por cento mais chances de dar errado se os cônjuges vivem juntos antes do casamento — leio no site de uma popular revista feminina. Numa nota de rodapé em letras minúsculas, a revista cita um estudo levado a cabo pela Coalizão Americana pela Proteção dos Valores Familiares. Pesquisas científicas, entretanto, indicam que o mito da coabitação é obviamente falso. Entre os casais que me consultaram, os que viveram juntos antes do casamento parecem pisar num terreno bem mais firme.

Um dos dados, porém, aparece com bastante consistência sob todos os aspectos, em todos os estudos, independentemente da fonte: a maioria dos casais casados relata ser mais feliz durante o terceiro ano de casamento. Alice e eu só estamos casados há alguns meses e eu não consigo me imaginar sendo mais feliz. Por outro lado, também não consigo imaginar ser *menos* feliz depois do terceiro ano.

37

Um homem e uma mulher descem da van. Os dois estão de terno. O homem tem trinta e muitos anos, boa aparência, sardas, e é mais baixo do que a mulher. Seu terno está apertado no peito e nos ombros, como se ele tivesse começado a fazer musculação algum tempo depois de ter ido ao alfaiate. A mulher está parada ao lado da porta do motorista da Lexus, mãos para trás.

— Bom dia, sou Declan — diz o homem, aproximando-se de nós.

Como Kieran, seu sotaque é irlandês. Ele me estica a mão e eu o cumprimento.

— Jake — digo.

— Esta deve ser Alice.

— Sou — diz Alice, aprumando-se.

— Esta é minha amiga Diane — ele apresenta.

Diane acena.

— Vocês se incomodam se entrarmos?

Percebo o brilho de desafio no sorriso de Alice.

— Temos escolha?

Diane tira uma grande mochila preta do banco de trás do Lexus. Declan nos segue até a sala de estar, enquanto Diane espera no vestíbulo, uma sacola preta a seus pés.

— Aceita uma bebida? — pergunto.

— Não, obrigado — responde Declan. — Talvez possamos nos sentar por um instante?

Alice, ainda vestindo o casaco acolchoado, se senta na poltrona azul. Fico de pé atrás dela, as mãos em seus ombros.

Declan tira uma pasta de sua maleta e coloca alguns papéis na mesinha de centro diante de Alice.

— Tenho conhecimento de que você recebeu uma diretriz para se apresentar no aeroporto de Half Moon Bay. Correto?

— Sim.

— Ela precisava estar no Tribunal Federal naquela manhã — acrescento. — Nós manifestamos nosso desejo de deixar o Pacto, e, quando nosso pedido foi recusado, Alice explicou que não poderia...

— Tenho certeza de que ela teve seus motivos — Declan interrompe —, mas na verdade essa avaliação não cabe a mim nem a Diane.

Ele apresenta a Alice uma folha de papel.

— Preciso que você assine e date isto. Detenha-se para ler, se quiser. Diz aí que você tinha consciência da diretriz para comparecer na hora e no local determinados.

— Eu sei ler — diz Alice, ríspida.

Ela examina os poucos parágrafos, e, quando vai assinar, seguro sua mão. Ela me olha.

— Tudo bem, Jake. Deixe que eu lido com isto. Na verdade, é tudo o que está escrito aqui.

Ela assina.

Declan lhe apresenta uma segunda folha de papel.

— Preciso também lhe pedir que assine este formulário.

— O que é isto?

— O formulário confirma o seu conhecimento da minha identidade e da responsabilidade que Diane e eu temos quanto a cumprir as exigências do contrato assinado por você na data abaixo citada, testemunhado e autenticado por Vivian Crandall.

— E quais são essas exigências? — pergunto.

— Isso quer dizer que sua esposa precisa nos acompanhar esta manhã.

— Eu também vou.

— Não. Só Alice.

— Tenho tempo para mudar de roupa? — pergunta Alice.

— Você não está mesmo indo, não é? — protesto.

Ela põe a mão em meu braço.

— Jake, está tudo bem. Eu quero levar isto adiante. A escolha é minha.

E então ela se vira para Declan.

— Mas eu não vou assinar este papel.

— Você tem que assinar — retruca Declan.

Alice sacode a cabeça.

— Se você precisar que eu assine isso para que eu os acompanhe, então vão ter que ir embora, sem mim.

Declan olha para Diane, que ouve com atenção mas tem algo a dizer.

— É formalidade — ela informa.

— Bem, liguem para alguém, se for preciso.

Alice dá de ombros.

— Há um limite para o que vou assinar. Eu sou advogada, lembram-se?

Penso nos documentos originais que assinamos e, apesar do que ela disse na praia naquela manhã, desejo do fundo do coração que ela tivesse sido tão cuidadosa quanto está sendo agora.

— Muito bem.

A expressão de Diane é impenetrável.

— Há uma lista de formalidades que precisamos obedecer. Vamos repassá--la depois que você se trocar.

— Devo sugerir — acrescenta Declan — que você vista alguma coisa confortável e folgada.

Alice sobe e vai para o quarto tirar as roupas de praia molhadas. Quero ir com ela, mas não quero deixar aqueles dois sozinhos na minha sala de estar. Não há como saber o que esconderiam, nem onde.

— Quanto tempo ela vai ficar fora?

Declan dá de ombros.

— Não tenho certeza.

— Para onde vocês a estão levando? Posso visitá-la?

— Receio que isso não seja possível — responde Diane.

— Ela vai poder pelo menos me telefonar?

— Vai, é claro.

Declan sorri, como para provar que é a pessoa mais razoável do mundo.

— Ela poderá dar dois telefonemas por dia.

— Falo sério — insisto. — Por quanto tempo ela vai ficar fora? E o que vocês pretendem *fazer* com ela?

Declan repuxa os ombros do paletó apertado. Tenho a impressão de que estou fazendo perguntas que ele não deveria responder.

— Olha, eu realmente não sei.

Diane tira um celular do bolso.

— Vou lá fora.

Ela sai pela porta da frente e a fecha.

— Aqui entre nós — me diz Declan —, se eu puder dar um palpite, primeira vez, recém-casados, novos no programa, eu diria setenta e duas horas no máximo. Talvez menos. Quanto ao *o que*, é reeducação.

— Algum tipo de aula, você quer dizer?

— Talvez mais uma entrevista cara a cara.

Imagino outro conselheiro como Dave, embora mais rígido.

— Mas eu não sei — acrescenta Declan — e não posso dizer, e nós não tivemos esta conversa.

Ouço Alice, histérica, abrindo e fechando gavetas em nosso quarto.

— E se ela se recusar a ir?

— Cara — Declan responde em voz baixa —, nem pense nisso. Eis como vai ser: sua esposa vai se vestir, ela e eu vamos obedecer às formalidades, nós vamos prepará-la para a viagem e então Alice, Diane e eu vamos entrar na van e partir. Como tudo vai acontecer depende da sua mulher. Ela tem uma longa viagem pela frente e não há realmente nenhuma necessidade de torná-la mais desagradável do que é preciso. Entendido?

— Não. Não está entendido.

Ouço a raiva ecoando em minhas palavras.

Declan franze a testa.

— Vocês dois parecem gente amigável e prática. Eu tenho muito pouca flexibilidade para agir aqui, então deixe-me usá-la para tornar as coisas o mais confortáveis possível.

Diane, como se ouvisse uma deixa, entra na casa, e Alice sai do quarto. Está usando um suéter largo, leggings e tênis pretos. Carrega sua maleta de fim de semana, um saco de lona lisa com suas iniciais na frente. Vejo algumas meias soquete e jeans aparecendo, bem como sua bolsinha de maquiagem. Ela parece estranhamente decidida, só um pouco nervosa.

— Posso levar o telefone e minha carteira?

Declan faz que sim. Diane se aproxima com um saco plástico, uma etiqueta e um marcador. Segura o saco aberto diante de Alice, que põe lá dentro o celular e a carteira. Diane lacra o saco, cola a etiqueta, rubrica. Entrega-o a Declan, que também rubrica.

164 *Michelle Richmond*

— Sem joias — diz Diane.

Alice tira o cordão que lhe dei no Natal, aquele com a pérola negra. Ela o usa diariamente desde então. Seguro uma de suas mãos, sem querer soltá-la. Tenho certeza de que estou mais nervoso do que ela. Alice se inclina para me beijar e sussurra:

— Vai dar tudo certo. Por favor não se preocupe.

E se vira para Declan, com ar de desafio.

— Vamos?

Ele a olha com uma leve expressão de pena.

— Quem dera fosse tão fácil.

Diane põe a mochila em cima da mesa.

— Só preciso fazer uma rápida vistoria, para ter certeza de que você não está levando nada no corpo.

— Sério? — pergunto.

— Senhora, pode ficar de pé aqui e encostar as mãos na parede?

Alice me dá um sorriso amarelo, como se aquilo tudo fosse algum tipo de jogo, nada com que se preocupar.

— Sim, senhora — ela responde a Diane, em tom brincalhão.

— Isto é necessário? — pergunto.

— Só parte das exigências.

Declan se recusa a me olhar nos olhos.

— Não queremos que ninguém se machuque por nossa causa.

Enquanto Diane apalpa Alice, Declan se vira para mim.

— Para ser honesto, as coisas nem sempre são tão tranquilas. Quando alguém desobedece a uma diretriz, isso às vezes significa que não está preparado para nos acompanhar. Como é compreensível, as exigências foram estabelecidas levando tal circunstância em consideração.

Alice está de costas para mim, mãos na parede. Tudo parece inacreditavelmente surreal. Diane vai até a mochila e tira de lá uma corrente com algemas. Fecha as algemas nos tornozelos de Alice. Alice não se mexe.

— Fala sério!

Dou um passo em direção à minha mulher.

— Isto já foi longe demais.

Declan me empurra para trás.

— É por isso que as pessoas nunca ignoram as diretrizes. Este é um meio de dissuasão bem eficaz.

— Senhora — instrui Diane —, pode se virar e esticar os braços à sua frente.

Alice faz o que a outra manda. Diane tira da mochila alguma coisa de lona, fivelas e correntes. Alice parece saber o que é, antes de mim. Seu rosto empalidece.

Diane desliza a camisa de força pelos seus braços estendidos.

— Eu não vou deixar vocês fazerem isto! — digo, avançando para Declan.

O braço de Declan atinge a minha garganta, sua perna esquerda gira e eu estou no chão, com Declan de pé em cima de mim. Luto para recuperar o fôlego, atordoado; tudo aconteceu depressa demais.

— Deixe-o em paz! — Alice grita, impotente.

— Vamos fazer isso do jeito mais fácil, certo? — me diz Declan.

Tento falar, mas não consigo, então concordo com a cabeça. Declan me põe de pé. Só então me dou conta de que ele pesa pelo menos uns quarenta quilos mais do que eu.

Diane olha para Declan.

— Capuz?

— Capuz? — exclama Alice.

O terror em sua voz é de cortar o coração.

— Você é capaz de me prometer que não vai gritar? — pergunta Declan. — Eu quero uma viagem tranquila.

— Sou, sou, claro que sou.

Ele reflete por um instante, depois concorda com a cabeça.

Quando Diane prende as pernas de Alice com uma correia e começa a apertá-la por trás, Alice pergunta:

— Nós precisamos sair pela porta da frente? Eu não quero que os vizinhos me vejam deste jeito. Não podemos sair pela garagem?

Declan olha para Diane.

— Não vejo por que não — ele diz.

Conduzo os três pela cozinha e pelos degraus da porta dos fundos. Aperto o botão e a porta da garagem sobe. Declan traz a van e abre a porta traseira. Fico repetindo comigo mesmo que aquilo é um sonho ruim. Aquilo não está acontecendo de verdade.

Diane empurra Alice. Alice hesita, depois se vira para mim. Por um segundo, tenho medo que ela esteja tentando fugir.

— Eu te amo — ela diz, me beijando. E me olha nos olhos. — Não chame a polícia, Jake. Prometa!

Eu a puxo num abraço apertado, em pânico.

— Vamos embora — comanda Declan.

Quando não me mexo, ele segura meu braço com as mãos enormes. Num segundo, estou outra vez de joelhos, uma dor aguda no ombro.

Diane ajuda Alice a entrar desajeitada no banco traseiro. Quando ela se senta, Diane puxa o cinto de segurança e a prende. Luto para me levantar. Meu coração está disparado. Declan me entrega um cartão. Há um número de telefone escrito nele, nada mais.

— Em caso de urgência, ligue para este número.

Seus olhos mergulham nos meus.

— Só em caso de urgência. Entendido? Mantenha o celular por perto, ela vai telefonar. Não é tão ruim quanto parece.

Declan e Diane sobem no carro, e a van se afasta. Aceno para a janela traseira escura, mesmo sem saber se Alice pode me ver.

38

A CASA ESTÁ SILENCIOSA e vazia. Não sei o que fazer de mim mesmo. Assisto à televisão, ando pelo corredor, leio os jornais e preparo uma tigela de cereais que estou perturbado demais para comer, tudo isso sem tirar os olhos do telefone, querendo que ele toque. Quero chamar a polícia. Por que ela me fez prometer que não chamaria? Tento imaginar no que ela estava pensando e acho que entendo: a grande notícia de um sequestro, câmeras de TV, todas as especulações sórdidas em relação à nossa vida privada. Isso acabaria com ela.

Fiquei acordado até tarde. O telefone não tocou. Me pergunto onde está Alice, até onde viajaram. Quando a van subiu a rua, vi que a placa era de fora do estado. Não consegui ver de onde, só as cores e o feitio. Na internet, procuro fotos das placas dos cinquenta estados americanos. Concluo que o carro era de Nevada.

Por volta da meia-noite, ainda nenhum telefonema. Levo o celular comigo para o quarto e coloco-o ao lado do meu travesseiro. Confiro várias vezes o volume, para ter certeza de que está no máximo. Tento dormir, mas não consigo. Pego o laptop, ligo-o e começo a pesquisar. Digito "O Pacto", mas tudo o que acho são referências a um filme e sua continuação. Já fiz essa pesquisa antes, com resultado semelhante. Mais abaixo, há um romance popular com o mesmo título. Procuro "culto matrimonial", mas não encontro nada. Procuro um monte de outras palavras combinadas com Nevada. Nada. Procuro Vivian Crandall e a encontro no LinkedIn, mas seu perfil é privado. Se eu me conectar para vê-lo, ela saberá que estive ali. Há algumas referências a Vivian em outros sites, provas de uma carreira correta que não chama muito a atenção sobre ela... nada que mencione, nem de longe, a sua participação no Pacto. Procuro JoAnne, e é ainda mais estranho. Em Classmates.com há uma foto dela no anuário do penúltimo ano na Ucla, mas é tudo. Como é possível? Como uma pessoa pode ficar quase invisível on-line? Pesquiso o endereço da casa em Hillsborough onde foi a última festa, bem como o endereço em Woodside, da próxima festa. Segundo uma empresa de imóveis, as duas casas valem milhões. Grandes merdas!

Depois, leio a respeito de Orla, voltando às várias páginas que Alice salvou depois de nosso primeiro encontro com Vivian. Há centenas de textos relativos ao seu trabalho, algumas dúzias de fotos. Ao que parece, ela era uma advogada muito considerada. Há matérias do *The Guardian*, pareceres a favor e contra ela quando concorreu a cargos públicos. E mais nada. Abro o Google Maps e dou zoom em Rathlin, a ilha irlandesa mencionada por Vivian. O mapa é granulado, em baixa resolução, maneira do Google nos dizer que a ilha não tem qualquer interesse real. Vasculho o litoral, em busca de casas ou aldeias; neblina e nuvens cobrem a maioria. A Wikipedia diz que chove na ilha durante mais de trezentos dias por ano.

Fico checando meu e-mail para ver se Alice tentou entrar em contato. Nada. Por quanto tempo vou esperar notícias dela? E então, o que vou fazer? Ligar para o número que Declan me deu "exclusivamente para casos de urgência" me parece má ideia. Fico me lembrando do que Alice disse: *Eu quero levar isto adiante. É a minha escolha.*

Mando mensagens de texto para o celular de Alice, mas meu aplicativo indica que não foram lidas. Imagino o telefone dela no saco plástico, numa caixinha, num grande armazém cheio de centenas de outras caixinhas, todas elas com telefones dentro, todos os aparelhos tocando e vibrando até as baterias morrerem.

Faltam quinze minutos para as seis da manhã seguinte quando meu celular dá um berro e eu acordo em pânico. Mas é engano.

Levanto e tomo uma chuveirada. Enquanto me visto, o telefone toca de novo. É um número desconhecido. Com as mãos tremendo, aperto *Atender*.

— Alice? — digo.

Entra uma gravação: *Você está recebendo uma ligação de um prisioneiro numa penitenciária no estado de Nevada. Para aceitar a ligação, por favor diga "Eu aceito" depois do sinal.*

Prisioneiro? Ouço o sinal.

— Eu aceito.

Há um bip, depois outra gravação.

Esta conversa telefônica pode ser gravada. Todas as ligações limitam-se a três minutos.

Outro bipe. A ligação entra.

— Jake?

— Alice? Meu Deus, estou tão feliz por ouvir a sua voz. Você está bem?

— Está tudo bem.

— Onde você está?

— Nevada.

— Sei, mas exatamente onde?

— No meio do nada. Rodamos por oitenta quilômetros, depois pegamos uma saída para o deserto e continuamos a rodar por aquela estrada de terra até chegarmos a este lugar. Tentei prestar atenção aos marcadores, mas me perdi. Esta porra fica no meio do nada... nenhuma civilização a não ser um posto de gasolina muitos quilômetros antes daqui. É só concreto e arame farpado. Duas cercas enormes. Declan disse que é uma prisão que o Pacto comprou do Estado.

— Merda. Quem *são* essas pessoas?

— Na verdade — diz ela —, eu estou legal. Não se preocupe.

Se ela estivesse em pânico, eu o ouviria em sua voz, tenho certeza. Mas não há pânico. Sua voz soa cansada, absurdamente distante. Talvez ela não esteja no seu eu habitual e superconfiante, mas também não está apavorada. Ou, se está apavorada, está fazendo um excelente trabalho escondendo o medo.

— Não tenha um ataque, Jake, mas eles me puseram numa cela. É um lugar grande, mas não há muita gente aqui, pelo menos não que eu tenha visto. Há quarenta celas no meu setor — eu contei quando cheguei —, mas acho que sou a única aqui. É tudo tão quieto. A cama é minúscula, mas o colchão é decente. Devo ter dormido umas dez horas. Esta manhã, acordei quando alguém deslizou uma bandeja de metal pela porta. Chouriço e omelete. Delicioso. E um café muito bom também, com creme.

Há um bipe alto e a gravação do monitoramento da ligação é repetida.

— Você já viu algum outro... — procuro a palavra certa e fico surpreso com o termo que me vem: — Algum outro prisioneiro?

— Mais ou menos. Eles pegaram alguém em Reno. Ele estava numa pior. Estou feliz por termos tido mais boa vontade. O capuz me pareceu insuportável. Ele suou aos borbotões o tempo todo até chegar aqui, mas não podia dizer nada porque eles o tinham amordaçado.

— Cruzes, isso parece sádico!

— Mas, por outro lado, ele concordou em vir, não é? Eles não o arrastaram para fora de casa nem nada. Eu o vi andar até o carro.

Outra gravação avisa que só temos mais um minuto.

— Quando você vai sair? — pergunto, em desespero.

— Espero que logo. Tenho um encontro com meu advogado daqui a uma hora. Eles concedem a todos um defensor público. É uma doideira. Estou te falando, se você não considerar a comida ótima e a ausência de gente, isto aqui é como uma prisão de verdade. Estou até usando um uniforme de prisão. Uma roupa toda vermelha, com a palavra *detenta* em letras grandes na frente e atrás. Mas é feita com um bom tecido, realmente macio.

Tento imaginar Alice num uniforme de prisioneira. A imagem não se forma.

— Jake... você pode me fazer um favor?

— Qualquer coisa.

Quero que aquela ligação dure para sempre. Quero abraçá-la de novo.

— Você pode mandar um e-mail para Eric, no escritório? Eu esqueci que disse a ele que faria serão amanhã à noite para cuidar de uma papelada. Invente alguma coisa. O endereço de e-mail dele está no meu iPad.

— Feito. Você pode me ligar mais tarde?

— Vou tentar.

Outro bipe.

— Eu te amo.

— Eu... — Alice começa, mas a ligação cai.

39

Não consigo afastar a imagem de Alice, sentada numa cela minúscula, vestida com um confortável macacão vermelho de prisioneira. Estou em pânico, é claro. E com medo. O que está acontecendo com ela, e quando ela voltará para casa? Ela está mesmo bem? Mas, tenho que admitir, há também outra coisa: bem lá no fundo, em algum cantinho da minha cabeça, sinto uma pontinha de felicidade. É complicado. Será errado eu me sentir bem por testemunhar este sacrifício incrível que ela está fazendo por mim, pelo nosso casamento?

Boto o telefone para carregar e reviro a casa em busca do seu iPad. Não consigo encontrá-lo em parte alguma. Procuro em todo canto, em suas bolsas, suas gavetas. Então desço até a garagem. Seu carro é um velho Jaguar X-Type azul. Ela o comprou com o adiantamento que recebeu de uma gravadora pelo seu primeiro e único álbum lançado em grande escala. Com exceção de seus instrumentos musicais e algumas roupas entulhadas no fundo do armário embutido do nosso quarto, o carro é a única lembrança de sua antiga vida. Ela me disse uma vez, mais ou menos brincando, que se eu não me comportasse bem, ela levaria o Jaguar direto de volta para sua vida de antes.

O carro é uma confusão de papéis, arquivos e sapatos, embora eu saiba que Alice o considera perfeitamente organizado. Ela jura que tem um método e que sempre consegue achar o que está procurando. Mantém um par de tênis extra no banco traseiro, para o caso de, na volta do trabalho, querer parar para um passeio na praia ou pelo Golden Gate Park, mas também mantém um par de botas pretas — porque nem morta gostaria de ser vista andando de tênis pelas ruas da cidade. Além disso, tem um par de sapatilhas pretas, para o caso de seus pés não aguentarem mais e ela precisar trocar os saltos altos por algo menos doloroso. Há ainda uma sacola de compras contendo uma calça jeans de grife, um suéter de caxemira preto, uma camiseta branca e sutiã e calcinha extras, "por garantia". E um colete de esqui aquático, para a praia, mais uma capa de chuva, para a cidade. Em algum nível, é claro, faz sentido estar preparado quando se vive em São Francisco; a gente pode sair de casa de short e dez minutos depois precisar de um casacão, tudo depende da neblina. Mas Alice leva isso ao extremo. Não posso deixar de sorrir diante daquele emaranhado de sapatos e roupas, tão enlouquecedor, mas ao mesmo tempo tão Alice.

Dentro do porta-luvas, encontro o iPad. Está descarregado, é claro, como qualquer equipamento eletrônico dela. Isso é um padrão: ela não acredita em carregar seus objetos tecnológicos. Quando os encontra descarregados, afirma que as baterias devem estar com defeito. Se eu pudesse recuperar todas as horas que passei, nos últimos anos, à procura dos seus telefones, computadores e carregadores e pondo todos para carregar na tomada na cozinha, eu seria um homem muito mais jovem.

Lá em cima, quando o iPad volta à vida, abro o e-mail e procuro Eric. Não consigo me lembrar do sobrenome. Eric é um jovem assistente, baixinho e simpático. Mais de uma vez já me perguntei como ele consegue sobreviver por tanto tempo no escritório de Alice. O lugar é uma selva, onde os jovens associados são jogados às feras. Eric e Alice construíram uma relação de trabalho bastante próxima, auxiliando-se mutuamente em seus diversos casos e tarefas. *Num ambiente de guerra, a gente precisa de aliados*, ela me disse na noite em que conheci Eric e a mulher num restaurante em Mill Valley. Gostei dos dois, as únicas pessoas do escritório com quem eu não me importava de estar.

Ainda assim, não consigo me lembrar do seu sobrenome. Uma das minhas tias teve uma substancial perda de memória em idade precoce, e muitas vezes, quando me esqueço de alguma coisa simples, eu me pergunto se já cheguei ao estágio em que tudo despenca ladeira abaixo.

A procura revela e-mails de dois Erics: Levine e Wilson.

Clico no primeiro — Wilson — e na mesma hora lembro por que o nome parece familiar. Eric Wilson era o baixista e cantor da Ladder, a banda de Alice, antes de nos conhecermos. Ladder durou pouco, se bem que não a ponto de passar despercebida. Uma vez, lendo uma das muitas revistas musicais inglesas que chegam pelo correio, vi uma referência à Ladder. Um jovem guitarrista de uma banda de Manchester era o entrevistado, e ele citou o álbum da Ladder como uma de suas primeiras influências. Quando comentei com Alice, ela fez uma piada e não levou a sério, embora uma semana depois eu tenha encontrado a revista em nossa mesa de cabeceira, aberta naquela página.

Alice, quando é que você vai largar aquele infeliz e voltar para mim?

O e-mail é de uma semana antes do nosso casamento. Rolo para baixo e vejo uma série de e-mails, de e para Eric Wilson, sobretudo falando de música e dos velhos tempos. Há novos e-mails dele na lista, mas não muitos. Resisto à tentação de abri-los. Não me parece correto. Além disso, se me lembro direito, o Manual contém diversos parágrafos que têm a ver com bisbilhotice. Pego meu exemplar na sala de estar, encontro "e-mail" no índice e abro em 4.2.15.

> Bisbilhotar ou espionar e-mails não será tolerado. Uma relação forte se baseia em confiança e qualquer espionagem mina a confiança. A bisbilhotice de e-mails, muitas vezes resultante de um momento de fraqueza ou insegurança, é punida como infração, Crime de Segundo Grau. Repetidas instâncias de bisbilhotice serão punidas no mesmo nível, mas com um reforço de quatro pontos.

Volto ao índice e passo o dedo pela letra R, em busca de "reforço". Na página correspondente, "reforço" é descrito apenas como *uma aplicação exponencial da penalidade apropriada para qualquer ofensa. A exponenciação do reforço pode ser qualitativa, quantitativa ou ambas.*

Quem escreve aquela bosta?

Clico em Eric Levine. Mando um e-mail dizendo que Alice está com intoxicação alimentar e não trabalhará no dia seguinte, como planejado. Largo o iPad, levo meu computador de volta para o quarto e tento trabalhar. Me dedico ao trabalho por algumas horas, depois caio no sono. Quando acordo, o sol está se pondo e o celular tocando. Para onde foi o dia? Me arrasto até a cozinha e arranco o telefone do carregador.

— Alô.

— Ei, achei que você não fosse atender — diz Alice.

Na mesma hora, me esforço para avaliar sua voz, seu tom.

— Onde você está?

— Sentada no corredor ao lado do escritório do meu advogado. Passei o dia inteiro entrando e saindo do escritório dele, com uma pausa para almoçar numa cantina enorme. Havia pelo menos uns quarenta de nós, mas não temos permissão para falar uns com os outros. Pela janela, só se vê o deserto e cactos, por quilômetros a fio. Consigo ver duas grades imensas. Holofotes.

Estacionamento para visitantes, mas nenhum carro. Um ônibus da prisão. Um pátio, uma pista de terra...

— Você consegue ver alguém?

— Não. Há um jardim, há até um equipamento inteiro de levantamento de peso lá fora, debaixo do sol. É como se eles tivessem acabado de comprar a prisão e a deixado exatamente como era.

— Que tal o advogado?

— Asiático. Belos sapatos. Bom senso de humor. Tenho a impressão de que ele é como nós. Talvez tenha feito alguma coisa errada e esta seja a sua sentença. Talvez ele esteja aqui há um dia, uma semana, um mês... é difícil dizer. Não acho que ele possa falar dele mesmo. Nenhum sobrenome, só Victor. A maioria das pessoas aqui nem se chama pelo nome. Dirigem-se uns aos outros como Amigo.

— Eles já disseram o que acontece agora?

— Amanhã pela manhã compareço diante do juiz. Victor acha que consegue resolver isso logo, se eu quiser. Diz ele que com a primeira ofensa é sempre fácil. Além disso, ele é amigo do promotor que faz a acusação.

— E pelo que você é acusada?

— Falta de Foco. Uma acusação, Crime Seis.

Suspiro.

— O que isso quer dizer?

— Quer dizer, segundo o Pacto, que eu não estava concentrada no nosso casamento como deveria. O indiciamento lista três atos evidentes, inclusive me atrasar para o encontro com Dave. Mas o principal é eu não ter obedecido à diretriz de ir a Half Moon Bay.

O absurdo daquilo me choca.

— Falta de Foco? Grande merda!

— Você pode dizer isso porque não está usando um macacão vermelho de prisioneiro.

— Quando você pode vir para casa?

— Eu não sei. Victor está falando agora com o promotor. Jake — Alice fala rápido —, eu tenho que ir.

A ligação cai.

Ainda tenho muita coisa para ler até amanhã, mas não consigo me concentrar no trabalho, então arrumo a casa e lavo a roupa. Termino as tarefas domésticas ignoradas há semanas: troco lâmpadas, conserto a mangueira da máquina de lavar louça. Embora eu seja bastante bom para limpar a casa — graças a uma infância com mãe e irmã compulsivas por limpeza —, nunca tive muito jeito para trabalhos manuais. É Alice quem conserta maçanetas quebradas e monta móveis, mas nos últimos tempos ela tem estado ocupada demais. Eu li em algum lugar que homens que executam as tarefas tradicionalmente masculinas dentro de casa fazem mais sexo com suas esposas do que homens que cuidam da limpeza, mas já descobri que, no nosso caso, isso não é verdade. Quando a casa está limpa, Alice pode descansar. E quando Alice está descansada, está disposta a tudo. Penso nela naquele inacreditável traje que usava quando a levaram e me envergonho de dizer que aquilo me excita um pouco, me lembrando de uma espelunca s&m em que fomos no começo do namoro, um galpão em SoMa, onde a música era alta, a luz baixa, e no andar superior havia um corredor comprido no qual cada quarto tinha um tema diferente, cada um mais louco do que o outro.

Por fim, penduro o quadro que Alice me deu, como o presente do Pacto deste mês. É uma litografia colorida, um grande urso pardo segurando um contorno do nosso estado, acima das palavras EU TE AMO, CALIFÓRNIA!

O iPad no meio da sala apita alguma vezes, mais e-mails. Penso naquele e-mail que Alice recebeu de Eric Wilson. Penso nos que não abri e tenho vontade de lê-los, mas não o faço. Impaciente, ando até a praia, celular na mão. Venta em Ocean Beach, faz muito frio e a praia está quase deserta, a não ser pelas habituais barracas dos sem-teto e alguns adolescentes andando por ali e tentando manter uma fogueira acesa. Por algum motivo, penso na peça genial de Loren Eiseley, *The Star Thrower*[*]. É a história de um professor andando por uma praia grande, comprida e abandonada. Ao longe, ele vê um vulto pequeno e fora de foco, repetindo sem parar o mesmo movimento. Ao se aproximar, percebe que na verdade se trata de um menino. Milhares de estrelas-do-mar moribundas e espalhadas por quilômetros, jogadas na areia pelo mar, cercam o menino por todos os lados.

O menino pega as estrelas-do-mar e as joga de volta na água. O professor se aproxima e pergunta: *O que você está fazendo?*, e o menino lhe diz que a maré está baixando e as estrelas-do-mar vão morrer. Confuso, o professor diz: *Mas são tantas, chegam a ser milhares, que diferença faz?* O menino se inclina, pega uma e a joga longe, no mar. Ele sorri e afirma: *Faz diferença para aquela lá.*

---

[*] O arremessador de estrelas. (N.T.)

Caminho até depois de Cliff House e paro no Lands End Lookout Café, que esta noite fica aberto até tarde para angariar fundos na vizinhança. Compro um chocolate quente e perambulo pela loja de presentes, atraído pelos livros com fotos antigas de São Francisco. Encontro um com a história do nosso bairro, a capa misteriosa exibindo uma solitária casa em estilo eduardiano, perdida em meio a quilômetros de dunas de areia. Uma estrada vazia vai dar direto na casa, e, na ponta, há um bonde parado. Compro o livro e mando embrulhar para presente. Quero dar uma coisa bonita para Alice, quando ela voltar.

Em casa, me sento outra vez com o laptop, ainda tentando me entender com as anotações das sessões da semana passada. Ouço o iPad apitar mais três ou quatro vezes. Penso no e-mail de Eric Wilson e tento me lembrar da cara dele. Faço uma pesquisa de imagem no Google. A primeira coisa que aparece é uma foto dele e da minha mulher de pé em frente ao Fillmore, o letreiro acima deles anunciando THE WATERBOYS & LADDER, ABRIMOS ÀS 9H. A foto deve ser de dez anos atrás. Eric Wilson parece ótimo, mas eu também devia parecer ótimo há dez anos. Se eu não tivesse visto centenas de outras fotos de Alice, talvez não a reconhecesse naquela. Um topete azul, muito delineador preto, botas Dr. Martens, uma camiseta do Germs. Parece à vontade. Wilson também: óculos escuros, barba por fazer, segurando o contrabaixo. Nem consigo me lembrar da última vez que passei uma semana sem me barbear.

O iPad apita de novo. Mesmo quando o pego, sei que não deveria, mas não consigo me controlar. O som de aviso de e-mail é como o coração revelador, abalando minhas entranhas. Insiro a senha, 3399, o número da primeira casa da Alice: Sunshine Drive, 3399.

Os e-mails que apitaram não são do ex. Claro que não são. Não, há uma carta oficial, um aviso de sua associação de alunos, uma propaganda de Josh Rouse e uma resposta de Eric Levine, do escritório. *Espero que você se recupere logo da intoxicação alimentar*, ele escreve, *e pare de comer no Tenderloin*.

É quando eu deveria parar de ler, largar o iPad e voltar ao meu trabalho. Não o faço. Descendo a infindável lista de e-mails, encontro dezessete de Eric Wilson. Três contêm arquivos de áudio — novas canções que ele escreveu e uma versão da grande canção de Tom Waits, "Alice". Eu gosto da música e a versão de Wilson não é ruim. Aquilo me arrepia, mas não de um jeito bom.

Percorro os outros e-mails. A maioria é de e-mails para um grupo, alguma coisa a respeito de uma banda que conheceram. Eric quer vê-la, mas ela não parece interessada. É difícil dizer. Me sinto mal por ter aberto as mensagens, me sinto pior ainda por ter ouvido a canção. Por que fiz isso? Nada de bom resulta desse tipo de coisa. Nada de bom resulta de insegurança e ansiedade. Me vem um pensamento apavorante e olho depressa por cima do ombro. Por alguma estranha razão, espero ver Vivian parada ali, me observando, desaprovando. Desligo o iPad.

Durmo mal. Na manhã seguinte, acordo mais cansado do que quando me deitei. Telefono para Huang no consultório e peço que ele cancele as consultas do dia. Sei que não vou poder ajudar ninguém hoje. Depois do chuveiro, resolvo fazer biscoitos. Gotas de chocolate, os favoritos de Alice. Penso que ela pode precisar de alguma coisa assim quando chegar em casa.

Quando ponho a primeiro tabuleiro de biscoitos no forno, meu telefone toca. Número desconhecido.

— Alice?

— Oi.

Mal escuto sua voz, me sinto de novo culpado. Eu não deveria ter lido os e-mails. Ela está tão longe, fazendo aquele estranho sacrifício pelo nosso casamento. E aqui estou eu, violando o Capítulo 4.2.15 do Manual.

— Como foi hoje, no tribunal?

— Eu me declarei culpada. Meu advogado conseguiu reduzir de Crime Seis para Contravenção em Primeiro Grau.

Minha cabeça lateja.

— Qual a penalidade para uma Contravenção?

Penso no verbete "reforço" do Manual, em como deixa tudo aberto a interpretações.

— Multa de duzentos e cinquenta dólares. Mais oito semanas de sessões com Dave.

Relaxo. Claro, é bizarro ser multado por falta de foco. Mesmo assim, me ocorre que eu esperava coisa pior.

— Isso é administrável, certo?

— Depois de tudo decidido, o juiz me fez um longo sermão sobre a importância do casamento, a importância de estabelecer metas e cumpri-las. Falou em honestidade, franqueza, confiança. Tudo o que ele disse foi razoável, não houve nada com que eu pudesse discordar, mas tudo pareceu tão ameaçador, vindo de um magistrado.

— Sinto muito — digo.

Alice está evidentemente abalada, e eu me sinto mal. Estou desesperado de vontade de estar perto dela.

— No fim, ele me disse para voltar para meu marido.

— Bem, essa é uma sentença com a qual concordo.

— Ele disse que eu parecia ser uma boa pessoa e que não quer me ver aqui de novo. Foi como num tribunal de verdade, quando eles repreendem criminosos menores de idade pela primeira vez por pequenos furtos e delitos envolvendo drogas... só que era eu que estava sendo repreendida. Quero dizer, de pé lá onde eu estava, pela primeira vez na vida, entendi afinal como alguns dos meus clientes devem ter se sentido, na época em que eu trabalhava com Assistência Legal.

— E isso foi tudo?

— Foi e não foi. O juiz ordenou que eu seja munida de um equipamento de foco.

— Que porra é essa?

— Eu ainda não sei.

A voz de Alice soa apavorada, e meu coração se aperta de dor.

— Olha, Jake, eu tenho que desligar. Mas Victor me prometeu que eu serei solta hoje à tarde. Ele disse que você deve ir me pegar no aeroporto de Half Moon Bay às nove da noite.

— Graças a Deus — respiro —, mal posso esperar para te ver...

— Tenho que desligar — ela me interrompe, e continua, rápida: — Eu te amo muito.

40

DIRIJO PARA O SUL por Daly City, depois desço em direção à desolação que é a cidade de Pacifica, subo a colina e atravesso o belo novo túnel. Quando saio do outro lado, num terreno de penhascos, curvas sinuosas e praias brilhando ao luar, parece que estou em outro mundo. E penso o que sempre penso quando saio do túnel: Por que não moramos aqui? A tranquilidade é inegável, as paisagens impressionantes, os imóveis menos caros do que em São Francisco. O cheiro das plantações de alcachofra e abóboras se mistura suavemente ao ar salgado do Pacífico.

Minutos depois, entro no estacionamento do aeroporto de Half Moon Bay, esperando passar algum tempo no café enquanto espero pelo voo de Alice. Fico desapontado ao encontrar tudo apagado, o café fechado, nenhuma luz por ali.

Paro perto da cerca junto ao fim da pista. Estou meia hora adiantado, não quero que Alice aterrisse no Half Moon Bay e fique ali plantada sozinha, no escuro, à minha espera. Apago os faróis, ligo o rádio e reclino meu assento. Abro a janela para deixar entrar a brisa e para ouvir o avião de Alice. Não há controle de tráfego aéreo aqui, nenhuma luz na pista, e me pergunto como o piloto encontra aquela pequena faixa de asfalto junto ao mar. Aeronaves pequenas me apavoram, só a precariedade aleatória de tudo aquilo, caindo de repente do céu. Toda semana, parece, surge uma notícia de um astro dos esportes, ou músico, ou político, ou o presidente de alguma empresa de tecnologia, algum sujeito que resolveu levar sua família de férias em seu jatinho particular. Acho uma loucura confiar a vida de alguém à frágil aerodinâmica.

A estação de rádio é a Kmoo. O programa é aquele ótimo, *Anything is possible*. O locutor, Tom, está começando uma entrevista com o criador de *Sloganeering*. O produtor esboça as linhas gerais da nova temporada. Refere--se à sua derrota no tribunal para o cliente de Alice como um pequeno mal--entendido, sem qualquer menção aos detalhes jurídicos.

— Um livro maravilhoso — ele afirma. — Estamos trabalhando com o escritor e acho que, no fim, isso vai melhorar a série.

O programa termina, começa outro e desligo o rádio. Acredito ouvir o mar à distância, mas talvez seja o vento soprando os campos de alcachofra.

Leio por algum tempo uma das revistas musicais de Alice. A matéria de capa é um grande texto sobre Noel e Liam Gallacher. Largo então a revista e fico sentado no escuro. Confiro obsessivamente o relógio no painel: 8:43, 8:48, 8:56. Começo a achar que não vão chegar. Nenhuma luz no aeroporto além de uma claridade fraca numa sala nos fundos do café. Será que entendi errado? Será que mudaram de ideia e resolveram não soltar Alice? Terá acontecido alguma coisa?

São 8:58. Talvez o avião nunca tenha levantado voo. Talvez ela ainda não venha para casa. Ou pior, talvez o tempo esteja ruim nas montanhas.

E então o relógio marca nove horas e o mundo volta à vida. Brilhantes luzes amarelas faíscam dos dois lados da pista. Ouço o zumbido fraco de um motor. Olho para cima, mas não consigo ver nada. E logo, ao longe, aproximando-se por entre as árvores, o contorno de uma pequena aeronave. O aeroplano voa baixo e devagar, aterrissando com suavidade. Desliza até parar no final da pista, a menos de cinquenta metros de onde estou. O motor silencia, devolvendo a noite ao silêncio. Pisco os faróis para avisar que estou aqui. O avião continua imóvel.

Onde está Alice? Pisco outra vez os faróis e desço do carro. Então uma porta do aeroplano se abre e a escada desce, abrindo-se num retângulo de luz. Reconheço o tornozelo de Alice no instante em que emerge do avião e toca o primeiro degrau. Meu coração dá um pulo. Suas pernas e cintura aparecem, seu peito e rosto, e lá está ela de pé na pista. Está vestida com a mesma roupa que usava quando Declan a pôs na van, há dias. Ela caminha devagar, estranha-mente ereta. Há algo errado, penso. Estará sentindo dor? O que fizeram com ela? Atrás dela, a escada se dobra para dentro do avião. Quando Alice passa pela cerca, debaixo do poste de luz, em direção ao carro, vejo a razão da sua postura curiosa. Há alguma coisa em volta do seu pescoço.

Ela gira o corpo e acena para o piloto, que pisca suas luzes de pista e liga o motor. Quando nos encontramos, ela passa os braços em volta do meu corpo, trêmula. Abraço-a enquanto o avião se eleva no céu. Minhas mãos tocam a maciez dos seus cabelos e, por baixo deles, alguma coisa dura. O piloto pisca as luzes uma última vez ao sobrevoar as árvores em direção ao oceano.

Alice me abraça apertado e sinto o estresse e a tensão que a percorrem, mas seu corpo está muito ereto, muito rígido. Quando recuo para vê-la melhor, há lágrimas em seu rosto, embora ela esteja sorrindo.

— Então — diz ela, dando um passo atrás para apontar o grande colar cervical. — Aqui está, o Equipamento de Foco.

O colar envolve seu pescoço, estendendo-se até a linha do maxilar, onde firma seu queixo, mantendo-o no lugar. Como o bracelete que ela usou no pulso, aquilo tem uma superfície lisa e metálica. Um fino debrum de espuma preta cobre a extremidade do colar que lhe toca o queixo e o maxilar. O colar desaparece sob sua blusa, estendendo-se até logo abaixo dos ombros e a meio caminho da parte de trás da cabeça. Ela está me encarando, os olhos cheios de ternura.

— Você está bem? — pergunto.

— Estou. Só aqui entre nós, desde que eles puseram esta monstruosidade em volta do meu pescoço, só pensei numa coisa, numa única coisa. *Você.*

E recua para fazer pose com o novo modelito. Radiante, ela pergunta:

— Como estou?

— Mais linda do que nunca — digo, com sinceridade.

— Por favor, me leve para casa.

41

NA MANHÃ SEGUINTE, cedo, sinto cheiro de café e saio pelo corredor. Espero encontrar minha mulher em seu lugar de costume, digitando em seu laptop, freneticamente pondo o trabalho em dia. Mas ela não está lá. Sirvo-me de um pouco de café, depois volto até o banheiro. Nada de Alice.

Vejo então uma faixa de luz dourada emanando do quarto de hóspedes. Empurro a porta e vejo Alice de pé diante do espelho de corpo inteiro, nua. O queixo de Alice está preso com firmeza, seus olhos fixos em seu reflexo. O pescoço permanece imóvel, travado, mas seus olhos se deslocam para encontrar os meus no espelho. Seu olhar é tão direto que me perturba. Há alguma coisa inegavelmente pura — escultural, mesmo — no colar em volta de sua garganta. Ele se amolda à perfeição às ondas e curvas do corpo de Alice, sem criar qualquer relevo onde termina, alguns centímetros após o começo de seus ombros e peito. Em vez de escondê-la ou restringi-la, parece emoldurar sua beleza. Aqui, naquela fraca luz dourada, penso compreender o propósito não apenas do colar mas do próprio Pacto: minha esposa está diante de mim, mais presente agora do que jamais a vi, totalmente concentrada, espantosamente decidida em seu foco e direção.

Não sei o que dizer. Me coloco entre ela e o espelho. Por instinto, ponho as mãos no colar, passando as pontas dos dedos pela superfície, depois pela espuma macia que lhe delineia o queixo. Os olhos de Alice continuam presos em mim. As lágrimas da noite anterior se foram, substituídas por alguma outra coisa. Um olhar de fascínio? Ouço a voz de Vivian na minha cabeça: *Você precisa aceitar o Pacto.*

— De algum jeito — digo — esta coisa te deixa mais misteriosa.

Ela dá um passo à frente para me beijar, mas, como não consegue levantar o rosto, preciso dobrar os joelhos para que nossas bocas se encontrem.

Vou para um canto e me sento na poltrona perto da janela. Ela não sai da frente do espelho e não tenta me ocultar sua nudez. Não sei se Alice aceitou, mas ela parece estar diferente. Quando voltamos para casa na véspera, ela parecia energizada, embora talvez só estivesse feliz por estarmos juntos. Quando lhe pedi para me contar todos os detalhes da viagem, para não deixar nada de fora, ela disse apenas: *Eu sobrevivi*. Mais tarde, ela me confessou estar orgulhosa de si mesma por ter enfrentado tudo aquilo.

— A única coisa que realmente me assusta — ela afirmou —, a única coisa que me tira do eixo, é o desconhecido. O desconhecido me apavora. Passar por isso foi lidar com o desconhecido total. Estou com esta estranha sensação de dever cumprido, como quando entro numa coisa completamente imprevisível e consigo sair do outro lado.

— Eu também estou orgulhoso de você — falei. — É como se você tivesse feito isso por nós. Isso significa muito para mim.

— Eu fiz mesmo isso por nós.

Depois do jantar, ela só quis ver um episódio de *Sloganeering*, tomar sorvete e ir para o quarto. Botei três travesseiros debaixo da sua cabeça, para deixá-la mais confortável. Achei que ela fosse adormecer em questão de segundos, mas não foi o caso. Ela me puxou para mais perto, me prendendo num abraço apertado. Quando perguntei no que estava pensando, respondeu que em nada. É o que ela sempre diz quando pergunto no que está pensando. Às vezes, acredito nela. Outras, porém, sei que as engrenagens de sua cabeça estão girando, e é esta a sensação que tenho naquele momento: estou do lado de fora, observando.

Depois de algum tempo, fazemos sexo. Não sei se eu gostaria de descrever isso aqui, embora possa dizer que foi inesperado e, de certa forma, incomum. Alice parecia determinada e, mais do que isso... possuída. Eu queria muito saber o que havia acontecido com ela no deserto. Em vez disso, cedi à sua paixão, sua persistência, àquela inquietante duplicata de Alice. Minha Alice, só que diferente.

42

ALICE TIRA O DIA DE FOLGA. Mesmo sendo o Dia dos Namorados, fico um tanto surpreso. Acho que faz sentido. Suas prioridades mudaram. O Pacto está funcionando.

É claro, há as implicações práticas: ela não consegue encontrar um tailleur nem mesmo uma blusa que possa ser usada com o colar cervical e, além disso, não pensou numa explicação para aquilo. Manda um e-mail para seu assistente, diz que a intoxicação alimentar piorou e que não irá ao escritório nos próximos dias. Quando ligo para cancelar minhas consultas no segundo dia consecutivo, Huang põe Evelyn no telefone.

— Tá tudo bem? — ela quer saber.

— Tudo bem — respondo. — Emergência familiar.

Evelyn não se intromete.

No começo, Alice parece um pouco impaciente, como se não soubesse o que fazer de si mesma, mas às dez horas parece feliz por estar livre do trabalho, com um dia inteiro à nossa frente.

Damos uma volta pela praia. Alice veste seu casaco acolchoado e enrola uma echarpe de lã no pescoço. Levo a máquina fotográfica. Quando vou bater uma foto dela, ela grita comigo.

— Eu não quero uma foto minha com esta coisa!

— Ora vamos...

— De jeito nenhum!

— Uma só!

Alice arranca a echarpe e o casaco, revelando o colar. Olha direto para mim e põe a língua para fora.

No caminho de casa, ela nem se preocupa com echarpe ou casaco. Acho que fica surpresa quando as pessoas que passam não parecem notar ou se importar. Paremos no Safeway e a moça da caixa olha para cima quando termina de registrar nossas compras.

— Ui! — ela exclama. — Batida de carro?

— É — Alice concorda.

E pronto. Nos trinta dias seguintes, sempre que alguém comenta, Alice apenas repete aquelas palavras: "Batida de carro". É o que ela diz no trabalho, é o que diz aos nossos amigos, é o que diz a Ian, Evelyn e Huang quando passa no consultório para me pegar para almoçarmos — coisa para a qual antes nunca tinha tempo. Às vezes, chega a juntar o som de carros batendo e faz um gesto dramático com as mãos. E ninguém faz mais perguntas. A não ser Huang.

— Foi um Toyota Corolla ou uma minivan Honda? — ele perguntou. — Estou apostando no Corolla... são os piores motoristas!

Vou ser sincero. Todas as vezes que vejo o colar, ou apenas vejo minha mulher — sentada ou de pé, ereta, queixo apontando para a frente —, aquilo me faz sentir o quanto ela está realmente determinada. Todas as noites eu a ajudo a lavar o pescoço, passando uma toalhinha morna e ensaboada em sua pele, puxando-a por baixo da lâmina de fibra de vidro. Quando a observo, quando cozinho para ela, quando faço amor com ela, quando nos damos as mãos diante da televisão, o que nunca digo à minha esposa, o que nunca confesso é isto: o nosso casamento foi ideia minha, meu jeito de segurá-la, e aqui estamos nós, poucos meses depois, e ela já se sacrificou muito mais do que eu.

43

ESTIMA-SE QUE MAIS DE DEZ por cento dos casais casados ficaram noivos num Dia dos Namorados. Comecei a perguntar aos meus clientes detalhes a respeito dos "porquês" e "quandos" dos seus noivados; foi interessante constatar que casais que se comprometem no Dia dos Namorados têm casamentos mais fracos, com muito menos determinação. Tudo o que posso deduzir é que um casamento com um começo impetuoso e romantizado tem mais probabilidades de terminar com menos resistência.

Se os noivados acontecem em fevereiro,[*] os divórcios, na maioria das vezes, ocorrem no decorrer do mês de janeiro. Estudos demonstram que divórcios em janeiro são ligeiramente mais prevalentes nos estados de clima frio, embora janeiro não seja um bom mês para casamentos em lugares como L.A. e Phoenix. Se eu tivesse que apostar, diria que o efeito das festas de fim de ano tem algo a ver com isso — expectativas não realizadas, ou talvez a pressão de passar muito tempo juntos sob os olhares curiosos e desaprovadores de membros da família. Se parentes próximos se divorciam, isso aumenta ainda mais a pressão sobre o casal. Um divórcio na família, na verdade, é um forte indicador de outros divórcios na mesma família. Quando Tipper e Al Gore se divorciaram, depois de quarenta anos de casamento, um ano depois de sua filha Kristin ter se divorciado, as peças do dominó começaram a cair. Naquele mesmo ano, outra de suas três filhas também se divorciou e no fim do ano seguinte completou-se o ciclo; a terceira filha estava também divorciada. Há indícios de que,

---

[*] O Dia dos Namorados é comemorado nos Estados Unidos no dia 14 de fevereiro. (N.T.)

quando pessoas próximas a nós desmancham seus casamentos, o divórcio passa de repente a ser uma opção viável.

Se divórcio gera divórcio, é razoável considerar que o fato de pertencer a um clube privado no qual divórcios não sejam apenas desaprovados, mas ativamente desencorajados através de um rigoroso conjunto de regras e regulamentos, deva tornar o divórcio muito menos provável. O que quero dizer é: apesar de todas as suas táticas questionáveis, seu bizarro Manual em jargão jurídico e seu sigilo, o Pacto pode realmente estar no caminho certo.

44

Dia 10 de março, Alice chega mais cedo em casa para se arrumar para a festa do Pacto em Woodside. Nosso anfitrião, um sujeito chamado Gene, mencionou seu amor por Pinot Noir quando o encontrei na festa anterior, então parei numa loja de vinhos para comprar uma bela garrafa de uma vinícola no Rio Russo. A produção era pequena, as garrafas de difícil obtenção, e o preço bem substancial. Alice e eu decidimos que o investimento era adequado e necessário.

Desde a volta de Alice do deserto, não tínhamos voltado a comentar nossa intenção prévia de nos libertarmos do Pacto. O tempo que ela passou lá foi tão intenso e nossa relação desde então se baseava num terreno tão sólido que todas as coisas que odiávamos no Pacto pareciam, de certa forma, menos difíceis de suportar. Até mesmo a lembrança de Declan levando Alice era considerada sob nova luz. *Era preciso*, tinha dito Declan enquanto Diane prendia as algemas nos tornozelos de Alice, e, embora eu não achasse que fosse verdade, percebia o quanto aquela experiência a havia mudado, o quanto nos havia mudado. Como nos tornara, se podia ser possível, *mais casados*. Não posso negar que agora estamos mais próximos. Não posso negar que estamos até mais apaixonados. Se não chegamos a aceitar o Pacto, deixamos, pelo menos por enquanto, de resistir a ele.

Quando chego em casa, Alice já está vestida e pronta para sair. Depois de quase trinta dias com o colar cervical, depois de quase trinta dias de Alice enfiada em golas rulês, echarpes, blusas fechadas e capas acolchoadas, é um choque vê-la num minivestido cinza tomara que caia, sapatos altos de verniz e meias. O colar quase parece ser parte do vestido. Ela prendeu o cabelo de um jeito que combinava, puxado para cima e solto atrás. Aquele cabelo e as unhas compridas pintadas de azul-marinho são a Alice de 2008, o vestido é a Alice de agora e o colar cervical é qualquer coisa completamente diferente.

— E então? — ela pergunta, dando uma voltinha desajeitada.

— Deslumbrante.

— Sério?

— Sério.

Ainda assim, não consigo imaginar que tipo de recado ela quer mandar. Estará dando uma banana para o pessoal do Pacto? É aquele o seu jeito de lhes dizer que não podem envergonhá-la, não podem prendê-la? Ou será o contrário? Estará lhes mostrando que aceitou a penalidade e que por isso está mais forte? Então, mais uma vez, talvez eu esteja só exagerando minha análise. Talvez Alice esteja apenas aliviada por estar indo a um lugar no qual não precisa se esconder, não precisa responder a perguntas.

Visto meu paletó cinza Ted Baker, aquele que não usei na primeira festa. Desisto da gravata e opto por jeans escuros e tênis. Enquanto os calço, penso que Alice e eu estamos começando a nos sentir mais confortáveis em nossos papéis no Pacto. Os humanos, como todos os animais, têm uma incrível capacidade de adaptação. A sobrevivência assim exige.

O tráfego está tranquilo e chegamos à saída para Woodside Road com tempo de sobra. Na cidade, pergunto a Alice se ela não quer beber alguma coisa no bar do Village Pub. Ela pensa por um segundo, depois sacode a cabeça. Não quer chegar atrasada.

— Mas até que uma bebida cairia bem — ela diz.

Então paro no Roberts Market e compro uma embalagem de seis garrafas de Peroni. Dirigo até Huddart Park, paro o carro debaixo de um grande olmo e abro uma cerveja para cada um. Também preciso de um gole. Há algum tempo, parei de ir ao Draeger's procurar JoAnne. Me preocupa a ideia de que ela esteja na festa desta noite e me preocupa a ideia de que não esteja. Alice bate sua garrafa na minha e diz:

— A nós!

É difícil para ela inclinar a cabeça para trás para beber, mas ela consegue, só deixando cair algumas gotas no pescoço e no alto do colar.

Talvez estejamos um pouco nervosos, afinal de contas. Conheço a expressão nos seus olhos enquanto ela toma o último gole; ela está se fortalecendo. Olho pelo retrovisor, meio que esperando que a polícia apareça.

— Temos tempo para outra?

— Pode ser.

Tiro mais duas garrafas da embalagem.

Alice puxa a garrafa da minha mão e a bebe inteira.

— Fracota — diz ela. — Não me deixe beber mais nada hoje. Não posso correr o risco de dizer alguma coisa da qual me arrependa.

Às vezes, Alice não consegue se controlar em festas. Seu nervosismo residual de estudante faz com que seja difícil para ela começar uma conversa e, quando ela começa a falar, nem sempre sabe quando parar. Na festa de inauguração do meu novo consultório, ela confundiu o dono do bufê com o companheiro de Ian. É claro, em festas assim, uma cerveja a mais e algumas palavras erradas só resultam em constrangimento e talvez em um embaraçoso pedido de desculpas na volta para casa. Hoje à noite, uma frase errada e ela pode se ver numa van preta correndo pelo deserto.

— Pronta?

— Não — responde Alice, respirando fundo.

Viramos em Bear Gulch Road e paramos ao lado de um teclado em frente a um portão enorme e intimidador: 665544, exatamente como está escrito no cartão. O portão cria vida.

— Não é tarde demais — digo. — Podemos dar meia-volta e correr, talvez para a Grécia.

— Não — retruca Alice. — Grécia tem extradição. Teria que ser Venezuela ou Coreia do Norte.

Seguimos pela estrada da montanha, atravessamos fazendas e pastos. A cada volta, se prestarmos atenção, podemos ver uma casa grande escondida na floresta. Woodside é como uma Hillsborough com cavalos. A estrada parece não ter fim. Alice não dá uma palavra, nem quando identifico o endereço e subo a longa entrada de carros. Embora este lugar não chegue aos pés da mansão em Hillsborough, é impressionante. Gene, nosso anfitrião, é arquiteto, e isso fica claro. Postes de luz ladeiam o caminho até a estrutura principal, uma escultura alta e ampla em feitio de casa.

Paro numa vaga e desligo o motor. Alice continua sentada, olhos fechados.

— Eu tomaria outra cerveja.

— Não — declaro. Ela faz uma careta. — Você vai me agradecer depois.

— Monstro.

Saímos do carro e ficamos imóveis por algum tempo, ambos assombrados com a beleza da casa e o labirinto que leva até ela. Paramos à entrada do caminho por um minuto inteiro, de mãos dadas, mudos. É bem possível que estejamos no caminho errado; infelizmente, dar meia-volta não é uma opção.

45

PENSANDO BEM, ACHO QUE foi rápido: Alice e eu só nos conhecíamos há pouco mais de um ano quando decidimos comprar uma casa juntos. Comprar um imóvel em São Francisco, é claro, é absurdamente difícil. Alice e eu passamos menos de vinte minutos na casa antes de oferecermos um milhão e qualquer coisa, com vinte por cento de entrada, sem exigências. Isso foi há alguns anos, quando as casas ainda eram "possíveis".

Meses depois de nos mudarmos, percebi um cabo de força subindo e entrando numa das paredes da garagem. Aquilo me intrigou, então puxei todos os painéis de compensado, um de cada vez. No começo, eu só esperava encontrar a parte interna da parede, material elétrico, qualquer coisa. Mas por trás das tábuas de compensado havia um cômodo minúsculo, completo, com uma cadeira e uma escrivaninha. Em cima da mesa havia um maço de fotos. Pareciam ter sido todas tiradas numa viagem da família a Seattle, na década de 1980. Como era possível não termos tomado conhecimento do cômodo secreto quando nos mudamos?

Às vezes, penso em Alice desse jeito. Fico procurando pelo pequeno mistério oculto. Em geral, Alice é exatamente quem eu penso que é, mas de vez em quando, se estou realmente prestando atenção, descubro aquele quartinho escondido.

Ela não fala da família, então fiquei surpreso há pouco tempo, quando ela comentou uma viagem feita pelo pai. A televisão estava ligada, um episódio antigo de *Globe Trekker*, e os apresentadores excursionavam pela Holanda.

— Amsterdam é uma cidade ótima — ela disse —, mas nunca consigo ser eu mesma quando estou lá.

— Por quê?

Ela me contou como, logo depois da morte de sua mãe, seu irmão entrou para o Exército. Não sei muita coisa a respeito do irmão, além do fato de que, na adolescência, teve uma depressão e tornou-se dependente químico, maldições que o atormentaram até seu suicídio aos vinte e poucos anos. Alice me disse que ninguém esperava que ele se alistasse e que pareceu absurdo que o Exército o tivesse aceitado, com seu histórico documentado de depressão. O pai de Alice foi falar com o recrutador e tentou fazê-lo dispensar o rapaz, expondo todos os motivos pelos quais aquilo era uma péssima ideia. Mas o recrutador precisava preencher cotas e, tendo obtido uma assinatura, era claro que não iria dispensar um alistado.

O irmão de Alice chocou a família inteira ao conseguir passar pelo treinamento básico. Ficaram todos orgulhosos, mas se preocuparam quando ele foi embarcado para a Alemanha.

— Eu disse ao meu pai que aquilo talvez fosse bom — contou Alice. — Talvez fosse fortalecê-lo. E meu pai só me olhou como se eu fosse uma idiota. *Não existe cura mágica para as coisas*, ele disse.

Dez semanas mais tarde, quando a família recebeu o aviso de que o irmão de Alice tinha sido dado como desaparecido, ninguém ficou realmente surpreso.

— Tão pouco tempo depois da morte de mamãe — disse Alice —, o desaparecimento de Brian caiu sobre mim e papai como uma tonelada de tijolos. Quando acordei na manhã seguinte, meu pai também não estava mais lá. Ele me deixou algum dinheiro, uma cozinha totalmente equipada, as chaves do carro e um bilhete dizendo que tinha ido procurar Brian. O mundo, naquela época, me parecia enorme, e me parecia louca a ideia de que meu pai ia simplesmente sair por aí, esperando encontrar Brian.

O pai de Alice telefonou para ela naquela noite. E todas as noites, nas três semanas seguintes. Quando ela perguntava onde ele estava, ele só dizia que estava procurando Brian. Até que numa noite ele não ligou.

— Eu chorei — Alice contou. — Nunca tinha chorado daquele jeito antes, e nunca mais chorei daquele jeito. Eu tinha perdido minha mãe e meu irmão e agora achava que tinha perdido meu pai também. Você precisa entender, eu tinha dezessete anos. Me senti tão sozinha!

No dia seguinte, ela não foi à escola. Ficou em casa, infeliz, no sofá, vendo televisão, sem saber o que fazer ou a quem chamar. Fez macarrão com queijo para jantar e estava comendo na cozinha, em cima do fogão, quando ouviu um táxi parar. Correu para a janela.

— Foi uma loucura! — continuou Alice. — Vejo meu pai sair de um lado, meu irmão sair do outro. Os dois entram e nós três nos sentamos e comemos macarrão com queijo.

Alice disse que sempre acreditou que Brian tivesse voltado para o Exército e que seu pai conseguira que ele fosse dispensado. Só anos depois soube da espantosa verdade. Seu pai havia passado aquelas três semanas andando a esmo por Amsterdam, centenas de quilômetros de onde Brian tinha sido visto pela última vez — indo a cafés, hotéis, estações de trem, perambulando por toda parte durante a noite, à procura dele. Seu irmão e o pai sempre tinham tido uma conexão intensa, como se seu pai quase pudesse ler a mente de Brian, disse Alice. Embora Brian nunca tivesse estado em Amsterdam, de alguma forma seu pai sabia que ele estaria lá e sabia exatamente onde procurar.

Quando Alice me contou a história, aquilo foi como o cômodo misterioso em nossa garagem. Fez sentido e me fez ver Alice sob um novo ângulo. Brian era obsessivo, atraído por tudo o que era errado, o mundo exterior desaparecendo enquanto ele perseguia algo que só ele via. O pai de Alice, incapaz de aceitar que seu filho estivesse morto, era igualmente obsessivo, implacável em sua busca improvável. A base genética da doença de Brian sem dúvida começava em algum lugar. Havia ali todo o espectro do comportamento obsessivo, tanto no que tinha de melhor como de pior, tudo numa mesma família. Vista sob esse ângulo, a obsessiva necessidade de Alice de ter sucesso em tudo o que fazia, de seguir um plano até o fim, não importando onde levasse, fazia, de alguma forma, sentido.

46

PONHO O BRAÇO DE Alice no meu e subimos o caminho iluminado. A trilha atravessa um bosque de árvores perfumadas que termina na entrada da majestosa casa. Vidro, madeira, vigas de aço, concreto envernizado, cômodos internos e externos, uma piscina e uma inesperada vista do Vale do Silício.

— Bela casa — diz Alice, indiferente.

Gene sai pela maciça e pesada porta da frente.

— Amigos.

Entrego-lhe a garrafa e ele diz:

— Não precisava.

E então ele vê o rótulo.

— Ora, você realmente não deveria! Mas fico feliz por ter trazido.

Virando-se para minha mulher, ele afirma:

— Alice, Amiga, você está esplendorosa.

Gene tem idade suficiente para poder dizer aquilo e, ao que parece, está bastante familiarizado com o Pacto para não se surpreender com o Colar de Foco.

— Obrigada, Gene. Adoro a sua casa.

Vinda do jardim, surge Vivian.

— Ora, se não é o meu casal favorito!

Dá um grande abraço em Alice. Como Gene, não faz menção ao colar. Então ela se vira para me dar dois beijos no rosto, como se nossa conversa em Java Beach nunca tivesse acontecido, como se eu nunca lhe tivesse dito que queríamos sair do Pacto.

— Amigo — ela sussurra em meu ouvido —, estou tão feliz por vê-lo.

Talvez eu me engane, mas desconfio que aquele é o jeito dela me dizer que aquele assunto desagradável ficou para trás e meus pecados foram perdoados.

Gene nos acompanha pela casa, parando por um instante no bar, onde duas taças de champanhe nos aguardam. Uma dúzia de garrafas de Cristal estão alinhadas atrás do balcão. Ele ergue sua taça para nós, brindando.

— Aos Amigos.

— Aos Amigos — Alice repete.

Gene percebe que olho para o quadro acima da lareira de concreto. Na faculdade, meu colega de quarto tinha um pôster daquele quadro na parede, uma coisa que tinha comprado quando queria parecer "mais adulto".

Fico mais uma vez hipnotizado pelas três listras, as cores brilhantes, se complementando e contrastando, todas evocando um sentimento específico, tanto juntas quanto separadas. De alguma maneira sou transportado de volta àquele dormitório, só que agora estou realmente mais adulto.

Alice levanta os olhos.

— Aquilo *não é* uma porra de um Rothko!

A mulher de Gene, Olivia, se junta a nós. Ela usa um avental sobre o vestido, embora se mova com tanta graça que duvido que tenha alguma vez respingado alguma coisa em sua roupa. Como em Vivian, há nela um ar de calma quase assustador.

Olivia passa um braço em minha cintura e me leva para mais perto do quadro.

— Rothko recomendava que o quadro fosse visto a uma distância de quarenta e cinco centímetros. Ele acreditava que suas pinturas precisavam de companhia.

Ela deixa o braço em volta da minha cintura por tanto tempo que começo a me sentir pouco à vontade, sem saber o que fazer com meus braços. Então eu os cruzo e me mantenho o mais ereto possível.

— Este quadro é um pé no saco — ela observa.

— Por quê?

— Foi um presente de Gene em nosso décimo aniversário. Mas o contador nos fez avaliá-lo e agora tudo o que fazemos é nos preocupar com ele.

Olivia pega a minha mão.

— Venha, vamos nos juntar aos outros lá fora. Estão todos à sua espera.

Em festas normais, as pessoas costumam se atrasar. Não aqui. São 6:10 e parece que todos os convidados já chegaram, estacionaram e começaram a tomar champanhe e degustar os canapés. Ao contrário da primeira festa, a comida não é sofisticada. Ao que parece, nem todos conseguem preparar canapés enquanto dormem. Fico aliviado ao ver simples travessas de queijo e frutas, ao lado de legumes crus e camarões enrolados em bacon. Quando chegar a nossa vez, Alice e eu seremos capazes de produzir aquele tipo de coisa.

Todos nos recebem com sorrisos e abraços, chamando-nos de "Amigos". Aquilo me dá arrepios, mas de um tipo simpático, se isso é possível. Todos parecem se lembrar de tudo a nosso respeito, e eu tento pensar em quando foi a última vez em que alguém do escritório de Alice se lembrou de alguma coisa a meu respeito. Aquelas pessoas prestam atenção. Talvez atenção demais, mas, ainda assim, há naquilo algo de lisonjeiro. Homens que mal reconheço se levantam e retomam a conversa exatamente no ponto em que paramos há três meses.

Um fulano chamado Harlan está me fazendo perguntas a respeito do meu trabalho como terapeuta e sua mulher interrogando Alice sobre questões legais, quando vejo JoAnne conversando com um casal perto da piscina. Tento atrair seu olhar, mas não consigo. Nesse momento, Neil surge ao meu lado.

— JoAnne está linda hoje, não é? — diz ele, tão baixo que só eu ouço.

— Sem dúvida — respondo.

Mas o modo como ele aperta meu ombro — forte demais, não exatamente amistoso — me faz pensar que dei a resposta errada.

Ele se vira para Alice, os olhos se demorando no colar.

— Devo dizer, Amiga, você está fascinante.

Ela toca o colar.

— Não posso assumir o crédito pelo acessório.

Estou prestes a morder um bolinho, tentando pensar em alguma coisa para dizer a Neil, quando nossa anfitriã anterior se aproxima.

— Você pode querer adiar isso — brinca Kate.

Interrompo a mordida, em dúvida.

— Olá, Amigo — ela diz. — Prazer em vê-lo de novo!

— Olá, Amiga — eu ecoo.

Alice me olha, perplexa.

Kate se inclina e me beija nos lábios. Sinto o gosto de seu batom terroso e o cheiro de baunilha de seu perfume. Não há nada de sensual naquele beijo, mas ele me diz que somos muito mais amigos do que eu sabia. Parece ser assim com todos os membros.

— Vocês dois estão prontos para a pesagem?

Alice e eu a encaramos sem entender.

Kate ri.

— Está claro que vocês não leram todos os anexos e apêndices.

— Não me lembro de nenhum anexo.

— Todos os anos, o Comitê Orientador emite atualizações e novos regulamentos — explica Kate. — Eles deveriam constar do seu Manual. São folhas soltas no final do livro.

— Tenho certeza de que não havia folhas soltas.

Alice está com a testa franzida.

— É mesmo? — reage Neil, surpreso. — Vou ter que falar com Vivian.

Fico secretamente feliz. Ao que parece, Vivian pisou na bola. Me pergunto qual será a penalidade.

— Ora, ora — diz Kate —, descuidos são raros, mas acontecem. Os novos regulamentos saíram pouco antes de vocês dois chegarem, o que pode explicar isso. No nosso grupo, o encontro do primeiro trimestre é a pesagem anual. Fazemos o exame de condicionamento físico no terceiro trimestre. Acho melhor separar um do outro.

Kate se vira para Alice. Ao contrário dos outros, menciona o Colar de Foco.

— Ah, acredito que você o tenha achado edificante — ela diz, passando um dedo pela macia superfície cinzenta. E confidencia: — Aqui entre nós, Amiga, também usei um, há anos. Este novo modelo é com certeza bem melhor. Ouvi dizer que eles hoje usam uma impressora 3D, então cada um deles se adapta à perfeição. É caro, sem dúvida, mas, como você deve saber, a equipe de investidores teve um ano espetacular.

— Equipe de investidores? — pergunta Alice.

— Claro! — retruca Kate. — Aqueles três membros da Faculdade de Economia de Londres e nossos amigos de Sand Hill Road sem dúvida mudaram as coisas para todos nós. Há financiamentos para praticamente qualquer coisa que o Pacto julgar necessário. Meu colar era muito pesado e chegava a ter arestas. Nenhuma espuma.

Seus dedos tocam a cicatriz no queixo.

E então ela sacode a cabeça, como se saísse de um transe.

— Então, podemos ir ao quarto e resolver isso? Vocês dois são os meus últimos.

Ela nos pega pelos braços e nos leva em direção à casa. Alice, desajeitada, torce o corpo para me lançar um rápido olhar. Não parece em absoluto amedrontada, só divertida.

Kate nos leva para um quarto suntuoso, com janelas do chão ao teto. Na parede, há uma grande tapeçaria assinada por Matt Groening. É uma imagem de Gene, no estilo dos *Simpsons*. O personagem está vestido exatamente com o que Gene usa esta noite. E também tem nas mãos uma taça de champanhe. Na parte inferior, há uma frase rabiscada: *Gene, a casa é maravilhosa. Obrigado.*

— O banheiro é ali — diz Kate, apontando. — Dispam-se o quanto quiserem. Não sejam tímidos, eu já cheguei a tirar tudo. Cada grama conta. A exigência é que nos conservemos sempre na faixa de cinco por cento acima ou abaixo do quanto pesávamos no dia do casamento.

— E se eu estivesse gordo no dia do meu casamento? Eu não poderia perder mais do que cinco por cento do meu peso?

Não era o meu caso, mas era uma pergunta justa.

— Ah, isso nunca acontece — ela responde, sorrindo. — Todos os nossos membros, como você sabe, são minuciosamente analisados antes de serem convidados a fazer parte do rebanho. De qualquer maneira, a penalidade para a primeira violação é uma Contravenção Seis. Depois disso, as coisas ficam um pouco mais complicadas. Vocês dois realmente precisam fazer o dever de casa.

— Concordo inteiramente — digo em tom jovial, tentando entrar no jogo.

— Quem é minha primeira vítima? — pergunta Kate.

— Sou eu.

Alice se dirige ao banheiro.

— Preciso tirar até o último grama. O colar me deixa em desvantagem.

— Não se preocupe com isso — diz Kate. — Ele pesa um quilo e quatrocentos e cinquenta e um gramas, temos tudo anotado. O peso do colar é descontado.

Enquanto esperamos a volta de Alice, Kate ajeita uma elegante balança no chão, depois abre um laptop em cima da cômoda. Observo-a acessar uma página onde pisca um *P* azul e há uma barra de login. Ela digita rapidamente e num instante surge na tela uma tabela. À esquerda da tabela há uma série de fotos — Alice e eu entre elas. Junto às fotos há uma série de números. Vou em direção à cômoda para ver melhor, mas Kate fecha o laptop.

Quando a porta do banheiro se abre, lá está Alice, só de colar, sutiã e calcinha. Ela sobe na balança. Kate lê o número e o inscreve no laptop.

— Sua vez — ela me diz.

Sigo Alice para dentro do banheiro.

Quando a porta se fecha, cochicho:

— Isto é muito *bizarro!*

— Se eu soubesse, não teria tomado aquelas cervejas. Fiquei aqui tentando fazer o máximo de xixi que consegui.

— Boa ideia — digo, parando em frente ao vaso com o assento japonês aquecido. — Será que eu tiro tudo? E como diabos eles sabem quanto eu pesava no dia do nosso casamento?

Alice se veste enquanto eu tiro sapatos, calças e cinto.

Fico de cueca, camisa e meias.

— Amor — diz Alice —, você deveria tirar o resto, se acha que vai chegar perto.

Penso por um segundo, depois tiro a camisa e as meias.

— A cueca fica — insisto.

Rindo, Alice abre a porta e Kate tira os olhos do computador e pisca para Alice, como se compartilhassem uma piada.

Subo na balança e encolho a barriga, não que isso fosse fazer diferença, mas sabe-se lá. Kate lê o número em voz alta e o insere no computador. Enquanto me visto no banheiro, ouço Alice e Kate conversando no quarto. Alice pergunta como nos saímos.

— Ah, isso não me compete; eu só anoto os números.

— Como você se tornou responsável pelas pesagens?

— Foi como qualquer outra diretriz. Um dia, recebi um embrulho por um mensageiro. Continha instruções, alguns códigos de acesso, a balança de vidro e este laptop. Em se tratando de atribuições do Pacto, esta não é ruim.

— Todo mundo tem uma atribuição? Eu não ouvi falar de nada disso.

— Tem sim. Logo você e Jake receberão tarefas de acordo com suas habilidades e seus conjuntos de aptidões, conforme determinado pelo Comitê de Trabalho.

Alice ergue as sobrancelhas, surpresa.

— E quanto ao meu trabalho de verdade?

— Tenho certeza de que vocês descobrirão que seus deveres com o Pacto são um trabalho de verdade. Garanto a você, o Comitê de Trabalho nunca dá a um membro mais do que ele ou ela pode fazer.

Saio do banheiro.

— E se alguém se recusa? — pergunto.

Kate me lança um olhar levemente desaprovador.

— Amigo... — é tudo o que diz.

Voltamos à festa. O jantar é uma salada e uma pequena fatia de atum num leito de arroz. Sem graça, mas comível. Tentarei convencer Alice a pararmos para um hambúrguer na volta para casa. Depois que todos ajudaram a tirar a mesa, Gene e Olivia surgem da cozinha com um bolo de aniversário de três camadas e dezenas de velas acesas. Todos os membros que aniversariaram no mês se levantam enquanto cantamos "Parabéns".

JoAnne se aproxima do bolo; ao que parece, acaba de fazer trinta e nove anos. Não falei com ela a noite inteira. Por alguma razão, sempre que a procuro, ela está do outro lado da festa. O lugar marcado à mesa me colocou entre Beth, uma cientista, e Steve, seu marido jornalista.

JoAnne estava do outro lado da mesa, na ponta. Agora, quando passa por mim, nem me cumprimenta. De repente, me dou conta de que ela foi a única que não me recebeu com um generosíssimo abraço e as palavras "Olá, Amigo".

JoAnne usa um vestido azul bem-comportado. Parece magra e pálida. Em suas panturrilhas, percebo marcas, talvez hematomas.

Mais tarde, Alice e eu estamos no jardim conversando com um casal, Chuck e Eve, quando vejo JoAnne se dirigindo para a casa. Seu marido, Neil, está falando com Dave, o conselheiro de Alice, na outra ponta do pátio, onde uma grande tela foi instalada para transmitir o jogo dos Warriors desta noite. Os dois estão encostados num muro de concreto baixo e largo, com cerca de um metro e vinte centímetros de altura, que parece mais decorativo do que funcional. Escapo da conversa e vou atrás de JoAnne. Acho que ela não me viu, mas quando dobro o corredor para o banheiro, lá está ela à minha espera.

— Você não pode fazer isso, Jake.

— O quê?

— Você tem que parar de ir ao Draeger's.

— Como é?

Estou confuso e constrangido. Ela tinha me visto e não disse nada?

— Eu tenho tantas perguntas...

— Olha, eu não deveria ter dito aquelas coisas. Foi um erro. Esquece. Faz de conta que não aconteceu.

— Não dá. Podemos ao menos conversar?

— Não.

— Por favor.

— Aqui não. Agora não.

— Quando?

Ela hesita.

— Praça de alimentação de Hillsdale, em frente ao Panda Express, sexta que vem, às onze da manhã. Certifique-se de que ninguém te segue. É sério, Jake. Não faz merda.

Ela se afasta sem olhar para trás.

Lá fora, Neil ainda está assistindo ao jogo de basquete. Dave se foi e Neil está sozinho, sentado no muro de concreto, pernas balançando. Alguma coisa nele me é familiar, mas não sei dizer exatamente o quê. Alice ainda conversa com Chuck e Eve. Chuck está contando a história de como conseguiram que Gene lhes projetasse uma casa de férias. Chuck tem um leve sotaque, talvez australiano.

— Foi há algum tempo, antes de nos instalarmos. Ele se ofereceu para fazer isso, então nós nos viramos para arrumar fundos para comprar um terreno. Meu amigo Wiggins me falou de um lote adjacente à sua propriedade em Hopland. Era barato, então ficamos com ele. A casa é toda em vidro e concreto, paisagem por todo lado. Gene é mágico.

— Vocês precisam conhecer — diz Eve. — Não querem passar um fim de semana conosco?

Estou dando tratos à bola para encontrar a desculpa adequada para recusar o convite quando ouço Alice:

— Claro, parece ótimo.

Antes que eu possa protestar, Chuck já está marcando a data.

— Somos família — diz ele —, então isso vai contar como uma das viagens anuais para um de vocês.

— Valeu! — exclama Alice.

— Temos uma piscina — Eve acrescenta —, levem roupas de banho.

Pouco antes de meia-noite, a festa acaba. Num instante, tudo vai de trinta pessoas em pé, conversando e bebendo a um espaço quase vazio, onde só estamos eu, Alice, Gene, Olivia e um outro casal. Alice, fica evidente, não quer ir embora. Estou muito surpreso. Embora ela sempre tenha sido mais sociável do que eu, e ainda que não tenhamos saído muito de casa ultimamente além das noites obrigatórias, imaginei que estivéssemos em sintonia quanto ao Pacto. Minha lógica simples era que, se não parecia haver qualquer saída, e não havia mesmo, a melhor coisa a fazer era minimizar a quantidade de tempo a passar com os membros. Quanto menos os víssemos, menos eles nos veriam, e menos chances teríamos de nos dar mal. Mais tempo juntos significa mais risco. Teria Alice se esquecido disso?

Nos despedimos e Gene nos leva até o portão. Durante todo o longo caminho até onde estávamos estacionados nenhum de nós diz uma palavra. Abro a porta do carro e espero que Alice se instale, com colar e tudo, no banco do passageiro. Uma vez dentro do carro, relaxo. Tínhamos, tanto quanto eu podia dizer, sobrevivido ao nosso primeiro trimestre no Pacto.

— Foi divertido — diz Alice, nenhum traço de sarcasmo na voz.

Quando arranco, percebo Gene e Neil de pé no alto da saída de carros, nos observando.

47

NA TERÇA-FEIRA, VIVIAN TELEFONA para Alice e lhe pede que a encontre para almoçar no Sam's, um antigo restaurante italiano no Distrito Financeiro. Passo o dia nervoso, me perguntando a respeito de que estarão falando, que estranha nova penalidade ou diretriz Vivian irá apresentar. Ou talvez tenhamos nos comportado bem na festa e hoje teremos boas notícias. Será que o Pacto dá boas notícias? Poderia ser o fim do colar?

Chego do trabalho às 5:15 e me sento junto à janela, lendo, à espera de Alice. Às 6:15, seu carro surge em frente à casa. A porta da garagem se abre e ouço seus passos nos degraus laterais. Espero na cozinha até que ela abre a porta e a primeira coisa que noto é sua postura: mais relaxada, mais à vontade, mais *Alice*. A echarpe que ela usava pela manhã não está mais lá. Sua blusa está aberta no pescoço. Ela dá uma voltinha e faz uma careta.

— Acabou-se — digo, abraçando-a. — Que tal é se sentir livre?

— Ótimo. Mas esquisito. Acho que eu não estava usando os músculos do pescoço e agora estou pagando o preço. Acho que preciso me deitar.

Vamos para o quarto e Alice se deita em cima dos lençóis. Arrumo o travesseiro para deixá-la confortável e me sento a seu lado na cama.

— Conte-me tudo.

— Vivian já estava lá quando cheguei — diz Alice. — Estava sentada num dos reservados. Entrei e o garçom fechou a cortina para nos dar privacidade. Não houve papo furado. Ela nem mencionou a festa. Me disse que tinha recebido a diretriz para remover o colar. A diretriz de remoção, porém, estava marcada para uma da tarde, então eu tinha que continuar com ele durante o almoço.

Ela se senta para ajeitar o travesseiro.

— Perguntei a Vivian se podia ficar com ele.

— A troco de quê?

Alice encolhe os ombros e volta a se deitar.

— É difícil de explicar, mas acho que eu o queria como souvenir. Vivian só disse que era contra o protocolo.

Na manhã seguinte, depois que Alice saiu para o trabalho, estou na cozinha fazendo café quando escuto uma batida à porta. É um mensageiro de bicicleta, um rapaz de uns vinte anos, trazendo um grande envelope com a inicial *P* no canto. Ele está sem fôlego, então eu lhe ofereço um copo d'água e o convido para entrar. Ele me segue até a cozinha, enchendo o cômodo com sua energia nervosa, respondendo a perguntas que não fiz.

— Meu nome é Jerry — diz ele. — Vim de Elko, Nevada, para São Francisco há três anos, para trabalhar numa *startup*. A empresa fechou poucas semanas depois que cheguei e eu descolei este biscate.

Entrego-lhe um copo d'água. Ele o bebe de um só gole.

— Vocês vivem numa boa aqui. Eu preciso arrumar outro emprego. Se essas entregas das quartas-feiras não pagassem tão bem, eu já teria me mandado faz tempo.

— Você faz outras entregas como esta?

— Isso aí. Eu fico à disposição deles. Só às quartas. Às vezes são duas ou três, outras vezes não tem nada.

— Onde você as pega?

— Naquele escritoriozinho no Pier 23, sempre o mesmo cara. Ele me diz que eu sou o único mensageiro deles, o único em quem confiam. O processo de admissão foi da porra. Antecedentes, digitais, o caramba! Só que na verdade eu não me candidatei. Eles me ligaram com uma história de que tinham conseguido meu nome com meu ex-empregador, só que meu ex-empregador já estava na Costa Rica àquela altura, gastando a grana da empresa. Seja como for, assim que passei nos testes deles, eles me mandaram fazer a primeira entrega. E desde então tem sido toda quarta-feira, ou quase.

— Sempre em São Francisco?

— Nada, eu cubro toda a East Bay, a Península inteira até San Jose, e Marin. Faço de bicicleta quando estou na cidade, se não, tem que ser de carro.

Eu não sei quem eles são, mas sei que têm os bolsos cheios, porque eu faço mais dinheiro nas entregas das quartas do que em todo o resto da semana. Ih, cara, eu tenho quase certeza de que não deveria estar te contando nada disso. Mas estamos de boa, né?

— Isso aí. De boa.

Ele pousa seu copo no balcão e olha sua pulseira — um rastreador de atividade.

— Tenho que ir. Ainda tenho uma última em San Mateo.

Enquanto põe o capacete, ele pergunta, casual demais:

— E *você* sabe quem eles são?

Se aquilo é um teste — e não é tudo teste, com o Pacto? — só há uma resposta certa:

— Menor ideia.

Antes que eu possa fazer mais perguntas, ele já está lá fora, de volta à bicicleta.

O envelope traz o nome de Alice, então mando uma mensagem:

Você acabou de receber uma encomenda do Pacto.

Ela responde com uma palavra: *Merda*.

Tomo uma chuveirada e me visto para ir trabalhar. Encaro o envelope fechado, o grande *P* impresso em dourado, o nome de Alice numa letra elegante. Pego-o e levanto-o contra a luz, mas não consigo ver nada. Ponho-o de volta na mesa e vou a pé para o trabalho, jurando não pensar mais naquilo. É claro que penso naquilo o dia inteiro.

Quando volto para casa no final da tarde, Alice está sentada à mesa, olhando para a encomenda.

— Desconfio que temos que abrir isto — ela diz.

— Desconfio que sim.

Ela rompe o lacre e puxa com cuidado o documento. É só uma folha de papel, dividida em quatro partes. Ela lê uma por uma, em voz alta. Sob o título Regras há um parágrafo relativo à pesagem anual. A nota de rodapé diz que o parágrafo é *"extraído do mais recente anexo de alteração"*. Deve ser o anexo de alteração que Vivian deixou de incluir nos nossos manuais.

A segunda parte diz *"Infração: Você excedeu um quilo e meio o ganho de peso permitido"*.

— Foram as cervejas — resmunga Alice. — Aquelas que eu tomei antes da pesagem. E também faltavam uns dias para a minha menstruação. As mulheres deveriam ter direito a uma flutuação maior do que os homens. Seria o caso de Orla ter levado isso em consideração.

A terceira parte, Circunstâncias Atenuantes, declara: "*Chegou ao nosso conhecimento que seu Orientador pode ter omitido este apêndice do seu Manual. Esta questão será abordada em separado*".

Alice levanta os olhos e mostra os dentes.

— Parece que Vivian é capaz de sentir o gostinho do seu próprio remédio.

— E o que mais está escrito?

Ela continua a ler:

— *Embora a Regra ainda deva ser aplicada, consideramos que, devido à falha do Orientador em fornecer a devida documentação, além do fato de esta ser sua primeira infração relativa ao peso, lhe será oferecido um Programa de Reabilitação.*

E então ela se cala, os olhos inspecionando a página.

Quando solta o papel, está à beira das lágrimas.

— Que merda eles aprontaram agora? — pergunto, preocupado.

Ela está muito pálida.

— Não, não é a penalidade. É quê... ah, Jake, eu sinto que essa coisa toda é um teste... e que eu fiz tudo errado.

— Meu bem... — Pego sua mão. — Nenhuma dessas regras é *real*. Você sabe disso, não é?

— Eu sei — diz ela, puxando a mão. — Mas, mesmo assim, você tem que admitir que, se eu tivesse seguido todas as regras, eu seria uma esposa melhor.

Sacudo a cabeça.

— Isso não é verdade. Você é perfeita exatamente como é.

Pego o documento e leio a quarta parte. Penalidade.

> Você fez jus a um regime de exercícios diários. Você deve se apresentar no cruzamento de Taraval com Great Highway todas as manhãs às cinco horas, inclusive nos fins de semana. Seu instrutor estará à sua espera.

48

ACORDO DE REPENTE DE um sono profundo. Estava no meio de um pesadelo, embora não possa me lembrar dos detalhes. Alice dorme. Paro um instante para admirá-la. Seu cabelo está uma bagunça. De camiseta do Sex Pistols e calças de pijama de flanela, ela parece a mulher que conheci.

Os detalhes do sonho me vêm à lembrança: o sacolejo desesperador, o oceano infinito se estendendo por quilômetros. Um sonho de água. Há anos eu os tenho, e agora faço o que sempre faço quando acordo de um deles: ando pelo corredor até o banheiro. Depois dou uma espiada na cozinha para ver a hora: 4:43 da manhã. Merda!

— Alice! — eu berro. — São quase cinco horas!

Ouço-a pular da cama em pânico, dois socos quando seus pés batem no chão.

— Puta merda! O que aconteceu com o despertador?

— Vou te dar uma carona. Enfie a roupa. *Rápido!*

Apavorado, corro por ali procurando as chaves e minha carteira. Enfio umas calças, voo até a garagem, ligo o carro, tiro-o da garagem. Alice sai correndo da casa, segurando os sapatos e o moletom. Ela pula para dentro do carro e eu desço a Rua 38, depois à esquerda na Great Highway. Paro no acostamento, bem no cruzamento com Taraval. Há um sujeito parado lá. Ele tem uns trinta e cinco anos, forma invejável, roupa de ginástica elegante em tons de euro — verde-musgo e laranja-claro. Alice pula do carro. Desço a janela para lhe desejar sorte, mas ela nem olha para trás.

— Quatro e cinquenta e nove — diz o sujeito, olhando para o relógio. — Bela hora. Eu estava começando a achar que você não ia conseguir.

— Nem pensar — ela responde. — Aqui estou.

Segundos depois de se apresentarem, ele a fazia chutar o ar. Dou meia-volta com o carro e vou para casa. Ligado demais para voltar a dormir, me sento com o laptop.

Às 6:17, Alice entra pela porta, suada e exausta. Me ofereço para fazer uma vitamina.

— Não dá tempo — ela afirma. — Preciso ir trabalhar.

— Como foi?

— Desculpe, estou atrasada, falaremos disso à noite.

Mas à noite estamos os dois moídos. Comemos comida pronta na frente da tv, assistindo a *Sloganeering*. Tiro o som quando entra um comercial farmacêutico, uma florista inexpressiva sorrindo para seu marido inexpressivo.

— Que tal o instrutor? — pergunto.

— Ele se chama Ron. Vive em Castro. Um cara legal, ligadíssimo em forma física. Montes de agachamentos.

Ela se dobra para massagear as panturrilhas. *Sloganeering* recomeça e ela me cutuca para aumentar o volume.

Na manhã seguinte, o despertador toca às quatro e meia. Me viro para acordar Alice, mas ela já está de pé. Encontro-a sentada no sofá, de roupa de ginástica. Ela me dá um sorriso, mas, pelo inchaço dos seus olhos e a expressão no seu rosto, acho que deve ter chorado. Dou-lhe uma rápida xícara de café.

— Quer uma carona?

— Quero.

Vamos para o carro em silêncio. Na viagem de seis minutos até a praia, Alice adormece. Acordo-a ao chegarmos. Vejo Ron correndo por Taraval na nossa direção. É possível que ele tenha vindo correndo desde Castro.

Na manhã seguinte, meu despertador toca outra vez às quatro e meia. Me sento bem a tempo de ouvir Alice saindo da garagem.

Na manhã do outro dia, quando o despertador me acorda, Alice já saiu.

214 Michelle Richmond

49

Meus novos clientes, um casal de Cole Valley, sorriem ao passar pela porta e se sentam lado a lado no pequeno sofá. Nenhum dos dois parece pensar na poltrona grande e confortável. Seu casamento vai sobreviver, já sei. Mesmo assim, conversamos. É provável que nos encontremos mais três vezes antes que eles cheguem à mesma conclusão.

No último encontro, pedi que pensassem numa boa lembrança que têm em comum. Em resposta, a esposa havia trazido fotos do dia do casamento.

— Você precisa ver os vestidos das damas de honra — diz Janice. — Nem sei como minhas damas de honra ainda falam comigo.

Começo a rir quando vejo as fotos de Janice num simples vestido branco, tendo dos dois lados garotas cobertas de tafetá verde, muito tafetá.

— Vocês sabiam que os vestidos das damas de honra costumavam ser brancos? — pergunto.

— Como se distinguia a noiva das damas de honra? — quer saber Ethan.

— Não se distinguia. Foi assim que surgiu o conceito das damas de honra. Na época tribal, as damas, usando vestidos nupciais brancos, serviam de engodo. Se a cerimônia do casamento fosse invadida por uma tribo vizinha, havia a esperança de que os invasores se confundissem e acidentalmente raptassem uma dama de honra em vez da noiva.

Foi uma sessão tranquila. Era evidente que os dois gostavam um do outro, mas haviam começado a se distanciar. Falamos de algumas estratégias que poderiam implementar para passar mais tempo juntos e tornar suas conversas mais interessantes. Nenhum bicho de sete cabeças, só as habituais correções de rumo, que realmente funcionam bastante bem. Quase ri quando me peguei sugerindo que se determinassem a fazer uma viagem juntos a cada trimestre.

Ocasionalmente, pode aparecer um casal querendo terapia e eu não conseguir entender o que estão fazendo ali. É o caso de Janice e Ethan. Sinto-me um pouco culpado por aceitar seu dinheiro, porque eles, em absoluto, não precisam de mim. Ainda assim, me encoraja sua determinação para fazer tudo funcionar bem. Me percebo invejando os naturais altos e baixos de seu casamento, existindo em paz longe do Pacto.

Depois que Janice e Ethan saem, ponho meu celular num envelope lacrado e vou até a mesa de Huang.

— Por que você não sai para um almoço demorado? — sugiro.

— Quão demorado?

— Talvez você possa ir àquele lugar que gosta em Dogpatch. Eu pago.

Entrego-lhe duas notas de vinte e ponho o envelope em sua mesa.

— E, já que falamos nisso, você se importaria de levar isto aqui com você? Só ponha no bolso e se esqueça do assunto.

Huang olha para o envelope.

— Você se importa de me dizer o que tem aí dentro?

— Longa história.

— Isso não vai explodir, nem coisa parecida, certo?

— Com certeza não.

Ele apalpa o envelope e franze a testa.

— Se eu tivesse que apostar, diria que você enfiou o seu celular aí dentro.

— Você vai estar me fazendo um grande favor — digo. — Só fique com ele e, quando voltar, deixe-o em cima da minha mesa. E, se não se importar, não diga nada a Ian ou Evelyn.

— Dizer o quê?

— Obrigado. Fico te devendo uma.

Ando até em casa, pego o carro, dirijo até o centro e deixo-o num estacionamento na Rua 4. Ando até a estação de Caltrain e compro uma passagem de ida e volta para a estação de Hillsdale, em San Mateo.

Não contei a Alice que marquei aquele encontro com JoAnne. Pensei em contar naquela manhã, mas acabei saindo antes que ela voltasse dos exercícios. De qualquer maneira, eu não queria preocupá-la com aquilo. Ela já tinha o condicionamento físico com Ron todas as manhãs, voltara a se encontrar com Dave uma vez por semana, como parte do *sursis*, e seu trabalho a exigia cada vez mais. Alice está sobrecarregada, e não quero somar a tudo aquilo esta história de JoAnne. E, tudo bem, sendo honesto, tenho que admitir que talvez eu não queira mesmo contar a ela. Eu sei que ela tem um monte de perguntas a fazer em relação a JoAnne e eu não tenho lá muita vontade de respondê-las. Ela não gostaria da ideia de eu me encontrar com outra mulher para almoçar, uma mulher que não é minha colega de trabalho. É claro, mentiras por omissão são contra as Regras do Pacto. Mas, enquanto ando do carro até a estação, me convenço de que aquela exclusão é um ato de nobreza. Se alguém viesse a descobrir minha omissão, a culpa seria minha e eu estaria salvando Alice de cometer mais uma infração, uma que o Pacto afirma levar muito a sério: ciúmes.

Uma forma de encarar o fato é esta: estou substituindo um futuro crime de Alice pelo meu atual. Desvie a atenção deles de Alice, insistiu JoAnne naquele dia no Draeger's.

Ando de uma ponta a outra do trem mas não vejo nada fora do comum. Naqueles dias, os trens estão lotados o tempo todo, com gente de TI indo e vindo entre São Francisco e o Vale do Silício. A maioria é jovem, a maioria é magra, a maioria é arrogante — recém-chegados brancos e asiáticos que, como grupo, jogaram os preços dos aluguéis nas alturas e demonstraram muito pouco apreço pelo que há de especial e bom em São Francisco. Não parecem se importar com as grandes livrarias, as icônicas lojas de discos, os grandes cinemas antigos. Talvez seja injusto rotulá-los como um todo, mas eles parecem só ligar para uma coisa: dinheiro. Têm um ar de inexperiência entediada, como se nunca tivessem viajado, ou lido livros por prazer, ou levado para a cama uma garota que conheceram numa Laundromat. E, exatamente agora, ocupam os assentos dos idosos e deficientes, com laptops no colo.

Na estação de Hillsdale, desço com vinte outras pessoas — locais, na maioria, porque o pessoal de TI não para aqui, pelo menos não ainda. Me demoro na estação até que todos tenham saído. Há uma mulher num tailleur preto bem cortado que fica andando de um lado para outro, parecendo deslocada, e já me convenci de que ela me espiona, mas então aparece uma Mercedes, com um rapaz dentro. Ela repuxa a saia de um jeito que sugere que está usando ligas por baixo do tailleur de trabalho, anda até o carro e entra. Eles se vão.

Atravesso El Camino e subo em direção ao shopping, me sentindo um pouco idiota, como um garoto brincando de espião. Digo a mim mesmo que nada daquilo é necessário, mas então penso no bracelete, no colar cervical, na angustiante ida de Alice para o deserto e, mais uma vez, percebo que é necessário.

Paro no Trader Joe's, fazendo hora, atento a alguém suspeito, e acabo saindo só com uma garrafa d'água e três barras de chocolate. É claro, agora, toda vez que como doces penso instintivamente na próxima pesagem. Será aquela a grama de gordura que poderá me deixar acima do limite? Será aquela a caloria que me mandará para o deserto? Odeio o Pacto por isso.

Perambulo pela Barnes & Noble e pego o último número da Q para Alice. Paul Heaton e Briana Corrigan estão na capa, ela vai gostar. Atravesso a rua e entro no shopping. Ainda tenho trinta minutos, então passeio pelas lojas. Tenho sentido uma inexplicável vontade de ter uma confortável camisa de flanela — Freud talvez dissesse que isso é fruto de nostalgia da juventude —, daí faço uma rápida busca por todos os lugares habituais dos shoppings. Encontro uma no balcão de promoções da Lucky Jeans e saio com uma sacola, agora parecendo igual a todo mundo no shopping, só que mais velho.

Na praça de alimentação, ainda estou sete minutos adiantado. Me instalo no fundo, só observando as pessoas indo e vindo.

Vejo JoAnne entrar pela porta lateral que dá para o estacionamento. Seus olhares furtivos, como um cervo em campo aberto, me deixam nervoso. Será que eu quero mesmo levar aquilo adiante? Recuo, observando-a. Ela se senta em frente ao Panda Express, numa mesa perto da janela. Gostaria que ela tivesse escolhido um lugar mais discreto. Tira da bolsa um celular e começa a mexer nele. Eu gostaria que ela não tivesse trazido o telefone. As palavras sussurradas por ela na festa ecoam na minha cabeça: *Não faz merda*. Até agora eu não tinha pensado que poderia ser ela a fazer merda.

Continuo a observá-la e a examinar o lugar para ver se tinha sido seguida. Ela faz uma ligação que só dura alguns segundos. Ao contrário de mim, parece ignorar a multidão na praça de alimentação. Tira da bolsa alguma coisa — uma barra de cereais, que desembrulha e come com pequenas mordidas, de cabeça baixa. De vez em quando, olha de repente em volta, mas nunca na minha direção. Parece paranoica, mas não de todo. Seus gestos são um pouco maníacos, um pouco exagerados — nada a ver com a JoAnne que conheci na faculdade. Aquela JoAnne era famosa por sua incrível serenidade. Mesmo nas situações mais difíceis, ela parecia incrivelmente calma. Nunca foi bonita nem impressionante, mas era sua plácida autoconfiança, sua absoluta falta de insegurança que a faziam sobressair na multidão.

A mulher naquela praça de alimentação me era irreconhecível. Embora eu nunca fosse admitir isso para meus clientes, bem no fundo já comecei a acredi-

218 *Michelle Richmond*

tar que a maioria das pessoas não muda. Talvez sejam capazes de acentuar alguns aspectos de sua personalidade; não há dúvida de que uma atenção carinhosa na infância pode guiar nossas tendências naturais numa direção positiva. Passei boa parte da minha vida profissional em busca de instrumentos úteis para ajudar as pessoas a desenvolver suas personalidades de forma benéfica. Na maioria das vezes, porém, acredito que todos nós precisamos jogar com as cartas que recebemos na primeira rodada. Quando vejo pessoas que passaram por mudanças de personalidade extremas, sempre fico curioso para conhecer a origem. Qual é o botão, o gatilho, a ação instigante que anula a natureza de alguém? O que faz com que, para aqueles que as conhecem bem, pareçam tão diferentes?

Como eu já disse, com o tempo, estresse, ansiedade e problemas psicológicos sempre se revelam no rosto das pessoas. Tenho visto sinais de perturbação em JoAnne: a veia pronunciada serpenteando da sobrancelha esquerda à raiz dos cabelos, as linhas descendentes nos cantos da boca, os pés de galinha. Algo me diz que ela precisa de ajuda, mas não cabe a mim oferecê-la. Algo me diz para ir embora, mas não consigo.

Acontece o seguinte: ainda quero ouvir o que ela tem a dizer. Quero entender melhor o Pacto. Recuso-me a desistir da esperança de que haja alguma saída para mim e Alice. Talvez a ansiedade de JoAnne, as mudanças em seu rosto e corpo, em sua voz, sejam uma reação perfeitamente lógica ao Pacto. Se for o caso, não quero ver isso acontecer com Alice.

No Hot Dog on a Stick, peço dois cachorros-quentes e dois sucos verdes. Vou até a mesa de JoAnne e ponho a bandeja diante dela.

Ela tira os olhos do telefone e a veia pulsa em sua testa.

— Jake — ela diz.

Só "Jake", sem "Amigo". Há cansaço e doçura em sua voz. Vejo algo mais além da exaustão nos seus olhos — cordialidade — e isso me acalma.

— Cachorro-quente?

— Não precisava — ela protesta, mas pega um e dá uma boa mordida. Depois enfia o canudo na abertura da tampa de plástico e sorve um grande gole.

— Eu estava achando que você era capaz de não aparecer.

— Alguma vez eu deixei de aparecer?

— Se você soubesse o que é bom para você, não teria vindo. Mas estou contente por você estar aqui.

Ela põe as mãos em cima da mesa, viradas na minha direção. Fico tentado a olhar debaixo da mesa e ver seus pés. É a direção para a qual os pés apontam — e não as mãos — que indicam o real interesse de alguém. Suas unhas são rosadas, compridas e brilhantes. Lembro-me de suas unhas curtas e sem esmalte, na faculdade.

— Onde nós fomos nos meter, Jake?

— Eu esperava que você pudesse me dizer.

— Quando vi você em Villa Carina, tive vontade de cochichar ao seu ouvido, "Saia correndo e não volte", mas eu sabia que já era tarde demais. Ao mesmo tempo, e me desculpo por dizer isto, fiquei contente ao vê-lo... por puro egoísmo. Tenho me sentido tão sozinha.

— Você disse que eu não deveria estar aqui, mas por quê?

JoAnne brinca com o celular. Sinto que ela está decidindo o que vai me dizer. Quase posso vê-la editando as fases na cabeça.

— O Pacto não confia em mim, Jake. Se nos virem juntos, seria ruim. Ruim para mim, ruim para você.

— Ruim como?

— Eu soube que Alice esteve em Fernley.

— Você está falando do lugar no deserto?

— Eu estive lá.

Ela estremece.

— A primeira vez não foi tão ruim: foi perturbadora, constrangedora, mas administrável.

— E depois?

— E depois fica pior.

Sua ambiguidade é frustrante.

— Pior como?

Ela estica o corpo. Mais uma vez, posso vê-la editando na cabeça o que vai dizer.

— Só faça tudo o que puder para evitar que Alice volte para lá.

— Por Deus, JoAnne, como foi que você se deixou arrastar para esta coisa?

Mas, mal faço a pergunta, imagino outra pessoa — Huang, talvez, ou Ian, ou Evelyn — me fazendo, inocentemente, a mesma pergunta.

— A história verdadeira?

A voz de JoAnne soa aguda, e a raiva parece dirigida a ela mesma.

— Tudo começou com uma droga de um acidente de carro. Eu estava com pressa de voltar para o trabalho. Tinha acabado de começar a chover, a rua estava escorregadia. Um Porsche me deu uma fechada, arrancou o para-

-choque do meu carro, eu comecei a derrapar, acordei no hospital. Quando voltei a mim, tinha tido um sonho tão intenso... não intenso no sentido de uma viagem de ácido multicolorida, e sim no sentido de uma *ideia*. Sabe quando acontece alguma coisa e não mais que de repente você enxerga tudo na sua vida sob uma nova perspectiva? E a solução, ou pelo menos a direção a tomar, parece tão clara? Seja como for, de repente me dei conta da piada que tinham sido os últimos anos da minha vida. Todo aquele estudo, a dissertação que não consegui terminar, meu apartamento idiota... tudo parecia errado. Como se eu tivesse perdido todo aquele tempo...

— Você se machucou no acidente?

— Concussão, pontos, costela quebrada, bacia quebrada. Alguma coisa a ver com o volante. Eu tive muita sorte. Você sabia que só há dois ossos no corpo humano que, quando quebrados, podem levar à morte? A bacia é um deles.

— É mesmo? Qual é o outro?

— O fêmur. Enfim, eu estava tentando me lembrar do sonho intenso quando entrou aquele médico. Ele se apresentou como o dr. Neil Charles. E então começou a me fazer todas aquelas perguntas, perguntas realmente pessoais. Você sabe, coisas para avaliar a concussão e ver se eu estava em choque. Tudo ainda era muito confuso àquela altura, com todos os remédios. Ele começou a preencher formulários, me fazendo perguntas a respeito do meu histórico médico, se eu fumava, se bebia, se era alérgica a alguma coisa, o quanto me exercitava, se era sexualmente ativa. Então uma enfermeira tirou minha roupa, com cuidado. Ela ficou de pé ao lado da cama, segurando minha mão, enquanto Neil examinava o meu corpo inteiro em busca de hematomas, arranhões, cortes devidos à batida. Enquanto ele me tocava com aquelas mãos enormes e quentes, eu tive aquela incrível sensação de que ele também estava analisando todas as grandes e pequenas cicatrizes da minha vida. Ele me tocou praticamente em todos os lugares. Eu estava toda conectada aos aparelhos, com soros e sabe lá o que mais, e me sentia como se não pudesse me mexer, não pudesse fugir... mas eu meio que gostava disso. Me sentia segura. Não vou aborrecê-lo com o resto, Jake. Vamos só dizer que nós nos casamos, Carmel-by--the-Sea, muita gente, quarteto de cordas. Dei uma guinada de cento e oitenta graus; toda a minha vida mudou.

— Parece ótimo.

— Não. Não tão ótimo, Jake. Acontece que aquele meu sonho superintenso não passou de uma falsa epifania. Olhando para trás, posso constatar que já estava no bom caminho. Tinha tomado as decisões certas, feito os sacrifícios certos. Eu estava me preparando para o doutorado em Psiquiatria. Estava demorando mais do que eu tinha planejado, e eu estava devendo o apartamento, mas eu deveria ter me agarrado àquilo. Foi de Neil a ideia de que eu era "inteligente demais" para ser psiquiatra.

Dei um sorriso amarelo.

— Obrigado, diz o humilde terapeuta.

— Neil não faz a menor ideia. Foi ele quem me convenceu a fazer mestrado em Administração e aceitar um emprego na Schwab, mas só mais tarde eu me dei conta de que isso foi porque ele tem realmente um enorme preconceito contra a Psiquiatria. Encurtando a história, poucos meses depois de nos conhecermos, eu larguei meu doutorado e comecei a faculdade de Administração.

— Que desperdício! Você era tão boa no que fazia!

— Teria sido bom se você estivesse por perto naquela época para me dizer isso — ela afirma.

Dou uma espiada embaixo da mesa. Seus dois pés estão voltados para mim.

— Você se lembra de que eu queria filhos, não é?

— Você costumava dizer que queria uma ninhada.

— Pois é, não vai acontecer.

— Sinto muito — digo, sem saber onde ela quer chegar.

— Eu também. Veja só, Jake. Eu já *estive* grávida. Eu posso ter filhos. Talvez ainda pudesse, se não estivesse amarrada a Neil. Mas Neil nunca quis falar nisso e, quando nos descuidamos e eu engravidei, ele disse que isso não seria bom para nossa vida no Pacto.

Pela primeira vez me ocorre que ninguém, em nenhuma das festas do Pacto, falou em filhos.

— Você está me dizendo que nenhum dos membros têm filhos?

— Alguns têm. A maioria não.

— É contra as Regras ou coisa parecida?

— Não exatamente. Mas Orla disse que filhos podem ser um entrave ao casamento.

— Mas filhos não garantiriam mais futuros membros para o Pacto?

— Não é assim que funciona. Só porque alguém cresceu dentro do Pacto não quer dizer que vá receber automaticamente uma indicação. Seja como for, trata-se de casamento, não de filhos. Você *deve* amar seu marido... quanto a filhos, você teoricamente pode escolher.

— Você já tentou sair? — pergunto sem rodeios.

Ela dá uma risada amarga.

— O que você acha? Me enchi de coragem depois do aborto e fui consultar um advogado de família. Neil me dedurou ao Pacto. Eles me chamaram, me mostraram uma longa lista dos meus erros. Se eu fosse em frente com o divórcio, me ameaçaram, eu perderia a casa, meu emprego, minha reputação. Disseram que seria fácil me fazer desaparecer. A maluquice é que Neil nem ao menos queria se juntar ao Pacto. Não é do estilo dele se filiar a coisa alguma. Quando recebemos o pacote de um antigo companheiro de apartamento de Neil, eu já lamentava minha decisão de me casar. O Pacto me pareceu uma tábua de salvação. Resumindo, eu disse a Neil para fazermos uma tentativa. Fizemos e, sabe-se lá por que motivo, deu tudo errado para mim. Neil, em compensação, o menino de ouro, foi amado por todos. Não foi nenhuma surpresa recebermos um telefonema de Orla, quando o convidaram para presidir o Conselho Regional Norte-Americano.

— Conselho Regional?

Ela gira sua salsicha numa tigela de ketchup e não posso deixar de notar que, apesar das unhas bem feitas, as cutículas de seus polegares estão arrebentadas e sangrando.

— Há três conselhos regionais, cada um composto de sete pessoas. Todos os três conselhos se reportam a um pequeno grupo na Irlanda. A cada três meses, eles se reúnem.

— Onde?

— Varia. Na Irlanda pelo menos uma vez por ano, às vezes em Hong Kong, outras lá em Fernley.

— E falam de quê?

— De tudo — ela diz, meio rosnando. E depois, aproximando a cabeça: — De *todos*. Você entende o que estou dizendo?

Penso no bracelete, no colar. No jeito como Vivian e Dave sempre parecem saber muito mais do que lhes dizemos.

— Eles criam novas Regras — ela continua. — Redigem os anexos anuais, reveem as decisões dos juízes, ouvem apelações. Controlam as finanças e os investimentos. Examinam os arquivos de membros problemáticos.

— Mas *por quê*?

— Segundo Neil, o objetivo dos conselhos é garantir que todos os casamentos deem certo. Não importa como.

— E se um casamento não dá certo?

— Pois é, isso *não acontece*.

— Deve acontecer com alguns — insisto.

Ela sacode a cabeça, com ar de cansaço.

— Sabe quando eles te dizem que ninguém dentro do Pacto jamais se divorciou?

Ela está próxima do meu rosto agora, sussurrando. Posso sentir o cheiro do ketchup em seu hálito.

— Pois é verdade, Jake. Mas o que eles não dizem é que nem todos os casamentos do Pacto duram.

— Eu não estou entendendo.

— A porcaria da Fernley é ruim, muito ruim, mas eu consigo aguentar, desde que me mantenha coerente. Chego até a gostar das Regras... gosto das datas obrigatórias, dos presentes.

— Mas?

Ela parece esmagada por uma tristeza inconcebível, uma nuvem de desesperança.

— Eu não tenho fatos, e mesmo que tivesse não diria nada. Mas uma vez, quando a reunião do conselho foi em São Francisco, nós jantamos com Orla. Só ela, Neil e eu. Eu nunca a tinha visto. Neil insistiu em escolher minha roupa. Me fez prometer não fazer nenhuma pergunta pessoal. Ao longo dos anos, o Pacto com certeza me fez um monte de perguntas pessoais... nos formulários que preenchi, nas consultas com os conselheiros a que tive que ir, nos interrogatórios gravados em Fernley. Checagens de Integridade, é como as chamam.

— Eles *gravam* vocês?

JoAnne faz que sim.

— Quando eu disse a Neil que estava preocupada porque Orla poderia ter ouvido as gravações das minhas Checagens de Integridade, ele não negou. E me disse para me comportar o melhor possível. Para deixar Orla conduzir a conversa.

— E daí, que tal ela é?

— Carismática, mas também estranhamente distante. Num minuto ela estava muito interessada em mim e no minuto seguinte me olhava como se eu não existisse... aquilo me dava arrepios.

Quanto mais JoAnne fala, mais ela parece perder o fio da meada. Pelo que encontrei na internet a respeito de Orla, ela não me pareceu a pessoa que

JoAnne descreve. Nas fotos, parecia amável, inteligente e nada ameaçadora, como uma tia velha ou a professora de inglês da faculdade de quem sempre vamos nos lembrar com carinho.

— Você disse que nem todos os casamentos do Pacto duram. O que quis dizer com isso?

— O Pacto não tem divórcios, mas também tem mais viúvos e viúvas do que se imaginaria.

— Como é?

Minha garganta seca.

— É isso aí...

Ela olha em volta, nervosa. O suor brota em sua testa e de repente ela começa a recuar.

— Não deve ser nada — ela disfarça, brincando com o celular. — Talvez eu esteja pensando demais, como diz Neil. Talvez o tempo que passei em Fernley tenha me perturbado. Nem sempre eu penso direito, você sabe disso.

— A JoAnne de quem eu me lembro sempre pensava direito.

— É gentil você dizer isso, mas também você sempre põe as mulheres num pedestal.

— Eu? — pergunto, temporariamente distraído por aquela estranha acusação.

— Namoradas, amigas, colegas. Não quero ser rude, mas é provável que você ache aquela sua mulher sensacional.

Há alguma coisa na voz dela, alguma coisa de que não gosto. Mas, enfim, não acho que seja verdade. Eu admiro Alice porque há muito nela a ser admirado. Eu a amo porque é fácil amá-la. Acho que ela é linda porque... ora, porque ela é.

— JoAnne — digo, tentando trazê-la de volta. — Me fale dos viúvos.

— Deve haver um monte de razões.

Suas palavras saem se atropelando.

— Os membros do Pacto viajam mais, fazem mais coisas, do que a maioria das pessoas.

Seu olhar passeia pela sala.

— É provável que todos nós levemos vidas mais arriscadas. Quero dizer, se não fosse assim, não teríamos entrado para o Pacto, certo? O Pacto atrai um determinado tipo de gente?

Penso em Alice sendo metida numa camisa de força e levada para Fernley por desconhecidos numa van preta. Penso no piloto em seu frágil Cessna.

— Pode haver uma centena de razões — diz JoAnne, como se tentasse convencer a si mesma.

— Razões para o quê? Que riscos?

— Acidentes bizarros. Afogamentos. Envenenamento. Talvez seja coincidência, mas um número extraordinário de membros do Pacto parece morrer com pouca idade. E logo que alguém perde o marido ou mulher, quase sempre há um novo relacionamento, promovido pelo Pacto, que acaba bem depressa em casamento.

— Quem?

Estou desesperado para saber se há fatos e nomes reais por trás do que ela está dizendo.

— Você conhece Dave e sua mulher, Kerri?

— Claro. Alice se encontra com Dave uma vez por semana.

— Eu sei.

— Como? — eu pergunto.

Mas ela só sacode a mão no ar, como se isso fosse um detalhe irrelevante.

— Tanto Dave quanto Kerri já foram casados antes — ela explica.

— Você está dizendo que seus cônjuges morreram?

— É. Há anos, mais ou menos na época em que Neil e eu entramos para o Pacto.

— Eles parecem tão jovens.

— E são. Eles na verdade se conheceram por causa do Pacto. Talvez seja só coincidência seus cônjuges terem morrido com uma diferença de três meses. O marido de Kerri, Tony, sofreu um acidente de barco em Lake Tahoe.

Ela estremece.

— A mulher de Dave, Mary, caiu de uma escada em casa, quando limpava as janelas do segundo andar, e bateu a cabeça nas pedras da entrada da garagem.

— Isso é horrível — comento —, mas essas coisas acontecem.

— Mary não morreu logo. Ficou em coma. Dave decidiu, depois de dois meses, desligar os aparelhos que a mantinham viva.

Aquela veia na testa de JoAnne, pulsando.

— Você tem provas?

— Olha, tanto a mulher de Dave quanto o marido de Kerri tinham feito múltiplas visitas a Fernley. Tanto um quanto outro "pensavam errado". Neil me contou. Pelos boatos, seus crimes iam de dissimulação e deturpação da doutrina do Pacto a adultério. Eu fui ao casamento de Dave e Kerri; aconteceu pouquíssimo tempo depois das mortes dos cônjuges dos dois. Na época, fiquei contente por eles. Os dois tinham passado por tanta coisa. Achei que mereciam algo de bom em suas vidas. Neil e eu éramos novos, e eu ainda estava toda animada. Não pensei mais em prazos e coincidências. Mas me lembro de uma coisa estranha na cerimônia.

— O quê?

— Bem, seria normal a gente achar que aquela ocasião feliz fosse sombreada pela tristeza, certo, por conta do que ambos perderam? E achar que os nomes dos cônjuges fossem aparecer num brinde, ou numa conversa, que alguém fosse mencionar com carinho a esposa morta e o marido morto. Afinal de contas, todos naquela festa tinham conhecido os dois primeiros cônjuges. Mas foi como se Mary e Tony tivessem sido inteiramente esquecidos. Não, esquecidos não: *apagados*.

— Mas isso de que você está acusando o Pacto vai muito além de ameaças e difamação. Você está falando de assassinato.

JoAnne desvia o olhar.

— Pouco antes que eu o visse na festa de Villa Carina, aconteceu uma outra coisa — diz ela, baixo. — Um casal entrou uns poucos meses antes de você e Alice. Eli e Elaine, hipsters de Marin. Nove dias antes da festa de Villa Carina, o carro deles foi encontrado perto de Stinson Beach. Tentei fazer Neil me contar o que tinha acontecido, mas ele se recusou a falar no assunto. Vasculhei os jornais e não consegui encontrar nada. Os dois evaporaram. Jake, quando Eli e Elaine entraram, Neil fez alguns comentários. Foi estranho, as pessoas no Pacto simplesmente não gostavam deles. Não sei por quê. Pareciam bacanas. Elaine talvez fosse um pouco carinhosa demais com os maridos, mas nada sério. Eles se vestiam de um jeito meio diferente e praticavam Meditação Transcendental, mas e daí? Enfim, quando desapareceram, comecei a pensar nos cônjuges de Dave e Kerri e em todos os casamentos organizados internamente que haviam acontecido ao longo dos anos. Cheguei a ouvir falar de casos em que o Pacto considera um *não membro* uma ameaça e toma providências contra essa criatura a fim de prevenir danos ao casamento.

JoAnne se reclina na cadeira e bebe alguns goles de suco verde. Está me encarando, mas não faço a menor ideia do que está pensando. Uma mãe e os dois filhos estão perto de nós, comendo refeições do Panda Express. Os meninos estão rindo dos biscoitos da fortuna. Olho para o celular de JoAnne. Ele ficou o tempo todo na mesa entre nós.

JoAnne solta o copo. Um por um, ela enfia a ponta de cada unha debaixo da unha do polegar. E então repete o gesto. É tudo sutil, mas um pouco maníaco.

— Eles simplesmente sumiram, sem deixar rastros, Jake.

Sempre que encontro novos pacientes, a primeira coisa que faço é tentar imaginar como são em estado normal. Todos nós vivemos num vai e vem de emoções; todos temos altos e baixos. Nos adolescentes, esse vai e vem pode oscilar sem qualquer controle. Sempre quero saber onde se situa o "estado normal" de cada um, porque isso me permite perceber mais depressa quando alguém está especialmente para cima ou, mais importante, especialmente para baixo. Com JoAnne, ainda estou tentando descobrir seu *estado normal*. Ela está sem dúvida tomada pela ansiedade. Quero saber como interpretar aquele medo, quero entender o contexto das histórias que está me contando. Serão produto de uma mente desequilibrada? Devo confiar em sua percepção. Ao olhar para seu telefone, fico preocupado. E se Neil descobre que nós nos encontramos?

JoAnne está esfregando as unhas na palma da outra mão, bem devagar.

— Você costumava cortá-las rente. — Eu me inclino e toco uma das unhas longas e brilhantes.

— Neil gosta delas assim, então eu deixo desse jeito.

Ela as levanta em frente ao meu rosto, num gesto de falso glamour. Percebo que seus anulares são mais longos do que os indicadores. Na verdade, há uma correlação entre o comprimento dos dedos e a expectativa de infidelidade. Segundo um estudo bastante convincente, quando o anular é mais longo do que o indicador, a pessoa tem mais probabilidades de ser infiel. A explicação tem a ver com níveis de testosterona. Depois de ler a pesquisa, eu me peguei olhando fixo para as mãos de Alice, muitíssimo aliviado ao descobrir que seus anulares são menores do que os indicadores.

— Eu deveria me preocupar com a nossa segurança? — pergunto.

JoAnne pensa por um instante.

— Deveria. Eles não sabem o que fazer com você. Você os deixa nervosos. Alice é diferente. Ou eles gostam mesmo dela, ou odeiam. É provável que qualquer um dos casos seja ruim para vocês.

— Então, o que eu devo fazer?

— Tome cuidado, Jake. Se adapte. Seja menos interessante. Menos argumentativo. Não lhes dê motivos para pensar em você; dê-lhes ainda menos motivos para falar de você. Não escreva o que possa ser falado, não fale alto o que pode ser sussurrado, não sussurre o que pode ser transmitido num gesto. Não vá parar em Fernley. *Nunca* vá parar em Fernley. — JoAnne pega a bolsa. — Eu tenho que ir.

— Espere — peço. — Eu tenho mais perguntas...

— Nós já ficamos aqui tempo demais, Jake. Isso não foi inteligente. Não vamos sair juntos. Fique aqui por alguns minutos, depois saia por outra porta.

Aponto para o celular dela, ainda na mesa entre nós.

— Esta coisa me deixa nervoso.

JoAnne olha para o telefone.

— É, mas desligá-lo ou deixá-lo em casa poderia ser mais problemático.

— Podemos nos encontrar de novo?

— Não seria boa ideia.

— Não nos encontrarmos me parece uma ideia pior. Última sexta-feira do mês?

— Vou tentar.

— Deixe o telefone em casa, da próxima vez.

JoAnne pega o celular e se afasta sem se despedir. Observo-a atravessar toda a praça de alimentação. Ela está de salto alto. Os sapatos não combinam com a JoAnne que eu conhecia, e imagino que também devam ser ideia de Neil. Casar-se é fazer concessões; assim diz o Capítulo 2 do Manual.

Continuo sentado por mais dez minutos, repassando a conversa na cabeça. Não sei o que fazer com aquilo. Quando vim me encontrar com JoAnne, tinha a secreta esperança de que uma de duas coisas fosse acontecer: ou nós iríamos lamentar todas as regras e penalidades bizarras do Pacto, ou eu iria descobrir que ela estava sofrendo de algum tipo de paranoia. E talvez ela esteja paranoica. Talvez eu também. Mas paranoias devem ser consideradas dentro de um contexto. Ter medo de um grupo só é paranoia se o grupo *não* estiver te prejudicando.

Volto a andar pelo shopping. Preciso comprar o presente deste mês para Alice. Na Macy's, compro uma echarpe. Gosto dela usando echarpes, mesmo que nunca as usasse antes de nos conhecermos. Decido que a azul brilhante vai combinar com seu tom de pele. No trem de volta à cidade, tiro a echarpe da sacola e passo as mãos pela seda, de repente envergonhado. Quando dei, pela primeira vez, uma echarpe a Alice, ela disse ter adorado. Mas só a usou quando eu pedi. Com a segunda echarpe, foi a mesma coisa, e com a terceira idem. E se eu não for melhor do que Neil, enfeitando minha mulher de acordo com os meus próprios gostos, minhas próprias preferências? Enfio o presente de volta na sacola e a deixo no trem. Que concessões já fez Alice, por este casamento? Que pedidos injustos eu faço a ela, e ela a mim?

50

NA SEMANA SEGUINTE, ALICE e eu comemoramos meu quadragésimo aniversário com um jantar tranquilo no meu restaurante favorito do bairro, o Richmond. Ela me deu um belo relógio que deve ter custado um salário inteiro, com a gravação PARA JAKE, COM TODO O MEU AMOR, ALICE na parte de trás. Na outra semana, acabei trabalhando até tarde, escrevendo relatórios de consultas, editando um trabalho acadêmico de cuja autoria um ex-colega me convenceu a participar. No caminho para casa, parei para comprar burritos para o jantar. Quando subi os degraus para entrar em casa, senti uma vibração musical vindo da nossa garagem.

Quando Alice e eu nos mudamos para aquela casa, ela era recém-formada em Direito. Já se apagara o brilho da perspectiva de uma vida dedicada às leis e ela estava meio deprimida, batalhando por um estágio com um juiz local. Muitas vezes ela achava que tudo aquilo poderia ter sido um erro. Sentia falta de sua música, da liberdade, da criatividade e talvez, eu suspeitava, sentia falta da antiga vida. Se já não estivesse comprometida com a carreira jurídica por ter feito tantos empréstimos ultrajantes, acho que teria desistido.

Numa de suas fases depressivas, enquanto ela passava um domingo inteiro estudando no andar de cima, trabalhei na garagem para criar um canto especial de música para ela. Pareceu importante lhe dar aquela válvula de escape, uma portinha para sua vida de antes. Separei um bom espaço nos fundos, forrei as paredes com colchões e espalhei tapetes pelo chão. Reuni os diversos instrumentos musicais, estantes para partituras, amplificadores e microfones que estavam em caixas ou guardados no quartinho secreto. No final da tarde, fazendo uma pausa, Alice desceu para ver o que era toda aquela movimentação. Quando viu o pequeno e acolhedor estúdio, ficou tão feliz que chegou a chorar. Me abraçou e tocou para mim.

Desde então, já a ouvi muitas vezes tocando ali. Em geral, respeito sua privacidade. Deixo-a tocar sua música e espero que ela suba. Gosto que ela tenha aquela válvula de escape e gosto que sempre suba de volta para mim.

Hoje à noite, ao entrar em casa, percebo que a música vinda da garagem está diferente. Primeiro, imagino que ela ligou o estéreo, mas aí me ocorre que se trata mesmo de música ao vivo, mas que ela não está tocando sozinha. Mudo de roupa e ponho os burritos em travessas, esperando que a música acabe, esperando que ela e os convidados subam — gostaria de ter comprado mais burritos —, mas isso não acontece. Depois de algum tempo, abro a porta da cozinha para ouvir melhor. Parece que há três ou quatro pessoas lá embaixo. Dou alguns passos em direção à garagem, não o bastante para ver, só o suficiente para ouvir melhor a música.

As quatro canções seguintes são do primeiro disco da Ladder. Reconheço a voz masculina se mesclando à de Alice. Vou ser sincero: nos últimos meses, é possível que eu tenha surfado mais na internet pesquisando Eric Wilson. É também possível que eu tenha sabido que ele e sua nova banda estivessem tocando no Great American Music Hall nesta semana.

Algumas canções depois, o som dá lugar a guitarras acústicas, órgão e ao "Box of Rain" do Grateful Dead. Me sento na escada, ouvindo a guitarra. A voz de Alice abre caminho por entre a cacofonia, sempre acompanhando a melodia e o ritmo. Aquilo me arrepia. O modo como a voz profunda de barítono de Eric se entrelaça com a voz de Alice é sedutor e perturbador.

Adoro música, mas sou mais desafinado do que uma taquara rachada, como dizia minha mãe. Ouvindo-os, me sinto um alienígena, um forasteiro espionando uma conversa particular entre os moradores locais. Ainda assim, quero ouvir a música inteira. Não quero arrancar Alice dessa coisa que ela está sem sombra de dúvida apreciando. Suas vozes funcionam maravilhosamente juntas, a dela espiralando em torno da dele, depois se unindo no momento certo, criando a harmonia perfeita. Não sei bem por que, mas ali sentado no escuro, na escada, enquanto a canção segue seu caminho até a revelação final, meus olhos se enchem de lágrimas.

Nos últimos meses, tenho pensado muito mais a respeito do casamento do que antes. Qual é o contrato matrimonial? O pressuposto geral em relação ao casamento é que ele envolve duas pessoas construindo uma vida juntas. Mas o que me pergunto é: isso requer que cada uma dessas pessoas abandone a vida que construiu antes? Devemos sepultar nossas personalidades anteriores? Precisamos desistir do que já foi importante para nós como um sacrifício aos deuses do casamento?

Para mim, a transição para o casamento com Alice se deu quase em solução de continuidade. A casa, a festa, nossa vida juntos, tudo fluiu naturalmente da vida que eu levava antes. Eu sabia que minha formação, meu emprego e a clínica que estava construindo forneceriam um fértil mecanismo de apoio para esta nova vida. Imagino que, para Alice, tenha sido diferente. Em poucos anos, ela passou de uma artista independente, uma mulher solteira que adorava sua liberdade, para uma advogada soterrada por responsabilidades, restrita por um conjunto recém-herdado de limitações. Embora eu tenha muitas vezes encorajado Alice a não abandonar a pessoa que costumava ser, não tenho certeza de tê-la incentivado tanto quanto deveria. Claro, eu a apoiei nas pequenas coisas, como criando o estúdio na garagem. Mas quanto se tratava das maiores, como encorajá-la a fazer participações quando músicos lhe pediam para se juntar a eles no estúdio, eu nunca disse não, mas talvez tenha mandado os sinais errados. *Não é o fim de semana em que vamos ao Rio Russo?* Ou *Não íamos jantar com Ian nessa noite?* Era o que eu dizia.

Resolvo descer a escada. Ando em silêncio, para não distraí-los. No último degrau, percebo que a enorme garagem está às escuras, a não ser no canto em que estão tocando. Alice está de costas para mim, de frente para os outros, e tanto o baterista quanto o tecladista estão perdidos na música. Mas Eric está de frente para mim e me vê. Não demonstra e, em vez disso, murmura alguma coisa para os outros. No mesmo instante, os quatro atacam "Police Station", uma canção dos Red Hot Chili Peppers sobre um relacionamento instável entre o narrador e a mulher que ele ama. O baixo de Eric chacoalha as janelas.

Alice se inclina para ele, dividindo o microfone, os rostos tão juntos que poderiam se beijar. Ela ainda está vestida com o tailleur azul-marinho e de meia-calça, mas os sapatos sumiram e ela pula sem parar, o cabelo empapado de suor subindo e descendo. Me dou conta de que Eric escolheu a canção tanto para mim quanto para Alice.

A letra termina, mas a música continua. Eric não está mais me olhando. Está encarando Alice, e, quando me movo em silêncio para um ângulo melhor, vejo que ela presta atenção nele. Está olhando fixo para as mãos de Eric, acompanhando as notas. Os olhos do baterista estão fechados e o tecladista me cumprimenta com a cabeça. Toda vez que a canção vai chegar ao fim, Eric ataca outro refrão. E embora eu possa ver exatamente o que ele está fazendo, tentando me provocar, não quero ser o tipo de sujeito que não consegue lidar com isso. Não quero ser o marido ciumento. Alice me disse que uma das coisas que ela ama em mim é minha autoconfiança. É importante para mim ser o homem que Alice acredita que sou.

Depois de algum tempo, a música chega ao fim. Alice levanta os olhos, surpresa por me ver, larga a guitarra, me acena e me dá um beijo. Sinto seu suor na minha pele.

— Rapazes, este é Jake — anuncia, feliz. — Jake, estes são Eric, Ryan e Dario.

Ryan e Dario me acenam e começam logo a juntar suas coisas.

— Então este é o cara — diz Eric, olhando para Alice, não para mim. Sua mão aperta a minha até doer. Devolvo o aperto com a mesma força. Tá, talvez mais forte.

Ele tira a mão e se vira para abraçar Alice.

— Junte-se a nós no show desta noite — ele diz, não exatamente como um convite, mas como uma ordem, e vejo como as coisas deveriam ser entre eles, quando ela era bem mais jovem. Como era ele quem tomava as decisões.

Mas a minha Alice não é aquela Alice.

— Hoje não. Eu tenho um encontro sexy com este cara aqui — diz ela, me abraçando.

— Ai! — reage Eric.

— Notícia urgente! — diz Ryan, em tom de zombaria. — Alice é casada.

51

O DIA SEGUINTE é o último dia de Alice com Ron — ver o sol nascer, fazer agachamentos e flexões, subir e descer correndo as dunas de areia em Ocean Beach. Ela está de pé e fora de casa antes mesmo que eu perceba que saiu de nossa cama quentinha. Para minha surpresa, ela começou a apreciar o tempo passado com Ron. Gosta das histórias dos antigos namorados dele, gosta de acompanhar a novela de sua vida caótica que parece ser feita de partes iguais de esportes radicais e festas radicais. Mais do que tudo, entretanto, gosta do fato de, ao que parece, ele não fazer parte do Pacto. Foi contratado por Vivian para treinar Alice, e é Vivian quem o paga toda semana — pessoalmente, em dinheiro.

Alice perdeu três quilos e desenvolveu novos músculos. Sua barriga está dura, os braços definidos, as pernas magras. Suas roupas não servem mais, as saias dançam onde costumavam abraçar-lhe as curvas, e numa tarde ela me pede para ajudá-la a carregar seus tailleurs para o carro. Vai levá-los ao alfaiate, para ajustar. A mim, ela parece desnecessariamente ossuda e seu rosto perdeu a maciez, voltando a ter linhas duras que eu nunca soube que existiam. Por isso, culpo o Pacto. Mas ela parece feliz.

Ela parece também ter superado sua irritação com Dave; parece até gostar dele, agora. Precisa vê-lo mais duas vezes e então terá fim o período de liberdade condicional, ela estará totalmente reabilitada. Penso nas histórias loucas de JoAnne, nos casais que nunca se divorciaram, mas terminaram casados com um parceiro melhor. E se Alice estiver se tornando uma pessoa melhor, enquanto eu só continuo a ser o mesmo? E se tudo aquilo for parte de um plano para transformar Alice, me deixando para trás? Afasto o pensamento de que alguém no comando já tenha decidido enviuvar Alice.

52

O MÊS PASSOU DEPRESSA. Na data combinada, me vejo de volta à estação da Rua 4, esperando o trem que me levará da Península ao shopping Hillsdale. Fiz pesquisas — horas e horas de pesquisa —, mas não consegui encontrar qualquer referência a Eli e Elaine, o casal desaparecido a quem JoAnne se referiu quando a vi da última vez. Um casal evapora, só deixando um carro vazio, mas não há postagens em blogs, matérias nos jornais, teorias de conspiração, nenhuma página do Facebook dedicada a encontrá-los. Como é possível? Mas, por outro lado, sempre me surpreende o modo como algumas notícias têm enorme destaque e outras não vão adiante. Ainda assim, começo a me perguntar se tudo não passou de um produto da imaginação de JoAnne.

Nunca contei a Alice que fui conversar com JoAnne e também não disse nada a respeito deste encontro. Fiquei com medo de que ela pudesse querer ir comigo, o que a deixaria em apuros se JoAnne perdesse o controle e começasse a dar com a língua nos dentes para Neil.

Admito, é estranho — quase ilícito — ir encontrá-la de novo. No entanto, quero saber mais a respeito de Eli e Elaine e quero ver se ela vai revelar mais alguma coisa relacionada a Neil ou ao Pacto. Da outra vez, tive certeza de que havia coisas que ela não estava me contando. Tive a impressão de que talvez só quisesse saber mais a meu respeito, restabelecer nossa velha amizade antes de chegar a detalhes.

Não deixo meu celular com Huang. Pego um Uber até um café perto do estádio. Enquanto espero meu chocolate quente, tiro a bateria do telefone. Vou então até a estação de Caltrain e pego o primeiro trem para Hillsdale. Compro batatas fritas e balas no Trader Joe's, assim tenho uma sacola para carregar pelo shopping. Ando pelo Trader Joe's e pela Barnes & Noble, atento ao ambiente. Até onde percebo, estou sozinho. Perambulo por mais algumas lojas, só para ter certeza.

Dez minutos antes da hora, me instalo no canto mais distante da praça de alimentação, uns noventa metros longe de onde JoAnne e eu nos sentamos da outra vez. Observo as portas, esperando que ela entre. Compro dois salsichões e outro suco verde.

Espero. Dez minutos, dezenove minutos, trinta e três. Fico checando a hora, examinando todas as entradas, ficando mais nervoso a cada instante. Em certo ponto, olho para baixo e me dou conta de que comi os dois salsichões, embora nem me lembre de tê-los posto na boca. O suco verde também sumiu.

JoAnne não aparece. Merda. O que isso quer dizer?

Quinze para a uma. Levanto, limpo a mesa e refaço meus passos, subo a escada rolante, volto ao shopping. O que fazer agora? Não esperava levar um bolo. Por alguma razão, estava convencido de que JoAnne estava tão ansiosa para falar comigo quanto eu para falar com ela.

Ando pela Nordstrom, passo pela Uniqlo e saio pelos fundos do shopping. Estou confuso. Nervoso. Preocupado com JoAnne, preocupado comigo mesmo e — tudo bem — talvez desapontado. Talvez houvesse algo mais naquele encontro do que querer saber sobre o Pacto. Me dou conta, com sentimento de culpa, de que alguma parte de mim só queria mesmo rever JoAnne. Se Alice tinha sido outra pessoa em outra vida, eu também tinha. Não na mesma proporção, e comigo tudo havia acontecido há muito tempo. Na época em que conheci Alice, eu já era a versão adulta de mim mesmo. Mas, antes disso, havia o eu da faculdade — não exatamente autoconfiante, mas cegamente esperançoso, ingenuamente idealista — e naqueles anos havia JoAnne. JoAnne conhecia aquela versão de mim.

Tento não deixar a paranoia se instalar. Resolvo voltar, dar uma última chance à praça de alimentação. Paro no alto da escada rolante que leva até lá. Daqui, posso ver quase todas as mesas. Nada. Quando estou prestes a voltar à escada, percebo um sujeito grande com uma camisa preta de gola alta parado em frente ao quiosque de tempura. Não está acompanhado e não está comendo. Eu o estou observando há alguns minutos quando ele pega o celular e faz uma ligação. Nunca o vi antes, mas alguma coisa parece estranha. Não é Declan, o sujeito que foi buscar Alice para levá-la a Fernley, mas com certeza

238 *Michelle Richmond*

é uma réplica razoável. Volto depressa para o shopping. Entro na Gap e saio por uma porta lateral.

Um Cadillac Escalade preto passa devagar pelo meio-fio. Há uma mulher sentada ao volante, mas não consigo ver seu rosto através dos vidros escurecidos. Será JoAnne? Cinco vagas depois da van, vejo um Bentley vazio. Azul, muito bonito, exatamente como o de Neil. Com o crescimento do Vale do Silício, todas as recentes OPIs, a compra do Facebook e do Google, há montes de dinheiro na Península nestes dias, então um Bentley não chega a ser surpresa. Se bem que... o que um sujeito com um carro de duzentos mil dólares pode querer comprar num shopping?

Há um milhão de razões para JoAnne ter faltado ao nosso encontro de hoje, e passo todas em revista em minha longa viagem de volta ao consultório.

53

— Como foi a sua sessão de ontem? — pergunto a Alice.

Estamos no final de março e não vejo a hora de começar um novo mês. A primavera sempre faz com que eu me sinta otimista e digo a mim mesmo que este ano não há de ser diferente.

— Foi boa — diz ela, chutando os sapatos de salto ao entrar. — Dave me levou para jantar num lugar mexicano perto do escritório dele. Ele pode ser um babaca, mas eu acho que, no fundo, tem boas intenções.

— Isso é muito boa vontade da sua parte, depois do modo como ele se comportou.

Ela vai à cozinha e volta com uma garrafa de água mineral sabor laranja.

— Na verdade, eu o interroguei a respeito de tudo aquilo.

Pego dois copos e Alice serve.

— Ele me disse que quase perdeu sua primeira esposa por trabalhar demais... e não queria me ver passar pela mesma coisa.

— Então — retruco, incapaz de disfarçar o sarcasmo —, tudo o que ele fez foi por mim?

— Foi. Estamos felizes agora, não estamos?

— É claro.

Tiro um pouco de queijo da geladeira e derreto a manteiga numa frigideira. Ponho o queijo entre fatias de pão francês.

— Acabaram-se os encontros com Dave, então.

— Na verdade, ele me contratou para uma ação que está movendo contra um construtor. É pequena, os sócios não vão se importar.

— Você tem certeza de que é boa ideia? Como você pode saber se ele não está te contratando só para poder continuar a espionar nossas vidas?

A manteiga chia e ponho o sanduíche na frigideira.

— Não é isso — diz ela, o olhar fixo em seu copo.

Mas eu não confio em Dave.

— Eu trouxe uma coisa para você — diz ela.

Vai até a porta da frente e volta com um presente embrulhado. Sem abrir, sei que é um livro.

— Você não precisava fazer isto. Você já me deu um presente de aniversário.

Alice me dirige um olhar de avaliação.

— Você ainda não terminou o Manual, não é?

Viro os sanduíches com a espátula.

— É tão grande.

— *Presentes relativos a ocasiões especiais, incluindo aniversários, Natal e outras festas como o Dia dos Namorados não devem ser considerados como cumprimento da exigência do presente mensal* — ela recita.

Enquanto rasgo o papel de embrulho, me dou conta de que estou enrascado. Não tenho nada para Alice. Merda, eu deveria ter ficado com a echarpe. Dentro da caixa, encontro um exemplar do livro de Richard Brautigan, *Willard and His Bowling Trophies*. Há anos venho colecionando primeiras edições daquele romance, o melhor de Brautigan. À medida que foram ficando mais difíceis de achar, começou a brincadeira de que eu em breve teria todos os exemplares. Alice tem abocanhado vários on-line, mas se orgulha em especial dos que consegue encontrar ao vivo. Sempre que viaja para fora de Bay Area, ela percorre os sebos para ver se consegue achar mais um.

É um belo exemplar, com uma dedicatória do autor na primeira página para uma garota chamada Delilah. Brautigan era popular entre as garotas hippies.

— Perfeito — digo.

Vou à sala de estar e o coloco na prateleira, ao lado dos outros exemplares. De volta à cozinha, encontro Alice arrumando os sanduíches em pratos, com framboesas e colheradas de creme de leite fresco. Ela leva os pratos para a sala de jantar e me convida a sentar.

— Achei que este fosse o trigésimo — digo.

— Trinta e um. — Ela olha o relógio. — São sete e vinte e nove. Você ainda pode conseguir alguma coisa, se correr... tente o Park Life, talvez.

— Boa ideia.

Dou algumas mordidas no sanduíche e deixo as framboesas. Claro que não é com Alice que estou preocupado, é com o Pacto. Mas como é que eles vão saber, se ela não lhes contar?

Levo dezesseis minutos para chegar ao Park Life, mas é claro que não há vagas. Dou a volta no quarteirão antes de estacionar o jipe em lugar proibido. Quando chego à porta, já fechou. Merda. Corro três quadras até a livraria. Não é muito criativo, já que ela me deu um livro, mas ela adora ler. A livraria também está fechada. Não há mais nada por aqui além de bares, armazéns chineses e restaurantes. Estou ferrado.

Quando chego em casa, peço infinitas desculpas.

— Eu na verdade comprei uma coisa para você, mas deixei no trem.

Ela me olha, atenta.

— Por que você pegou um trem?

— Para uma reunião em Palo Alto.

— Que reunião?

— Coisa de trabalho. Não me faça entediá-la com isso. Enfim, me desculpe pelo presente.

— Não é tão importante — diz Alice, mas percebo que está desapontada. E ainda parece estar ruminando minha história de trem. — Vamos só esperar que eles não descubram.

— Compro alguma coisa para você amanhã — prometo.

No dia seguinte, volto de carro a Park Life assim que as lojas abrem. Pensando no futuro, compro três presentes: uma pulseira com um pingente de ouro no formato da Califórnia, um livro de arte sobre fotografias de rua e uma camiseta que diz DEIXEI MEU CORAÇÃO EM OSLO. Mando embrulhá-los para presente. Quando chego em casa, escondo dois embrulhos no meu armário. Claro, deve haver alguma regra contra estocar presentes. Naquela noite, quando ela volta do trabalho, entrego o mais caro dos três: a pulseira.

— Que beleza! — ela exclama.

Sei que não há como o Pacto descobrir meu atraso em presenteá-la, mas isso não faz com que eu pare de me preocupar com o fato.

54

No fim de semana seguinte, estamos agendados para nos encontrarmos com Chuck e Eve em sua casa de férias em Hopland. Imploro a Alice para dar uma desculpa, mas ela se recusa. Reivindicou o crédito daquele fim de semana como sua exigência trimestral e não quer sacrificá-la.

— Não podemos simplesmente dizer que me apareceu um problema no consultório?

Acho a ideia de passar algum tempo com membros do Pacto extremamente estressante. Tenho medo de poder fazer alguma coisa que me meta em encrencas. Tenho ainda mais medo por Alice.

— Você precisa aceitar o Pacto — ela me diz.

É algo que temos dito um ao outro desde que ouvimos ser repetido por Dave e Vivian. É uma brincadeira entre nós, uma piada de humor negro para nos lembrarmos daquela bizarra e louca toca de coelho na qual nos metemos. Mas, estranhamente, desta vez Alice não parece estar brincando.

— Além do mais, eu preciso de sol e a previsão para Hopland é de vinte e seis graus.

Uma hora depois, estamos no carro, atravessando a ponte Golden Gate. Um café duplo com creme no In-N-Out em Mill Valley melhora meu humor. Depois de San Rafael, quando começa a escurecer, pergunto a Alice sobre a sessão de hoje com Dave. Foi a última, finalmente, e estou aliviado por ela não precisar mais ir.

— Acho que não seria de todo ruim ter alguém com quem falar — ela responde. — Isso me permite sair da minha própria cabeça. Eu costumava me questionar a respeito dos seus pacientes, me perguntar por que eles pagariam tanto para se consultar com você. Agora eu entendo.

— Sobre o que vocês conversaram?

Alice empurra o assento para trás e põe os pés descalços no painel.

— Hoje falamos muito de você. Dave fez perguntas a respeito da clínica, como está indo, se você tem novos clientes... esse tipo de coisa. Mas ele fez uma pergunta estranha. Queria saber se você já pensou em abrir um consultório na Península. Disse que há um bom mercado para o seu tipo de coisa em San Mateo. Me falou para dizer a você para pensar em pesquisar a região em torno do shopping Hillsdale.

— Como é? — deixei escapar, chocado.

— Pareceu importante para ele... não sei bem por quê.

Eu sei por que, é claro, mas se disser a Alice que o Pacto esteve me espionando no shopping Hillsdale, preciso dizer por que eu estava lá. Merda.

O fim de semana acaba sendo mais divertido do que eu esperava, embora eu nunca consiga me descontrair de todo, graças à referência de Dave a Hillsdale. Achei que haveria um monte de conversa a respeito do Pacto, numa espécie de papo animado tipo Amway, mas não há nada disso. Há um terceiro casal, que não sabíamos que estaria lá. Mick e Sarah são da nossa idade, da Carolina do Norte, e, quando Chuck nos apresentou, brincou dizendo que eles eram nossos sósias sulistas. Eles têm bom senso de humor, veem os mesmos programas de televisão, e Mick, como eu, detesta azeitonas e pimentão. Sarah, como Alice, comprou quatro pares de sapatos. Mas, se eu for sincero, de um ponto de vista puramente estético, talvez o marido seja um pouquinho mais interessante do que eu, a mulher um pouquinho menos atraente do que Alice. Sarah trabalha em vendas, para uma empresa de energia solar; Mick é músico, tecladista de uma banda da qual você nunca deve ter ouvido falar. Me pego observando Alice e pensando: *Será que ela seria mais feliz se tivesse se casado com um cara como Mick?*

Mas o clima é perfeito, Alice está relaxada, e Chuck e Eve são anfitriões generosos e atentos. Na segunda manhã, o Pacto ainda não foi mencionado. Chuck saiu para correr, Mick e Sarah estão visitando um vinhedo e Alice está no quarto com seu laptop, trabalhando numa petição. Me vejo no jardim, a sós com Eve.

— Aliás — digo, tentando soar indiferente —, você se lembra de um sujeito do Pacto chamado Eli?

— Não — ela responde, brusca.

E então se levanta e anda até a casa.

Fico sentado sozinho no jardim, olhando para as videiras numa colina próxima, murchas com a seca, pensando num conto russo que li no colégio. O conto falava de um garçom que vivia em frente a um apartamento duplex. Do outro lado, morava um homem idoso e rabugento. No desenrolar da história, a polícia volta e meia aparece no apartamento do garçom, perguntando se ele tem andado espionando o vizinho. Ele diz que não e os guardas se vão, só para voltar no dia seguinte, com a mesma queixa. Isso continua por semanas, a polícia sempre o acusando de espionar o vizinho. A parte bizarra é que ele nunca havia pensado muito no vizinho até a polícia aparecer. Depois de ser acusado de espioná-lo umas dez ou quinze vezes, o garçom começa a pensar: O que o velho poderia estar fazendo para ficar tão paranoico? O que estava escondendo? O garçom fica tão curioso que sobe ao sótão e olha para o apartamento do vizinho. O teto desaba, a polícia aparece e, a partir daí, tudo vai por água abaixo.

55

Dois dias depois de voltarmos de Hopland, tenho a sessão de grupo com os adolescentes de pais divorciados. Conrad e Isobel chegam alguns minutos adiantados e todos os outros chegam alguns minutos atrasados. Enquanto aguardo o início da sessão, arrumo biscoitos, queijo e refrigerantes numa mesa dobrável. Conrad e Isobel, que frequentam a mesma escola particular cara, sentam-se nas cadeiras dobráveis falando das dissertações de final de curso. Conrad, que dirige um Land Rover novíssimo e vive numa mansão em Pacific Heights, faz a dele sobre a necessidade do socialismo na América, sem qualquer traço de ironia. A de Isobel é sobre cultos.

— Como é que você sabe o que é um culto e o que não é? — pergunta Conrad.

Ela folheia seu grande fichário cor de laranja e para numa folha cheia de sua letra miúda.

— Essa é a pergunta-chave. Ainda estou trabalhando nisso, mas a minha impressão é de que um culto tem que ter algumas ou todas as seguintes coisas.

Ela lê de uma lista:

— A) *Um tabu contra dividir os segredos do grupo com gente de fora;* B) *Algum tipo de punição por sair do grupo;* C) *Um conjunto de objetivos ou crenças que fogem do convencional;* D) *Um único líder carismático;* E) *Uma insistência para que os membros doem seu trabalho, propriedades pessoais e dinheiro ao grupo, sem compensação.*

— Acho que B e D são os mais interessantes — ela declara.

— A Igreja Católica é um culto? — pergunto. — Os católicos têm um líder carismático, o papa, e podem ser excomungados se não seguirem as regras.

Ela franze a testa, pensando.

— Acho que não. Se uma coisa está por aí há muito tempo, ou se torna superpopular, não tenho certeza se pode ser classificado como culto. E tem mais, um culto é desesperado para manter as pessoas debaixo da asa, e a Igreja Católica parece preferir perder membros a ter membros que discordem abertamente dos seus ensinamentos. E também os pontos de vista da Igreja são na sua maioria nobres, caridade e boas ações. E não estão fora do convencional.

Conrad se levanta para conferir a mesa do lanche.

— E quanto aos mórmons?

— Não, eu acho que eles são legítimos. Eles têm rituais estranhos, mas pode-se dizer o mesmo da maioria das religiões do mundo.

Quando volta para o círculo com um prato de papel e duas Cocas, Conrad se senta numa cadeira mais perto de Isobel.

— A legitimidade é relativa, não é? — comenta, entregando uma das latas a Isobel.

Ela se inclina e pega um biscoito do prato de Conrad, e percebo que aquilo o deixa feliz. Isobel poderia encontrar coisa pior do que Conrad; apesar da leve crise de consumismo, que na verdade não é sua culpa, ele é um bom garoto.

— Como foi crescer em São Francisco na época do Templo do Povo? — Conrad me pergunta.

Fica claro para mim que ele está tentando impressionar Isobel.

— Quantos anos exatamente você acha que eu tenho? — pergunto, curioso. Ele dá de ombros.

— Cinquenta?

— Ainda não — respondo, sorrindo. — Eu era só um bebê quando Jim Jones atraiu seus seguidores à Guiana. Mas, quando cresci, ouvi algumas vezes meus pais falando de uma família que conheciam e que morreu em Jonestown.

Penso nas fotos que vi há alguns meses, no aniversário do massacre. Fiquei impressionado ao ver que a selva tinha crescido por todo o acampamento, quase não deixando pistas de que Jones e seus seguidores houvessem estado lá algum dia.

— A boa notícia é que cultos não são nem de longe tão populares agora como eram antigamente — diz Isobel. — Minha tese é que a internet e a crescente informação pública reduziram drasticamente o fascínio dos cultos. Os que existem fazem um esforço enorme para que seus membros não tenham acesso às informações.

Enquanto os outros garotos — Emily, Marcus, Mandy e Theo — vão entrando, reflito sobre a conversa. Pela definição de Isobel, o Pacto não se qualifica como um culto. Embora Orla possa ser uma figura poderosa, o objetivo do grupo não sai do convencional. Na verdade, o objetivo do Pacto é a própria definição do convencional. E o Pacto não pede suporte financeiro, até onde sei. O oposto é verdadeiro, quando se consideram as belas festas, os instrutores de ginástica e o acesso a relaxantes viagens de fim de semana. Claro, há alguns itens nos quais ele se enquadra: não se tem permissão para falar a respeito com ninguém de fora e, uma vez dentro, não há saída fácil.

Em sua essência, porém, a missão do Pacto e meu objetivo primordial na vida são idênticos: um casamento bem-sucedido e feliz com a mulher que amo. No meu íntimo, sei que o Pacto é ruim — muito ruim —, e ainda assim não há como negar que sua meta é me proporcionar aquilo que mais desejo.

Conrad tira um livro da mochila e me mostra a capa.

— Nosso professor de literatura, direitista, quer que a gente leia *A nascente*. Eu não vou fazer isso.

— Você deveria lhe dar uma chance — sugiro.

Isobel olha para o livro com uma careta de nojo.

— Por que nós deveríamos ler essa apavorante propaganda fascista?

— É apavorante, mas não pela razão que você imagina. O lado apavorante é que você talvez se veja concordando com parte dela.

— Se você acha... — diz Conrad.

Mas o revirar de olhos que ele faz para Isobel é um sinal claro de que os dois pensam igual. Quando foi que me tornei a cara do autoritarismo?

56

Toda vez que ouço uma bicicleta descendo a rua, me pego tenso, pensando em todas as coisas que fiz de errado. Em geral, enquanto prendo a respiração, ouço as rodas, a corrente, as engrenagens passarem voando pela casa e indo em direção a Cabrillo. Hoje, porém — quarta-feira —, a bicicleta para diante da nossa casa. Ouço o *clique* inconfundível dos sapatos de ciclismo tamborilando nos degraus da frente.

É o mesmo mensageiro da última vez.

— Carinha — diz ele —, vocês estão acabando com as minhas pernas.

— Sinto muito. Você quer tomar alguma coisa?

— Claro.

E ele já está dentro da casa. Põe o envelope em cima da cômoda da entrada com o endereço virado para baixo, e não consigo saber para quem é.

Na cozinha, sirvo um copo de chocolate quente. Tiro um pacote de biscoitos e ele se senta à mesa. Para ser educado, me sento também, mas tudo o que quero é mesmo ir lá conferir o nome no envelope.

Ele começa a contar uma história comprida sobre como sua namorada acabou de se mudar de Nevada para cá, para ficar com ele. Não tenho coragem de lhe dizer que é provável que não vá dar certo. Há toda uma sequência de sinais característicos e eu fiquei, sem perceber, marcando os quadradinhos enquanto ele falava. Por causa dos absurdos preços dos aluguéis, ela foi morar com ele. Ele admite que é rápido demais, que ele ainda não estava pronto para aquele passo, mas ela lhe tinha dado um ultimato. Se não se mudasse para São Francisco, ela disse, o namoro ia acabar. Já posso dizer que a coabitação prematura, somada ao fato de que ele se sente pressionado e que ela é o tipo de pessoa que se sente à vontade dando ultimatos, não pode dar em nada de bom.

Assim que ele sai porta afora, pego o envelope. Desviro-o e meu estômago dói. É para mim. E então me envergonho, porque eu deveria estar *feliz* por ser para mim. Me lembro do que disse JoAnne: *Divida a culpa, não os deixe ficar focados demais em Alice.* A única coisa em que consigo pensar é que eles sabem que me esqueci do presente de Alice. É claro, penso, estremecendo, poderia ser pior. Poderia ter a ver com minha ida ao shopping Hillsdale.

Teclo o número de Alice. Fico surpreso quando ela atende no segundo toque, mas então me lembro do Manual: *Sempre atenda quando seu cônjuge ligar.* Hoje, eles estão tomando o depoimento de uma infame tecnóloga-executiva que agrediu uma estagiária no ano passado. Aparentemente, numa sala cheia de gente, a executiva começou a gritar com a estagiária por não ser rápida o bastante com o PowerPoint. A executiva empurrou a estagiária e a coitada da garota caiu e bateu com a cabeça na mesa. Sangue pra todo lado.

Há barulho no fundo.

— Acabamos de fazer uma parada de cinco minutos nesse caos de merda — diz Alice. — Seja breve.

— O mensageiro de bicicleta passou aqui.

Longa pausa.

— Porra! Odeio quartas.

— É para mim.

— Bizarro.

É impressão minha, ou ela não parece tão surpresa quanto deveria?

— Eu ainda não li. Quis esperar até estar com você no telefone.

Rasgo o envelope. Dentro, há uma única folha de papel. Pelo celular, ouço o sócio de Alice lhe dizer alguma coisa.

— Leia.

A voz de Alice soa impaciente.

— *Caro Jake* — leio em voz alta. — *Periodicamente, os Amigos são convidados a viajar para participar de inquéritos tanto amplos quanto específicos. Um inquérito é uma oportunidade para que o Conselho obtenha e avalie informações relacionadas a um assunto de relevância para um ou mais membros da organização. Embora seu comparecimento seja opcional — isto é um convite, não uma diretriz —, você é veementemente encorajado a participar e a auxiliar o Comitê de*

Reeducação neste assunto. Os objetivos de cada membro individual do Pacto são os objetivos de todos os membros.

— É uma intimação — reage Alice, a voz tensa.

Leio as letras menores no final da página.

— Eles me querem no aeroporto de Half Moon Bay às nove da noite de hoje.

— Você vai?

— Tenho escolha?

Ouço outra comoção ao fundo. Estou esperando que Alice me diga para cair fora, que me diga que é uma péssima ideia, mas, em vez disso, ela concorda:

— Não, não tem mesmo.

Jogo a carta em cima da mesa e volto ao consultório. Gostaria de não ter vindo almoçar em casa.

Uma sessão, à tarde, com meu grupo de pré-adolescentes problemáticos me faz pensar em outra coisa, pelo menos por alguns minutos. Pré-adolescentes são sempre os mais difíceis de avaliar, então preciso estar muito atento a cada comentário e a todas as manifestações não verbais. As motivações dos adultos são, quase sempre, mais fáceis de entrever; com crianças, pode ser difícil identificar os motivos que eles mesmos, em geral, não reconhecem conscientemente.

Depois da sessão, estou exausto e saio para dar uma volta pela vizinhança. Compro no Nibs o último bolinho de limão com gotas de chocolate. Quando volto para o consultório, já sei que irei ao aeroporto à noite. Com o Pacto, a melhor política é sempre fazer o que vai chamar menos a atenção. Não há qualquer dúvida de que eu amo Alice, mas se o Pacto fosse analisar minhas atitudes ou não atitudes como marido, tenho certeza de que poderiam me pintar como um criminoso em série. Evelyn franze as sobrancelhas quando lhe digo que não virei amanhã. Me sinto péssimo cancelando consultas de novo, mas que opções eu tenho?

Em casa, arrumo uma mala pequena com produtos de higiene e uma muda de roupa, coisa elegante, mas não muito formal. Quando Alice chega, às 7:30, estou sentado na poltrona azul, com a maleta pronta no chão.

— Você vai — ela constata.

— Toda a minha lógica me diz para não atender às ordens deles. Por outro lado, não quero lidar com as consequências de não aparecer.

Alice para na minha frente, mordendo uma unha. Quero alguma declaração de que ela está orgulhosa de mim, ou pelo menos grata, pelo sacrifício que estou prestes a fazer, porém, em vez disso, ela parece irritada. Não com o Pacto, mas comigo.

— Você deve ter feito alguma coisa — ela declara.

— O presente veio atrasado — digo. E então jogo uma bomba em toda a situação: — Como você acha que eles souberam?

— Cruzes, Jake! Você acha que eu te denunciei? É claro que é outra coisa.

Ela me dá um olhar acusador, como se esperasse que eu confessasse algum crime enorme, mas eu só sorrio e afirmo:

— Estou limpo.

Ela nem chegou a tirar o casaco ou os sapatos. Nenhum abraço, nem beijo.

— Vou te dar uma carona.

— Não quer mudar de roupa primeiro?

— Não — diz ela. — Melhor a gente ir.

Tenho a estranha sensação de que ela só quer se livrar de mim.

O trânsito está tranquilo na Autoestrada 1, então temos tempo para parar e comer um burrito em Moss Beach.

— Por favor, me diga que você teve um dia ruim no escritório — peço, pondo guacamole e duas cervejas na mesa entre nós. — Não consigo aguentar se toda essa frieza for por minha causa.

Ela mergulha uma batata frita no guacamole e mastiga devagar, antes de responder.

— A porra do depoimento foi um inferno. A executiva me chamou de petulante. Eu odeio aquela vaca. Me deixa ver a carta.

Tiro a carta da maleta. Enquanto ela lê, vou até o balcão e pego nossos burritos. Quando volto, ela está limpando o resto do guacamole com a última batata. É uma bobagem, mas não é o normal dela. Ela sabe o quanto eu adoro guacamole.

Ela dobra a carta em três e a desliza de volta por cima da mesa.

— Até que ponto pode ser ruim? Eles não mandaram nenhum grandalhão numa van para te revistar e te carregar para o deserto.

— Cruzes, Alice, você quase parece desapontada.

— Como você disse, você não fez nada. Certo?

— Certo.

— Afinal, se você tivesse feito alguma coisa, eu saberia.

Ela toma um grande gole de cerveja. Depois me olha nos olhos, sorri e diz a frase seguinte naquela voz gozada de James Earl Jones que usamos sempre que citamos o Manual:

— *As Regras do Pacto se resumem a uma única Regra essencial: sem segredos, conte tudo ao seu cônjuge.*

— Você me contou tudo, certo? — ela pergunta.

— É claro.

— Então você vai ficar bem, Jake. Vamos embora daqui.

No aeroporto de Half Moon Bay, todas as luzes estão apagadas. Alice e eu ficamos sentados no carro, no escuro, e conversamos enquanto esperamos. Foi-se a aspereza de sua voz, a acusação. É como se a minha Alice voltasse para mim, e estou grato. Começo a pensar se interpretei mal tudo o que ela disse nas últimas horas. Às 8:56, uma luz se acende no prédio comercial e depois a pista de aterrissagem pisca e clareia o céu da noite. Abro um pouco a janela e ouço o ruído de um avião sobrevoando a água e se virando em direção à pista. No estacionamento, uma luz se acende dentro de um carro. É um Mazda.

— Não é o carro de Chuck e Eve? — pergunta Alice.

— Merda. Quem você acha que deve estar encrencado?

— Chuck, é claro.

O avião aterrissa e taxia pela pista até o outro lado do portão. Observamos quando Chuck e Eve saem do carro. Os dois se dão um abraço desajeitado e Eve volta para o assento do motorista. Saímos do nosso carro. Beijo Alice e ela se agarra a mim por uns instantes, antes de me deixar ir.

Chuck e eu chegamos ao portão ao mesmo tempo. Estou carregando minha maleta, ele não carrega nada.

— Amigo — ele diz, me guiando através do portão.

— Amigo — respondo.

A palavra fica atravessada na minha garganta.

Ao nos aproximarmos da aeronave, uma escada desce.

— Companheiros — cumprimenta o piloto, com sotaque australiano. Subo os degraus e me instalo no primeiro assento atrás da cabine. Chuck se senta atrás de mim. O avião é incrivelmente bom: uma fileira de assentos em cada lado, um bar de bebidas no final, revistas e jornais nos bolsos dos assentos.

— Podemos ter turbulência — avisa o piloto enquanto sobe a escada e fecha a porta. — Quer uma Coca? Água?

Ambos recusamos, Chuck com um aceno silencioso.

Chuck pega um *New York Times* e começa a ler, e considero seu gesto uma permissão para fechar os olhos e cochilar. Estou contente por ter tomado aquela cerveja. Se não, seria incapaz de dormir. Acordo uma hora depois, com o zumbido do trem de pouso. O avião pousa numa pista esburacada.

— Descansado? — me pergunta Chuck.

Seu humor parece melhor.

— Isto aqui é o que eu acho que é?

— A primeira e única Fernley. Foi bom você ter dormido. Você vai precisar de forças.

Merda.

57

Taxiamos pela pista e paramos ao lado de uma cerca eletrificada. Depois de alguns minutos, a porta da aeronave se abre e a escada desce.

— E é assim que tudo começa — diz Chuck.

Na pista, um homem e uma mulher se aproximam de nós, ambos usando calças e camisas azul-marinho. Com um gesto, o homem manda Chuck dar um passo para o lado. Pede-lhe que fique de pé em cima de uma linha amarela e levante as mãos. Passa um detector de metais sobre ele e faz uma busca surpreendentemente rigorosa. Chuck fica lá parado, sem qualquer expressão. Posso adivinhar que aquela não é sua primeira visita a Fernley. Quando a busca termina, o sujeito pega algemas e imobilizadores de pernas, tudo ligado a um largo cinto de couro que ele prende à cintura de Chuck. Eu me preparo, esperando que a mesma coisa me aconteça, mas não.

— Pronto! — grita o guarda.

Ouço um zumbido alto. O portão se abre, deslizando. Chuck passa por ele, como se soubesse o que fazer; o sujeito o segue a uns seis passos de distância. A mulher e eu ficamos ali parados, olhando. Sinto que há algum tipo de protocolo, mas não faço ideia do que seja.

Chuck anda por toda a longa faixa amarela que se estende da pista de aterragem até uma grande construção de concreto. Torres de vigia, cercas duplas, arame farpado e holofotes indicam que era e é uma prisão. Estremeço. Mais um zumbido e Chuck desaparece dentro do prédio, seguido pelo segurança. Com um estrondo, a porta se fecha atrás deles.

A mulher se vira para mim e sorri.

— Bem-vindo a Fernley — diz ela, em tom amistoso.

De algum jeito, aquilo não me deixa à vontade.

Ela se dirige para a nossa esquerda, onde um carrinho de golfe nos espera. Jogo minha maleta no banco de trás. Ela não diz uma palavra enquanto seguimos pela pista, contornando todo o complexo da prisão, e subimos uma trilha pavimentada. Alice disse que o lugar era grande, mas ainda estou perplexo com o tamanho daquilo tudo. Paramos diante de uma construção rebuscada que mais parece uma mansão do que uma prisão. O outro lado do complexo é todo de cercas eletrificadas e pátios de concreto. Deste lado, porém, há uma fileira de árvores frondosas, um gramado reluzente, uma quadra de tênis e uma piscina. A mulher pula do carrinho de golfe e pega minha maleta.

Dentro, a mansão é como um hotel. Um rapaz de boa aparência está de pé atrás de uma brilhante mesa de mogno. Usa um uniforme, uma jaqueta azul-marinho com dragonas absurdas.

— Jake?

— Culpado.

No mesmo instante lamento a escolha da resposta.

— Sua reserva é na Suíte Kilkenny.

Ele desliza pela mesa uma folha de papel impressa.

— Eis sua agenda para amanhã, com um mapa dos jardins e amenidades. A rede móvel é extremamente limitada, portanto, caso precise fazer uma ligação, me informe e poderei instalá-lo na sala de reuniões.

Ele esboça um mapa numa folha de papel e marca o caminho até meu quarto.

— Estamos aqui todos os dias, vinte e quatro horas, então não hesite em descer e pedir qualquer coisa de que possa precisar.

— A chave? — pergunto.

— Não há necessidade de chave, é claro. Não há trancas nas suítes de luxo.

Quero perguntar que droga eu fiz para merecer uma suíte de luxo, mas dá para perceber que esse não é o tipo de pergunta que se deve fazer. Toda a experiência é mais do que absurda. Se tivessem me levado algemado como Chuck, eu estaria menos apavorado do que agora.

O elevador tem um lustre. Olho para cima, procurando a câmera. Ali está, instalada num canto do teto. Estou no quarto 317, no final de um longo corredor com tapete vermelho. O quarto espaçoso tem uma cama *king-size*, uma televisão de tela plana e vista para as quadras de tênis e a piscina. Com a pouca poluição luminosa, posso ver um bilhão de estrelas cintilantes. Com sentimento de culpa, me dou conta de que esta não poderia ser mais diferente da experiência vivida aqui por Alice.

Deito na cama e ligo a televisão. Bastam-me algumas zapeadas pelos canais para entender que todo o complexo está conectado a um satélite europeu. Eurosport, de BBC1 a BBC4, um documentário sobre a escassez de batatas, um especial sobre o litoral báltico, reprises de *Monty Python* e alguma gigantesca competição de slalom na Suécia.

Confiro a agenda e percebo que sou esperado no saguão às dez da manhã de amanhã. Depois disso, está escrito apenas "reunião" das dez ao meio-dia, almoço e mais duas horas de reuniões. Eu me sentiria mais à vontade se tivessem incluído uma linha dizendo "voo de volta: três da tarde".

Assisto a um jogo ruim de futebol da Uefa por duas horas, antes de conseguir adormecer. Morto de medo de me atrasar, me levanto às seis. Cinco minutos depois de sair do chuveiro, ouço uma batida à porta. Abro e encontro uma bandeja com torradas, uma caneca de chocolate quente com montanhas de creme e o *International New York Times*.

Quero explorar o lugar, todo o complexo, mas estou nervoso demais, então fico sentado no quarto. Me pergunto o que Alice estará fazendo agora. Me pergunto se ela sente a minha falta.

Às 9:44, pego o elevador para o saguão, de camisa social e calças largas. O recepcionista corre até mim com outra caneca de chocolate quente e me convida a sentar. Afundo numa luxuosa poltrona de couro e aguardo. Às dez em ponto, um homem entra no saguão.

— Gordon — diz ele, me estendendo a mão.

Estatura média, cabelo preto grisalho nas têmporas. Usa um belo terno.

Me levanto para cumprimentá-lo.

— É um prazer conhecê-lo finalmente. Li muito a seu respeito.

Me obrigo a sorrir.

— Espero que coisas boas.

Ele pisca.

— Há coisas boas e ruins em todos nós. Você já teve oportunidade de explorar o local?

— Não — respondo, lamentando as horas passadas no quarto.

— Uma pena. É realmente um lugar incrível.

É difícil avaliar Gordon, tanto em temperamento quanto em idade. Ele parece um homem saudável de quarenta e cinco anos, mas poderia ser muito mais jovem. Seu sotaque é irlandês, mas seu bronzeado me diz que ele não vê a Irlanda há bastante tempo.

Andamos por um labirinto de corredores e subimos quatro lances de escada. No alto do último, há um corredor com janelas dos dois lados. A passarela, que mede cerca de cem metros, parece unir dois mundos. De um lado, vê-se apenas a parte hoteleira do complexo — árvores, gramado, piscina, campo de golfe, algo parecido com um spa. A parte hoteleira é cercada em três lados por um muro alto pintado de cima a baixo por um elaborado painel de praias bucólicas, mar e céu. O muro é tão alto que, de meu ponto privilegiado, não consigo ver além do hotel. Do outro lado, a paisagem é totalmente oposta: um extenso complexo carcerário, cercas eletrificadas, torres de vigia, pátios internos de concreto, pessoas usando macacões cinzentos andando devagar por uma trilha de terra batida. Mais além, o deserto se estende por quilômetros. A prisão é feia e assustadora, mas o deserto é de certa maneira mais aterrorizante e proibitivo. É o tipo de prisão da qual é provável que ninguém conseguiria fugir, mesmo se desaparecessem guardas e muros.

Gordon digita um extenso código num teclado e a porta se abre. O tapete felpudo e a incrível paisagem dão lugar a paredes de concreto pintadas de verde. Gordon digita um código em outro teclado e me faz entrar. De repente, um homem mais jovem, de uniforme cinzento, surge das sombras. Estremeço, sentindo seu hálito em minha nuca. Continuamos a nos mover para dentro do prédio de concreto. Caminho vários passos atrás de Gordon e o rapaz caminha vários passos atrás de mim. Mais ou menos a cada trinta metros, chegamos a um novo conjunto de portas. Todas as vezes, Gordon digita um código e a porta se abre. Cada porta se fecha atrás de nós com um *clang* eletrônico e alto. É como se estivéssemos numa jornada para o coração daquele edifício frio. Ao som de cada porta que se fecha, luto contra uma crescente sensação de desesperança.

Em determinado momento, descemos uma escada íngreme. Conto trinta e três degraus. Embaixo, viramos à direita, depois à esquerda, depois à direita. Tento memorizar o caminho, mas continuamos a atravessar mais portas, mais corredores. Será que Gordon usa o mesmo código em todas as portas, ou terá decorado dezenas deles? Àquela altura, mesmo se soubesse os códigos, eu não teria condições de encontrar o caminho para fora do prédio. Estou encurralado.

Penso que eu poderia morrer aqui e ninguém ficaria sabendo. Digo a mim mesmo que, se o Pacto quisesse me matar, poderia ter posto uma bala na minha cabeça no momento em que saí do avião; a não ser, é claro, que Gordon apenas se divirta com o jogo — levar o rato cada vez mais longe no labirinto, até que eu morra de pavor e exaustão.

Ouço sons mais adiante. Olho para mais corredor, perguntando o que aconteceria se eu fugisse correndo. Tem que haver uma saída em algum lugar. Como se lesse meus pensamentos, Gordon pergunta:

— Você gostaria de visitar esta parte das instalações?

— Adoraria — respondo.

Parece ser a resposta certa.

— Excelente. Podemos fazer isso assim que tivermos as respostas para algumas perguntas.

Que perguntas? Como poderei saber quais as respostas certas? Imagino que deva haver respostas que levem à minha soltura e respostas que levem a mais corredores escuros, mais brutamontes de terno.

Uma última porta. Um último código. E então Gordon, o cara de uniforme e eu estamos de pé numa salinha, cerca de três metros por três. A sala é fulgurantemente branca. Há uma mesa no meio, duas cadeiras, aros de metal na mesa. Sobre a mesa, uma pasta de arquivo. Uma das cadeiras está aparafusada no chão. Uma das paredes é coberta por uma grande placa de vidro preto. Um espelho falso?

— Sente-se — diz Gordon, me indicando a cadeira presa ao chão.

Eu me sento, tentando não olhar para os aros de metal exatamente à minha frente. Quando cheguei, por que me deixei acalmar pelo quarto luxuoso e o serviço cinco estrelas?

Gordon se senta do outro lado da mesa. O outro cara continua de pé ao lado da porta fechada.

— Jake — diz Gordon. — Muito obrigado por se dispor a nos ajudar neste inquérito.

Fico surpreso ao ouvir meu nome. Os membros parecem só ter um nome para todos: "Amigo". Então, o que será que Gordon faz?

— Por que eu estou aqui? — pergunto, tentando manter a voz firme.

Gordon pousa os cotovelos na mesa e junta as pontas dos dedos à altura do rosto — um clássico gesto de desdém, demonstrando superioridade intelectual.

— Os inquéritos são, em essência, um exame mais apurado de questões que nos foram apresentadas. As questões surgem de diversas maneiras e nós as investigamos até chegarmos a uma conclusão razoavelmente clara.

Blá-blá-blá. Outra coisa que observei em relação ao Pacto é que eles nunca dizem o que querem em linguagem simples e direta. Tudo é enterrado debaixo de um preâmbulo de explicações, panos de fundo e cláusulas aparentemente inofensivas. Imagino um dicionário em alguma sala abafada, cheio de frases a ser decoradas e palavras pomposas preparadas por Orla e seus comparsas. Ao longo da história, fascistas e cultos falaram sua própria linguagem — palavras destinadas a ofuscar, a ocultar a verdade, mas também a fazer com que seus membros se sentissem especiais, ao separá-los da população em geral.

Gordon abre a pasta à minha frente e folheia os papéis.

— Pois eu me perguntava se você poderia me conceder alguns minutos para me falar de JoAnne Charles.

Meu coração se aperta.

— JoAnne Charles? — repito, tentando me fazer de surpreso e desinteressado. — Eu mal a conheço.

— Bem, vamos começar pelo que você sabe, está certo? Como vocês se conheceram?

— JoAnne Webb, ou JoAnne Charles, e eu costumávamos trabalhar juntos na universidade.

Gordon meneia a cabeça.

— Continue.

— Nós dois éramos monitores no penúltimo ano da faculdade. Nos encontrávamos duas ou três vezes por semana nas reuniões de monitores e eventos de treinamento. Ficamos amigos. Nos víamos às vezes para discutir as dificuldades da função, comparar notas ou só para repassar boatos.

Gordon assente outra vez. Passam-se segundos. É evidente que ele quer mais. Conheço essa tática: uma pessoa em posição desfavorável vai continuar a falar só para evitar o silêncio constrangedor. Não vou fazer isso.

— Eu tenho o dia todo — avisa Gordon. — Horas. Dias. Tenho todo o tempo de que precisarmos.

— Eu não sei o que você quer de mim. Como eu disse, JoAnne e eu mal nos conhecemos.

Ele sorri. O cara na porta muda de posição, criando ruídos com o tecido do uniforme.

— Talvez você possa me falar um pouco mais a respeito do tempo em que trabalharam juntos. Não vejo que mal poderia haver nisso.

Reflito. O que farão se eu ficar de boca fechada? Não tenho dúvidas de que Gordon me manteria indefinidamente naquela sala.

— No último ano — digo —, éramos dois de apenas quatro monitores, então pudemos nos conhecer melhor. Nos víamos quase sempre nas horas das refeições, ou às vezes em eventos sociais.

— Vocês faziam as refeições juntos?

— Às vezes.

— Você diria que vocês dois eram amigos?

— Acho que sim. Mas eu descreveria nosso relacionamento principalmente como sendo de colegas de trabalho. É claro, vivendo em dormitórios próximos, acabamos nos conhecendo bem.

— Você chegou a conhecer a família dela?

Penso.

— Talvez, pode ser. Mas isso tudo foi há muito tempo.

O cara na porta começa a parecer impaciente. Aquilo me deixa nervoso.

— É possível que você tenha conhecido a família dela... — Gordon faz uma pausa enquanto folheia a pasta — durante o último ano, quando vocês viajaram para Palos Verdes para o jantar de Ação de Graças na casa da família dela?

Como diabos ele pode saber disso?

— É, é possível.

— Você visitou a casa dela depois disso?

— Pode ser. Como eu disse, isso tudo foi há muito tempo.

— É possível que você tenha visitado a casa da família dela em cinco outras ocasiões?

— Olha, eu não tenho um diário — retruco.

Ele ignora a irritação na minha voz.

— Você teve um relacionamento com JoAnne?

Olho para a mesa, para os imobilizadores de metal. Por que não me prenderam neles? Será que funcionam como uma ameaça? Qual a resposta que faz o cara de uniforme se aproximar e prender meus pulsos nas argolas?

— Um relacionamento romântico? — esclarece Gordon.

Sacudo a cabeça.

— Não! — respondo, enfático.

— Mas você a conheceu bastante bem?

— É, acho que sim. Há muitos anos.

— Antes, você disse que mal a conhecia.

Dou uma olhada para o espelho falso. Quem está atrás do vidro? E por que se importam tanto com minha história com JoAnne?

— As pessoas mudam muito em vinte anos. É realmente verdade que eu mal a conheço agora. Depois da formatura, nós dois fomos fazer mestrado em outros estados.

— E você nunca mais a viu até que se encontraram em Villa Carina?

— Correto.

— Embora seja possível que vocês tenham trocado alguns e-mails ou cartas?

— Eu já troquei e-mails com um monte de gente que conheci na faculdade. Não guardo registros.

— Quando a viu em Villa Carina, você a reconheceu na mesma hora?

— É claro.

— Ficou feliz ao vê-la?

— Fiquei, por que não? JoAnne é, era, ótima pessoa. Foi agradável encontrar uma velha amiga numa situação estranha e desconhecida.

— Quando você a viu depois disso?

Tento não hesitar. Mas, na minha cabeça, imagino alguém atrás do espelho estudando cada movimento meu. Talvez eles até tenham equipamentos eletrônicos ocultos medindo meu pulso e temperatura, avaliando minhas pistas não verbais.

— Foi na festa trimestral em Woodside.

— Como ela estava?

— Ela estava com o marido, Neil — falei, calmo. — Os dois pareciam bem felizes juntos.

— Você se lembra do que ela estava usando?

— Um vestido azul — respondo e no mesmo instante me arrependo.

Sei o que ele deve estar pensando: Por que eu prestei tanta atenção?

— E depois disso?

— Essa foi a última vez que eu a vi.

Digo essa última frase com o máximo de despreocupação que consigo aparentar. Estou comprometido com a mentira, certo ou errado, e agora minha única opção é continuar.

Gordon sorri, embaralha os papéis e olha para o homem de uniforme.

— A última vez — ele repete, rindo.

— É.

Ficamos sentados em silêncio, minha mentira pendurada no ar entre nós.

— JoAnne está aqui? — acabo perguntando.

Pergunta idiota, talvez, mas preciso ser eu quem faz as perguntas.

Gordon parece surpreso.

— Para dizer a verdade, está sim. Você gostaria de vê-la?

Merda. Agora que trouxe o assunto à baila, pareceria suspeito se eu não quisesse, não é mesmo?

— Considerando que não conheço ninguém mais por aqui, é, acho que eu gostaria sim.

— Talvez nós possamos dar uma voltinha — Gordon me diz. — E depois podemos pôr você no primeiro voo de volta ao Half Moon Bay.

— Parece ótimo — concordo, tentando não parecer muito ansioso.

Quer dizer que passei no teste? Não vou mais precisar da sessão de duas horas depois do almoço que estava impressa na minha agenda?

O cara de uniforme acena com a cabeça para o espelho falso e a porta se abre. Desta vez, o rapaz vai na frente, eu no meio e Gordon nos segue. Passamos por alguns corredores e saímos por uma porta para nos encontrarmos no pátio de exercícios, cercado por todos os lados por muros da prisão. Respiro fundo o ar seco e quente e pisco com a inesperada luz do sol. Há uma quadra de basquete e chão de terra, mas pouca coisa mais. Um sujeito louro e mais velho de macacão vermelho está sentado num banco no fundo do pátio. Ao nos ver, ele se põe de pé, em posição de sentido. O cara de uniforme anda até ele.

Gordon me faz um rápido relato da história da prisão enquanto atravessamos o pátio.

— Este complexo foi construído em 1983 para o estado de Nevada — ele recita. — Durante treze anos, abrigou oitenta e nove mil prisioneiros de média e alta periculosidade. O estado de Nevada decidiu reduzir uma grande parcela de sua população carcerária no começo da década de 2000, o que resultou no fechamento de Fernley. A localização era inconveniente demais e cara demais, e houve algumas infrutíferas tentativas de fuga em que os presos não sobreviveram.

Chegamos à porta de outro prédio. Olho para trás e vejo o homem de uniforme de pé com o fulano de macacão. Não exatamente com ele, mas atrás dele. Parece estar algemando o sujeito.

Entramos por outra porta. Lá dentro, uma mulher sentada a uma mesa atrás de uma janela de vidro. Na parede há dúzias de monitores de circuito interno de TV. Ela tira os olhos dos monitores e acena com a cabeça para Gordon. Passa então pela fenda da janela um brilhante crachá cor de laranja preso num cordão. Gordon pega o crachá e agradece.

— Use isto — ele diz, pendurando o cordão no meu pescoço.

A mulher aperta um interruptor; uma porta de aço se abre. Agora parece que estamos no coração da prisão. Há corredores à nossa direita e à esquerda, e um à nossa frente. Cada corredor se estende por três níveis, e conto rapidamente vinte celas por nível. Embora haja silêncio, sons aleatórios me dizem que nem todas as celas estão vazias.

— Você quer experimentar uma cela? — pergunta Gordon enquanto percorremos o conglomerado de celas.

— Engraçadinho — reajo.

— Não era piada.

Numa das celas, um homem está sentado no catre, lendo o Manual. É uma visão inquietante. Há algo de incongruente na cela espartana, o macacão vermelho-sangue e o elegante corte de cabelo e as mãos de unhas bem cuidadas do sujeito.

Chegamos a uma cantina. Não há ninguém nas mesas, mas ouço o bater de panelas e frigideiras. Os bancos e as longas mesas de metal, todos aparafusados ao chão, são evidentemente da prisão original. Os cheiros parecem fora do lugar — sinto o aroma de legumes frescos, temperos, frango assado.

— A comida aqui é muito boa — observa Gordon, mais uma vez lendo meus pensamentos. — É tudo preparado pelos presos. Esta semana, temos a sorte de ter um cavalheiro que é proprietário de um restaurante em Montreal, agraciado com quatro estrelas pelo *Guia Michelin*. Ele fez ontem uma musse de chocolate que estava incrível. Se você ficar por aqui, não vai se arrepender.

Tenho a nítida sensação de que ele está me sacaneando. *Se eu ficar por aqui*. Como se eu tivesse alguma escolha do que pode me acontecer aqui dentro.

De repente, desaparecem os ruídos da cozinha. O único som é o de nossos passos no chão de concreto envernizado.

— Você disse que JoAnne estava aqui — pergunto, aflito.

— Disse — concorda Gordon. — Calma.

Passamos por outra porta e saímos numa sala octogonal. Há oito portas em torno de uma área central. Cada porta tem uma estreita abertura no meio. Penso, horrorizado, que chegamos a algum tipo de ala de confinamento solitário. Presto atenção para ver se ouço sinais de vida vindo das celas. Há uma tosse, depois silêncio.

O terapeuta em mim não está apenas horrorizado, mas revoltado. Como podem usar solitárias?

— Quem está aí? — pergunto, meio que esperando ouvir a voz apavorada de JoAnne me responder.

Gordon me segura pelo braço.

— Relaxe — ele diz, mas seu aperto em meu braço é tudo menos relaxante. — Alguém o obrigou a estar aqui?

— Não.

— Então. Todos os prisioneiros neste prédio são como você. Como sua adorável esposa, Alice.

Estremeço ao ouvir o nome dela saindo de sua boca.

— Ninguém está aqui contra a vontade, Jake. Todos os nossos prisioneiros compreendem seus crimes e são gratos por ter uma oportunidade de realinhamento num ambiente solidário.

Ele vai até a cela e se inclina para falar através da abertura.

— Você está aqui por espontânea vontade?

Por uns instantes, nada. E então uma voz masculina responde:

— Estou.

— Você está sendo mantido aqui contra a sua vontade?

— Não.

A voz é fina, cansada.

— Qual a natureza da sua permanência aqui?

Mais rápido desta vez, sem hesitação:

— Realinhamento devido a repetidos crimes de Infidelidade Emocional.

Não consigo situar seu sotaque. Japonês, talvez.

— E como está o seu progresso?

— Estável. Sou grato pela oportunidade de realinhar minhas atitudes com os parâmetros do meu casamento e as leis do Pacto.

— Ótimo — diz Gordon para a cela. — Você precisa de alguma coisa?

— Tenho tudo que preciso.

Merda. Isso é mesmo real?

Gordon se vira para mim.

— Eu sei o que você está pensando, Jake. Vejo a preocupação em seu rosto. Posso lhe garantir que, embora estas celas tenham sido originalmente construídas para confinamento solitário, preferimos pensar nelas como cômodos monásticos nos quais os membros que tenham ido longe demais possam repensar e se reconciliar, a seu próprio tempo, com seus votos.

— Há quanto tempo ele está aqui?

Gordon sorri.

— Alguém pergunta ao monge quanto tempo ele passou em sua cela monástica? Pede-se a uma freira que ela explique sua devoção a seu Deus?

Ele põe de novo a mão em meu braço, desta vez com gentileza.

— Venha, estamos quase chegando.

Passamos por mais uma porta e ele aponta para a direita, na direção do que parece ser uma sala de espera.

— Aquela parte é a área de espera para pré-julgamento. Acredito que sua esposa tenha passado algum tempo conosco por lá. Ela foi extremamente cooperativa. Na verdade, uma visitante ideal em nosso estabelecimento. As salas de audiência, salas de reunião pré-julgamento e os advogados ficam todos lá. Mas não é para onde estamos indo.

Ele vira à esquerda e vai em direção a uma porta dupla. Enquanto todas as outras portas têm teclados, esta é fechada por uma corrente com cadeado.

— Esta é nossa ala especial para pré-julgamentos de longo prazo. É onde vamos encontrar sua amiga JoAnne. Na verdade, essa coisa com JoAnne é interessante, inesperada. A maioria dos nossos visitantes acha que a honestidade ajuda a resolver tudo mais depressa. É o melhor para todos.

Gordon gira a roda do cadeado. O cadeado se abre e solta a corrente com algum barulho. Quando entramos, a porta bate e se fecha atrás de nós. O sensor de movimento faz *clic* e um foco de luz se acende, iluminando o meio da sala, onde uma plataforma quadrada se eleva do solo. Dois degraus de concreto levam à plataforma. Ao seu redor há grossas paredes de vidro. Uma das paredes tem uma fechadura e uma maçaneta. Gordon para no último degrau, introduz uma chave na fechadura e abre a porta de vidro.

— Você pode entrar, Jake.

Lá dentro, no canto, junto ao vidro, debaixo das luzes fortes, há alguém enroscado em posição fetal. Não quero entrar. Quero me virar, lutar com Gordon se for preciso, fugir daquele prédio horrível. Mas no mesmo instante sei que não posso. A porta se fechou atrás de nós, o som da batida ainda ecoa pelos muros de concreto.

Subo os degraus e entro no cômodo de paredes de vidro. Quando ouço a porta se fechar, minhas entranhas se encolhem. Não há cadeiras dentro daquela caixa de vidro. Não há cama. Não há cobertor. Só um vaso sanitário de metal num canto e um chão duro e gelado por toda parte. A sala atrás de nós está às escuras. Sei que Gordon está lá, do lado de fora do vidro, mas não consigo vê-lo.

— JoAnne? — sussurro.

Ela se desenrola e olha para mim. Pisca, depois protege os olhos, gritando. Deve ter ficado no escuro por um ou dois dias, talvez mais. Está completamente nua, os cabelos castanhos emaranhados caídos sobre os ombros. Devagar, ela move as mãos, me encarando com olhos esbugalhados, como se eu a tivesse arrancado de um sono muito profundo.

— Jake?

— Sou eu.

Ela se senta, as costas pressionadas contra a parede. Puxa os joelhos para o peito, tentando cobrir sua nudez.

— Eles me tiraram as lentes de contato — diz. — Você é um borrão.

Passo os olhos pela sala, em busca de microfones. Não vejo nenhum, mas o que isso quer dizer? Sinto Gordon, ali fora da caixa. Observando. Ouvindo.

Sento em frente a JoAnne, de costas para o vidro, esperando lhe dar alguma sensação de proteção contra os olhos curiosos de Gordon.

— Eles me fizeram perguntas a seu respeito.

Quero contar a minha versão da história antes que ela diga alguma coisa que nos coloque em apuros. Claro, é possível que ela já tenha lhes falado sobre o nosso encontro em Hillsdale. Estremeço com o pensamento de que eles já saibam de tudo.

— Eu disse a verdade a eles — falo em voz alta e clara. — Que eu não vi mais você desde a festa de Gene em Woodside.

Ela ainda parece grogue, então nem ao menos tenho certeza de que ela esteja entendendo o que digo.

— Eu disse a eles que você e Neil são muito felizes.

— Eu estou envergonhada — ela diz, piscando.

Será que eles a drogaram?

— Faz vinte anos desde que você me viu nua.

Sou levado para a lembrança de uma noite doce e perturbadora em seu quarto no dormitório. Como ela tinha sido estranha.

Me encolho. Por que ela tinha que mencionar aquilo? Sua fala contradiz tudo o que eu tinha dito.

— Você deve estar pensando em outra pessoa.

Sinto que Gordon está processando cada palavra, escrutinando cada movimento, e de repente percebo, com uma clareza pavorosa, que toda a minha viagem — o quarto ilusoriamente luxuoso, a desorientadora jornada pelo labirinto da prisão, o interrogatório, a espiada no confinamento solitário — foi orquestrada para me levar àquele exato momento.

— Eu não deveria ficar envergonhada da minha nudez — ela continua, como se não me tivesse ouvido. — É o que eles querem, mas não há motivo para isso.

Ela descruza os braços e estica as pernas. Seus pés apontam diretamente para mim. Seus seios são pequenos, seu corpo pálido. De repente, ela abre um pouco as pernas. Involuntariamente, meus olhos piscam. Enrubesço e dirijo o olhar de volta ao seu rosto. Ela me dá um sorriso rápido e estranho.

Naquele instante, ouço um ruído e a parede na qual estou apoiado começa a se mover. A princípio, acho que estou imaginando coisas. Mas então vejo que a parede atrás de JoAnne está sem dúvida se mexendo. Chego para a frente. JoAnne faz o mesmo.

— De hora em hora — diz ela — o quarto fica alguns centímetros menor.

— Como é?

— O quarto está encolhendo. Isso mostra o quanto estão descontentes comigo. Eu serei uma panqueca nua e achatada antes que eles se deem conta de que eu só disse a verdade.

A frieza em sua voz me dá calafrios. Como ela pode estar tão indiferente? Eles vão mesmo fazer uma coisa tão monstruosa? Claro que não. Penso nos experimentos psicológicos sobre os quais li na faculdade, os experimentos sobre os quais JoAnne e eu discutimos durante longas noites de estudo — experimentos tão cruéis que, anos depois, os pacientes ainda tinham pesadelos e dissociações de personalidade. Um de nossos professores chegou a nos fazer projetar hipotéticos experimentos relacionados à obediência. Naquela época, tudo parecia tão abstrato.

— JoAnne, sobre o que eles acham que você está mentindo?

— Eles acham que eu estou tendo um caso com você. Não só com você, com outros também. Neil achou uma agenda no meu celular. Entendeu tudo errado. Ele achou que eu estivesse tendo encontros secretos no shopping Hillsdale.

— Mas que palhaçada! — exclamei, alto demais.

— Não é? — ela concorda. — Que romântico! O shopping Hillsdale. A ironia é que ele está preocupado que eu esteja fodendo você e a punição é me mandar embora e me botar numa caixa, nua, com você. Ele é paranoico e idiota!

Antes que eu possa responder, a porta se abre. Gordon está parado logo depois do vidro, no último degrau, parecendo zangado.

— Você vai ficar bem? — pergunto a JoAnne.

Pergunta ridícula. É claro que ela não vai ficar bem.

Ela volta a abraçar os joelhos.

— Não se preocupe comigo — ela diz, ríspida. — Eles não te disseram? Todo mundo vem para cá por livre e espontânea vontade. Estamos todos salivando por reeducação. É sério, eles estão me fazendo um favor.

Ela encara Gordon, desafiadora.

— Acabou o tempo — diz Gordon.

Saio da caixa, desço os degraus e sigo Gordon até a porta. Olho para trás. JoAnne, agora, está de pé, me olhando, palmas das mãos encostadas à parede de vidro.

Seguro o braço de Gordon.

— Nós não podemos deixá-la aqui.

Mas, antes que eu possa dizer qualquer outra coisa, sinto algo bater na parte de trás dos meus joelhos. Minhas pernas dobram e eu caio. Minha cabeça bate no chão de concreto e tudo escurece.

58

Volto a mim num Cessna, aos solavancos pelo ar. Minha cabeça lateja e há sangue na minha camisa. Não faço ideia de quanto tempo se passou. Olho para as minhas mãos, esperando ver amarras, mas não há nenhuma. Só um cinto de segurança comum em volta da minha cintura. Quem o fechou? Não me lembro sequer de ter embarcado no avião.

Pela porta aberta da cabine, vejo a parte de trás da cabeça do piloto. Somos só nós dois. Há neve nas montanhas, vento fustigando o avião. O piloto parece inteiramente concentrado em seus controles, com os ombros tensos.

Ergo as mãos e toco a cabeça. O sangue secou, deixando uma confusão pegajosa. Meu estômago ronca. A última coisa que comi foi uma torrada. Há quanto tempo? No assento a meu lado, encontro água e um sanduíche embrulhado em papel encerado. Abro a garrafa e bebo.

Desembrulho meu sanduíche — presunto e queijo suíço — e dou uma mordida. Merda. Meu maxilar dói demais para mastigar. Alguém deve ter me dado um soco no rosto depois que caí no chão.

— Estamos indo para casa? — pergunto ao piloto.

— Depende do que você chama de casa. Estamos na rota para Half Moon Bay.

— Eles não disseram nada a meu respeito?

— Primeiro nome e destino, nada mais. Eu sou só um motorista de táxi, Jake.

— Mas você é membro, certo?

— Claro — ele responde num tom indecifrável. — Fidelidade à Esposa, Lealdade ao Pacto. Até que a morte nos separe.

Ele se vira, apenas o tempo suficiente para me lançar um olhar que me aconselha a não fazer mais perguntas.

Pegamos um bolsão de ar tão violento que meu sanduíche sai voando. Um alarme de urgência começa a soar. O piloto solta um palavrão e, histérico, aperta botões. Grita alguma coisa para o controle de tráfego. Estamos descendo rápido, e me agarro aos descansos para os braços, penso em Alice, recordo nossa última conversa, queria ter dito tantas coisas.

Então, de repente, o avião nivela, ganhamos altitude e tudo parece estar bem. Junto do chão os pedaços do meu sanduíche, embrulho aquela bagunça toda de volta no papel encerado e ponho no assento a meu lado.

— Desculpe a turbulência — diz o piloto.

— Não foi culpa sua. Bom trabalho.

Acima da ensolarada Sacramento, ele afinal relaxa e falamos dos Golden State Warriors e seu surpreendente desempenho naquela temporada.

— Que dia é hoje? — pergunto.

— Terça-feira.

Fico aliviado ao distinguir pela janela o contorno familiar do litoral, grato pela visão do aeroporto de Half Moon Bay. A aterrissagem é tranquila. Depois que tocamos o solo, o piloto se vira e diz:

— Não faça disso um hábito, ok?

— Não pretendo.

Pego minha maleta e saio. Sem desligar os motores, o piloto fecha a porta, taxia e decola.

Ando até o café do aeroporto, peço chocolate quente e escrevo uma mensagem de texto para Alice. São duas da tarde de um dia de semana, então é provável que ela esteja envolvida com milhares de reuniões. Não quero perturbá-la, mas realmente preciso vê-la.

Chega uma resposta.

Onde você está?

De volta a HMB.

Saio em 5 min.

São mais de trinta quilômetros do escritório de Alice a Half Moon Bay. Ela escreve falando do trânsito no centro, então peço comida, quase todo o lado esquerdo do cardápio. O café está vazio. A garçonete alegrinha flutua em seu uniforme engomado com perfeição. Quando pago a conta, diz:

— Tenha um bom dia, Amigo.

Saio e me sento num banco para esperar. Faz frio, a neblina descendo em ondas. Quando o velho Jaguar de Alice aparece, estou congelado. Fico de pé, e, enquanto me examino para ter certeza de que não esqueci nada, Alice anda até o banco. Está usando um terninho formal, mas, para dirigir, trocou os saltos altos por tênis. Seu cabelo preto está úmido, por causa do nevoeiro. Os lábios estão pintados de vermelho-escuro, e me pergunto se ela fez isso por mim. Espero que sim.

Ela fica na ponta dos pés para me beijar. Só então me dou conta da falta desesperada que senti dela. Alice dá um passo para trás e me olha de cima a baixo.

— Pelo menos você está inteiro.

Ela se apruma e toca meu queixo, delicada.

— O que aconteceu?

— Não sei direito.

Passo os braços em volta dela.

— Então por que você foi chamado?

Há muita coisa que eu quero dizer a ela, mas estou assustado. Quanto mais ela souber, mais perigoso será. E também, vamos admitir, a verdade vai deixá-la furiosa.

O que eu não daria para voltar ao começo — antes do casamento, antes de Finnegan, antes do Pacto virar nossas vidas de cabeça para baixo.

— Você tem tempo?

— Claro. Você pode dirigir? Não consigo enxergar com este nevoeiro.

Ela me joga as chaves.

Ponho minha maleta no porta-malas, me acomodo no banco do motorista e me inclino para abrir a porta do passageiro. Vou para a autoestrada. Em Pillar Point Harbor, dobro na direção do mar. Estaciono do outro lado da rua, em frente ao Barbara's Fishtrap, olhando em volta para me certificar de que não fui seguido.

— Você está legal? — Alice pergunta.

— Não muito.

O lugar está quase vazio, então pegamos uma mesa de canto com uma visão nebulosa para a água. Ela pede peixe com fritas e uma Coca Diet. Escolho um sanduíche de bacon com alface e tomate e uma cerveja. Quando as bebidas chegam, tomo a metade da minha num gole só.

— Me conte exatamente o que aconteceu — ela pede. — Não deixe nada de fora.

Mas esse é o grande problema, não é? Todas as coisas que eu deixei de fora.

Ainda estou tentando imaginar como contar a ela, mentalmente editando e revendo minha história. Não sei como cheguei a este ponto; eu só queria ter dito tudo a ela, desde o começo. É claro, todas as minhas pequenas decisões podem fazer perfeito sentido num vácuo, mas agora, olhando para trás, as partes não se encaixam direito.

Conto como Chuck e eu fomos separados ao chegarmos a Fernley.

— Eles o algemaram e levaram para outro prédio.

— Onde ele está agora?

— Não sei.

Falei dos meus aposentos luxuosos.

— Então você não estava encrencado?

Sua voz tem um tom de surpresa.

A garçonete traz nossas bandejas e Alice ataca seu peixe com fritas. Mesmo ainda com fome, belisco minha comida.

— É complicado.

— Era ou não era com você?

— Eles queriam me perguntar sobre JoAnne.

A postura relaxada de Alice muda no mesmo instante. Percebo a ansiedade se instalando; seus olhos mudam; aquela reveladora ruga de preocupação entre as sobrancelhas se aprofunda. Como já comentei, todos os problemas de Alice se encaixam naquela área complicada e sombria onde convivem insegurança, ciúme e desconfiança. Quando nos conhecemos, muitas vezes isso vinha de repente à tona e me pegava desprevenido. Era uma mistura nociva. Eu ficava zangado ou na defensiva, e minha reação de defesa só aumentava suas suspeitas. Eu disse a mim mesmo que se tratava de algo que poderíamos superar quando nossa relação se aprofundasse, quando ela tivesse certeza do meu amor por ela, do meu comprometimento. E desde o noivado e, com certeza, desde o casamento, suas crises de ciúme tinham sido menos frequentes. Quando acontecem, tenho sido mais intuitivo. Em geral, eu as vejo surgir e reajo de um jeito que minimiza a situação. Agora, porém, não sei como agir.

— JoAnne do dormitório? — ela pergunta, pondo o garfo ao lado do prato.

— É.

— Ah!

Posso senti-la fazendo milhões de cálculos na cabeça. A Alice ciumenta é tão diferente da Alice habitual, espirituosa, independente. Mesmo que eu agora conheça seus dois lados, a transformação é sempre chocante.

— A cara de rato que te encurralou no Draeger's?

Faço que sim.

— Por que eles queriam te perguntar coisas a respeito dela?

Ela parece perplexa. Como eu já disse, JoAnne não é o tipo de pessoa que sobressai. Nem o tipo de pessoa em que uma esposa repararia, ou com quem se preocuparia.

— Depois, na segunda festa, eu falei de novo com ela. Ela estava obviamente estressada com alguma coisa. Estava com medo de que Neil ou outra pessoa nos visse conversando, então perguntei se poderíamos nos falar depois, em outro lugar. Eu queria descobrir uma saída do Pacto para nós dois. Ela acabou concordando em me encontrar no shopping Hillsdale.

— Por que você não me contou?

— Ela estava paranoica. Me pediu para não levar você. Estava com medo que Neil descobrisse que estávamos falando do Pacto, seria uma merda para todos nós. Ela já tinha ficado em Fernley; não queria voltar para lá. E eu me lembrei de que, na festa, as pernas dela estavam cheias de hematomas... Ela parecia tão perturbada. Apavorada. Por que eu iria arrastar você para aquilo?

Alice se afasta da mesa e cruza os braços.

— Depois que você nos apresentou, eu perguntei se você tinha dormido com ela. Você disse que não. Era verdade?

Eu deveria ter preparado uma resposta para aquela pergunta. Mas enfim, não há como fazer parecer que eu não estava escondendo alguma coisa.

— Podemos ter tido uns encontros. No tempo da faculdade. Não funcionou, então depois de uns meses nós voltamos a ser só amigos.

— Alguns *meses*? Então você mentiu para mim. De propósito.

— Fiquei tão surpreso ao vê-la naquela noite, na primeira festa... Era tudo tão fora de contexto...

— Sexo raramente está fora de contexto.

Alice está zangada agora, as lágrimas descem pelo seu rosto. E ok, eu admito: as lágrimas dela me deixam zangado.

— Foi há dezessete anos, Alice! Era irrelevante.

Levanto os olhos e percebo que a garçonete está nos observando. Nem ao menos deveríamos estar conversando ali. Não deveríamos dizer nada em público. Baixo a voz.

— O que você estava fazendo há dezessete anos? Com quem *você* estava dormindo?

Assim que falo, me arrependo.

— Em primeiro lugar, você sabe exatamente onde eu estava e o que eu estava fazendo, porque *eu te contei*. Não estamos falando do que aconteceu há dezessete anos, estou me lixando pra isso. Estamos falando do que aconteceu nas últimas semanas. De você estar *mentindo* para mim *agora*, no presente.

Alice se cala, e sinto que se lembrou de alguma coisa.

— Era por isso que Dave ficava falando de você e do shopping Hillsdale.

Ela sacode a cabeça.

— Quando eu te contei isso, você não disse nada. Você me deixou no escuro, de propósito.

Nos olhos de Alice há algo que eu nunca tinha visto: desapontamento.

— Olha, eu sinto muito. Mas eu estava desesperado para ver se achava uma saída. E eu sabia que, se te contasse, você iria querer ir junto, e isso seria ainda mais arriscado. Você tinha acabado de voltar de Fernley. Eu estava tentando te proteger.

Quando ouço minhas palavras, me dou conta do quanto soam frágeis.

— Você não acha que essa decisão deveria ser *minha*? Não deveríamos estar nisso juntos?

— Ouça, quando me encontrei com JoAnne no shopping, ela me contou coisas que me apavoraram. Ela disse que houve um casal no Pacto antes de nós. Eli e Elaine. Poucas semanas antes de entrarmos, eles desapareceram. O carro deles foi encontrado em Stinson Beach e eles nunca mais foram vistos. JoAnne tem certeza de que foram assassinados. Pelo Pacto.

A dúvida passa pelo rosto de Alice.

— Eu admito que as táticas deles são extremas, mas assassinato é um pouco demais, você não acha? Fala sério.

— Me escute. Ela disse que uma coisa que ninguém nunca menciona é que o Pacto tem uma taxa alarmantemente alta de casamentos que terminam com uma morte prematura.

Alice está sacudindo a cabeça.

— E Dave? — pergunto. — Tanto ele quanto Kerri estavam casados com outras pessoas quando entraram para o Pacto.

— Coincidência. Você não pode basear uma imensa teoria de conspiração numa coincidência.

— Vamos ao que é importante. JoAnne diz que precisamos descobrir um jeito de sair do radar deles. Ela acha que você está em perigo. Acha que eles gostam de você, mas que sentem que você precisa ser vigiada, controlada. Ela disse que eles não sabem o que fazer comigo.

— Você se encontrou com ela de novo, depois disso?

Alice descruzou os braços e está me encarando. Imagino que isso seja algo que ela faz durante seus depoimentos mais difíceis. Isso me deixa pouco à vontade.

— Ela concordou em me encontrar no mesmo lugar três semanas depois, mas não apareceu. Quando eu saí de lá, percebi que estava sendo seguido.

— E você não a viu desde então? — Alice pergunta.

— Não. Quer dizer, vi. Ela estava em Fernley. Mas não estava lá como eu, nem mesmo como você. Ela estava numa *gaiola*, Alice. Uma gaiola de vidro que estava literalmente encolhendo, com ela dentro.

O rosto de Alice se transforma, e ela ri alto.

— Você não está falando sério.

Alice é estranha assim — ela pode passar num instante do ciúme e da raiva para uma conversa absolutamente normal. É difícil entender sua risada.

— Isto não é brincadeira, Alice. Ela está com problemas sérios.

Conto a ela sobre os corredores intermináveis, as portas trancadas. Conto a ela o interrogatório com Gordon.

— Eles só ficavam me fazendo todas aquelas perguntas sobre JoAnne.

— *Por que* eles iriam fazer perguntas a respeito dela, Jake? Que Deus me ajude, se você transar com ela de novo, acaba tudo conosco. Não há nada que você ou o Pacto ou qualquer outra pessoa possa fazer para que eu fique...

— Eu *não* transei com ela!

Mas posso ler em seus olhos: ela não acredita em mim, não de todo.

Olho para a mesa perto da nossa. Um casal mais ou menos da nossa idade está sentado com um balde de camarões fritos entre eles. Estão beliscando a comida, claramente ligados na nossa conversa. Alice também os percebe e puxa sua cadeira mais para perto da mesa.

Conto a ela do único ocupante das solitárias. Conto a ela do cabelo emaranhado de JoAnne, sua nudez, seu medo evidente. Não deixo nada de fora. Tá bom, talvez eu não mencione o fato de JoAnne abrir as pernas, mas conto todo o resto. O rosto de Alice registra confusão, depois horror. E sei, então, que superamos o ciúme e que agora estamos outra vez juntos, Alice e eu contra alguma coisa maior.

Ela está sentada, em profundo silêncio, quando seu telefone toca. A vibração na mesa nos faz prender a respiração. No mesmo instante, receio que seja o Pacto ligando. Dave, talvez, ou até Vivian.

— É só o escritório — diz Alice, atendendo.

Ela ouve por um minuto ou mais e então diz apenas:

— Tá bom. — E desliga.

— Tenho que ir trabalhar.

— Agora?

— Agora.

Nada mais. Antes, ela teria me dito por quê. Teria se aberto comigo a respeito do caso, se queixado da política do escritório. Mas em vez disso não me diz nada. Sei que ela não gosta muito de mim, agora.

Quando chegamos ao carro, ela me pede as chaves. Dirige depressa, dando freadas bruscas e fazendo curvas fechadas. Durante todo o caminho para casa, atravessando o túnel, passando por Pacifica e Daly City, sinto que Alice ainda está tentando processar o que lhe contei. Ela me põe para fora na frente da nossa casa, clica para abrir a porta da garagem para que eu entre e pega a direção do escritório.

Tomo um banho e mudo de roupa. Quando abro a maleta, percebo que minhas roupas cheiram a Fernley. É um misto de ar do deserto, líquido de limpeza e cozinha cinco estrelas. Ligo a TV, mas estou agitado demais para assistir a qualquer coisa, estressado demais pela tensão com Alice. As coisas nunca estiveram deste jeito entre nós. Quero dizer, tivemos nossas crises, mas nada como agora.

Enfio meu casaco e vou para o consultório. Huang franze a testa ao me ver.

— Más notícias, Jake. Perdemos dois casais, hoje. Os Stanton e os Walling ligaram para cancelar as consultas.

— Desta semana?

— Não. Para sempre. Os dois entraram com pedidos de divórcio.

Os Walling não me surpreendem, mas eu tinha muita esperança com os Stanton. Jim e Elizabeth, casados há catorze anos, os dois superlegais, se dando bem. Me enfio no corredor, mal-humorado, sentido o peso do fracasso. Como posso salvar o casamento alheio, se não consigo salvar o meu?

59

O ESTUDO QUE MAIS me interessa é a respeito da eficácia da terapia de casal. A terapia tem alguma correlação com uma maior ou menor probabilidade de divórcio? Na minha própria clínica, vi todo tipo de resultados, embora pareça que os casais que perseveram por pelo menos oito ou dez sessões semanais tendem a criar laços mais fortes do que os que tinham no primeiro dia.

Há um estudo interessante, de muitos anos atrás, envolvendo cento e trinta e quatro casais cujo casamento enfrentava sérios problemas. Dois terços dos casais apresentaram melhora significativa após um ano de terapia. Cinco anos depois, um quarto dos casais havia se divorciado, enquanto um terço declarou estar feliz juntos. Os casais restantes ainda estavam juntos, embora não necessariamente felizes. O fator decisivo parecia ser o fato de ambos os cônjuges estarem realmente interessados em melhorar seu casamento.

60

NAQUELA TARDE, mando uma mensagem para Alice falando do jantar. Não comi praticamente nada no Barbara's Fishtrap e estou faminto. Vinte minutos depois, ela responde: *Coma sem mim. Vou me atrasar.*

Em geral, isso quer dizer que ela vai chegar em casa por volta de meia--noite, então me enterro no consultório para cuidar da papelada. Ian termina às oito com seu último paciente e sou deixado sozinho na clínica silenciosa.

Mais ou menos às onze, eu saio. A casa está escura e fria. Ligo a calefação e espero o *fufff* do ar passando pelos canos velhos, mas nada acontece. Não tenho forças para acender a lareira ou pôr alguma coisa no forno para aquecer o lugar. A discussão com Alice pesa como uma nuvem negra em cima de mim, e o divórcio dos Stanton só piora as coisas. Nem quero pensar no Pacto. Com certeza haverá mais problemas. Mas, no momento, não tenho forças para formular um plano ou sequer considerar o próximo passo.

Me jogo no sofá, exausto. Do quarto dos fundos, ouço três sininhos — e-mails chegando no iPad de Alice. Estranhamente, isso não traz preocupações com Eric, o contrabaixista. Por que fui olhar para aquele e-mail? Tudo parece idiotice e insegurança.

Mas tenho que admitir que me irrita — Alice está me tratando mal por causa de um encontro que tive com uma antiga namorada, enquanto ao mesmo tempo seu iPad talvez esteja avisando que há múltiplos e-mails do seu antigo namorado. É claro, raras vezes a mente ciumenta interpreta suas próprias atitudes sob o mesmo ângulo que as alheias.

Penso nos Stanton e nos nossos nove encontros. A terapia é diferente das outras interações humanas, os cálculos, inteiramente outros. Em nove horas de discussões sérias, diretas e honestas, chega-se a conhecer profundamente uma pessoa. Poucas vezes sigo à risca as instruções para me manter desconectado, ser apenas um observador. Não, com aqueles nos quais realmente deposito esperanças, passo várias horas avaliando como posso ajudá-los a chegar onde precisam estar.

Penso nas sessões: O que eu disse, e o que poderia ter dito de outra maneira? Infelizmente, me lembro de tudo e por isso sou capaz de criticar, editar e revisar as minhas frases. Agora que é tarde demais para os Stanton, sei o que deveria ter dito, as perguntas que deveria ter feito.

Quando escolhi ser terapeuta, eu não sabia no que estava me metendo. Eu queria ajudar as pessoas. Só vi o lado positivo do trabalho. Eu encontraria as pessoas num momento problemático de suas vidas e as ajudaria a seguir aos poucos em direção a uma posição de maior felicidade. Parecia simples. O que não me dei conta foi que, em terapia, as vitórias são lentas. Elas se estendem por várias sessões — com frequência por muitos meses, até anos — e se apresentam sob vários disfarces. Os fracassos, por outro lado, surgem de repente, sem ambiguidade e muitas vezes sem aviso prévio.

Não considero o divórcio dos Walling um fracasso. Eles já estavam à beira da separação quando os conheci; só não reconheciam isso. E, mais importante, o divórcio era a melhor opção para os dois. O Pacto discordaria, mas tenho certeza de uma coisa: algumas pessoas não são feitas para o casamento. Mas os Stanton contam como fracasso.

Eu cochilava quando ouvi a porta da garagem se abrir. Olhei para o celular: 00:47. Me levantei e escovei os dentes para receber Alice com um beijo, se ela ainda me beijasse, mas ela ainda ficou no carro por muito tempo, ouvindo música, alguma coisa alta com uma batida de baixo. Ouço e sinto a vibração no chão. Por fim, ela sobe devagar a escada dos fundos e entra na cozinha. Não sei dizer se ainda está zangada ou só cansada. Ela me olha, mas não parece me ver.

— Preciso dormir— ela diz, indo para o quarto.

E isso é tudo. Ligo a lava-louças, checo a fechadura da porta da frente e apago as luzes.

No nosso quarto, Alice já adormeceu. Subo na cama, a seu lado. Ela está de costas para mim, virada para a janela. Quero abraçá-la, mas não o faço. Ainda assim, sinto o calor vindo do seu corpo, e isso me enche de saudade.

Depois de tudo o que aconteceu em Fernley, eu queria estar na minha casa, na minha cama, com a minha mulher. Mas o que aconteceu lá mudou as coisas entre nós. Ou, se eu for honesto, não foi só o que aconteceu em Fernley. Foi tudo o que me levou a Fernley.

Olho para suas costas, querendo que ela acorde, mas isso não acontece.

Então, eu vou em frente e digo: *eu me sinto um fracassado*. É uma sensação medonha. É a primeira vez em muito tempo que os problemas crescem e as soluções não ficam claras para mim logo no início. Sou pego desprevenido pela minha própria incapacidade de raciocinar em meio às dificuldades. A previsibilidade é o prêmio de consolação que vem com o envelhecimento. Quanto mais velhos ficamos, mais experiência acumulamos e mais fácil fica saber, no mesmo instante e nas mais diferentes situações, o que nos reserva o futuro. Na adolescência, tudo era novo, vibrante e misterioso, e eu me surpreendia com frequência. Cheguei então à idade em que as surpresas se tornam mais raras. E, embora a vida talvez seja menos excitante quando se consegue prever o que acontecerá a seguir, de algum modo prefiro assim.

Agora, toda aquela certeza se desfez.

61

É QUARTA-FEIRA, PORTANTO NÃO vou almoçar em casa. Faço de conta que estou ocupado demais com o trabalho, me preparando para a sessão individual com Dylan, o calouro do ensino médio sofrendo de depressão. A realidade, claro, é que não quero estar em casa quando o mensageiro aparecer. Não quero ter aquela conversa estranha enquanto meus olhos só veem o temido envelope. Não quero assinar o recibo de entrega, não quero ser responsável por decidir como agir. Mais do que tudo, não quero encarar os problemas de frente. Sei que isso é imaturo, mas simplesmente não consigo fazer isso hoje.

A conversa com Dylan vai mal, e isso me preocupa. Não há respostas claras para Dylan no momento, ou a coisa é comigo? Ainda assim, tentando quebrar esse feitiço, saio na hora de costume e, a caminho de casa, compro algumas verduras frescas e frango. Outros terapeutas riem do movimento do poder do pensamento positivo da década de 1970, mas eu não desprezo tão depressa a sua eficácia. Pessoas otimistas são mais felizes do que as pessimistas ou cínicas — é idiota, mas verdadeiro, mesmo que às vezes só se esteja fingindo.

Em casa, fico aliviado ao descobrir que não há sinal do mensageiro. Me entrego à confortável rotina de preparar o jantar. Estou atento ao carro de Alice, mas com um olho no celular. Do quarto, ouço o som de um e-mail no iPad. Às 7:35, bem quando o frango saiu do forno, o pão está fatiado e na mesa e a garrafa do vinho aberta, recebo uma mensagem de Alice.

Fazendo serão, coma sem mim.

Espero. Ela não aparece. Passa de uma da manhã quando vou afinal para a cama. Passa das duas quando ela desliza em silêncio para perto de mim. Seu corpo, através da camiseta fina, está quente e agradável. Quando rolo e passo o braço por cima dela, ela enrijece. Às seis, quando acordo, ela já saiu.

Vou ser direto e dizer: Estou morto de medo de estar perdendo a minha esposa.

No consultório, me preparo para um dia longo. Três casais pela manhã e o grupo de adolescentes das quintas-feiras na parte da tarde. Os adolescentes são combativos. Como animais na savana, farejam de longe a fraqueza e é raro que relutem em se preparar para um ataque rápido.

A sessão com os Reed, Eugene e Judy, às nove, é surpreendentemente boa. Às onze, chegam os Fiorina. Brian e Nora são meus clientes mais jovens, trinta e um e vinte e nove anos. Em geral, a terapia de casal é ideia da esposa, mas não neste caso. Eles estão casados há apenas dezenove meses e as rachaduras já começaram a aparecer. Brian conseguiu meu telefone com um antigo cliente com quem joga tênis. Nora resistiu a princípio, mas concordou como um favor ao marido. Na primeira sessão, eles me contaram sua história: conheceram-se on-line e se casaram logo. Nora é de Singapura, tem problemas de imigração e, se não ficarem casados, terá que voltar para casa. Os dois trabalham com computação, se bem que, quando nos conhecemos, Nora ainda estava procurando um novo emprego depois de ter perdido seu visto H-1B. Sua dificuldade para encontrar trabalho abalou bastante sua autoconfiança, e sua insegurança parece estar minando o casamento.

Hoje pela manhã, Nora está mal-humorada. Fica claro que tiveram uma briga no carro, fora do consultório, ou a caminho daqui. Brian parece exausto.

— Não sei por que estamos fazendo isto — começa Nora, afundando na poltrona.

Brian se senta no sofá, braços cruzados, apoiado no canto, evidentemente não disposto a se arriscar a responder. Nora está rígida, o cabelo muito puxado para trás.

— Por que vocês *estão* aqui? — pergunto em voz baixa.

Nora parece frustrada.

— Acho que é porque estava marcado na minha agenda.

— Só por isso?

— Só por isso.

Brian revira os olhos.

E o silêncio se faz por um minuto. Um minuto pode parecer um tempo enorme, mas às vezes é tudo o que uma sessão precisa. Como uma corrida na praia, às vezes, numa sessão de terapia, um minuto de silêncio serve como válvula de escape — a tensão se esvaindo devagar, a ansiedade subindo à tona antes de evaporar.

— Vocês consideram o casamento importante? — pergunto. — Vocês querem estar casados?

Nora olha para o marido. Brian se remexe no sofá. Sua expressão me diz que ele está surpreso com a pergunta, e não necessariamente satisfeito.

— Eu acho — diz Nora, medindo as palavras, olhando só para mim — que poderia ser mais fácil estar sozinha. Sem responsabilidades, fazer o que quero, comer o que quero, ir aonde quero, sem perguntas, sem precisar dar respostas. Simples.

— É, seria simples — concordo. Deixo o silêncio agir mais um pouco. — Mas será que o simples é sempre melhor?

— É claro — ela retruca sem pensar.

E então me encara com os olhos muito abertos, como se estivesse jogando um jogo de damas e acabasse de ser encurralada.

— Há uma canção que gosto — digo — de Mariachi El Bronx. Eu estava ouvindo hoje de manhã. O refrão fala de como todos querem ficar sozinhos, até que se veem sozinhos.

Encontro depressa a música no meu iPod e a ponho para tocar; a melodia suave muda o clima da sala.

Nora parece avaliar a letra.

— Simples é fácil — digo. — Concordo com você. Nenhum problema. Nenhuma complicação. Mas você sabe de uma coisa? Os humanos são complexos. É, nós gostamos do simples, nós gostamos do fácil, nós não gostamos de problemas. É relaxante viver uma vida simples, sem relacionamentos complicados. Eu também gosto da ideia. Às vezes, tudo o que eu quero é ficar sozinho, em casa, no sofá, comendo cereal, vendo televisão.

Brian se inclina para a frente. Estamos nos encontrando há cinco semanas, e é provável que eu tenha falado mais hoje do que em todas as sessões anteriores juntas.

— Mas, sabe do que mais? — digo a Nora. — Às vezes eu preciso do complicado, preciso do complexo. É interessante. Me desafia. O fácil poucas vezes cria alguma coisa grande, e eu às vezes preciso de algo grande.

Nora parece estar se acalmando. Seus ombros descontraíram. Sua expressão passou de zangada para neutra.

— Você gosta de Brian? — pergunto.

— Gosto.

— Ele te trata bem?

— É claro que trata.

— Você sente desejo por ele?

Nora sorri pela primeira vez.

— Sinto.

— E eu não sou um amor? — diz Brian, acariciando a barriga proeminente.

E os dois começam a rir.

E é então que eu sei que eles vão ficar bem.

62

Outro dia inteiro se passa sem que Alice telefone, mande um e-mail ou uma mensagem de texto. Chegamos àquela temida fase conjugal que em geral não surge senão depois de anos de casamento. Vivemos como companheiros de quarto, não como amantes. Claro, dividimos uma cama, mas nunca estamos acordados ao mesmo tempo.

Já está escuro quando pego meu celular e escrevo. *Jantar?*

Vou chegar tarde.

Você tem que comer.

Tenho barras de cereal.

Posso te levar alguma coisa?

Longa pausa. Nenhuma resposta.

Estarei aí na frente às nove, eu escrevo.

Pausa ainda mais longa.

Ok.

Embalo sanduíches, chips, bebidas e biscoitos numa sacola térmica. Chego cedo, então paro o carro na zona de carga e descarga ao lado do prédio do escritório de Alice e fico sentado no escuro, ouvindo rádio. Kmoo está apresentando uma parada de sucessos, e hoje é a vez de *Blood on the Tracks.* Claro. Esse é um dos melhores álbuns de todos os tempos, mas eu gostaria que tivessem escolhido outra coisa. Alguma coisa mais alegre. O casamento é difícil. Dylan sabia disso.

Quando os acordes iniciais de "Simple Twist of Fate" soam no rádio, Alice abre a porta do passageiro e desliza para o assento.

— "Blood On The Tracks?" — Ela ri. — Que apropriado!

Entrego-lhe um sanduíche e um saco de salgadinhos. Ofereço Peroni e Coca Diet e ela escolhe a última. Ataca a comida como um bichinho selvagem. Não falamos, só comemos, ouvindo a música.

— Eu teria preferido "Planet Waves" — digo.

— Claro que teria.

Então ela canta umas estrofes de "Wedding Song". Sua voz, mesmo quando ela está zangada comigo, é pura e agradável. Mas então ela abandona a brilhante e alegre "Wedding Song" e começa a cantar junto com Dylan, que agora passou para "Idiot Wind".

Ela me olha. Tanta coisa num olhar!

Ela termina o sanduíche, embola o papel e o enfia na sacola.

— Vadim está trabalhando para mim sem parar nos últimos três dias.

— Não me surpreende. Vadim se amarra em você.

— Eu sei. Mas ouça, ele está trabalhando para *mim*, numa pesquisa pessoal.

— Merda, Alice! Você não contou ao Vadim o que está acontecendo com o Pacto, contou?

Quase posso sentir minha pressão subindo. Dylan está cantando sobre a gravidade nos puxando para baixo.

— Claro que não. Eu só pedi a ele para checar Eli e Elaine. Pois veja só, Jake. Ele conferiu todas as bases de dados, registros públicos, LexisNexis, Pacer, Google, os jornais, tudo. Ele chamou os amigos, os melhores hackers. E você quer saber o que ele encontrou? Nada. Não existe um casal desaparecido chamado Eli e Elaine. Não houve casamentos entre ninguém com esses dois nomes nos últimos cinco anos. Não em São Francisco nem na Califórnia. E também não há nenhum casal com esses nomes que tenha vivido em Bay Area durante esse período. Não houve desaparecimentos na Stinson Beach. Eli e Elaine não existem.

— Isso não faz sentido.

Tento processar o que ela está me dizendo. Por que JoAnne inventaria aquilo?

— E tem mais. A primeira mulher de Dave morreu depois de uma horrível batalha contra o câncer. Em Stanford, com Dave a seu lado. Triste, mas não misterioso. Você me disse que a atual mulher dele, Kerri, tinha enviuvado em circunstâncias misteriosas. Mas o primeiro marido dela, Alex, morreu de insuficiência hepática. No Mills-Península Hospital, em Burlingame. Também triste, mas com certeza nada misterioso. Acho que a sua ex-namorada paranoica só tem é merda na cabeça.

Penso no que ela está me dizendo. Dylan ainda está cantando, suas palavras sobre amor que dá errado enchem o carro, e isso não ajuda.

— Puta merda! Por que ela iria mentir?

— Talvez ela só quisesse se aproximar de você. Talvez fosse alguma porra duma espécie de teste. Talvez ela esteja trabalhando para o Pacto. Ou talvez... você já pensou nisso, Jake? Talvez ela esteja completamente biruta.

Repasso todos os meus encontros com JoAnne, tentando descobrir algum indício, alguma deixa, de que ela estivesse inventando tudo.

— Talvez Neil esteja por trás disso — argumento. — Talvez ele lhe tenha contado mentiras para mantê-la na linha ou coisa assim.

Alice se encosta na porta. É quase como se ela quisesse ficar o mais longe de mim possível.

— Você não desiste, não é, Jake? Você está convencido de que JoAnne é uma pobre vítima indefesa que precisa da sua ajuda.

— Vadim pode ter se enganado.

— Vadim entende do que faz. Ele trabalhou três dias inteiros. Se ele diz que Eli e Elaine não existem, eles não existem.

Um pensamento apavorante me ocorre.

— E se Vadim estiver nisso, Alice?

— Sério?

— Tá. Você tem razão. Eu só não entendo.

— Talvez o Pacto não esteja matando gente. E, mais importante, talvez não seja realmente do Pacto que você está com tanto medo.

— Que droga você está querendo dizer?

— Eu quero dizer exatamente o que eu disse, Jake.

A tensão vibra na voz de Alice. Ela ainda está muito zangada.

— Não é possível que você realmente só esteja com medo de estar casado comigo?

— Alice, nosso casamento foi ideia minha.

— Foi mesmo?

Por um segundo, fico perplexo. No mesmo instante, me pergunto como seria a história do nosso casamento se fosse contada por ela.

— Você pode ter sido quem levantou a questão, Jake, mas fui eu quem fez o trabalho pesado. Todas as vezes que você briga com o Pacto, me soa como se você estivesse tentando sair deste casamento. Tudo o que você fez, cada conversinha clandestina com JoAnne... é como se você tivesse segundas intenções, como se você quisesse a sua antiga vida de volta, como se você quisesse ser *livre*. E aí você me vem com essa história insana dela estar nua numa gaiola que encolhe.

— Você está me acusando de inventar isso?

— Não. Por mais doido que pareça, eu acredito que você a encontrou numa gaiola de vidro. Eu acho que o Pacto é capaz de todo tipo de pequenas monstruosidades. Mas não tenho tanta certeza de que os participantes não queiram tudo isso. Eu estive em Fernley, lembra? E foi ruim, concordo com isso. Horrível, na verdade. Mas eu aguentei aquilo porque eu queria ser uma esposa melhor e acreditei de verdade que eles poderiam me ajudar nisso.

— Eles ameaçaram a sua carreira! — gritei. — Ameaçaram a minha!

— Talvez as ameaças fossem reais. Talvez não fossem. De qualquer maneira, não existe isso de assassinar casais na praia. Não existe isso de esmagar a esposa do diretor regional entre paredes de vidro. Acho que o que você está cometendo é um Crime de Interpretação.

— Mas que merda é isso?

E de repente me sinto desabar. É como se eu não conhecesse a minha mulher. Porque aquelas palavras que ela acabou de usar, aquela expressão... *um crime de interpretação...* Aquilo não saiu direto do Manual?

— Você é o terapeuta. O que você pensaria se alguém chegasse para você com uma história dessas? Você pinta as coisas como se fossem horrendas, mas quando eu imagino você naquela gaiola com ela, não consigo deixar de pensar que você *gostou*. Que aquilo *te excitou*.

— Não! — protesto, mas a palavra não soa convincente.

— E também acho que era isso que *ela* queria. Acho que ela te atraiu para lá, como parte de algum jogo doente e estúpido, e que você caiu direitinho.

Sinto como se fosse vomitar.

— Alice, ela estava sofrendo. Não era um jogo.

— Ela está te manipulando e você nem consegue enxergar isso. Ou talvez você não queira enxergar.

— Você está tão fora da realidade, Alice. O que há de errado com você?

No corpo de bombeiros da rua, soa o alarme. É tão alto que nós dois cobrimos as orelhas. Segundos depois, o carro dos bombeiros passa voando, sirenes berrando. Passa tão perto que o deslocamento de ar sacode o carro. E eles se vão.

— Quando você me pediu em casamento, o que esperava?

A voz de Alice está assustadoramente baixa.

— Você achou que fossem ser só dias felizes, flores e arco-íris? Achou que tudo seria *Planet Waves* e nenhum *Blood on the Tracks*? Foi isso que você achou?

— Claro que não!

— Eu fui para Fernley, eu usei a porra daquele colar. Eu fiquei lá parada na frente do juiz, ouvi o sermão e aceitei a sentença. Você sabe por quê?

Não sei o que é mais devastador — se a raiva em sua voz, ou a tristeza.

— Você sabe por que, Jake? Você sabe *por que* eu fui às sessões com Dave, todas aquelas tardes? Você sabe *por que* eu usei aquela porra de pulseira? Você sabe no que eu estava pensando quando eles puseram as correntes em volta dos meus tornozelos, ou quando eles tiraram toda a minha roupa, ou quando me deram um banho gelado, ou quando aquela merda daquela guarda enorme me arrancou a roupa e disse que precisava me revistar?

— Uma revista corporal? Você nunca me falou...

Acaba o lado um do *Blood on the Tracks*. Embora eu não possa ver nem ouvir, sei que Alice está chorando. Por fim, ela fala:

— Eu fiz isso por você, Jake. Eu queria que este casamento funcionasse. Eu não tenho medo de me comprometer. Eu não tenho medo de fazer qualquer merda que precise ser feita para nos manter juntos. Eu fiz isso por *nós*.

O DJ volta ao ar. Está falando do disco e da relação ardente de Dylan com a esposa, o início mágico, "Sad-Eyed Lady of the Lowlands", os altos, os baixos, a paixão e, no fim, a comentada separação. Eram três da manhã, Dylan no estúdio com sua banda, sem ir em casa há dias, quando sua mulher apareceu de repente, deslizando na cabine escurecida, de pé na parte de trás, sem nem mesmo o produtor perceber a sua presença. E ela parada lá, só olhando. Dylan acabou por vê-la e começou a tocar uma canção que tinha escrito para ela naquele mesmo dia, dedilhando a guitarra, olhos fixos do outro lado da sala, dentro dos olhos dela... cantando aquelas palavras, uma brilhante mistura de intensa devoção, veneno amargo e todo o resto. Quando a canção terminou, ela saiu pela porta lateral e isso foi tudo. Ela tinha ido embora.

— O que você quer que eu faça? — pergunto a Alice.

Alice seca as lágrimas. É estranho vê-la chorar. Acho que as lágrimas a constrangem.

— Eu quero que você faça exatamente aquilo que você quiser fazer.

— Tá bom. Mas o que deixaria você mais feliz?

— Eu quero que você se comprometa com este casamento, Jake. *Comigo*. Se isso quer dizer aceitar o Pacto, então é isso que tem que ser. Se você me leva a sério, se leva nosso casamento a sério, então vá em frente, aceite o que há de ruim junto com o que há de bom. Eu quero saber que você me ama, Jake, quero saber que você está comigo. Quero saber que você está preparado para o que der e vier.

Silêncio, a não ser pelas cordas de Dylan. Alice põe a mão na minha coxa.

— É pedir demais? Essa porra é coisa séria, de gente grande.

Ela dá uma risadinha triste.

Pego sua mão. Seus dedos estão frios, muito diferentes do seu calor habitual, e isso me faz pensar em como serão suas mãos quando ela envelhecer. E eu sei que quero estar com ela quando isso acontecer. Quero saber como será o som de sua voz quando ela tiver oitenta anos. Quero saber como será sua aparência quando as covinhas virarem rugas, ou como será seu cheiro quando estiver doente, ou a expressão de seus olhos quando ela não conseguir se lembrar do nome de alguém que conheceu a vida inteira. Quero tudo isso. Não porque eu precise possuí-la, como já achei que fosse, mas porque eu a amo. Eu a amo muito.

Acendo meu celular e clico no nome de Vivian. Vivian atende no primeiro toque.

— Amigo — diz ela.

— Olá, Amiga. Sinto te perturbar tão tarde.

— Imagine. Estou sempre aqui para você e Alice.

— Eu preciso confessar uma coisa.

— Eu sei — diz Vivian. — Estou contente por você ter ligado.

No começo, não faz muito sentido o que ela está dizendo.

— Na verdade, algumas coisas.

— Eu sei — ela repete. — Tire um dia para você. Organize suas ideias. Passe algum tempo com a sua mulher. Você pode estar em casa no sábado pela manhã?

— Sábado? — pergunto, olhando para Alice.

Ela está me encarando, satisfeita. E faz que sim.

— Por que eu simplesmente não te encontro no aeroporto de Half Moon Bay?

— Não vai ser preciso — diz Vivian. — Eles vão preferir se encontrar com você na sua casa. Boa noite, Amigo.

Tenho a sensação — será real ou imaginária? — de que alguém nos observa. Olho para o prédio, a luz acesa no escritório de Alice. Alguém está de pé à janela, mãos nos bolsos, olhando para nós... Vadim.

63

Procuro Alice. É claro que ela já saiu. Na cozinha, há o costumeiro caos de café e potes vazios de iogurte. Mas eu hoje me sinto mais forte. Nervoso, mas estranhamente calmo. Na véspera, Alice e eu fizemos amor. Ainda sinto seu cheiro na minha pele.

Enquanto tomo uma chuveirada e me visto para a consulta das oito horas com os Cho, penso em JoAnne. Depois de ontem à noite, depois de tudo o que Alice disse, até pensar em JoAnne traz um sentimento de traição. Mas como eu não poderia pensar? Repasso na cabeça nossas conversas. Seu medo parece palpável, não consigo perceber uma única nota falsa. Pensando bem, percebo que, no passado, ela me deu alguns sinais não verbais. Naquela noite, na festa de Woodside, ela se afastou de mim. Estaria tentando me impedir de fazer perguntas? Ou estaria tentando me proteger de Neil, do Pacto?

Ou será que estava tentando me proteger de mim mesmo?

Penso em JoAnne na gaiola de cristal. Seu cabelo emaranhado. Suas pernas nuas, se abrindo. Penso na acusação de Alice — que aquilo tudo me excitou. E, mesmo quando a culpa me atinge, fico de pau duro. Fazendo amor com Alice na noite da véspera, eu estava pensando só em Alice. Na maior parte do tempo, eu só estava pensando em Alice. Se bem que, no meio de tudo, uma imagem piscou na minha mente, só por um instante: JoAnne, nua e vulnerável na gaiola, debaixo do holofote. Sua pele nua encostada ao vidro. Os braços subindo para cobrir os seios imperfeitos, depois caindo para os lados, como se ela estivesse me desafiando a olhar. Ontem à noite, abri os olhos e olhei fixo para o rosto de Alice, tentando afastar a imagem de JoAnne, mesmo quando eu estava envolvido pelos braços da minha mulher.

— Eu te conheço — disse Alice numa voz dura e rouca que não soava como a Alice do nosso casamento, a Alice da nossa casa, a Alice da nossa vida. Soava como a Alice da banda, anos atrás, antes que eu a conhecesse, a voz que eu tinha ouvido nas canções mais zangadas, mais duras, as canções que tinham partes iguais de fúria e luxúria.

— Você quer foder ela — disse Alice.

E gozou.

É, foi assim. Minha complicada e adorada Alice.

64

QUANDO CHEGO DO TRABALHO na sexta à noite, a lareira está acesa e Alice quase terminou de fazer um jantar complicado.

— Achei que deveríamos fazer alguma coisa especial — ela disse — para a sua última ceia.

E então deu uma gargalhada. Uma gargalhada genuína, doce, real. Há meses ela não estava tão bem-humorada. Me entrega um coquetel, Bailey's on the rocks.

— Fiz o seu prato preferido. Senta.

A velha Alice está de volta. Nenhuma menção à noite de ontem, nenhuma menção à coisa bizarra que ela me disse enquanto fazíamos amor. E começo a pensar se terei imaginado aquilo. Que meu subconsciente está realmente me fodendo num nível absurdamente cruel e absurdo.

Mas o jantar especial e toda aquela atenção me deixam tenso, preocupado com o que pode acontecer amanhã. Alice tenta me acalmar.

— Vai ser tranquilo. É a sua primeira ofensa. Tá bom — ela admite —, talvez não de todo tranquilo. Você está diante de uma acusação bastante extensa: Omissão de fatos para com o parceiro, Desonestidade em relação aos dispositivos do Pacto e Encontros não autorizados com membros do Pacto que não o seu cônjuge.

— Não se esqueça do Crime de Interpretação.

E isso é tudo o que dizemos sobre o Pacto. Depois do jantar, fomos para a varanda dos fundos aproveitar a brisa marinha antes de voltar para nossa confortável cama. O sexo é longo, bom e, de algum jeito, parece diferente. Mais amoroso. Embora já estejamos agora casados a um bom tempo e já tenhamos tido nossa quota de divertimento no quarto, há desta vez alguma coisa que parece única, até mesmo crucial.

Não sou capaz de descrever como sei, mas eu sei: à sua maneira, e sem ambiguidade, Alice finalmente consumou o nosso casamento.

65

NA MANHÃ DE SÁBADO, desço até o Nibs, na esquina, e compro alguns bolinhos. Chocolate com limão para mim, de laranja com gengibre para Alice e dois avulsos para as visitas. Acho que mal não vai fazer. Pego um chocolate quente duplo e um jornal. Alice ainda estava dormindo quando saí de casa, então me sento e tento acalmar os nervos. Abro o jornal e começo a ler. Um minuto se transforma em dez, depois em quinze, depois em vinte. Estou evitando ir para casa e encarar seja o que for que vem a seguir. E se eu dobrasse o jornal, pegasse o chocolate quente, saísse pela porta agora e fosse para o leste — para longe de nossa casa, para longe do Pacto, para longe do nosso futuro?

Em vez disso, pego o caminho de casa. Dobro a esquina, esperando ver a van Lexus preta parada em frente, mas não há nada. Dentro, preparo uma caneca de café para Alice. Quando o cheiro não a acorda, tiro a roupa e subo na cama junto dela. Sem uma palavra, seu corpo se encaixa devagar no contorno do meu. Seus lábios tocam minha nuca. Seu hálito quente é gostoso na minha pele. Fiz a escolha certa, decido. Mergulho no sono entre seus braços.

Mais tarde, a casa cheira a bacon. Ando até a cozinha de cueca boxer e encontro Alice no fogão, de calcinha e sua velha camiseta do Sex Pistols, transferindo bacon da frigideira de ferro da avó para uma travessa forrada com papel-toalha.

— Você deve comer alguma proteína; pode precisar.

Bem escondida em sua voz, percebo uma estranha leviandade. Embora ela com certeza fosse negar, Alice parece tirar algum prazer daquela minha situação.

— Eu te trouxe um bolinho — digo.

Ela aponta para um prato cheio de migalhas.

— Eu já comi. Mas ainda estou faminta.

Nós dois comemos com voracidade. Debaixo da mesa, Alice toca meu pé com o dela.

— Acho melhor enfiarmos umas calças e escovarmos os dentes — ela diz.

Mas quando estou tirando minhas roupas do armário, ela me arrasta para a cama. Não sei o que deu em Alice. Tudo o que consigo pensar é que ela ficou excitada com a disposição de me entregar aos rigores do Pacto. Depois de algum tempo, os dois de banho tomado e vestidos, a cozinha limpa e minhas coisas arrumadas, vamos para o sofá. Alice numa ponta com seu violão e eu, nervoso, na outra.

Alice, brincando com as cordas do violão, começa a tocar "Folsom Prison Blues", de Johnny Cash. Fecho os olhos e jogo a cabeça para trás. Ouço o *plim* do e-mail de Alice em algum lugar na casa.

Segundos depois, seu celular toca na mesinha do café. Ela o ignora. A violência da música que ela canta me enerva.

O celular toca outra vez.

— Você não vai atender?

— Isso pode esperar.

Ela começa uma antiga preferida de Mendoza Line.

— *Enfim* — ela canta com um sorriso irônico —, *eu nunca estive interessada no seu coração e na sua alma. Eu só queria vê-lo e fazer amor em liberdade condicional.*

Mais uma vez, o telefone toca.

— O escritório? — pergunto.

Ela sacode a cabeça. Continua no violão por mais um minuto, um belo instrumental, e então o telefone volta a tocar.

Ela resmunga, larga o instrumento.

— Alô?

Alguém do outro lado da linha está falando depressa e alto.

— Você tem certeza? Pode me mandar? Eu não vi meus e-mails hoje. Você está na sua mesa? Vou ligar de volta.

Alice desliga o telefone. Não diz nada. Em vez disso, dá um pulo, corre até nosso quarto e volta com o laptop.

— Apagando um incêndio? — pergunto.

Ela não responde. Bate num monte de teclas, olhos fixos na tela.

— Merda! — ela exclama. — Puta merda!

Enquanto ela vira o laptop para mim, ouço um carro chegando. E, depois, o barulho da porta da garagem subindo. Como eles conseguiram abrir? Olho pela janela. A grande van preta está entrando na garagem. Com o carro de Alice bloqueando a passagem, eles só conseguem botar metade da van para dentro.

— Lê — Alice sussurra em tom de urgência.

A porta de um carro bate.

Agarro o laptop. É um matéria de um jornal alternativo de Portland.

— Casal do norte da Califórnia ainda desaparecido. Cento e sete voluntários fazem buscas nas praias do litoral sul.

Passos na escada da frente. Uma batida na porta.

Percorro depressa a matéria.

> O Saab 9-2x de Eliot e Aileen Levine foi encontrado no estacionamento perto de Stanton Beach há cem dias. Amigos descrevem o casal como felizes e apaixonados, entusiastas por ciclismo e caminhadas, adoradores do mar.

A batida à porta fica mais insistente. *Bang bang bang!*

— Um segundo! — Alice grita, mas não se mexe.

Ela está me encarando, os olhos cheios de terror.

> Embora não fosse raro o casal sair de caiaque pelo mar, eles não haviam comentado com a família ou amigos a intenção de viajar de sua casa no norte da Califórnia para o litoral do Oregon.

Bang bang bang! Uma voz vinda de fora:

— Jake, você precisa abrir a porta.

— Já vai! — Alice grita.

> Na verdade, registros de cartões de crédito indicam que o casal passou a noite anterior num hotel perto de Hopland, Califórnia, e tinha reservado passagens de avião para uma viagem ao México para dias depois do seu desaparecimento.

Fecho o computador e aperto o botão de desligar. JoAnne tinha os detalhes errados. Eram Eliot e Aileen, e não Eli e Elaine. Stanton Beach, e não Stinson Beach. Por isso Vadim não os encontrou antes.

— Merda! O que nós vamos fazer?

Ouço a maçaneta da porta sendo sacudida. Alice corre para mim e põe os braços em volta do meu pescoço.

— Meu Deus, Jake, eu estou com tanto medo. Você tinha razão. Como eu posso ter sido tão ingênua?

Ouvimos passos na escada lateral.

— Nós temos que fazer alguma coisa! — ela exclama, agarrando a minha mão e me puxando do sofá.

Mais sacudidelas na fechadura, e então nada mais importa, porque a porta da frente se abre.

Alice cochicha ao meu ouvido.

— Aja com normalidade.

Dou um rápido aperto em sua mão.

É o casal que levou Alice para Fernley. Ao mesmo tempo que Declan entra pela porta da frente, Diane entra pela cozinha.

— Eu na verdade esperava nunca mais voltar a esta casa — diz Declan.

Alice e eu estamos de pé lado a lado, de mãos dadas.

— Era mesmo preciso quebrar a fechadura? — pergunto, tentando soar sob controle.

— Eu não quebrei — responde Declan. — Só sacudi um pouco. Vocês deveriam pensar em investir numa fechadura nova.

Diane vem se postar à nossa frente enquanto Declan anda pela casa, examinando cada cômodo, checando para ter certeza de que somos só eu e Alice. Quando se junta a nós, vejo que ele trouxe meu celular do quarto. Alice corre para o dela, na mesinha do café, mas ele é mais rápido. Declan põe os dois telefones em cima da cornija da lareira, fora do nosso alcance.

— O que você está fazendo?

Quando dou um passo na direção dele, sinto o corpo de Alice enrijecer.

— Não se preocupe. Vocês os terão de volta.

Alice solta a minha mão.

— Vou fazer café para vocês — diz ela, a voz impressionantemente calma.

— Não, obrigado — retruca Declan. — Por que nós todos não nos sentamos?

Alice e eu nos sentamos lado a lado no sofá. Declan fica com a poltrona. Diane vai se postar junto à porta da frente. Alice busca a minha mão.

— Olhe... — começo, embora não tenha ideia do que vou dizer.

Sou atingido pela violenta conscientização de que, neste momento, não tenho cartas na manga.

Declan se mexe na poltrona e sua jaqueta é puxada um pouco para o lado. É quando vejo o revólver enfiado num coldre debaixo do paletó. Sinto vontade de vomitar.

Alice aperta tanto a minha mão que chega a doer. Sei que ela está tentando me mandar alguma mensagem privada, mas não faço ideia do que seja.

— Estou pronto para ir — afirmo.

Só tenho um objetivo, agora: tirar Declan e Diane da nossa casa, levá-los para longe de Alice. Vou fazer tudo o que mandarem.

— Você se lembra de como funciona? — pergunta Declan.

— Claro — respondo.

Tento soar indiferente, destemido, embora esteja apavorado.

— Mãos na parede, pés para trás, pernas abertas.

Alice não quer soltar a minha mão. Me viro e olho para ela.

— Meu bem — digo, tirando sua mão da minha e passando os dedos pelo seu rosto. — Eu vou ficar bem.

E então faço o que ele pede.

Enquanto estou parado ali, mãos na parede, Declan chuta minhas pernas para abri-las mais. Me lembro daquele dia em Fernley, quando alguém chutou minhas pernas para me derrubar, e me dou conta com uma clareza doentia de que aquele era Declan. Quando começo a cair, ele me agarra e me joga de volta na parede.

— Não! — Alice grita.

— Resistir só vai piorar as coisas — avisa Diane.

As mãos de Declan, rudes, sobem e descem pelo meu corpo. Todo o meu instinto me diz para lutar, mas ele tem um revólver. Com certeza, Diane também tem. Eu preciso tirá-los daqui, deixar Alice a salvo.

— Por que ele não recebeu uma diretriz? — pergunta Alice, desesperada.

— Ele teria ido para o aeroporto. Não há necessidade de força. Ele concordou em cooperar com tudo.

As mãos de Declan continuam a percorrer meu corpo, e eu tenho a sensação de que ele está gostando demais daquilo... seu controle, minha vulnerabilidade.

— Boa pergunta — ele concorda. — Eu estava me perguntando a mesma coisa. Jake, você deixou alguém muito puto?

Ele recua e me viro para encará-lo.

— Não sei.

— Alguém está muito chateado com você — diz ele. — Nossas ordens neste caso não deixam muita margem para manobra.

Declan faz um aceno para Diane.

— Mãos para o alto — ela comanda.

— Eu estou implorando...

— Alice — digo, ríspido. — Está tudo bem.

Claro que não está tudo bem. Nada está bem.

Alice fica ali parada, chorando baixinho.

Diane puxa uma camisa de força da sua sacola de lona preta. Quando ela a enfia pelos meus braços esticados, tenho uma sensação de absoluta impotência. Diane começa a apertar e encaixar coisas. Sinto cheiro de café requentado em seu hálito e vejo nosso reflexo no espelho do corredor. Naquele momento, eu me odeio. Odeio minha fraqueza, minha indecisão. Tudo o que fiz nos levou àquele instante. Com certeza, em algum ponto, eu poderia ter feito uma outra escolha, tomado outro rumo. Quando recebemos a caixa de Finnegan, deveríamos ter dito não. Ali, havia uma opção. Simplesmente devolver o presente. Ou quando Vivian veio à nossa casa pela primeira vez e pôs o contrato na nossa frente, poderíamos ter nos recusado a assinar. Eu não deveria ter marcado um encontro secreto com JoAnne, eu não deveria ter feito tantas perguntas.

Se eu tivesse feito outras escolhas em qualquer uma daquelas situações cruciais, Alice não estaria ali parada, apavorada e chorando.

Diane passa a última faixa entre minhas pernas e a prende numa fivela no meio das minhas costas. Ela está atrás de mim agora, e Declan também. Não consigo vê-los, mas posso ouvir o barulho de correntes e sinto Diane deslizando-as por dentro de laços na minha cintura e, depois, inclinando-se para fixar as correntes a um par de algemas que ela prende nos meus tornozelos.

Não consigo mexer os braços. Mal consigo mexer as pernas. Alice está soluçando.

— Aprecio o fato de vocês dois não criarem caso — diz Declan. — Diane e eu estamos bem satisfeitos por termos sido chamados para esta tarefa.

Me ocorre que Dave nem mesmo esteja no Pacto. Para ele, isso não passa de um trabalho?

Diane está procurando alguma coisa na sacola de lona.

— Há alguma coisa que vocês dois queiram dizer um ao outro antes de sairmos? — pergunta Declan.

Alice não hesita. Corre para mim e me dá um beijo longo e suave. Sinto o gosto de sal das suas lágrimas quando ela me beija.

— Eu te amo muito — ela murmura. — Tome cuidado.

— Eu te amo.

Espero que minhas palavras transmitam tudo o que estou sentindo. Quero muito abraçá-la, senti-la em meus braços. Queria poder voltar no tempo quinze minutos, só nós dois juntos, Alice cantando. Se pelo menos tivéssemos aberto o e-mail quando ouvimos o *plim*, se pelo menos tivéssemos atendido o telefone no primeiro toque, talvez pudéssemos ter escapado. Talvez pudéssemos estar na estrada agora, correndo para o sul, longe daqui.

Como tínhamos sido inacreditavelmente idiotas. Como fomos inocentes e ingênuos.

Vejo então o medo nos olhos de Alice e de repente sei que há mais, e que não é bom.

— Não precisa disso — Alice protesta. Sua voz treme.

Ouvir o seu medo torna tudo ainda mais apavorante.

— Receio que sim — responde Declan. — Sinto muito.

Realmente parece que ele diz a verdade.

— Está escrito na ordem. Não sei por que, mas está. Eu preciso que você abra bem a boca.

— Não! — Alice sussurra.

Mas eu penso na arma e faço o que ele diz.

— Mais aberta, por favor.

Sinto as mãos de Declan puxarem alguma coisa por cima da minha cabeça. Uma mordaça de bola é enfiada na minha boca, correias apertando-a pelos lados. Quando mordo, sinto gosto de metal e borracha seca.

Alice observa, o olhar inexpressivo. Declan lida com correias e fivelas. E então alguma coisa desce sobre meus olhos e me dou conta de que estou usando antolhos, como um cavalo sendo preparado para a corrida. Consigo ver o que está exatamente à minha frente, mas nada dos lados. Concentro-me inteiramente em Alice. Tento falar com ela pelos olhos. Então mais alguma coisa cai sobre a minha cabeça — um capuz preto. Não vejo nada.

A cada etapa, a cada descida em direção à loucura deste processo, fico mais chocado com o que estou perdendo. Há apenas alguns dias, eu queria poder voltar para onde estávamos antes — Alice e eu, juntos, felizes. Há cinco minutos, queria poder abraçá-la. Há sessenta segundos, poder falar com ela. E agora eu só quero vê-la de novo, desesperadamente. Sinto sua mão pressionando meu peito, através da lona grossa da camisa de força, mas é tudo. Estou me afogando na escuridão. Há silêncio por um instante, só o som da respiração de Alice, seu choro, e a voz dela dizendo com urgência *eu te amo muito*. Tento me concentrar em sua voz, me agarro a ela em minha mente, com medo de que me arranquem isso também, este último vínculo com a sanidade, com Alice.

E então a pressão no meu peito — a mão de Alice, aquela presença reconfortante — desaparece, e estou sendo levado pela cozinha. Sinto o cheiro do bacon, sinto o chão mudar de madeira para cerâmica. Estamos descendo os degraus dos fundos.

— Jake! — Alice implora.

— Fique aqui, Alice. — Diane para de andar para falar com ela. — Esta é a punição de Jake, não a sua.

— Quando ele vai voltar? — ela geme.

Não há controle em sua voz, agora. Nenhuma calma, só desespero.

— Seu dever agora, Alice — explica Diane —, é ir cuidar das suas coisas como se tudo estivesse normal. Vá para o escritório. Mais do que qualquer outra coisa, se você quiser ver seu marido de novo, não fale com ninguém a respeito de nada disto.

— Por favor, não... — Alice suplica.

Quero lhe dizer tantas coisas. Mas a minha língua está imóvel, meus dentes cravados em metal e borracha. Minha boca está seca, meus olhos ardem. E tudo o que consigo é um ronco gutural. Sete sílabas na minha garganta — *Eu te amo, Alice* é o que quero dizer.

Declan está me empurrando com força para dentro da van. Toda a minha esperança se esvai.

Quando nos afastamos, não posso vê-la, mas posso senti-la. Imagino Alice de pé lá atrás, soluçando, querendo me ter de volta.

O que foi que nós fizemos? Voltarei a ver minha esposa?

66

Sɪɴᴛᴏ ᴏ ᴄᴀʀʀᴏ ᴠɪʀᴀʀ à ᴅɪʀᴇɪᴛᴀ em direção a Balboa. Sei, pelo som dos carros diminuindo a marcha à nossa volta, que vamos dobrar no próximo sinal, então deve ser Arguello. Quero me convencer de que isto é só um pesadelo, mas as correntes mordem meus tornozelos e o gosto de borracha na minha boa é enjoativo. Preciso tentar descobrir a nossa rota, registrá-la na memória.

Rodamos por algum tempo antes de parar, e reconheço pelo barulho que estamos no trânsito de Bay Bridge. Depois, sinto a ponte sob as rodas. Consigo perceber uma mudança na luminosidade em frente ao meu rosto; então, sem aviso, o pano preto é levantado. Vejo a parte de trás da cabeça de Declan no assento do motorista e o perfil de Diane. Um vidro sobe entre o banco traseiro e os da frente. Pela escuridão no carro, é óbvio que as janelas devem ser escuras.

Começamos a nos mover, desta vez mais depressa, e há os ruídos do túnel da ilha de Yerba Buena. Sinto um movimento silencioso ao meu lado. Me esforço para virar a cabeça. Na penumbra, fico perplexo ao descobrir que há uma mulher, baixinha, sentada ao meu lado. Deve ter uns cinquenta anos, penso. Como eu, ela tem um cinto de segurança sobre uma camisa de força, embora não tenha imobilizadores de cabeça. Há quanto tempo estará me encarando? Ela me olha com expressão de simpatia. A simpatia está mais em seus olhos, mas há também um sorriso fixo, como se ela estivesse tentando me comunicar que compreende o que estou sentindo. Tento sorrir de volta, mas não consigo mover os lábios. Minha boca está tão seca que dói. Para ser educado, eu talvez devesse desviar o olhar, mas não o faço. A mulher parece saudável — injeções nos lugares certos, brincos de brilhante —, mas seu cabelo reluzente, despenteado em alguns pontos, denuncia algum tipo de luta.

Inclino a cabeça para trás, desconfortável, restrito pela camisa de força. Penso em Alice.

E então penso nos garotos. Não que eu tenha a esmagadora sensação de que meus pacientes não podem viver sem mim. Mas, apesar de toda essa conversa de resiliência dos adolescentes, eles também são frágeis. Que reações terão se seu terapeuta de repente some? A diferença mais elementar entre meus clientes adolescentes e os casais é esta: os adultos chegam convencidos de que nada do que eu diga vai mudar alguma coisa, enquanto os adolescentes acreditam que a qualquer momento eu serei capaz de proferir algum tipo de frase mágica que no mesmo instante dissolverá o nevoeiro.

Vejamos Marcus, do meu grupo das terças. Ele está no segundo ano de uma faculdade para superdotados em Marin. Marcus é um instigador, combativo, sempre querendo tirar as coisas dos trilhos. No nosso último encontro, ele me perguntou:

— Qual é o objetivo da vida? Não o significado, o objetivo?

Me vi numa situação delicada. Uma vez lançado o desafio, eu precisava responder. Se minha resposta não atingisse o alvo, eu me exporia como uma fraude. Se me recusasse a responder, pareceria um charlatão sem qualquer utilidade para o grupo.

— Pergunta difícil — declarei. — Se eu responder, você vai nos dizer o que *você* acha que é o propósito da vida?

Ele balançou a perna direita. Não estava esperando aquilo.

— Vou — respondeu, relutante.

Experiência, tempo e conhecimento me ensinaram a interpretar pessoas e situações. Em geral, tenho uma boa noção do que alguém vai dizer ou de como os outros vão reagir, e até da razão pela qual as pessoas fazem o que fazem e por que determinadas situações levam a determinados resultados. Mas, quando menos esperava, descubro uma lacuna nos meus conhecimentos. O que não sei, talvez algo em que nunca parei para pensar, é: de que adianta tudo isto, o que significa?

Passei os olhos pelo círculo de adolescentes e fiz o melhor que pude:

— Se esforçar para ser tudo de bom, mas saber que não é — eu disse. — Tentar gostar de todos os dias, mas saber que não vai conseguir. Tentar perdoar os outros e a si mesmo. Esquecer o que há de ruim, lembrar-se do que é bom.

Comer biscoitos, mas não demais. Desafiar-se para fazer mais, para ver mais. Fazer planos, comemorar quando dão certo, perseverar quando não dão. Rir quando as coisas estão boas, rir quando as coisas estão ruins. Amar com abandono, amar sem egoísmo. A vida é simples, a vida é complexa, a vida é curta. Sua única moeda verdadeira é o tempo... use-o com sabedoria.

Quando terminei, Marcus e todos os outros estavam me encarando, parecendo perplexos. Ninguém falou. Eles não tinham resposta. Isso queria dizer que eu estava certo, ou que estava errado? Talvez as duas coisas.

Enquanto estou aqui na van escura com a estranha, penso naquelas palavras que ofereci aos garotos. Aqui estou eu, numa situação apavorante cuja saída não posso prever. Amei com abandono, mas terei realmente amado sem egoísmo? Quanto daquela preciosa moeda — o tempo — ainda tenho? Será que o usei com sabedoria?

67

Passam-se horas, e tento desesperadamente me manter acordado. Devemos estar em algum lugar no deserto. Posso sentir a poeira na minha boca. Minha língua está inchada debaixo da mordaça, meus lábios doloridos e rachados, minha garganta seca. Respirar é difícil. Morro de vontade de engolir, mas não consigo fazer funcionar os músculos da garganta.

Pelos solavancos, posso dizer que saímos da autoestrada. Escorre baba da minha boca, cai na camisa de força e na minha perna. Estou constrangido. Cheio de dor, viro a cabeça para a direita. A mulher a meu lado está dormindo. Seu rosto está machucado e cortado. Parece que quem não gosta de mim também não é muito fã dela.

De repente, desce a janela divisória entre os bancos dianteiro e traseiro. O sol se reflete no para-brisas e aperto os olhos contra a luz ofuscante. A mulher se mexe ao meu lado. Movo a cabeça para olhar para ela, na esperança de comunicar alguma coisa com os olhos, na esperança de alguma conexão. Mas ela está olhando para a frente.

À distância, vejo as instalações surgirem do calor do deserto.

Num imponente portão de ferro, aguardamos que um guarda uniformizado confira nossos documentos. Posso ouvi-lo ao telefone, na guarita, fazendo uma ligação, anunciando nossa chegada. O portão se abre e entramos. Quando o ouço deslizar e se fechar atrás de nós, me pergunto se é alto demais para que eu o escale. E, se conseguisse, quanto tempo duraria? O que fariam, se eu tentasse?

Então penso no corredor de vidro que atravessei na minha primeira visita a Fernley: o hotel de luxo de um lado, o vasto deserto do outro. Fugir daquele lugar seria como sair a nado de Alcatraz. Uma vez do lado de fora, como sobreviver? O deserto é isolado demais, implacável demais. Sem água, eu morreria em poucas horas. Qual a melhor maneira de morrer: numa prisão, à mercê dos captores ou sozinho no deserto?

Passamos por um segundo portão. Por fim, estacionamos exatamente onde eu desci do avião da outra vez. Desta, porém, sou eu quem está parado na linha amarela, com ar cansado e apreensivo. A mulher está de pé a meu lado.

Um portão se abre zumbindo. Um sujeito baixinho, de uniforme preto, grita:

— Mexam-se. Andem pela linha!

Nos arrastamos pelo corredor estreito e cercado, os dois lutando para continuar na linha amarela que mostra o caminho. As correntes em volta dos meus tornozelos entram na minha pele, me obrigando a dar passos curtos. A mulher se move depressa — seus tornozelos não devem estar algemados —, e eu me esforço para segui-la.

No final da linha amarela, chegamos à entrada do prédio. A porta se abre e nós entramos. Duas mulheres de uniforme levam a mulher para a esquerda. Dois homens me levam na direção oposta, um de cada lado. Chegamos a uma sala vazia, onde eles libertam minha cintura e meus tornozelos. No mesmo instante, me sinto mais leve. Quando tiram a camisa de força, meus braços estão dormentes. Talvez a mordaça seja a próxima. Espero que sim. Morro de vontade de passar a língua nos lábios, de provar um gole d'água.

— Tire as roupas — diz um dos sujeitos.

Logo estou de pé ali, completamente nu, a não ser pela engenhoca em volta da minha cabeça. Meus lábios estão dormentes, e sinto a baba me escorrer pelo queixo.

Os dois sujeitos estão me encarando, um pouco fascinados.

A dor que sinto na boca é tão grande que nem sequer registro o tamanho da humilhação. Só quero que tirem aquela coisa. Aponto para a boca, fazendo com as mãos um gesto de súplica. Deixo claro que preciso beber.

O sujeito mais baixo acaba por tirar do cinto algumas chaves. Ele trabalha numa fechadura na parte de trás da minha cabeça. Quando a mordaça cai, eu suspiro. Lágrimas de alívio me queimam o rosto. Tento fechar a boca, mas não consigo.

O sujeito alto aponta.

— Os chuveiros são por aqui. Não se apresse. Quando estiver pronto, vista o macacão vermelho. Saia pelos fundos.

Entro por uma porta. Há cinco pias à esquerda, cinco chuveiros à direita, um banco no meio, nenhuma porta, nenhuma cortina. Vou para o chuveiro do meio. Parte de mim acredita que não haverá água, que aquilo não passa de uma cruel piada psicológica de mau gosto.

Giro a torneira. Como um milagre, a água cai. Tremo quando a água gelada bate na minha pele. Levanto a cabeça e a engulo, dando grandes goles. De repente, a água passa de glacial a escaldante. Dou um pulo para trás. Então, mijo no ralo e observo a espiral amarelo-escura redemoinhar pela água fervente e desaparecer.

Pressiono a saboneteira de plástico e um líquido rosa perolado pinga na palma da minha mão. Ensaboo a sujeira da viagem. A água, agora, está morna. Lavo o rosto, o cabelo, tudo. Fico de pé debaixo do chuveiro, olhos fechados. Quero me deitar e dormir por uma eternidade. Não quero sair do chuveiro, não quero vestir o macacão. Não quero passar pela porta. Cada porta por onde passo é só mais uma porta pela qual terei que passar para fugir daquele inferno, se é que isso é possível.

Ao fim de algum tempo, fecho a água e saio do chuveiro. Um macacão vermelho e uma cueca branca estão pendurados em ganchos na parede. Abaixo das roupas há um par de chinelos. Visto a cueca e o macacão. O tecido é estranhamente confortável, bem do jeito que Alice descreveu. O macacão me serve à perfeição. Os chinelos são muito pequenos. Calço-os assim mesmo e saio pela porta.

Me vejo numa sala estreita. A mulher com quem viajei está de pé à minha frente, perto de uma cadeira, usando um macacão vermelho-sangue idêntico ao meu. Em letras maiúsculas está escrita a palavra *prisioneira*. Há uma mesa alta junto à cadeira. Parece fora do lugar, com seu elegante tampo de mármore. No centro da mesa há uma caixa de madeira. Estremeço ao pensar no que contém.

A mulher passa timidamente as mãos pelo cabelo. Sua pele ainda está úmida do chuveiro, mas o cabelo está seco.

— Não há saída — ela diz.

Ela tem razão. Não há outras portas. Me viro para aquela por onde entrei, mas já está fechada. Penso em JoAnne na gaiola de vidro que encolhia e começo a entrar em pânico. Mexo na maçaneta, mas nada se abre. Estamos encurralados.

Ando em círculo, devagar, inspecionando a sala.

— Por favor, sente-se — diz a mulher, hesitante.

Quando não me mexo, ela repete:

— Por favor.

Seus olhos estão vermelhos e é evidente que esteve chorando.

Ando até a cadeira e me sento.

— Sinto muito — ela diz.

Ela fica em silêncio por um instante e depois começa a soluçar.

— Você está bem?

Sei que a pergunta é absurda até quando a faço, mas quero que ela saiba que compreendo como ela está se sentindo.

— Estou — ela responde.

É evidente que ela está lutando para recuperar a compostura, a dignidade. Abre a caixa e começa a remexer no que há dentro. Ao ouvir o som de metal contra metal, sinto vontade de vomitar.

— O que há aí dentro? — pergunto, com medo da resposta.

— Eles nos deram uma escolha — ela informa. — Um de nós precisa sair desta sala com a cabeça raspada. Eles disseram que eu podia decidir. Disseram que se sobrasse um único fio de cabelo, eles raspariam nossas duas cabeças e fariam pior.

— Você já decidiu?

— Já. Sinto muito.

Uma cabeça raspada. Posso viver com isso, sem problemas. A questão mais preocupante é por que eles estão nos fazendo passar por aquilo. Se estão dando a ela uma escolha, é provável que também me deem uma. Qual será a minha escolha?

68

ENQUANTO O BARBEADOR ZUMBE pelo meu crânio, penso em Eliot e Aileen. JoAnne os chamou de Eli e Elaine. Talvez o jornal de Portland tenha trocado os nomes. Talvez JoAnne. Pouco importa. É possível que eu tenha ouvido mal? Nossos ouvidos, muitas vezes, ouvem o que esperam, e não o que é dito.

Me lembro de outro casal que desapareceu fazendo canoagem em mar aberto. Aconteceu em algum lugar ao norte de Malibu, há alguns anos. Foram considerados desaparecidos durante semanas, até que seu caiaque para duas pessoas foi encontrado com uma mordida irregular no casco, pedaços de dentes de tubarão ainda presos à fibra de vidro.

E se alguém do Pacto tivesse lido aquela história e a considerado uma narrativa plausível para um casal como Eliot e Aileen? Terá o câncer da esposa de Dave sido apenas isso, um cenário plausível?

Penso nas cento e sete pessoas percorrendo o litoral do Oregon em busca de vestígios do desaparecimento de Eliot e Aileen. Foi o número dado pela matéria de jornal: cento e sete. Penso em todos eles andando por toda a extensão da praia em fila indiana, cabeças baixas, em busca de indícios enterrados na areia. Se eu desaparecesse, cento e sete pessoas se apresentariam para me procurar? Eu gostaria de pensar que sim, mas é provável que não.

A matéria no jornal era de três meses atrás. Eu gostaria de ter tido tempo de procurar atualizações. Terão os amigos desistido? Ou ainda estarão por lá, à procura? Se eu desaparecesse, por quanto tempo procurariam por mim?

69

TODO O MEU CABELO SE FOI, mas a mulher continua a passar as mãos pelo meu crânio, em busca de alguma coisa que possa ter deixado passar. De vez em quando ela para e pega o barbeador, esfrega uma loção, tira algum folículo real ou imaginado. Parece obcecada, em pânico, por conta de consequências desconhecidas. Seu cabelo está penteado como é comum entre as mulheres bem de vida da sua idade — com cachos caros, louro, mas não demais, mechas que destacam suas atraentes maçãs do rosto. Imagino que ela passe muito tempo se dedicando a ele pela manhã. Posso entender por que ela fez a escolha que fez. Mas, mesmo assim, a meticulosidade com que raspa a minha cabeça parece quase cruel.

Recuando, ela diz:

— Acho que está perfeito.

Os culpados sempre encontram um jeito de racionalizar seu comportamento, fazendo parecer como se eles te fizessem um favor.

Pelo interfone no teto, ouvimos uma voz feminina.

— Bom trabalho. Agora, Jake, é a sua vez de escolher.

Eu sabia que aconteceria. Mesmo assim, fico tenso.

— Temos duas celas — diz a voz. — Uma é escura e fria, a outra é clara e aquecida. Qual você prefere?

Olho para a mulher. Sinto que ela tem um marido que sempre a deixa escolher — chocolate ou baunilha, janela ou corredor, frango ou peixe. Por sorte, eu não sou seu marido. Quando ela começa a abrir a boca para me dizer o que gostaria, respondo:

— Clara e aquecida.

— Boa escolha, Jake.

A porta se abre e um caminho iluminado nos leva a um corredor e a uma área comum com oito celas. O interfone volta a soar:

— Jake, por favor entre na cela trinta e seis. Barbara, cela trinta e cinco.

Então é esse o nome dela. Barbara e eu nos olhamos, mas nenhum dos dois se mexe.

— Vamos lá — diz a voz.

Barbara dá um passo em direção à sua cela, parando pouco antes da porta. Está escuro lá dentro. Barbara corre até mim e aperta minha mão como se eu, de alguma maneira, pudesse salvá-la.

— Vá em frente — diz a voz.

Hesitante, ela solta a minha mão e entra. Quando a porta se fecha com uma batida, Barbara solta um grito de medo. Entro decidido na outra cela, agindo com mais coragem do que sinto. As luzes fluorescentes são dolorosamente brilhantes e a temperatura deve estar perto de quarenta graus. A porta bate atrás de mim.

Há uma cama estreita de metal presa à parede. Um lençol, nenhum travesseiro. Um vaso sanitário está fixado na parede. Um exemplar usado do Manual está pousado numa única prateleira. Ignoro o livro e me deito na cama. As luzes são tão fortes que preciso me deitar de bruços, cabeça enterrada no lençol.

Passam-se horas. Transpiro, me mexo, não adormeço. Da cela vizinha, ouço Barbara gritar duas vezes, depois silêncio. Inspeciono outra vez a minha cela, os olhos tentando se adaptar à luz ofuscante. Estou com muita sede, mas não trouxeram água. Se tudo der errado, digo a mim mesmo, posso beber a água do vaso. É provável que isso dure uns cinco ou seis dias. E depois? Tento não pensar tão adiante.

70

Não sei dizer ao certo, mas acho que um dia transcorre antes que a porta se abra. Sinto o ar quente da minha cela escoar para a área comum. Meu macacão está ensopado de suor. Me levanto do catre e saio da cela. O ar fresco me tonteia.

A porta da outra cela também se abriu. Barbara emerge, cobrindo o rosto com as duas mãos para proteger os olhos da luz. Sinto-me culpado por ter escolhido para ela a cela escura. Pouso uma das mãos em seu ombro e ela choraminga. Não recebemos instruções, mas vejo um sinal de saída mais adiante. Conduzo-a pelo corredor e para a saída. Sinto-me como um rato num labirinto familiar, seguindo o caminho obrigatório, meu livre-arbítrio não passando de ficção.

Barbara abriu os olhos agora, embora seja evidentemente doloroso para ela, e anda atrás de mim, muito perto, agarrada à minha mão.

— Aonde estamos indo? — ela sussurra.

— É a sua primeira vez?

— É.

— Cada porta leva a outra porta. Imagino que só precisemos continuar andando. Quando eles quiserem que paremos, vamos saber. Se ajudar, conte. Assim, pelo menos vamos saber o quanto andamos.

— Um Mississípi — ela começa. — Dois Mississípi, três...

Ando devagar, mas com determinação. Exatamente como eu esperava, quando chegamos ao final de cada corredor uma porta se abre e depois se fecha às nossas costas. Será que tudo isso é controlado por sensores? Ou aquele perfeito cálculo do tempo é trabalho de alguém por trás das câmeras?

Barbara está no 1.014º Mississípi quando chegamos a duas portas de vidro. Ambas têm uma tabuleta de plástico gravada com as palavras DEFENSOR PÚBLICO. A voz surge lá de cima.

— Barbara, agora a escolha é sua. Para seu advogado, você gostaria de David Renton ou de Elizabeth Watson?

Mal conheço minha companheira de prisão, mas tenho certeza de quem ela vai escolher.

— David Renton — ela responde sem hesitar.

As duas portas se abrem e revelam uma escrivaninha com alguém de pé ao lado. Barbara vai para a esquerda, em direção ao homem, e eu para a direita, em direção à mulher.

Elizabeth Watson — alta, magra e pálida — parece um manequim num tailleur azul-marinho. No começo, ela não se move, e sinto que está me avaliando. Minhas roupas e chinelos estão empapados de suor — imagino que não seja uma visão atraente. O ar-condicionado da sala é fortíssimo e começo a tremer nas roupas molhadas. Minha advogada me indica a cadeira em frente à escrivaninha. Antes de se sentar, ela, num gesto casual, abre a janela para deixar entrar o ar quente do deserto.

— Congelando, aqui — ela murmura. — Eu fui criada em Tallahassee. Minha mãe mantinha nossa casa sempre em dezoito graus. Não suporto ar--condicionado.

Fico pasmo com sua franqueza. É a primeira pessoa que encontro em Fernley que revela alguma coisa a respeito de si mesma.

Ela gira a cadeira e abre sua grande bolsa de couro.

Percebo que este não é seu verdadeiro escritório. Não há fotos nem textos pessoais de qualquer espécie. De perto, constato que seu tailleur está amassado, há um vinco ao longo do lado direito, talvez de uma mala, e uma mancha na manga esquerda. A bolsa está cheia até a borda. Ela deve ter acabado de chegar, convocada de surpresa.

Ela põe três bebidas em cima da mesa: Coca Diet, água mineral com essência de framboesa e chá gelado.

— Pode escolher — ela diz, com um sorriso de simpatia.

Imagino-a pegando as garrafas às pressas ao sair de um elegante escritório de advocacia. Ao contrário de Declan e Diane, é provável que Elizabeth Watson seja membro do Pacto. Talvez tenha feito alguma coisa errada uma ou duas vezes e agora, quando é preciso, pega o avião para representar seus "Amigos".

Pego a água, e ela fica com o chá gelado.

— Então? — ela começa, recostando-se na cadeira. — Primeira ofensa, certo?

— Certo.

— A primeira vez é a pior.

Ela abre uma pasta em cima da mesa.

Enquanto engulo a água, Elizabeth começa a ler a papelada.

— Eles ainda não prestaram queixa. Isso é incomum. Querem falar com você primeiro.

— E eu tenho escolha?

Elizabeth olha pela janela, para o deserto cintilante.

— Não, na verdade, não. Nós ainda temos alguns minutos. Com fome?

— Morrendo.

Ela vasculha a bolsa e tira a metade de um sanduíche, embrulhado em papel manteiga azul, e o empurra por cima da mesa.

— Desculpe, é tudo o que eu tenho. Mas está gostoso, peru e queijo brie.

— Obrigado.

Devoro o sanduíche em quadro mordidas.

— Quer ligar para a sua mulher?

— Sério?

Parece bom demais para ser verdade.

— É. Pode usar meu celular.

Ela me passa o celular e fala em voz baixa:

— Nós sempre registramos os celulares quando chegamos em Fernley.

Ela faz o gesto de aspas na palavra *registramos*, avisando-me de que meu telefonema pode não ser exatamente privado. Parece estar mesmo do meu lado. Mas então talvez isso seja apenas mais uma brincadeira doentia, mais um teste. Talvez ela esteja fazendo o papel do guarda bom.

— Obrigado — agradeço, sem convicção.

Pego o celular. Estou desesperado para falar com Alice, mas o que vou dizer?

Alice atente no primeiro toque, sua voz é um sopro assustado.

— Alô.

— Sou eu, meu bem.

— Ai, meu Deus! Jake! Você está bem?

— Tenho um novo corte de cabelo, mas, fora isso, estou bem.

— Do que você está falando, que corte de cabelo? Quando você vem para casa?

— Estou careca. E, infelizmente, não sei quando vou voltar para casa.

Ela nem parece registrar a coisa da careca.

— Onde você está?

— Com a minha advogada. Ainda não fui acusado. Eles querem me interrogar primeiro.

Dou uma olhada em Elizabeth, que parece imersa nos meus papéis.

— Como vai Vadim? — pergunto, baixo.

— Dando duro — diz Alice. — Ele encontrou mais papelada.

Elizabeth me olha e bate no relógio.

— Tenho que desligar — informo.

— Ainda não — pede Alice. Ouço que ela está chorando. — Faça o que fizer, não lhes diga nada incriminador.

— Não — prometo. — Alice? Eu te amo.

Escuto uma mão na maçaneta da porta do escritório, desligo depressa e deslizo o celular por cima da mesa, para Elizabeth. A porta do escritório se abre. Gordon, o fulano que me interrogou na minha primeira visita a Fernley, está lá parado, usando um terno preto e segurando uma maleta. A seu lado há outro sujeito — maior e mais mal-encarado do que seu companheiro da outra vez, com a tatuagem de uma serpente subindo pelo imenso pescoço.

— Hora de ir — diz Gordon.

Elizabeth se levanta, sai de trás da escrivaninha e se coloca entre mim e Gordon. Já gosto mais dela.

— Quanto tempo vai durar o interrogatório? — ela pergunta.

— Depende — declara Gordon.

— Eu gostaria de assistir.

— Isso não vai ser possível.

— Porra, eu sou a advogada dele. Para que ele tem um advogado se eu não posso assistir ao interrogatório?

— Olhe — diz Gordon, impaciente. — Me deixe fazer o meu trabalho. Quando eu tiver acabado, trago-o de volta para você. Combinado?

— Vai durar uma hora? Duas horas?

— Depende do nosso amigo aqui.

Gordon me agarra pelo cotovelo e me empurra para a porta. Elizabeth começa a nos seguir, mas Gordon olha para trás, estala os dedos e diz:

— Maurie, cuide disto.

O sujeito da serpente se posta à porta, bloqueando a saída de Elizabeth.

Andamos por mais corredores compridos. Por fim, Gordon insere um código num teclado e entramos numa sala sem janelas, com uma mesa e três cadeiras. Posso sentir a respiração de Maurie atrás de mim.

— Sente-se — diz Gordon, e eu obedeço.

Ele se senta à minha frente, pondo sua maleta na mesa entre nós.

Há um arco de metal preso à mesa.

— Mãos — diz Maurie.

Ponho as mãos na mesa. Maurie passa algemas pelo arco e as fecha, apertando meus punhos. Gordon tira uma pasta vermelha da maleta e a abre. Está cheia de papéis. Tudo aquilo é a meu respeito?

— Há alguma coisa que você queira dizer antes de começarmos? — ele pergunta.

Antes que Alice me mostrasse a matéria do jornal, eu pretendia pôr tudo para fora, dizer a verdade, cem por cento, e aceitar o que viesse. Agora, já não sei.

Eu não deveria fazer a pergunta seguinte, mas faço. Porque preciso saber.

— JoAnne está bem?

Gordon franze a testa.

— Estou muito surpreso por você perguntar isso. Por que você está tão preocupado com JoAnne? Você não aprendeu nada?

Ele olha para Maurie.

— Parece que ele não aprendeu nada.

Maurie mostra os dentes.

— Estou perguntando — argumento — porque, da última vez que a vi, vocês a tinham prendido, nua, numa sala que encolhia.

— Tínhamos — concorda Gordon, amável —, não é mesmo?

Ele folheia a pasta, depois se inclina para a frente, até que seu rosto esteja a centímetros do meu.

— Então, me parece que você quer fazer uma confissão.

Não respondo.

— Isto pode ajudá-lo a se lembrar.

Ele desliza uma foto pela mesa. Maurie se encosta na porta, entediado. A foto é em preto e branco, granulada, mas é impossível negar o que estou vendo.

— Deixe-me perguntar de novo — diz Gordon — uma coisa que perguntei da última vez que nos vimos. Você se lembra de ter se encontrado com JoAnne na praça de alimentação do shopping Hillsdale?

Olho para a foto. Parece ter sido tirada por uma câmera de segurança. Faço que sim com a cabeça.

— Muito bem — ele afirma. — Agora estamos chegando a algum lugar. Você poderia definir seu relacionamento com JoAnne?

— Nos conhecemos na faculdade. Trabalhamos juntos. Por um curto período, fomos amantes. Depois da formatura, nunca mais a vi até que minha esposa, Alice, e eu comparecemos ao nosso primeiro jantar trimestral do Pacto em Hillsborough, Califórnia.

— E depois?

— Eu a vi na segunda festa do Pacto, em Woodside, Califórnia. Uma semana depois, a meu pedido, nos encontramos para jantar na praça de alimentação do shopping Hillsdale em San Mateo. Comemos cachorro-quente no espeto e tomamos limonada. Conversamos.

— Sobre?

— O Pacto.

— E o que foi que JoAnne disse do Pacto?

— Eu estava com algumas dúvidas quanto ao Pacto ser uma boa escolha para mim e minha esposa. JoAnne me tranquilizou. Ela disse que tinha sido muito bom para o seu casamento.

Eu tinha ensaiado essa frase uma centena de vezes na cabeça, mas ainda assim, quando a disse, soou forçada.

— O que mais?

— Concordamos em nos encontrar uma segunda vez, mas ela não apareceu.

— E depois?

— E depois, como você sabe, eu a vi aqui.

Tento refrear a impaciência no meu tom de voz. Lembro a mim mesmo que, aqui, é Gordon quem detém o poder.

— Você falou com sua esposa a respeito desses encontros?

— Não.

— Por que não?

— Não sei.

— Porque você pretendia dormir com JoAnne?

— Não! — exclamei, enfático.

— Você estava se encontrando com ela só para falar dos velhos tempos? Para apreciar a iguaria conhecida como cachorro-quente no espeto? Pelo incrível ambiente da praça de alimentação do shopping Hillsdale? Você não tentou seduzi-la?

— Não!

Gordon empurra a cadeira para trás e fica de pé, mãos na mesa. Maurie começa a parecer um pouco mais interessado na conversa.

— Você não sugeriu que vocês deveriam retomar seu relacionamento?

— Claro que não.

— Você sugeriu um encontro no hotel Hyatt?

— Mas que merda é esta? Não!

Ele vem para o meu lado e põe a mão no meu ombro, como se fôssemos outra vez bons camaradas.

— Pois aqui está a dificuldade que estou tendo com você agora, Jake. Você tem essa historinha que quer nos contar. Você está determinado a se agarrar a ela. Já entendi. Autopreservação, coisa e tal. Mas nossas fontes confirmaram que você fez sexo com JoAnne Charles no hotel Hyatt, em Burlingame, Califórnia, no dia primeiro de março.

— Que fontes? Isso é loucura!

Gordon suspira.

— Estávamos fazendo um progresso tão bom, Jake. Eu tinha muita esperança. Achei que pudéssemos sair daqui na hora do almoço.

Ele volta a se sentar.

— Eu não dormi com JoAnne Charles.

Quando as palavras saem da minha boca, me dou conta de que estão erradas.

— Mas você dormiu. Você já confessou!

— Há dezessete anos! Não há pouco tempo. Isso nem ao menos passou pela minha cabeça.

Claro que não é verdade. Isso com certeza passou pela minha cabeça. Foder. JoAnne, nua, abrindo as pernas, aquele bizarro sorriso desafiador nos lábios. Como a ideia não poderia ter me passado pela cabeça? Mas isso é crime? Eu nunca teria feito aquilo. Nunca.

— Quem pode adivinhar os pensamentos de um homem? — pergunta Gordon.

O senso de oportunidade é incrível. Embora eu saiba que não passa de tática. O Pacto quer que eu ache que eles estão dentro da minha cabeça. Mas eles não podem estar dentro da minha cabeça. Ou podem?

— Jake — diz Gordon, quase cantando o meu nome. — Vou te perguntar uma coisa extremamente importante. Quero que você pense a respeito. Não quero que você responda agora. Você aceitaria depor contra JoAnne a fim de fazer tudo isso sumir?

Já sei a resposta, mas a atraso só para fazer parecer que estou avaliando a oferta.

Por fim, digo apenas:

— Não.

Gordon pisca como se eu o tivesse esbofeteado.

— Então tudo bem, Jake. Eu não compreendo, considerando a informação que temos e a fonte da nossa informação, mas respeito sua decisão. Se, ao longo do caminho, você mudar de ideia, é só deixá-los saber que você quer falar comigo.

Que porra ele quer dizer com considerando a fonte? Ele está insinuando que foi JoAnne quem disse que fizemos sexo no Hyatt. Mas que motivos teria JoAnne para falar uma coisa dessas? Ela só poderia ter dito isso sob terrível pressão. Penso na gaiola que encolhia. A tortura pode extrair respostas, mas raramente extrai a verdade.

— Eu não vou mudar de ideia. Eu me encontrei com JoAnne Charles uma vez, na praça de alimentação de um shopping. O resto do que você está dizendo é mentira.

Gordon me lança um olhar de desprezo. Depois se levanta e sai da sala. Maurie o segue.

Estou sentado com as mãos presas à mesa. Posso ouvir o ar assobiando pelo ventilador no teto. A sala vai ficando mais fria. Estou tão cansado, com tanta fome, tanto frio, que nem consigo pensar. Queria poder falar com Alice. Deito a cabeça na mesa e no mesmo instante as luzes se apagam. Levanto a cabeça e elas acendem. Tento repetir o gesto, várias vezes. Sempre a mesma coisa. Há um sensor em algum lugar, ou é alguém me sacaneando? Por fim, abaixo a cabeça e durmo.

Mais tarde, acordo na mais completa escuridão. Quanto tempo se passou? Uma hora? Cinco? Levanto a cabeça da mesa e a luz acende. A sala está fria. As algemas começaram a afundar na minha pele. Há algumas gotas de sangue seco na mesa de metal. Sinto na boca um gosto de musgo. É possível que eu tenha dormido por muito tempo. Fui drogado?

Mais tempo se passa. O tédio é uma forma de tortura. Penso em Alice em São Francisco. O que ela está fazendo? Está no trabalho? Em casa? Sozinha?

A porta se abre.

— Oi, Maurie — digo.

Não há resposta. Ele abre as algemas e tiro as mãos da mesa. Estão pesadas, não parecem ser minhas. Mexo os dedos, esfrego as mãos, sacudo-as. Maurie agarra meus braços, puxa-os com rispidez para trás e me algema de novo.

Ele me conduz pelo corredor e para dentro de um elevador.

— Para onde você está me levando?

Nenhuma resposta. Ele parece de repente nervoso, até mais nervoso do que eu. Me lembro do estudo de Düsseldorf: quando assustados ou em pânico, os humanos exalam pelo suor uma substância química que desliga certos receptores no cérebro humano. Posso sentir a ansiedade de Maurie vindo da sua pele.

A porta do elevador se fecha.

— Você tem mulher, Maurie? Filhos?

Com relutância, seus olhos encontram os meus. Um leve sacudir da cabeça.

— Não tem mulher? — repito. — Não tem filhos?

Outro sutil sacudir de cabeça. E me dou conta de que ele não está respondendo à minha pergunta. Ele está me alertando.

O elevador nos leva cinco andares abaixo — *ding, ding, ding, ding, ding*. Meu estômago vazio se contorce; minha determinação enfraquece. Estou doze metros abaixo da superfície do deserto, a mil quilômetros do nada. Se houvesse um terremoto, se este lugar desmoronasse, eu estaria enterrado, esquecido para sempre.

Saímos do elevador. Maurie também parece ter perdido parte de sua determinação, porque não se preocupa em me agarrar pelos braços. Ele anda e eu o sigo. Ele insere um código num teclado e entramos numa sala onde há outro guarda — uma mulher, uns quarenta e cinco anos, cabelo oxigenado preso de um jeito antigo. Ela não parece ser membro do Pacto. Deve ser difícil encontrar emprego no deserto. Talvez ela seja uma antiga funcionária da prisão, de antes de o lugar ser fechado.

A porta bate atrás de nós. Maurie abre minhas algemas e depois ficamos os três parados ali. Maurie olha para a mulher.

— Vai em frente — ele diz.

— Não, vai você — ela retruca.

Tenho a sensação de que é a primeira vez que estão fazendo aquilo, seja o que for aquilo, e de que nenhum dos dois quer ser o responsável. Afinal, a mulher me diz:

— Preciso que você tire a roupa toda.

— De novo?

— É.

— Tudo?

Ela faz que sim.

Tiro devagar os chinelos, pensando. Maurie me fez com a cabeça um aceno, no elevador — não foi um aceno hostil, tenho certeza, foi mais do tipo conspiratório. Estes dois parecem nervosos. Será que eu poderia convencê-los a me deixar sair, enquanto somos só nós três? Sem Gordon. Quanto será que ganham? Eu poderia lhes oferecer dinheiro?

— Vocês são de Nevada? — pergunto.

Finjo me atrapalhar com o primeiro botão do macacão, tentando ganhar tempo. A mulher olha para Maurie.

— Não. Eu nasci em Utah — ela responde.

Maurie lhe lança um olhar de censura.

— Anda logo — ele diz.

Desabotoo o macacão e deixo-o cair no chão. A mulher olha para o outro lado.

— De onde você é? — ela pergunta, evidentemente pouco à vontade com a minha falta de roupas.

— Califórnia.

Fico ali de pé, com a cueca da prisão.

— Vocês poderiam me ajudar? — sussurro.

— Chega — sibila Maurie.

Sei que estou passando do limite. Sinto que ele poderia ter uma crise de fúria a qualquer momento. Mas estou ficando sem opções.

— Eu tenho dinheiro — digo. — Um monte — minto.

Ouço o *bip* de números sendo digitados no teclado do outro lado da porta. A mulher loura lança um olhar a Maurie. Merda, ela está tão nervosa quanto ele. A porta se abre e entra uma mulher alta e forte. Ela tem o aspecto de uma antiga carcereira, das de verdade, das que poderiam alegremente me arrebentar o crânio com o punho.

— Guardas — diz ela, a voz inesperadamente suave, examinando sua prancheta —, precisamos acabar com isto.

Ela me olha.

— Pelado. Agora mesmo.

Me livro da cueca e cubro o sexo com as mãos. Que sensação horrorosa, estar nu entre os vestidos!

A carcereira dá uma olhada na prancheta. Minha nudez não a surpreende nem a interessa.

— Levem-no para o dois mil e duzentos — ela ordena a Maurie e à mulher loura. — Rápido. Ponham-no no aparelho. Estão todos esperando.

Merda. Isso não pode ser bom.

A loura, evidentemente morta de medo da carcereira, me empurra para a frente. Atravessamos o corredor e entramos em outra sala. No centro, há uma mesa de acrílico. Uma mulher atraente está de pé atrás da mesa. Embora ela também tenha nas mãos uma prancheta, usa uma blusa branca engomada, calças compridas de linho branco e belas sandálias de couro — e não o habitual uniforme. Os cabelos são curtos e arruivados. Ela deve ser, de alguma maneira, especial. Talvez faça parte dos Amigos.

Seus olhos percorrem o meu corpo.

— Deite-se na mesa — ela diz.

— Você está me gozando?

— Não.

Seus olhos são frios.

— Maurie pode lhe mostrar uma alternativa, mas garanto que é muito pior.

Por cima do ombro, olho para Maurie. Merda. Até ele parece apavorado.

— Olha — digo. — Eu não sei que tipo de coisa medieval...

A mão da mulher sobe tão depressa que eu nem sequer tenho tempo de evitá-la. Ela bate com a prancheta no meu rosto. Meus olhos enevoam.

— Na mesa, por favor — ela diz, imperturbável. — Você precisa entender que, aqui, nós somos muitos e você é um. Você pode insistir nos seus pedidos, ou pode resistir, mas de qualquer jeito as coisas vão acontecer. Seu nível de resistência equivale ao seu nível de dor; a recíproca é verdadeira. É uma equação simples: resistência igual a dor.

Estremeço e subo na mesa, me sentindo terrivelmente vulnerável. Há um apoio de pescoço de espuma numa das pontas e ao lado uma tira de couro. Há outras tiras na mesa e blocos de madeira na outra ponta. A mulher loura está olhando para o teto. Maurie observa a mulher de branco, aguardando ordens, ao que parece.

O acrílico é frio contra minha pele nua. Minha cabeça dói e sinto sangue escorrer pelo meu rosto. Se ontem eu ansiava por me ver livre da camisa de força, agora daria tudo por algo que cobrisse minha nudez e humilhação.

A mulher loura ajeita minha cabeça na espuma, passa a tira de couro pelo meu pescoço e desaparece de vista. Sinto meus braços serem presos por outras tiras — Maurie. Suas mãos são poderosas, mas ele é surpreendentemente gentil. Sinto então as correias nos tornozelos. Deve ser a loura. Depois de me prender, ela me acaricia os pés. Um gesto maternal. Brigo com as lágrimas. Por que os dois estão agindo daquela maneira? O que sabem? Será a gentileza antes do abate?

Estou encarando o teto, imóvel, gelado. Tudo o que consigo ver são feias lâmpadas fluorescentes. O lugar está em silêncio. Me sinto como um sapo amarrado numa aula de biologia do ensino médio, à espera de ser dissecado.

Há passos. Pelo som, parece que duas outras pessoas entraram na sala. A mulher de branco está agora à minha frente.

— Fechem — diz ela.

Uma grande placa de acrílico se move, em cima de mim. Meu coração bate tão alto que posso ouvi-lo. Me pergunto se eles também. Tento me mexer, resistir, mas é em vão. O lençol de acrílico parece pesado.

— Não! — grito, em pânico.

— Calma — diz a mulher de branco. — Isto não vai necessariamente doer. Lembre-se da equação.

Fecho os olhos e enrijeço, esperando que eles soltem aquela coisa, me esmagando. Tudo pode acabar em breve. Uma morte pavorosa. É disso mesmo que se trata? Uma execução? Eles planejam me sufocar, ou coisa pior? Ou isto é mais da mesma coisa — táticas de medo, crueldade mental, ameaça vazia?

O acrílico paira quinze centímetros acima de mim.

— Por favor — imploro, enojado com a fraqueza na minha voz.

O que seria dito nos jornais? *Homem desaparece fazendo canoagem.* Ou talvez não houvesse notícias. Talvez fosse um caso médico de rotina. *Homem morre de falência hepática.* Aneurisma. Não há limite para o que podem dizer, ninguém para contestar sua história. A não ser Alice. Meu Deus, Alice. Por favor, deixem-na em paz.

Mas eles não vão deixá-la em paz. Vão casá-la de novo. Quem vão encontrar para ela? Alguém cuja mulher tenha tido o mesmo destino?

Neil, penso. E se tudo isso for uma elaborada manobra, concebida por Neil, para que ele possa se livrar de JoAnne e casar com Alice? Sinto gosto de bílis na garganta. E a placa desce.

71

Espero a pressão do acrílico, mas ela não vem. Ouço um ruído de broca e me dou conta de que estão aparafusando a peça logo acima de mim, em seus quatro cantos. Minha respiração ofegante embaça tudo e logo não vejo mais nada.

O ruído para e tudo fica em silêncio. Uma das mulheres conta:

— Um, dois, três, quatro.

Me sinto sendo levantado. E estou na vertical, suspenso dentro do acrílico, braços ao longo do corpo, pernas um pouco separadas, pés apoiados nos blocos de madeira, cabeça virada para a frente. Diante de mim, uma parede branca. Posso sentir os outros atrás de mim, mas não posso vê-los. Me sinto como um organismo preso entre lâminas, esperando ser posto sob o microscópio.

O chão treme e me dou conta de que a estrutura de acrílico está sobre rodas. Fecho os olhos e me obrigo a respirar. Quando os abro, vejo que estou sendo deslizado por um corredor estreito. Pessoas passam por nós, lançando olhares ao meu corpo nu. Algumas nos ultrapassam, outras nos cruzam. Sou deslizado para dentro de um elevador de carga, as pesadas portas se fecham, e subimos. Não sei se a mulher de branco ainda está conosco. Nem a loura. Parece que quem me move está atrás de mim.

— Maurie? — indago. — Para onde estamos indo? O que está acontecendo?

— Maurie já foi embora — responde uma voz. Uma voz masculina.

Penso na expressão de Alice logo antes de me terem posto os antolhos. Penso em sua mão no meu peito quando eu estava com a camisa de força, no choque que senti quando foi retirada aquela pressão reconfortante. Em como, nas últimas horas, minha vida tinha sido virada de cabeça para baixo. Tudo me tinha sido tirado, pedaço por pedaço.

Quero chorar, mas não tenho lágrimas. Quero gritar, mas sei que meus gritos não mudarão nada.

Prendo a respiração o tempo suficiente para clarear o acrílico diante dos meus olhos. Quando a porta do elevador se abre, compreendo que estamos numa sala imensa. Me lembro daquela sala, de minha primeira visita a Fernley: a cantina.

Ouço passos recuando e sou deixado sozinho, olhando para a frente através do acrílico enevoado.

Presto atenção, mas não ouço nada. Tento me mexer, mas não consigo. Depois de alguns minutos, não consigo sentir as pernas, depois não consigo sentir os braços, depois fecho os olhos. Não sou mais nada além dos meus pensamentos desconexos. Perdi a vontade de lutar.

Me ocorre agora, afinal, que era este o plano: me despir da minha bravura, me tirar qualquer esperança.

O tempo passa. Quanto tempo? Meus pensamentos vão para Alice, para Ocean Beach, para nossa festa de casamento. Para a imagem dela em nossa garagem, com Eric, cantando.

Tento afastar o pensamento. Mas não consigo. Como foi idiota aquele ciúme, naquele momento. A verdade é que, quando eu sumir, se eu sumir, ela não terá a liberdade de ficar com Eric, nem que queira. Ela ainda estará à mercê do Pacto e de suas decisões aleatórias. Provavelmente, para o resto de sua vida.

Anseio por ouvir vozes, ou mesmo um som. Um pedaço de música. O que eu não daria para ver Gordon agora. Ou Declan. Ou até Vivian. Apenas outro ser humano. Qualquer um. Será esta a própria definição de solidão? Deve ser.

Em algum momento, ouço o elevador se abrir. O alívio me inunda. Há vozes — duas, talvez três — e o chão começa a vibrar. Alguma coisa pesada está sendo rolada na minha direção. Fico esperando que apareça, mas nada acontece. Então as vozes se afastam pelo corredor. Outro som de elevador, mais vozes e outra vez alguma coisa sendo rolada pelo corredor.

Uma engenhoca vertical de acrílico, exatamente como a que me contém.

Dentro, há uma figura feminina. Morena, tamanho médio; como eu, nua. O vidro diante do seu rosto está enevoado, portanto não consigo ver seus traços. Eles a rolam até um ponto à minha frente, na diagonal. Passos se afastam de nós, vozes se abafando. O elevador. Mais vozes. Outra estrutura de acrílico. Não consigo ver, mas posso ouvir.

Somos três, agora. Sentindo que estamos sozinhos, que todos os que nos empurravam se foram, crio coragem e falo:

— Vocês estão bem?

Ouço os soluços da mulher.

E depois, à minha direita, uma voz de homem:

— O que você acha que eles vão fazer conosco?

— A culpa é sua! — a mulher exclama. — Eu disse que nós seríamos apanhados!

— *Pssst!* — alerta o homem.

E compreendo que ela está falando com ele. Os dois se conhecem.

— O que vocês fizeram? — sussurro.

Uma voz soa no alto-falante:

— Podem os prisioneiros, por favor, se abster de comentar seus crimes?

Um homem mais velho, num uniforme branco de cozinheiro, passa entre nós.

— Bem, vocês três com certeza se meteram numa fria — ele diz, olhando direto para mim.

E se afasta.

Um minuto depois, o som do elevador. Quando outra gaiola de acrílico passa por mim, vejo uma mulher nua, de costas para mim, o cabelo emaranhado e engordurado. Penso que só pode ser uma pessoa. O guarda gira o acrílico e num instante ela está virada para mim, a dois metros de distância. A mulher é pálida e magra. Parece que não vê sol há semanas. A névoa cobre a parte onde estão seus olhos, então momentos se passam antes que o vidro clareie e ela me veja. Não, não é JoAnne. O que eles fizeram com JoAnne?

Ouço o rumor de muitos passos. Num instante, uma grande fila de presos em macacões vermelhos e funcionários de uniformes cinzentos entram na cantina. E aí, de repente, compreendo o motivo de todo aquele medonho exercício. Nós quatro estamos posicionados de tal maneira que todos têm que andar entre nós para chegar à fila da comida. Tento fazer contato visual com a mulher à minha frente, mas seus olhos estão fechados, lágrimas descendo pelas faces.

A fila para. Ouço o chacoalhar de bandejas e talheres, operários berrando ordens. A fila engrossa quando mais presos entram — quantos? Como é possível que tantos Amigos tenham cometido erros no Pacto?

Pouco depois, a fila está parada entre nós. A maioria das pessoas está olhando para baixo, evitando contato visual, mas outras — novatas? — parecem fascinadas, horrorizadas. Um homem, vinte e poucos anos, cabelo preto e dentes perfeitos, chega a sorrir. Parece cruelmente satisfeito. Outros só parecem entediados, passando tempo, almoçando mais uma vez em Fernley. Como se já tivessem visto tudo aquilo.

No começo, evitei os olhos de todos. Por vergonha, humilhação. Mas então me ocorre que, se isto é o fim, quero obrigá-los a me olhar. A me ver. A saber que, amanhã, podem ser eles. Se eu posso acabar aqui, qualquer Amigo pode acabar aqui.

O grupo é composto de mais ou menos metade homens, metade mulheres. Os macacões vermelhos não conseguem ocultar o fato de que quase todos são gente de boa aparência, provavelmente ricos. Não como a habitual população carcerária. Me pergunto que crimes os trouxeram aqui. À medida que o grupo cresce, a fila duplica e triplica. Há tanta gente que alguns são espremidos de encontro à minha prisão de acrílico, apenas o painel transparente separando-os do meu corpo nu. O barulho aumenta e estou cheio de raiva e desapontamento. Quero que façam alguma coisa. Qualquer coisa. Quero que se revoltem contra o Pacto.

Como foi que todos nós permitimos que isto acontecesse conosco?

Uma mulher de cabelos ruivos, com uma elegante mecha grisalha numa têmpora, me sorri. Ela olha em volta para ver se ninguém está prestando atenção e beija rapidamente o acrílico, na altura da minha boca. Ela diz alguma coisa, mas não consigo ouvi-la com aquela zoeira. Faço "O quê?" com os lábios. Ela move os lábios de volta, devagar: *Não se entregue.*

Pelo menos acho que é o que ela diz. *Não se entregue.*

72

DE VOLTA À CELA, de volta ao macacão vermelho, de volta ao colchão fino. Tento dormir, mas há muita luz e muito calor. Não há o que fazer aqui, nada para ler além do Manual. Me recuso a tocá-lo.

Minha cabeça está à deriva. Por alguma razão, penso num dos meus pacientes, Marcus, aquele que me perguntou qual é o objetivo da vida. Ele está escrevendo um matéria sobre Larsen B, um lençol de gelo do tamanho de Rhode Island que encostou na ponta da Antártida. Em 2004, depois de quase doze mil anos de força e estabilidade, Larsen B estalou, rachou, saiu perdendo pedaços pelo oceano. Doze mil anos, e apenas três semanas para se desintegrar. Os cientistas não sabem a razão, embora suspeitem de que tenha sido uma monumental confluência de eventos — uma mudança de corrente marítima, o sol mais quente, o buraco na camada de ozônio e o habitual ciclo de vinte e quatro horas de luz do verão — que desestabilizou Larsen B. A corrente de água quente provocou algumas minúsculas rachaduras, e o calor do sol derreteu a fina camada externa. As gotas rolaram, abrindo caminho devagar pelas rachaduras, que então se expandiram até enfraquecer toda a estrutura. Por fim, em questão de minutos, uma catástrofe que por doze mil anos pareceu inconcebível tornou-se, de súbito, iminente.

Penso então nos meus novos clientes, os Rosendin. Darlene e Rich foram casados por vinte e três anos, quase todos felizes. Bela casa, empregos decentes, dois filhos, ambos na faculdade. Tudo ia muito bem até cerca de seis meses atrás, quando Darlene fez algumas bobagens. No grande esquema da vida, suas infrações não eram sérias, mas nas semanas seguintes começou um efeito dominó, raiva e desconfiança, e todo o casamento se esfacelou. Admito que aquilo me deixou meio pessimista em relação a casamentos. Você segura as pontas a cada segundo de cada dia e uma vez, só por um instante, uma pessoa se desconcentra, perde um fio da meada e a coisa toda se desfaz.

73

— Pronto para falar?

Me levanto, rígido, e sigo Gordon e Maurie para fora da cela, pelo corredor e para dentro da sala de interrogatório. Desta vez, não me prendem à mesa. Talvez saibam que estou exausto demais para lutar.

Gordon se senta, me encarando do outro lado da mesa. Maurie assume sua posição junto à porta. Não me olhará nos olhos.

— Então — diz Gordon —, podemos chegar a um consenso? Você teve tempo para pensar?

Não respondo. Não sei se há algo que eu possa dizer. Quando fui transportado para a cantina, foi como se eu tivesse aberto a porta de uma toca de coelho que levava ao inferno. Eu estava pronto para concordar com tudo — por JoAnne e por mim, por Alice —, mas então, quando a estranha murmurou aquelas palavras, ganhei forças para me manter firme. *Não se entregue.*

— Isto tudo, na verdade, não tem a ver com você — me diz Gordon. — JoAnne é uma embusteira. Você se interessaria em saber que este não é o primeiro Crime de Infidelidade que ela comete? Neil me pediu para apurar toda a história.

É a primeira vez que alguém em Fernley se refere pelo nome a alguém com autoridade; isso não pode ser bom. Será que significa que ele planeja eliminar a testemunha?

— Olha, Jake, compreendo que você esteja numa situação delicada. Você sente que não pode me ajudar a resolver o problema sem se incriminar.

Gordon se levanta e vai até um minibar no canto da sala.

— Uma bebida?

— Sim, por favor.

Ele coloca uma garrafa plástica à minha frente. Outra vez água mineral com sabor. Mirtilo e menta.

— Você parece ter uma grande força de vontade, Jake. Então eu estive pensando. Temos dois caminhos. Ou eu quebro a sua determinação, o que representa um monte de trabalho para mim e não muita diversão para você, ou nós encontramos uma saída para tudo isto, na qual você pode me ajudar a resolver meu problema, mas fazemos isso de um jeito que te permita ir embora relativamente incólume.

— Depois da merda que você acaba de fazer comigo, não confio na sua definição de incólume.

— Acredite em mim. Aquilo não foi nada.

— Isto é normal?

— O que é normal?

— Eu pensei que o Pacto tivesse a ver com promover casamentos bem--sucedidos, saudáveis e duradouros. Onde é que interrogatórios e tortura se encaixam num casamento saudável?

Gordon suspira.

— É disso que se trata. Me pediram para resolver o problema com JoAnne. Em geral, na maioria dos casos, eu confronto a adúltera, ela se confessa culpada, enfrenta o juiz, aceita as consequências. O casal segue em frente. Simples. Um casamento é algo extraordinariamente resiliente. Tenho visto casamentos resistirem a choques medonhos, devastadores, e, de alguma maneira, se recomporem. É incrível. A maioria dos casamentos chega a se tornar mais forte depois de enfrentar a provação. Você sabe por quê?

Me recuso a responder.

— Quando o cônjuge infrator aceita as consequências dos seus atos, Jake, isso reequilibra o relacionamento. Traz de volta a equidade. Elimina o ruído, resolve o problema, e começa-se o relacionamento do zero. Equilíbrio é a chave. Equilíbrio é o combustível que impulsiona um casamento bem-sucedido.

Embora isso soe como um discurso ensaiado, tem um fundo de verdade. Me lembro de dizer coisa bem parecida aos meus pacientes.

— A maioria dos casais não consegue, por si só, devolver o equilíbrio ao seu relacionamento. É esta a razão pela qual estou aqui.

— Então — pergunto —, do que exatamente você precisa?

— Porque JoAnne se recusou a confessar tudo, este é um dos casos extremamente raros em que sou forçado a intervir.

— Você já chegou a pensar na possibilidade de que simplesmente não há o que confessar?

Gordon dá outro suspiro.

— No primeiro dia em que minha equipe supervisionou JoAnne, ela mentiu para Neil. Ela fugiu de casa e se encontrou com você na praça de alimentação. Durante anos, eu trabalhei para um serviço de espionagem internacional. Lidava com profissionais, eles sabiam encobrir seus rastros. Aquilo era difícil. Isto aqui não é.

— Você já pensou na possibilidade de JoAnne não estar traindo Neil? De ela ter se encontrado comigo só como amiga?

— Em situações como esta, descobri que o cônjuge suspeito está sempre traindo. E, neste caso, também descobriremos. É apenas uma questão de como chegaremos à essa inevitável descoberta.

— Não posso ajudá-lo desta vez. Porque não aconteceu nada.

Numa era de grande volume de dados e copiosa informação, é sempre possível encontrar provas que sustentem qualquer ponto de vista, seja certo ou errado. Penso nos preparativos para a guerra no Iraque, no óxido de urânio na África, nas atrocidades no Curdistão — na gigantesca avalanche de provas, tanto verdadeiras quanto falsas, que levou as nações à decisão de declarar guerra.

Gordon me dá um sorriso aflito.

— Eis a minha sugestão: você testemunha que JoAnne fez algum tipo de ato ou declaração ostensiva que indicou que ela estava interessada em ter relações sexuais com você. Não precisa dizer mais nada. Não precisa se incriminar. Podemos deixar assim. Você pode se declarar culpado de alguma ofensa menor, sem relação com o caso, aceitar a sentença e continuar com a sua vida. Simples assim. Você não faria isso, pelo menos, por Alice?

Quando não respondo, ele fecha a cara.

— Olha, eu estou fazendo tudo o que posso para te ajudar, Jake. Eu estou me arriscando aqui, e você não parece apreciar isso. É provável que você não saiba da existência de um Manual auxiliar que aborda os requisitos de implementação do Pacto. Não é para os membros, mas para o pessoal de reforço como eu, e me orienta na realização de minhas responsabilidades. Esta, porém, é uma situação incomum, que envolve a esposa de um executivo. Por razões de conveniência, Neil conseguiu que tivéssemos um leque expandido de técnicas.

Cada vez que implementamos uma nova técnica, precisamos de uma ordem judicial. Eu já tenho essa autorização. Não posso compartilhar com você o conjunto específico de técnicas que me foram autorizadas, mas posso lhe dizer que são parte de uma experiência que você realmente não quer conhecer.

Seu rosto está ficando vermelho.

— Se você está agindo assim por algum tipo equivocado de altruísmo, posso garantir que JoAnne também não vai querer passar por isso.

— Você está dizendo que a única maneira que tenho de me salvar e salvar JoAnne é mentindo. Mas, se eu mentir e lhe der o que você quer, como vou saber se a punição de JoAnne não será ainda pior?

— Acho que você vai precisar confiar em mim.

Olho para Maurie, na esperança de algum tipo de orientação, mas ele está analisando o assoalho.

— Uma das regras rígidas, Jake, é que você não pode ser mantido aqui por seis dias sem ser acusado. Uma vez você sendo acusado, nós temos uma semana para nos prepararmos para a audiência. Você pode pedir mais tempo, mas eu não posso. Você entende por que eu estou lhe contando essas coisas?

— Não.

— Isso quer dizer que precisamos chegar a um entendimento durante os próximos três ou quatro dias. Eu vou precisar acelerar muito as coisas, o que não gosto de fazer... e sei que você também não vai gostar. No meu antigo trabalho, eu podia ir com calma, segurar alguém por semanas a fio. Podia conhecer as pessoas, infligir punições devagar e me assegurar de que, quando chegássemos a um consenso, ele seria firme e honesto.

— Olhe, eu não tenho relações com JoAnne Charles há muitos anos. Não importa quantas vezes você me fizer a pergunta, os fatos não vão mudar. Eu não sou adúltero.

Nos encaramos. Sem sombra de dúvida, chegamos a um impasse. Não vejo uma saída.

— Posso falar com a minha mulher?

— É, talvez seja boa ideia.

Gordon tira um telefone do bolso de trás. Digo o número do celular de Alice e ele tecla. Ele me põe no viva-voz.

Não sei onde ela está. Me dou conta de que, na verdade, não sei que dia é, ou que horas são.

— Alô?

A voz de Alice, depois de tudo o que aconteceu nas últimas horas, é quase mais do que consigo suportar.

— Jake? É você?

— Alice.

Posso ouvir ao fundo os ruídos do escritório, depois uma porta sendo fechada e silêncio.

— Jake? Você está machucado? Onde você está? Posso ir buscá-lo?

— Eu ainda estou em Fernley. Não estou com a minha advogada agora e não estou sozinho. Estou num interrogatório.

Ouço ela respirar fundo, de medo.

— O que foi que o juiz disse?

— Ainda não vi um juiz. Eles só ficam me fazendo perguntas. Querem que eu diga coisas. Coisas que não são verdade.

Um longo silêncio. Mais portas se fechando, elevador, barulho de rua.

Por fim, Alice diz:

— Diga-lhes logo o que quer que eles queiram ouvir.

— Mas o que eles querem ouvir é uma mentira, Alice.

— Jake, por mim, pelo nosso casamento, por favor dê a eles o que querem.

Com isso, Gordon desliga o viva-voz. Maurie sai da sala e a porta bate atrás dele.

— Você está pronto para ter aquela conversa agora?

— Eu preciso pensar.

— Resposta errada — ele declara, levantando-se tão depressa que sua cadeira cai. — Tempo esgotado.

Ele sai. A luz se apaga. Estou no escuro, confuso, em dúvida, e sinto como se ainda pudesse ouvir a voz de Alice ecoando pelas paredes.

Minutos escoam antes que as luzes voltem. Entra um homem de bigode, num uniforme preto. Ele parece uma cruza de bombeiro hidráulico com contador.

— Parece que você é a nossa primeira cobaia para isto aqui.

Ele tem nas mãos uma sacola de lona preta.

— Peço desculpas desde já. Eu deveria dizer "Me avise se doer", mas tenho certeza de que vai doer mesmo.

O bombeiro fecha dois braceletes de metal em meus pulsos. Depois se inclina, suspende as minhas calças e fecha dois outros em meus tornozelos. Fico aliviado quando ele se levanta para sair, mas então o sinto atrás de mim.

Ele enfia uma bola de borracha na minha boca, prendendo-a no lugar com uma correia.

— Prazer em conhecê-lo, Jake — diz ele e sai da sala.

Quando Gordon volta com um laptop, minha boca está seca, meus maxilares doem.

— Este é o quarto grau de intensidade — ele me informa. — Lamento termos chegado a este ponto.

Ele pressiona algumas teclas em seu computador, depois levanta os olhos.

— Estas coisas em volta dos seus pulsos e tornozelos, como você talvez já tenha adivinhado, são eletrodos.

Eu não tinha adivinhado.

— Configurei o programa para uma hora. A cada quatro minutos, um de seus membros receberá um choque. O programa é aleatório, então você não vai saber qual membro, até que aconteça. Tudo bem?

Não. Nada bem. Escorre baba pela bola de borracha e pelo meu queixo.

— Desculpe pela mordaça. É para proteger seus dentes e gengivas. Enfim, isto está configurado para começar em quatro minutos. Não posso interromper agora, nem se você quisesse falar.

Sacudo a cabeça e tento falar, mas minha língua não serve para nada.

— Vejo você daqui a uma hora — diz Gordon. — Vamos ter uma chance de conversar antes de passarmos ao nível cinco.

— Por favor.

É o que estou pensando e tentando dizer, mas as palavras estão desfiguradas, inacessíveis.

As luzes se apagam. Por alguns minutos, nada acontece. Talvez seja uma ameaça vazia. Talvez Gordon não saiba fazer funcionar o maldito programa. E então, do nada, um choque elétrico explode no meu tornozelo direito. A dor sobe, fazendo minha perna vibrar, e se expande pelo meu corpo. Sinto o fedor de pelos queimados. Dói tanto que grito, ou tento. A baba me escorre pelo rosto. Sinto gosto de borracha. Minha respiração está mais pesada. Não sei se o zumbido no meu cérebro se deve ao choque ou ao medo do próximo.

Estou inundado de suor quando o segundo choque atinge meu outro tornozelo. Mais pelos queimados, mais gritos. Nunca senti nada tão doloroso. Nunca sequer imaginei tanta dor. Meu macacão está encharcado de suor e mijo, eu já quase cortei com os dentes a borracha na minha boca. Faltam treze.

Depois do choque número seis, desmaio. Volto a mim, horrorizado, quando o próximo choque me sacode o corpo. A sala está cheia do fedor de carne queimada, urina e merda. Minha cabeça está na mesa, meu cérebro vazio de tudo que não seja a violenta consciência da dor.

Quando, enfim, Gordon volta, me envergonho do alívio que sinto ao vê-lo.

Maurie entra na sala com Gordon. Desta vez, seus olhos encontram os meus. Vejo alguma coisa ali — será horror ou piedade? Ou nojo?

Gordon, num gesto casual, puxa uma cadeira e se senta. Cheira a sala e faz uma careta.

— Não se sinta constrangido, Jake, pela falta de controle de suas funções corporais. Posso garantir que elas não passam de uma reação natural. Devemos passar ao nível cinco?

Percebo que ele já fez isso antes. Imagino que sempre acabe da mesma maneira.

Sacudo a cabeça o mais forte que consigo, mas não tenho certeza de que ela se mova.

— Nnnnnn — murmuro, me engasgando com uma mistura de saliva e borracha.

— O quê?

— Não!

Ele sorri, genuinamente exultante.

— Tudo bem, então. Boa escolha.

Maurie entreabre a porta e murmura algo para alguém que não vejo. Segundos depois, o bombeiro está de volta e remove a mordaça. Começa a soltar meus pulsos, mas Gordon o interrompe.

— Vamos deixar isso para mais tarde, por enquanto.

O bombeiro não responde. Só guarda suas coisas e sai.

Gordon pega seu iPhone e o coloca, quase com ternura, na mesa entre nós. Pega uma toalha branca e limpa e seca o suor do meu rosto.

— Melhor? — ele pergunta.

Passo a língua nos lábios. Sinto gosto de metal, borracha e sangue.

— É provável que você queira se limpar.

Mal consigo fazer que sim. Meu corpo ainda treme. Minha bexiga foi esvaziada. Estou mortificado e infeliz, sentado em minhas próprias urina e fezes.

— Em breve — diz Gordon, com suavidade. — Prometo.

Mesmo que eu saiba que, para ele, tudo não passa de uma espécie de jogo doentio, alguma coisa em mim reage à nota de bondade em sua voz. Quero desesperadamente acreditar que é real.

Ele abre um bloco de notas ao lado do celular.

— Apenas responda sim ou não — ele diz, apertando o botão de gravar no telefone.

Ele lê, do bloco:

— Você teve relações sexuais prévias com JoAnne Charles?

— Sim.

— Você a encontrou numa festa do Pacto há cerca de dois meses?

— Sim.

— Você a encontrou de novo uma semana depois?

— Sim.

— Você combinou de se encontrar secretamente com ela no shopping Hillsdale?

— Sim.

— Você se encontrou com ela no shopping Hillsdale?

— Sim.

— Você comprou um almoço para ela?

— Sim.

— Ela se insinuou sexualmente para você?

— Sim — murmuro.

— O quê?

— Sim — repito com mais clareza.

— Você fez sexo com ela?

— Recentemente?

— Só responda à pergunta.

— Sim, eu fiz sexo com JoAnne Charles.

— Por favor, repita o que disse.

Gordon empurra o telefone para mais perto de mim.

— Sim, eu fiz sexo com JoAnne Charles.

— Você fez sexo com JoAnne Charles num hotel em Burlingame, Califórnia, no dia 17 de março?

Olho dentro dos seus olhos, tentando saber que palavras ele quer ouvir. Nível cinco. O que isso quer dizer? Minha cabeça está a mil. Será só mais um truque? Se eu confessar, eles usarão minha confissão como argumento para me mandar lá para onde mandaram Eliot e Aileen? Pior, tocarão aquela gravação para Alice? Virarão minha preciosa esposa contra mim? O que é mais perigoso? Uma confissão falsa ou a verdade?

Só tenho certeza de uma coisa: *não posso perder Alice*.

Por fim, falo:

— Não.

Faíscas de raiva em seus olhos. Ele se vira para o computador e, rápido, aperta algumas teclas. Em seguida, me entrega a toalha que usou para limpar meu rosto.

— Capaz de você querer morder isto!

— Por favor, não — imploro.

Ele me olha e mostra os dentes.

— Trinta segundos — Gordon avisa. — Você dormiu com JoAnne Charles no Burlingame Hyatt?

Estou suando; minha cabeça está oca. Antes que eu possa responder, sinto a eletricidade percorrer meu corpo. Caio da cadeira, gemendo, e bato no chão. As algemas afundam nos meus pulsos.

— Trinta segundos — repete Gordon.

Estou jogado ali, sem ao menos ter certeza de estar vivo.

— Quinze.

Meu cérebro está em chamas.

— Dez.

Estou olhando para alguma coisa no chão. Um sapato. O sapato de Gordon.

Quando a corrente explode na minha perna esquerda e sobe pelo meu peito, giro no chão. Sinto o cheiro da minha pele queimando. Olho para Maurie, suplicando-lhe com os olhos, mas incapaz de emitir uma única palavra. Ele pisca e desvia o olhar.

Estou debaixo da mesa agora, sangue escorrendo pelos meus braços, dos cortes nos pulsos. Percebo pela primeira vez que a parede atrás de mim é espelhada. Quem está olhando?

A corrente é interrompida. Alguém me tira as algemas. Estou deitado em meus próprios fluidos, imóvel, atordoado. Quero morrer. O pensamento me choca. Eu preferiria morrer a passar por aquilo outra vez.

— Me ajude — sussurro.

74

HÁ QUANTO TEMPO ESTOU deitado aqui? Uma hora? Um dia? A porta se abre.

— Chega — ordena Neil.

— Agora não — diz Gordon. — Estamos tão perto.

— Venha comigo — diz Neil.

Acho que ele fala comigo. Tento me mexer, mas não consigo. Mas então Gordon o segue para fora da sala.

— Me ajude — peço outra vez.

— Você vai ter que se ajudar sozinho — retruca Maurie.

E sai, fechando a porta devagar atrás dele. Compreendo agora, com certeza absoluta, que Maurie não fará nada por mim. Ninguém aqui fará nada por mim. Tudo o que farão é se manter a postos e obedecer ordens.

Por um tempo infinito, nada ouço.

Por fim, a porta volta a se abrir. Elizabeth Watson parece preocupada. Então, ela me vê no chão e exclama:

— Meu Deus, o que eles fizeram com você?

Ela me ajuda a ficar de pé, com uma careta. Estou constrangido, pelo cheiro da sala, pelas manchas nas minhas roupas. Ela abre a bolsa e me entrega uma garrafa d'água. Estou com uma sede absurda, mas mal consigo manter as mãos na garrafa. Luto para abri-la, e Elizabeth, com gentileza, a pega, desatarraxa a tampa e segura a garrafa junto aos meus lábios. Depois de beber tudo, água escorrendo pelo queixo, ela me entrega um novo macacão, com uma cueca branca dobrada em cima.

— Sinto muito, Jake. Você pode se lavar agora. Venha comigo.

Saio tropeçando pelo corredor, sem dúvida deixando um rastro de sujeira atrás de mim. Ela para diante de uma porta ostentando uma placa que indica: *chuveiros*. Entro e me posto debaixo da água quente. Fico ali por muito tempo, até que a água esfria. Visto as roupas limpas.

De pé, do lado de fora do banheiro, Elizabeth me espera. Ela tira da bolsa um saco de M&M's de manteiga de amendoim e derruba alguns na palma da minha mão. Estou com muita fome, mas, quando mordo a bala, todo o meu rosto dói. Ela não fala uma palavra até estarmos no seu escritório, com a porta fechada.

— Relaxe — diz, apontando a poltrona.

Desabo na poltrona e fecho os olhos. Ouço Elizabeth fechar as persianas, trancar a porta, ligar a música. Tears for Fears estão cantando "Everybody Wants to Rule the World". Nunca mais ouvirei essa canção do mesmo jeito.

Quando ela aumenta o volume e puxa uma cadeira para perto de mim, me dou conta de que a música é para abafar sua voz, neutralizar quaisquer microfones.

— Foi difícil achar você.

Ela está sussurrando.

— Eles não quiseram me dizer para onde te levaram. Comecei a procurar, a dar telefonemas. No fim, tive que fazer uma petição ao juiz, solicitando uma liminar. Quando ficaram enrolando, eu soube que, fosse o que fosse que estivessem fazendo com você, só poderia ser algo ruim.

Olhei-a querendo dizer *Você não faz ideia*.

— O juiz me mostrou a petição em que eles solicitavam técnicas mais severas. Eu li o que lhes foi permitido fazer.

Ela me aperta a mão.

— Sinto muito, muito mesmo.

— Eu posso, por favor, ir para casa?

Minha voz soou como a de um estranho.

— Sinto dizer que ainda não chegamos lá. Eles pintaram uma imagem sua muito negativa. Mas, devido a algumas irregularidades na petição que fizeram, podemos ter alguma chance.

Ainda estou tentando entender Elizabeth Watson. Ela é sem graça e absurdamente magra. Sua segurança me diz que ela foi uma advogada de verdade por muito tempo.

— Você trabalha aqui?

Meu maxilar dói. Todo o meu corpo dói.

— Não.

— Você é membro do Pacto?

— Sou. Há oito anos. Meu cônjuge e eu vivemos em San Diego.

Ela se aproxima ainda mais, sua boca está a poucos centímetros do meu ouvido.

— Não devemos falar nisto. Estou aqui por uma Infração de Confiança. Porque eu não tive o grau certo de confiança no meu cônjuge.

— E qual foi a sua sentença? Me representar no tribunal de araque deles?

— É. Primeira Contravenção, fiz um acordo e concordei em lhes dar doze dias. Normalmente, trabalho como advogada de defesa em Century City. Você está em muito boas mãos. Eu sou muito, muito cara — ela me diz e continua, sorrindo: — Mas para você é grátis.

Elizabeth Watson cheira a xampu de avelã. O perfume é reconfortante. De todo coração, quero botar a cabeça em seu colo e dormir.

— Minha mulher também é advogada — informo.

Imagino Alice em nossa casa, vestindo seu pijama de flanela. Ela está tomando café, lendo, sentada à mesa, atenta à porta, me esperando. Não lamento ter me casado com ela. Mesmo agora, mesmo hoje, mesmo com todo o zumbido invadindo meu corpo, a dor na minha cabeça. Na alegria, na tristeza. Decididamente, o pior. Não lamento.

Fecho de novo os olhos. Alice, sonho com Alice.

Sonho com nossa lua de mel. Sonho com a festa de casamento. Sonho com a viagem para vender a casa de seu pai, com o anel que eu levava no bolso. Quando ele chegou, parecia apenas uma pedra supervalorizada num aro de metal, um simples objeto — bonito, acho, mas insanamente caro. Durante o voo, porém, e nos dias que se seguiram, o anel pareceu ganhar uma espécie de magia. Pensei no poder que representava, no feitiço que eu poderia lançar ao deslizá-lo pelo seu dedo.

Vi o anel como o talismã que transformaria Alice na minha Alice. Pareceu tão simples. Agora vejo meu plano como realmente era: ingênuo e de certa forma tortuoso.

Abro os olhos. Elizabeth está de volta à mesa, fazendo anotações em seu bloco. Percebe que a observo e sorri.

— Estes doze dias deveriam ser fáceis. E os primeiros dez foram. Todos se declararam culpados, tudo foi simples. Consegui para eles o melhor acordo possível, e, na maioria, todos ficaram muito gratos.

Ela bate com a caneta no bloco.

— E agora isto.

— Desculpe. Posso ligar para a minha mulher?

Ela rabisca alguma coisa no bloco e o levanta para que eu leia: *Má ideia!* Ela amassa o papel, depois toca as orelhas. Alguém está ouvindo.

A música ainda toca. Agora é Spandau Ballet.

Ela vem se sentar outra vez perto de mim e se inclina para falar baixo.

— Este juiz tem uma cabeça de merda. Ele é do Tribunal de Segunda Instância. Não consigo imaginar que porra ele fez para vir parar aqui. Eu li os acórdãos dele. Ele gosta de comprometimento, gosta de quem tenta resolver as coisas. Nós realmente precisamos declarar alguma culpa.

— Qualquer coisa para me tirar daqui.

— No seu casamento, Jake — ela pergunta —, o que você fez de errado?

Penso por um instante.

— Por onde devo começar?

75

UMA SEMANA ANTES DE conhecer Alice, aluguei uma casa em Sea Ranch, um refúgio litorâneo três horas ao norte de São Francisco. Foi um presente para mim mesmo, por ter completado minha última residência, um estafante ano na clínica. Pela internet, escolhi um minúsculo chalé no alto das colinas — sem quarto, só um cômodo com uma minicozinha.

Na subida, parei na livraria em Petaluma e na loja de empadas em Sebastopol, comprei mantimentos em Guerneville e depois continuei meu caminho pela sinuosa estrada litorânea, dirigindo mais depressa do que deveria por onde ela se combinava com as altas falésias sobre o Pacífico. Eu deveria pegar as chaves e assinar os papéis numa agência perto de um bar de motociclistas em Gualala. Quando cheguei ao local, porém, o escritório estava vazio. Fiquei ali sentado, lendo revistas de imóveis, até que uma mocinha pálida e magra finalmente apareceu. Era uma terça-feira de inverno, e parecia que eles não alugavam uma casa há meses.

Quando a chuva começou a cair, ela começou a procurar pelas chaves. Depois de vinte minutos e muitas desculpas, confessou que houvera uma confusão. O chalé que eu tinha reservado havia sido dedetizado na véspera. Ela me deu as chaves de um lugar chamado Two Rock, me ensinou o caminho e me disse para ir até lá. Quando eu estava para sair, ela comentou:

— Algo me diz que você vai gostar do lugar.

Oito quilômetros depois, descendo por uma estrada iluminada apenas pela lua cheia e uma infinitude de estrelas, entrei numa trilha escura, sombreada por eucaliptos. A trilha se transformou numa entrada para carros e a entrada se transformou num estacionamento. Dos dois lados de uma enorme casa à beira-mar havia casas de hóspedes. Logo depois do portão havia uma cancha de bocha e, circundando-o, uma luxuosa piscina térmica e uma sauna que cheirava a cedro.

O fato de ter 650m² só para mim poderia ter sido uma gloriosa comemoração do meu recente sucesso. Mas tudo estava frio e vazio, e aquilo fez com que eu me sentisse, pela primeira vez na vida, completamente sozinho.

A sala de estar, com vista para o oceano, tinha uma imensa parede de vidro. No meio, havia um telescópio, e uma estante exibia uma pilha de livros sobre as rotas de migração das baleias. Passei a manhã seguinte olhando pelas lentes, esperando ver o sinal revelador, uma bolha movendo-se devagar pelo litoral. Não vi.

O som oco daquela casa alugada, a enorme televisão ecoando pelos corredores vazios, as ondas sem fim estourando nos rochedos, continuavam a reverberar no meu cérebro o começo do meu relacionamento com Alice. A lembrança da casa vazia em Sea Ranch fazia com que eu a desejasse ainda mais. Fazia-me querer tê-la comigo quando voltava do trabalho. Fazia-me querer tê-la comigo nos fins de semana. Fazia-me querer tê-la na minha cama. Fazia-me querer tê-la como eu nunca antes havia desejado alguém.

76

Elizabeth está me sacudindo pelos ombros.

— Faltam dois minutos para as seis, Jake.

— Manhã ou tarde?

— Tarde.

— Temos uma audiência marcada para amanhã às nove — ela me informa. Há papéis espalhados por toda a mesa atrás dela.

— Eles vão levá-lo de volta à cela, agora. Vão trazê-lo de volta duas horas antes do julgamento.

Há uma batida na porta. Elizabeth observa dois sujeitos de uniformes cinzentos passarem correntes pelas presilhas no meu cinto e depois prendê-las a amarras em volta dos meus braços e pernas.

— Não se preocupe, Jake — diz Elizabeth, percebendo meu constrangimento. — Todos nós já passamos por isso.

De volta à minha cela original, as luzes parecem mais brilhantes, e percebo que o aquecedor foi ligado. Lá dentro, ainda há apenas o lençol fino e o exemplar usado do Manual. O calor é como o de uma sauna. Ao fim de uma hora, meu novo macacão está encharcado. Em algum momento, uma bandeja surge pela abertura na porta da cela. Uma tigela de macarrão com queijo e duas garrafas de água com sabor. Macarrão trufado e queijo. Meu maxilar ainda dói, mas, pela minúscula amostra, fica claro que o chef deve trabalhar em um restaurante muito bom. Está delicioso.

Na manhã seguinte, espero pelo que parecem ser horas até que minha porta se abra e um guarda me conduza ao escritório de Elizabeth. Ela tem outro macacão limpo — este é amarelo — e uma garrafa d'água à minha espera. Enquanto fico de pé no canto, trocando de roupa, ela continua a ler algo na tela do computador e a digitar.

Me sento na poltrona e aguardo. Depois de algum tempo, ela levanta os olhos.

— Podemos, afinal, ter chegado a um acordo, Jake. Com fome?

— Morrendo.

Ela faz uma ligação, e minutos depois surge uma mulher de uniforme trazendo uma bandeja com torradas, suco, iogurte, bacon e ovos mexidos. É óbvio que não se trata do mesmo cozinheiro da noite anterior. Como com calma, saboreando.

No andar inferior, o tribunal é exatamente igual aos de verdade — estrado para o júri, lugar para um estenógrafo, promotor de um lado, Elizabeth e eu do outro, alguns observadores conversando nos bancos. Enquanto ocupamos nossos lugares, o burburinho continua. Até que a oficial de justiça anuncia:

— Todos de pé, a Corte está em sessão.

O juiz emerge por uma porta lateral. Seus cabelos são prateados, ele usa óculos de lentes grossas e está vestido com a tradicional toga preta. Parece um ator representando um juiz na TV. Sem falar, ele assume seu lugar diante da sala do tribunal. O escrivão lhe entrega uma pasta.

Enquanto ele lê os documentos, ficamos sentados em silêncio. Puxo o colarinho do macacão amarelo. O feitio é igual ao dos vermelhos, mas o tecido é outro. Coça. Me pergunto se não foi fabricado especialmente para deixar os réus desconfortáveis durante o julgamento. Enquanto aguardamos, o promotor, um sujeito austero de terno escuro, não para de consultar seu celular.

Enfim, o juiz me olha. Me avalia por alguns instantes.

— Olá, Amigo — ele cumprimenta.

Aceno com a cabeça, em resposta.

— Bom dia, senhores advogados — continua ele. — Entendo que chegamos a um consenso, uma declaração de culpa por duas acusações.

— Sim, Meritíssimo — responde o promotor.

O juiz levanta a pasta e, num gesto dramático, deixa-a cair sobre a mesa.

— Este é um processo alarmantemente grande — observa.

O tamanho do meu processo. O que poderia haver ali? Alice e eu só estamos casados há seis meses. Teria sido um marido tão ruim? Será minha lista de crimes tão extensa?

360 *Michelle Richmond*

— Sim, Meritíssimo — concorda o promotor. — Alguns pontos precisaram ser esclarecidos.

— Considerando a gravidade do processo — diz o juiz —, uma confissão de culpa por duas acusações, mesmo em se tratando de Crime de Terceiro Grau, parece surpreendente, não?

— Bem...

O promotor se contorce.

— Eu esperaria uma confissão de pelo menos mais algumas acusações. Será que a sua advogada de defesa trabalhou direito? Devo admitir que estou surpreso.

Dou uma olhada em Elizabeth. Sua expressão continua indecifrável.

— Meritíssimo — diz o promotor —, acredito que, neste caso altamente incomum, a confissão é adequada.

O juiz não faz comentários. Mais uma vez, folheia a pasta. A não ser pelo farfalhar dos papéis, tudo é silêncio no tribunal. Tenho a sensação de que todos morrem de medo do juiz. E me dou conta de que, apesar de sua toga, do oficial de justiça e de toda a pompa habitual do sistema penal, este tribunal está longe de ser normal. Até os advogados estão amedrontados. A qualquer momento, eles podem se ver sentados exatamente onde eu estou, se defendendo contra falsas acusações, respondendo por crimes que podem ou não ter cometido.

Finalmente, o juiz enfia os papéis de volta na pasta. Tira os óculos e me olha.

— Jake, você é um homem de sorte.

Por que não me sinto um homem de sorte?

— Semana passada, nosso defensor era um advogadinho de porta de cadeia de Reseda. Duvido que ele tivesse sido capaz de orquestrar para você o mesmo resultado que a dra. Watson.

O juiz parece um pouco frustrado, mas decidido. E então ele diz:

— De pé, por favor.

Me levanto, e, a meu lado, Elizabeth faz o mesmo.

— Jake, você foi acusado de Crime de Possessividade, Capítulo 9º, Artigo 4º, Parágrafos 1º a 6º, e de Contravenção por Pesquisa de Propaganda Antipacto, Capítulo 9º, Artigo 7º, Parágrafo 2º. Você tem direito a julgamento com júri. Como se declara?

Olho para Elizabeth. Ela sussurra em meu ouvido.

— Culpado, Meritíssimo — digo. — Das duas acusações.

— Você está ciente de que, com esta declaração de culpa, você não tem direito a apelação caso mude de ideia depois da sentença?

— Sim, estou ciente.

— Você está familiarizado com os ensinamentos do Manual relativos à Possessividade?

— Sim, estou.

— Como você definiria Possessividade?

— Como a manifestação do desejo de controlar seu cônjuge.

— Você concorda que isso descreve adequadamente o seu comportamento?

— Sim, Meritíssimo, concordo. Uma das minhas intenções quando propus casamento pode ter sido proveniente de tal desejo.

— Você está também ciente de que buscar informações on-line para caluniar ou de algum outro modo difamar o Pacto é um crime que não podemos tolerar, em prol do bom funcionamento do Pacto e pelo bem do seu casamento?

— Estou ciente, senhor.

— Muito bem, Jake. Vou aceitar sua confissão. Você foi considerado culpado numa acusação de Possessividade, conforme definido em nove, quatro, um a seis. Como você sabe, trata-se de Crime de Terceiro Grau. Você foi também considerado culpado numa acusação de Pesquisa de Propaganda Antipacto, conforme definido em nove, sete, dois. Contravenção de Quarto Grau. Ambos são delitos graves. Como atenuante, esta é sua primeira infração e você, por livre e espontânea vontade, reconheceu e se declarou culpado das acusações. Sua sentença é a seguinte: seis meses de consultas semanais com um mentor credenciado pelo Pacto e selecionado pelo seu coordenador regional, um ano de disponibilidade para participação em nosso programa de aconselhamento à distância, a costumeira multa de cem dólares, uma moratória de três meses no uso da internet, com exceção de e-mails, e quatro dias em Fernley, como pena cumprida.

Pena cumprida. Isso quer dizer que vou sair. O alívio faz meus joelhos cederem.

Mas então ele continua:

— Porque não estou satisfeito com o tamanho do seu dossiê e as acusações nele contidas, e porque algo dentro de mim afirma que você corre o risco de se tornar um infrator reincidente, vou também ordenar a seguinte pena suspensa: um ano de vigilância domiciliar, um ano de encarceramento móvel de primeira instância e trinta dias em Fernley, a serem observados consecutivamente. Embora eu tenha, no momento, suspendido tal sentença, que a mesma lhe sirva como motivação diária para a observação do caminho correto. Se, a qualquer momento, chegar ao meu conhecimento que você começou a questionar o Pacto, se eu descobrir que você continua a estabelecer diálogos ou realizar similares pesquisas inadequadas junto a antigos ou atuais inimigos do Pacto, você se verá imediatamente de volta a Fernley. E eu lhe garanto, Jake, as penalidades às quais você foi submetido parecerão, em comparação, brincadeiras de criança.

Olho para a frente, tentando não demonstrar medo. Por dentro, meu coração está apertado. Nunca serei livre?

— Jake — continua o juiz —, não conheço a verdade relacionada às acusações contidas no seu dossiê e não vou interrogá-lo. Para ser franco, sua atitude me perturba. O Pacto e seu casamento são uma entidade única. Sem respeito e submissão, não haverá sucesso algum. Você é membro há pouco tempo, portanto, demonstrei clemência. Mas, como pode ver, minha clemência tem limites. O Pacto existe acima de nós, sem que homem algum o supere. Aceite o Pacto. Faça isso agora, e não daqui a cinco anos, não daqui a dez anos, para o seu próprio bem. Não iremos a lugar algum. Olhe ao seu redor. As paredes desta instituição são fortes; a influência dos seus membros é mais forte. O alcance do Pacto é bem maior do que você imagina. Acima de tudo, temos uma absoluta e inabalável crença na lisura da nossa missão. Encontre sua posição no âmbito do Pacto, encontre sua posição no seu casamento e você encontrará sua própria recompensa diária.

— Sim, Meritíssimo.

O juiz bate o martelo, fica de pé e sai.

Elizabeth e eu juntamos nossas coisas e aguardamos que a sala do tribunal esvazie. Quando a estenógrafa termina afinal de guardar sua máquina e se vai, viro-me para Elizabeth.

— O que é "encarceramento móvel de primeira instância"?

— Isso é algo que vou precisar descobrir.

Sua expressão é séria e ela parece muito preocupada.

— Eu não sei o que você fez, ou quem você irritou, mas você precisa fazer as coisas direito. Se acabar voltando para cá, acho que ninguém poderá ajudá-lo.

Me vejo a sós com Elizabeth, parado no corredor em frente à sala do tribunal. Uma das paredes é forrada com fotos em preto e branco de Orla. Ela está numa costa rochosa, na frente de um chalé esmaecido pela neblina.

A outra parede está forrada com fotos em preto e branco de casais no dia de suas bodas. Gente importante. Sem dúvida, nenhuma daquelas pessoas sabia, quando aquelas fotos foram feitas, no que estavam se metendo.

O celular de Elizabeth vibra. Ela olha para uma mensagem de texto.

— Seu avião está pronto — ela informa, me conduzindo até outra porta.

A luz da sala externa me cega por alguns segundos, e percebo então que estamos no mesmo lugar pelo qual entrei neste pesadelo. De repente, Fernley me faz pensar nos passeios que eu adorava quando chegava nas barracas do parque de diversões: parte túnel do amor, parte palácio do riso, todos aterrorizantes. Um guarda me entrega um saco plástico selado, contendo meus poucos pertences.

— É aqui que nos separamos — diz Elizabeth.

Sinto que ela quer me abraçar. Em vez disso, dá um passo atrás.

— Boa viagem, Amigo.

Entro no vestiário masculino, livro-me depressa do macacão e visto minhas roupas normais. Saindo, passo por um espelho. A visão é surpreendente. Olho para trás, meio que esperando ver um careca desconhecido, mas percebo então que sou eu o estranho ali refletido.

Saio do banheiro, ainda não de todo convencido de que vão simplesmente me deixar ir. Mas as portas duplas da entrada se abrem para mim. Atravesso o longo corredor em direção à pista. Estou tentado a correr, mas não quero dar a impressão de que cometeram um erro. Quando chego ao último portão, vejo um Cessna — meu avião, espero — parado na pista.

Giro a maçaneta, mas o portão está trancado. Olho para a câmera de segurança, mas nada acontece. O tempo passa. Estar preso no portão trancado me deixa cada vez mais nervoso.

Uma aeronave maior aterrissa na pista e para perto do Cessna. O ronco do motor do avião se cala e uma porta se abre devagar. Uma van faz a curva e para a seu lado. A porta da van desliza e duas jovens mulheres em idênticos vestidos azul-marinho desembarcam. Nem chegam a ser mulheres. Não parecem ter mais do que dezessete anos. Seus uniformes são mais justos e mais curtos do que os usados por qualquer outra pessoa. Tenho a impressão de que as duas são algum tipo de comitê especial de recepção.

Vejo um carrinho de golfe no horizonte, movendo-se na nossa direção. É dirigido por uma mulher e o passageiro é um homem de terno. Um pé calçado com um chinelo de prisioneiro surge de dentro da van. A bainha do macacão vermelho fica presa na porta e sobe, revelando um tornozelo nu. Não sei bem como, mas sei que é JoAnne.

Surgem dois braços magros, algemados nos pulsos. Depois uma cabeça, coberta por um capuz preto. As duas mocinhas a seguram pelos braços e a guiam na direção da aeronave maior. Enquanto JoAnne, mancando, atravessa a pista, o capuz preto gira na minha direção. Ela pode me ver? Estou horrorizado, hipnotizado, observando-a arrastar os pés até o avião. Fui eu quem fez isso a ela?

Ela sobe com dificuldade a rampa e desaparece dentro da aeronave.

O carrinho de golfe para logo depois do portão. O homem desce e fica de pé, de costas para mim, a um palmo de distância. Terno caro feito sob medida, sapatos italianos. Por um minuto, ninguém se move.

Por fim, o homem de terno se vira. Neil.

— Olá, Jake — ele diz, tirando um chaveiro do bolso. — Apreciou sua estadia?

Há uma única chave no chaveiro.

— Não muito.

— Da próxima vez, Jake, nós não seremos tão hospitaleiros.

A chave faísca ao sol, mandando centelhas de luz pelo seu terno. O tecido tem um brilho desagradável. Sua testa recebeu evidentes e várias injeções de Botox. Não consigo imaginar o que JoAnne viu nele.

Ele me olha bem dentro dos olhos.

— Quando uma regra é quebrada — diz Neil —, o preço deve ser pago. Só assim o equilíbrio é restabelecido, a equidade volta a imperar, e o Pacto, como um casamento, pode seguir adiante.

Ele põe a chave na fechadura, mas não a gira.

— As coisas estão seriamente desequilibradas, graças a você. Você e Alice estão desequilibrados, JoAnne e eu estamos desequilibrados e, mais importante, o Pacto está desequilibrado.

Neil gira a chave e o portão se abre.

— Não vou descansar até que o equilíbrio esteja restaurado. Você entendeu?

Não respondo.

Há alguma coisa na voz dele, alguma coisa familiar.

— Você vai descobrir que o avião está bem abastecido.

E então, às minhas costas, ouço-o dizer:

— Vai um refri, Jake?

Na minha cabeça, decifro a charada, como sempre faço: *Parece uma boa.*

E é então que fica claro por que ele me pareceu tão familiar naquele dia, na festa em Woodside. Na faculdade, eu nunca soube o nome dele; sempre pensei nele como "o cara que ia pular de Sproul". JoAnne se casou com o garoto com quem conversou no telhado. Ela se casou com o garoto que salvou? O que Freud diria?

E por que, então, ela me disse que tinha conhecido Neil depois de um acidente de automóvel? Por que mentiu para mim?

Caminho, sem me virar, em direção ao Cessna, observando o avião de JoAnne taxiar na pista e decolar. Ele desaparece no calor cintilante do deserto.

77

Os pneus do Cessna estremecem ao contato com a pista em Half Moon Bay. Agarro o saco plástico, agradeço ao piloto e desço a escada aos tropeços.

No café, ainda tonto, morto de fome, me instalo numa mesa de canto. A garçonete de uniforme retrô põe um cardápio à minha frente.

— O de sempre? — ela pergunta, amável.

— Claro — respondo, surpreso por ter estado ali vezes suficientes para já ter um "de sempre".

Ela volta com uma torrada e uma porção de bacon.

Quando termino de comer, ligo meu celular. Ele leva um tempo para funcionar. Quando acende, há um novo ícone na tela principal. É um pequeno *P* azul. Tento deletá-lo, mas nada acontece. Ele desaparece por um segundo e volta. Há um monte de mensagens de texto e diversos recados sonoros. Não olho para nenhum deles. Em vez disso, ligo para Alice.

— Estou aqui, no aeroporto — digo antes mesmo que ela tenha chance de dizer alô.

— Você está bem?

Ouço, ao fundo, os sons do escritório.

— Acho que sim.

— Chego aí em meia hora.

Lá fora, encontro um lugar no banco. Aviões sobrevoam em círculo. Um Chevrolet Suburban preto está parado no canto do estacionamento.

Ouço o ronco característico do velho Jaguar de Alice quando ela faz a curva na estrada. Ela para ao meu lado e se inclina para abrir a porta do passageiro. Pego meu saco plástico e deslizo para dentro. Ela passa a mão pela minha cabeça careca, me dá um olhar de simpatia e sai do estacionamento, voltando para a estrada.

O Chevrolet sai do estacionamento e vem para a estrada, atrás de nós.

Alice está usando seu vestido transpassado preferido, o que mostra sua cintura fina, seu belo quadril e só uma insinuação do decote. Enquanto nos movemos em direção ao túnel, indo para Pacifica, deslizo a mão por baixo da bainha e a pouso em sua coxa nua. Sua pele é morna. Lembro-me com clareza de como fui parar onde estou. Aquele casamento maravilhoso, aquele pesadelo medonho, tudo começou com aquele toque — a surpresa do calor e da maciez da sua pele.

Vejo a van pelo retrovisor e ouço a voz de Neil na minha cabeça: *Não vou descansar até que o equilíbrio esteja restaurado.*

O iPhone de Alice está no console entre nós. Um pequeno *P* azul pisca no canto superior.

78

DURANTE A VIAGEM DE CARRO para casa, Alice não faz perguntas e eu não começo minha história. Ainda não estou pronto para compartilhar o que passei e sinto que ela ainda não está pronta para ouvir. Mesmo assim, depois que ela para em frente à nossa casa e se inclina para me dar um beijo no rosto, fico magoado quando me dou conta de que ela não vai entrar. Preciso tanto ficar com ela agora.

— Me desculpe — ela diz. — Audiência importantíssima amanhã. Vou chegar tarde.

Depois de um afastamento, um casal precisa de tempo para se reconectar. É o que digo aos meus pacientes. No cinema e na literatura, há todo um fascínio por casais que estão destinados a ficar juntos, pela ideia de sr. e sra. Certinhos. Mas, é claro, nada disso é verdade. Para algumas pessoas, há muitos srs. Certinhos. Para outras, não há nenhum. Como para os átomos, o fato de casais ficarem juntos baseia-se mais em sincronicidade e circunstâncias do que em mágica.

Sem dúvida, também há mágica. Como os átomos, os casais só podem se combinar se houver atração, algum tipo de conexão química lógica produzindo uma reação. Quando duas pessoas se afastam, entretanto, é inevitável que até mesmo os laços mais fortes se dissipem, por isso é preciso redescobrir a conexão, reconstruir os laços.

Há muitos anos, fiz um estágio na administração do Hospital dos Veteranos. Um dos meus primeiros pacientes foi Kevin Walsh. Ele se alistou como reservista para poder pagar a faculdade, mas foi surpreendido com uma convocação para servir no Oriente Médio. Uma convocação leva a outra e a mais outra. Quando voltou para sua mulher e filhos em São Francisco, Kevin disse que se sentia como se estivesse entrando na vida de outra pessoa. As crianças eram bem-educadas e divertidas, sua esposa, agradável e atraente, mas ele não conseguia se desvencilhar da sensação de que aquela era uma vida escolhida por um outro homem e que ele era um impostor tentando fazer com que tudo funcionasse.

Ando pela nossa casa, voltando a me familiarizar com as nossas coisas, nossa vida. O lugar está uma zona. É evidente que Alice não esperava me ter em casa hoje. Na garagem, seu estúdio foi modificado — duas cadeiras, dois amplificadores, duas guitarras, uma de frente para a outra. Em cima da mesa, um pedaço de papel de música rasgado. Eu o apanho e examino em vão a página, como se as notas e linhas de compasso contivessem algum código secreto para Alice. Mas aquela é uma linguagem estranha e impenetrável.

Estou preocupado. Menos comigo mesmo do que com Alice.

De volta ao andar de cima, vejo a casa com novos olhos: dois pratos na pia, dois garfos, dois copos de vinho vazios no chão ao lado do sofá. Meu estômago embrulha. Vou à janela e inspeciono a rua em busca da van preta, mas ela não está lá. Espio o poste de luz. Ele sempre esteve ali, tornado invisível por sua presença constante. Mas agora percebo três caixinhas no alto. Estavam ali antes?

O que aconteceu dentro da casa enquanto estive fora? Mais importante, o Pacto esteve vigiando? Claro que esteve. Como Alice pôde ter sido tão descuidada? Se o Pacto vier e a levar de novo, isso a mudará para sempre. Ela pode se tornar mais fiel, pode se tornar mais obediente, mas não é isso o que quero. Eu quero Alice. Mais do que isso, eu quero que Alice seja Alice, boa e má. Sem sombra de dúvida. Isso é amor?

Ligo para o consultório, para avisá-los de que estou de volta. Huang se surpreende.

— Por onde andou, sr. Jake?

— Por aí. Cortei o cabelo.

Um bloco está aberto em cima do sofá. Há guitarras e microfones espalhados pela casa. O equipamento de gravação está montado na mesa da sala do café da manhã e a seu lado há outro bloco, com títulos de canções rabiscados.

Em nossa cama, encontro um presente embrulhado, com meu nome. Um CD.

Coloco-o no aparelho de som na mesa de cabeceira, ligo-o, ponho os fones nos ouvidos, me sento na cama e aperto *play*. É Alice cantando, acompanhada por guitarras, teclados, baterias e, a certa altura, até um conjunto de instrumentos infantis de percussão. Há várias vozes de fundo, mas também são de Alice. As canções são bonitas e tristes.

A quinta faixa é um dueto. À voz de Alice se junta uma masculina. É outra canção sobre relacionamento, um relacionamento que me soa familiar, e me dou conta de que fala de Alice e de mim, embora de um jeito estranho. É a nossa história, vista pelos olhos de Alice. A voz masculina canta as minhas falas, com certeza melhor do que eu jamais faria. A intimidade entre as duas vozes torna a canção profundamente inquietante. A inspiração antes de cada verso, o tipo de coisa que é removida na edição final, faz com que eu me sinta como se estivessem ali mesmo no quarto. Tento me distanciar, ouvir do jeito que soaria para alguém de fora, para alguém que não estivesse apaixonado por Alice, mas não é possível.

Me lembro do dia na escada, quando Eric sabia que eu estava ali, mas Alice não. Penso no olhar que ele me lançou. Havia desafio em sua expressão, embora eu possa ter interpretado errado. Talvez o que eu visse fosse compaixão por mim, ou pena — porque ele sabia de alguma coisa que eu não sabia.

Ouvi o disco inteiro e, depois, comecei de novo. Como a sala na garagem, parecia que eu estava espiando uma parte de Alice que eu havia imaginado, mas nunca visto de verdade.

O retrato musical que ela pinta de mim é matizado, às vezes indulgente e brutalmente honesto.

Por muito tempo me agarrei a Alice com firmeza, mantendo-a bem à minha frente, olhando apenas para as partes que eu queria ver. Encorajei as qualidades que amava nela, salientando-as, na esperança subconsciente de que, se ignorasse as outras partes, elas recuariam e desapareceriam. É claro que, na minha ausência, essas partes floresceram. É, Alice se tornara outra vez Alice, com sua identidade plena e enlouquecedoramente complexa. Fecho os olhos, ouvindo sua voz.

A certa altura, ouço um barulho na cozinha. Tiro os fones de ouvido. Alice está em casa. Atravesso o corredor e encontro seus sapatos de salto jogados no chão da sala de estar. Sinto cheiro de frango, alho, um sopro de chocolate. Aproveito aquele instante, que parece perfeito e bem-vindo, até que uma vaga sensação de pavor se insinua. Olho pela janela e procuro qualquer carro suspeito parado no quarteirão.

Alice está de pé diante do fogão, de calças de pijama e camiseta, fritando cogumelos na manteiga, uma colher de pau numa das mãos, uma cerveja na outra. A frigideira chia e um pouco de fumaça sobe no ar. Passo os braços pela sua cintura.

— Ora, vejam quem voltou dos mortos — ela diz.

Murmuro na sua orelha:

— Adorei as suas músicas.

Ela se vira de frente para mim, e tiro o copo e a colher de suas mãos e os ponho em cima do balcão. Puxo-a para longe do fogão, para o meio da cozinha. Ficamos ali de pé, presos numa espécie de dança em câmara lenta. No começo, ela está dura, mãos empoleiradas nos meus ombros, costas um pouco arqueadas, como se não quisesse ceder àquele momento e a mim. E depois seu corpo relaxa. Ela encosta a cabeça no meu ombro, move as mãos para as minhas costas e me puxa para mais perto. Sinto sua respiração atravessar minha camisa.

— Me desculpe por algumas das letras.

Sinto que ela quer dizer algo mais. Só a abraço e espero.

— E pelo resto — ela continua, suspirando. — Sinto muito pelo resto.

O que soa como uma confissão, ao mesmo tempo preocupante e um alívio. Se isso acontecesse com clientes, eu os felicitaria pelo progresso. Eu lhes diria que a honestidade é bom sinal, a honestidade é o primeiro passo. É claro, eu também os alertaria para o fato de que, agora que a verdade havia sido exposta, as coisas poderiam piorar antes de melhorar.

— Você é você — eu digo, e acho que sou sincero.

Alice pula e passa as pernas pela minha cintura, e eu a estou segurando. Há muito tempo não fazíamos isto, e eu tinha me esquecido do quanto ela era leve, enroscada no meu corpo.

79

É surpreendente a rapidez com que Alice e eu retomamos nossos hábitos. Eu recupero o atraso no trabalho e ela volta para seu novo caso. Mas, a cada dia, vai para o escritório um pouco mais tarde e volta para casa um pouco mais cedo. E, quando ela está em casa, é raro que eu a pegue com a pasta aberta, revendo material jurídico, fazendo pesquisa. Em vez disso, antes de nos recolhermos ao sofá e assistirmos a um novo episódio de *Sloganeering*, ela passa mais ou menos uma hora no laptop, com fones de ouvido, mixando, ajustando, revendo as canções para seu novo álbum.

Não falamos dos dias em que estive fora, do que aconteceu em Fernley ou do que aconteceu aqui em casa. É como se tivéssemos chegado a um acordo silencioso. Embora o juiz me tenha sentenciado a um encarceramento móvel, não houve maiores explicações. Aguardei o bracelete, mas ele nunca chegou. Só posso concluir que estão me observando mais de perto do que nunca. Talvez a casa esteja sob escuta. Talvez haja algum dispositivo no meu carro. Ou talvez tudo não passe de algum tipo de jogo psicológico cruel: o desconhecimento é seu próprio tipo de prisão.

Aos poucos, meu cabelo começa a crescer. Quanto mais comprido fica, mais Fernley parece um pesadelo distante.

No trabalho, volto aos padrões regulares, a meus clientes, aos adolescentes, aos casais. Começo devagar a dar alta aos que estão prontos. A terapia, como todas as longas conversas, tem começo, meio e fim.

Em casa, valorizo a felicidade que encontramos nas últimas semanas, a estabilidade, a segurança, o aconchego. Posso vê-los nos olhos de Alice: ela está mais feliz. Imagino que ela se surpreenda por ter encontrado uma passagem oculta que lhe permitiu mesclar os diversos aspectos da sua personalidade. É como se estivéssemos aos poucos construindo nosso relacionamento, singular e distinto de todos os outros, um casamento não muito diferente do ideal descrito pelo Pacto.

E, no entanto, o meu cérebro, como um computador eternamente calculando Pi em segundo plano, ainda tenta desesperadamente encontrar um jeito de sair do Pacto. Sinto que Alice faz o mesmo.

Na noite de ontem, vi uma van escura na esquina. Na véspera, Alice avistou um Bentley do outro lado da rua. Nós dois sabemos que a mudança vai chegar, que algo precisa ser feito, mas nenhum de nós toca no assunto.

80

TERÇA-FEIRA, ALICE FICA SABENDO que o tecladista da Ladder, sua antiga banda, morreu num acidente de moto na Great Highway. Ele tinha quarenta e poucos anos, esposa e filhas gêmeas no jardim de infância. Alice tinha passado dois anos com ele numa van, numa turnê, e a notícia a abala bastante.

Um tributo improvisado foi planejado no Bottom of the Hill para a noite de sábado. Sugiro que ela talvez devesse ir sozinha, mas ela insiste para que eu a acompanhe. Quando volto das compras de sábado, vejo-a diante do espelho do quarto e mal a reconheço. Seu cabelo está uma maluquice, a maquiagem exagerada, um minivestido preto, meias arrastão e botas Dr. Martens, tudo completamente diferente do que ela usa há anos. Ela está ótima, mas sua capacidade de se transformar tão depressa na criatura que já foi me deixa pouco à vontade.

Brigo com minhas próprias roupas, me decidindo afinal por jeans e uma velha camisa social branca. Parecemos totalmente incompatíveis, como um casal saindo para um primeiro encontro mal planejado, arranjado por amigos que nem ao menos os conhecem direito. Alice está nervosa, com medo de se atrasar. Conseguimos afinal nos espremer numa vaga de um estacionamento a seis quadras de distância e vamos a pé até o clube, quase correndo.

Lá dentro, Alice é no mesmo instante engolida por uma multidão de antigos amigos, conhecidos e fãs. Fico para trás e observo.

A música começa. É uma estranha mistura de músicos tocando todas as velhas canções favoritas. Lá estão Green Day, o tecladista dos Barbary Coasters, Chuck Prophet, Kenney Dale Johnson e outros que parecem vagamente familiares. A multidão parece estar gostando. Há uma mistura de tristeza e alegria, pessoas celebrando a vida do amigo, ainda chocadas com a sua morte. A música é boa e sinto que os músicos estão tocando com o coração. Mesmo assim, há muitos anos não vou a um clube como o Bottom of the Hill, então não demora muito para que meus ouvidos comecem a doer. Procuro entre os rostos, mas não vejo Alice.

Pego uma tônica no bar e encontro um lugar na parede dos fundos, no escuro. Quando meus olhos se acostumam à penumbra, percebo que há três outros sujeitos encostados à parede dos fundos, dois também bebendo tônica, os três usando camisas sociais brancas e jeans, os três com mais ou menos a minha idade. Com certeza caçadores de talentos.

Quando foi que envelheci?

Acontece devagar, mas raras vezes de modo ambíguo. Nos restaurantes, o garçom põe a conta do seu lado. No trabalho, em reuniões, quando é preciso tomar uma decisão difícil, os outros olham primeiro na sua direção. Um toque de cinza nas têmporas, os sinais óbvios: uma casa, um carro já quitado, uma esposa em vez de uma namorada.

Uma esposa. Enfim consigo ver Alice, falando com gente que eu não reconheço, uma multidão entre nós. Apesar das complicações, estou bem feliz com a minha escolha e espero que ela esteja feliz com a dela.

Com o passar do tempo, o barulho fica excessivo, então tenho a mão carimbada e saio. É boa a sensação da neblina no meu rosto. Observo os carros subindo a rua.

— Ouvi dizer que você é terapeuta.

Viro-me e me deparo com Eric Wilson de pé atrás de mim. Vejo agora o que não percebi naquele dia em nossa garagem — talvez por estar tão concentrado em Alice. Ele não se parece mais com o jovem e atraente baixista daquela foto em frente ao Fillmore. Seu cabelo está meio engordurado e ele tem dentes ruins.

— Sou — digo. — E você é baixista numa banda.

A frase sai mais sarcástica do que eu pretendia, ou talvez não. O fato é que não tenho nada contra baixistas em geral. Só contra este baixista.

Ele pega um cigarro e o acende.

— À noite — ele concorda. — Durante o dia, sou professor de Biologia na universidade. Alice não contou?

— Não, não contou.

— Não é um caso único. O cara do Bad Religion dá aulas na Ucla.

— Interessante.

— É, somos coautores de um livro sobre as tartarugas verdes da ilha de Ascensão. *Chelonia mydas*. Já ouviu falar nelas?

— Não.

Através da parede, sinto a vibração da música do lado de dentro. Quero voltar para lá, mas mais do que isso quero dar um soco na cara de Eric Wilson. É uma sensação bem nova. O que aconteceria, me pergunto, se, só por uma vez, eu simplesmente deixasse de lado minha natureza mais racional e agisse por instinto?

Eric deve ter acabado de sair do palco, porque o suor escorre pelo seu pescoço. Lembro-me de uma recente matéria do *Jama*, um texto sobre como as mulheres muitas vezes são atraídas para seu futuro parceiro pelo cheiro do seu suor. A teoria é que as mulheres procuram um homem com um odor único de transpiração porque isso pressupõe uma diferença genética, uma melhor perspectiva de imunidade para seus filhos, maior chance de permanência da linhagem familiar. Imortalidade, apenas no cheiro do suor.

— Essas tartarugas marítimas verdes gigantes — diz Eric — nascem na ilha de Ascensão. Depois, passam a vida longe dali, se divertindo em outras águas, explorando, nadando ao largo da costa do Brasil, essas coisas. Mas você sabe do que mais?

Eric se virou para me encarar, tão perto que posso sentir sua respiração no meu rosto.

— Imagino que você vá me dizer.

— Quando é hora de se acomodar, hora de criar família, elas voltam a ser quem eram. Você consegue imaginar? Quando chega a hora da seriedade, e acredite, essa hora sempre chega, estejam onde estiverem, seja no que for que pensem ter se transformado, elas deixam tudo de lado e nadam e nadam. Às vezes, milhares de quilômetros. Abandonam a vida atual sem um instante de hesitação. Voltam para aquela praia na ilha de Ascensão, desistem de qualquer pretensão e se tornam exatamente quem são, exatamente quem eram.

Eric termina o cigarro, joga-o no chão e o amassa com o calcanhar da bota.

— Prazer em vê-lo, Jake — ele diz.

Observo-o se afastar, as costas da camisa manchadas de suor.

Mais tarde, Eric está no palco com sua banda. É difícil olhar para ele. É difícil não pensar nele na minha casa, comendo nos nossos pratos, bebendo em copos que ganhamos como presente de casamento.

Eric chama Alice para cantar. Ela surge da lateral do palco e o volume dos aplausos me surpreende. Ela se empoleira num tamborete ao lado de Eric. Os dois começam uma canção popular da sua antiga banda, depois passam para uma das músicas do CD que ela me deu.

Olho os dois juntos no palco, sentados tão perto, e estremeço. Quando nos conhecemos, Alice estava deixando a música, já num outro rumo. Não era claro para onde ia, mas era óbvio que tinha abandonado sua antiga vida e estava decidida a seguir em frente, para uma nova aventura. Tive medo de que um dia ela descobrisse que essa nova aventura, da qual eu fazia parte, não passava de uma alternativa que ela estaria pronta para descartar quando voltasse à vida antiga.

Algumas vezes, tentei distraí-la da ideia de voltar àquela vida. Encorajei-a a aceitar o emprego no escritório de advocacia, comprei para ela o primeiro tailleur sob medida que ela teve. Foi estupidez, talvez manipulação, mas eu estava apavorado. Queria conservá-la.

O que eu não compreendi foi que Alice não é apenas uma ideia, ela não é um objeto inflexível, uma amostra imutável. Sim, eu sabia que ela era complexa, não precisei de um diploma de Psicologia para descobrir. No dia em que a conheci, lembrei-me dos versos de Walt Whitman: "Estou me contradizendo? Pois que seja, eu me contradigo. Eu sou grande, eu contenho multidões".

Não, eu reconheci a complexidade de Alice desde o começo. Mas não me dei conta de que Alice é um organismo em crescimento, em evolução. E eu também. Quero acreditar que nós não somos como as tartarugas verdes da ilha de Ascensão, que evoluímos para além dos padrões básicos do mundo natural. Quero acreditar que não é possível que Alice volte a ser a pessoa que era antes de eu conhecê-la. Quero dizer a Eric que ele está enganado a respeito da minha mulher. A viagem pela faculdade de Direito, pela sua carreira, pelas profundezas do nosso casamento, não foi apenas uma viagem secundária da qual ela pode emergir e recuar para o pretenso caminho da sua vida. Nosso casamento não é uma aventura equivocada, por mais que Eric Wilson assim deseje.

E me ocorre que isso é a própria essência do que amo em Alice. Ela contém contradições, ela contém multidões. Ela abraça cada etapa de sua vida, aprendendo com cada uma, levando com ela suas experiências, sem deixar nada para trás. Intuitivamente se adaptando, tornando-se uma nova e mais complexa versão dela mesma a cada ano que passa.

Eu esperava que o casamento fosse uma porta que atravessamos. Como numa casa nova, você dá um passo e entra, esperando que aquele seja um espaço imutável no qual habitar. Mas, é claro, eu estava errado. O casamento é uma coisa viva e mutável ao qual é preciso estarmos atentos, tanto sozinhos quanto juntos. Ele evolui de inúmeras maneiras, tanto ordinárias quanto inesperadas. Como a árvore em frente à nossa janela, ou o kudzu que delimitava o pátio da casa do pai de Alice na noite em que ficamos noivos, o casamento é uma coisa viva e cheia de contradições — ao mesmo tempo previsíveis e impenetráveis, boas e más —, tornando-se mais complicada a cada dia.

Então Alice se vira para encarar Eric, como se estivesse cantando diretamente para ele. Eles cantam em dueto e todo o lugar silencia, hipnotizado pelos dois juntos no palco. Eles estão frente a frente, os joelhos se tocando. Estão de olhos fechados. A dúvida se instala. A preocupação que costumava existir apenas nos confins da minha consciência, mantida à distância pelo meu otimismo e pela cegueira do meu amor, é agora uma nuvem negra no meu cérebro.

Foi por isso que ela me quis aqui hoje à noite — para que eu visse o que havia acontecido entre ela e Eric? É este o jeito dela me dizer que nosso casamento chegou ao fim? Tento me preparar para o momento em que eu talvez precise sair sozinho do clube.

81

UMA DAS PERGUNTAS QUE faço aos casais em terapia é: "vocês ainda acreditam que têm a capacidade de surpreender um ao outro?".

A resposta, com muita frequência, é não.

Eu gostaria de poder inventar uma fórmula fácil para inserir a surpresa de volta num casamento. Essa simples mudança poderia ser a salvação de muitas uniões que já vi. O Desfibrilador de Casamentos, eu a chamaria. Um bom choque para revitalizar o sistema.

Ver Alice de minivestido preto e botas Dr. Martens é uma surpresa. Mas o que acontece no palco não é. Observando-a cantar com Eric, acho que constato o fim da nossa história.

Ao que parece, me enganei. Quando a noite acaba e quase todos já se foram, estou de novo lá fora — exausto, perturbado, confuso com o que testemunhei — quando ela sai do clube.

Seu rímel está borrado e não sei dizer se é do calor do bar ou se esteve chorando. Mas aqui está ela, me abraçando apertado.

— Uísque demais — diz ela, as palavras lentas e emboladas. — Vou ter que me apoiar em você.

No carro, a caminho de casa, Alice me surpreende outra vez. Ela desce o para-sol do lado do passageiro, se olha no espelho, faz uma careta.

— Deveria ter posto rímel à prova d'água. Alguns de nós começamos a falar dele, bem no final. Estávamos contando histórias da nossa última turnê. Ri tanto que chorei.

Quando chegamos à Fulton Avenue, o longo trecho de estrada vazia descendo em direção à praia, ela abre a janela. Ondas de névoa cintilam debaixo dos postes de luz.

— Mmm — faz ela, pondo a cabeça para fora. — Tem cheiro de mar.

E sou invadido pela lembrança de uma noite exatamente como esta, há anos, quando estávamos recém-apaixonados. Um tipo cruel de *déjà vu*. As coisas eram mais simples naquela época. Nosso rumo parecia claro.

Depois de um instante, pergunto:

— Você já ouviu falar das tartarugas verdes da ilha de Ascensão?

— Nada a ver — ela retruca, fechando o espelho com força. E não me olha.

Passa das três da manhã quando entramos em nosso quarto. As cortinas estão abertas e vejo a lua subindo sobre o oceano Pacífico. Alice está muito bêbada, mas fazemos sexo assim mesmo, porque ela quer e eu quero. Quero recuperar o que é meu, o que é nosso.

Estou deitado, acordado, Alice dormindo ruidosamente a meu lado. Ainda há esperança para nós. Ainda? Penso nas tartarugas nadando sem parar pelo oceano Atlântico, indo para o sul. Mais importante, porém, é que penso no Pacto, neste buraco no qual caímos, meu cérebro ainda calculando freneticamente em segundo plano, tentando descobrir uma saída.

Às 9:12, percebo que dormi direto e não ouvi o despertador. É um despertador gentil — David Lowery, do Cracker, cantando "Where Have Those Days Gone". O relógio fica no chão, ao lado da cama. Alice dorme a meu lado, um pouco de baba e o cabelo emaranhado como únicas provas de sua noite selvagem.

Descubro que acordamos por causa das batidas na porta ao lado. A parede parece estar se sacudindo e a princípio penso nos vizinhos. Nossos vizinhos são um casal mais velho e amável, e sempre gostamos deles, mas é sabido que eles passam os dias jogando Mahjong.

Então me ocorre que o barulho está vindo da nossa porta da frente.

— Alice — sussurro. — Alice?

Nada.

Sacudo-a pelos ombros.

— Tem alguém na porta!

Ela se encolhe, tirando o cabelo dos olhos. Pisca por causa da luz.

— O quê?

— Tem alguém na porta!

— Deixa pra lá — ela resmunga.

— Eles não vão desistir.

De repente, ela está acordada de todo, sentada.

— Merda!

— O que nós vamos fazer?

— Merda, merda, merda!

— Se veste — digo. — Depressa. Nós temos que sair daqui.

Alice pula da cama, enfia o vestido e as botas da véspera e joga a capa de chuva nas costas. Eu visto meus jeans sujos, uma camiseta e tênis.

Mais batidas.

— Alice! Jake!

A maçaneta chacoalha. Reconheço a voz. Declan.

Corremos para a porta dos fundos e descemos os degraus para o pátio. Faz muito frio. A vizinhança está coberta de neblina, uma brisa gelada sopra do mar. Ajudo Alice a pular a cerca dos fundos e entrar no pátio vizinho e vou atrás, correndo. Nos movemos depressa pela grade de pátios retangulares, pulando cercas de madeira. A certa altura, temos que trepar num arbusto para pular uma cerca mais alta. Por fim, na esquina da Cabrillo com a 39, passamos por um portão e saímos para a calçada.

Ao longe, ainda ouço Declan gritando nossos nomes. Sua parceira deve estar agora na van, percorrendo as avenidas à nossa procura.

Puxo Alice para trás de um depósito de reciclagem de latas. Confiro o que tenho nos bolsos. 173 dólares, celular, chaves de casa, carteira, cartões de crédito. Alice está tremendo, puxando a capa de chuva para mais perto do corpo. Ela me olha, há pânico em seus olhos. Folhas se prenderam à capa, pétalas vermelhas pegajosas daquele arbusto.

— Para onde vamos? — ela pergunta, apavorada.

Não tenho resposta.

82

CAMINHAMOS PELA FULTON PARA O LESTE, ficando perto das árvores, depois entramos no Golden Gate Park, pela avenida 36. Enfrentamos o denso nevoeiro, passamos correndo por Chain of Lakes Drive e mergulhamos nas trilhas de mato alto. Ouço o som de muitas vozes e me lembro de que hoje é o dia da Bay to Breakers, a corrida anual de São Francisco que atravessa a cidade do Embarcadero até a praia e apresenta uma mistura estranha de corredores etíopes, famílias, nudistas e sujeitos bêbados em trajes de torcida na retaguarda.

O evento já deve estar na metade, porque, quando cruzamos Kennedy Drive, os corredores estão todos fantasiados, alguns andando, muitos carregando bebidas. Alice se vira para mim, uma expressão de choque e alívio no rosto. Não há melhor lugar para se esconder do que na Bay to Breakers. Observamos os corredores que passam, uma dúzia de fantasias de M&M's, um noivo sendo perseguido por uma noiva, a versão feminina da linha de frente de um time de futebol e uma multidão dos habituais corredores lentos, todos tentando vencer a reta final da corrida de doze quilômetros. Um sujeito vestido de Duffman, empurrando um carrinho cheio de barris de chope, entrega dois copos cheios a Alice e a mim.

— Saúde.

Nós nos sentamos na grama e bebemos o chope quente. Estamos ambos em silêncio, tentando imaginar qual o próximo passo. Alice aponta para vinte rapazes e moças vestidos de Kim Jong-il. Ela quase sorri.

— Quando você acha que podemos voltar para casa? — pergunto.

— Nunca — ela diz.

Ela se encosta em mim e passo o braço pelos seus ombros.

O sol aparece e Alice estende a capa de chuva na grama úmida e se deita.

— Há anos não tenho uma ressaca assim — ela geme.

Fecha os olhos e em menos de dois minutos está dormindo. Eu gostaria de poder fazer o mesmo. Mas a multidão começa a rarear e não temos muito tempo.

Pego o celular e penso em ideias de para onde ir. O P azul pisca no canto da tela. Pesquiso depressa por empresas de aluguel de automóveis e desligo o aparelho. Reviro os bolsos da Alice em busca do seu telefone, mas ela deve tê-lo deixado para trás.

— Vamos — digo, sacudindo-a para acordá-la. — Precisamos sair daqui.

— Para onde?

— Há uma loja da Hertz não muito longe.

Começamos a longa caminhada para Haight, movendo-nos em meio à multidão cada vez menor.

— E se eles não tiverem um carro?

— Eles têm que ter um carro — respondo.

Com a capa de chuva amarfanhada de Alice e minha velha camisa suja e jeans rasgados, não nos destacamos entre os bêbados matinais da Bay to Breakers. Andamos pelo parque para leste, em direção a Panhandle, chegando afinal à encruzilhada de Stanyan com Haight. Paramos no Peet's e pedimos um chocolate quente e um sanduíche grande. Usamos nossos dois cartões de débito num caixa eletrônico para retirar o limite máximo diário de dinheiro. Em frente à Hertz, ela desaba no meio-fio, tomando café, tentando acordar.

Quando paro ao seu lado num Camaro conversível cor de laranja, o único carro de que dispunham, ela sorri.

Rodamos pela cidade, atravessamos a ponte Golden Gate e seguimos para o norte, por Marin County. Paramos numa loja de equipamentos eletrônicos em San Rafael e compramos um novo cartão SIM. De volta à estrada, Alice tira o antigo SIM do meu celular e o joga pela janela. Quando chegamos a Sonoma, ela inclina o assento e absorve o sol. Amo o fato de não ter perguntado para onde estamos indo.

Ligo o rádio e ouço o jogo dos Giants até que o sinal é interrompido. Está quatro a dois e Santiago Casilla está tentando fechar a nona quando a recepção some. Descemos a 116, ao longo do Rio Russo, e vamos em direção ao mar. Em Jenner, quando o rio encontra afinal o Pacífico, estaciono o Camaro em um Stop & Shop.

Lá dentro, Alice vai ao banheiro enquanto faço compras na loja de conveniência. No carro, ela abre uma garrafa de água vitaminada. Bebe tudo e depois espia a sacola.

— Chocodiles! — ela grita.

A estrada depois de Jenner é uma faixa estreita margeada por colinas altas. É um caminho perigoso, mas encantador. A última vez que passei por aquele trecho da Autoestrada 1 foi uma semana antes de conhecer Alice. Tanta coisa aconteceu desde então. Quem é o homem que arrisca a vida num Camaro laranja, com uma mulher linda, confusa e que há dias não vê um chuveiro, mastigando Chocodiles no banco do passageiro?

Em Gualala, entro no estacionamento de uma mercearia. Compramos leite e pão, algumas coisas para jantar, casacos com capuz e shorts para os dois. Um quilômetro depois, paro em frente ao Sea Ranch Rentals.

— Sea Ranch! — exclama Alice. — Eu sempre quis me hospedar aqui.

A mesma mocinha pálida que me alugou a propriedade da outra vez está sentada atrás da escrivaninha, lendo um exemplar de bolso de *O leilão do lote 49*. Ela levanta os olhos quando entro.

— Você de novo — exclama, embora eu não consiga acreditar que ela se lembre mesmo de mim.

— Não gosto desse novo cabelo — ela comenta. — Fez reserva?

— Não.

Ela larga o livro e consulta o computador.

— Quanto tempo?

— Não sei. Uma semana?

— Tenho o mesmo lugar em que você ficou da última vez — ela informa. — Two Rock.

Ela se lembra mesmo de mim.

— Eu nunca esqueço um rosto — diz ela, como se lesse meus pensamentos.

Isso é estranho, penso. Ou será...? Afasto o pensamento, mas dou uma rápida olhada para seu dedo anular. Ela não é casada.

— Não sei se consigo pagar.

— Vou te dar o desconto para retorno com a família. Você está voltando com a sua família?

— Minha mulher serve?

Ouço alguém se movendo na sala ao lado.

A garota pega um lápis, escreve $225/*nt* e desliza o papel por cima da mesa para a minha aprovação. Faço que sim com a cabeça e o sinal de polegar para cima. O desconto é, sem dúvida, de muitas centenas de dólares. Ponho um cartão de crédito em cima do balcão.

— Você pode ficar com isto e só cobrar quando sairmos? — pergunto em voz baixa.

— Você pode deixar o lugar intacto? — ela sussurra.

— Como se nunca tivéssemos estado lá.

Ela põe o cartão de crédito num envelope, sela-o e me entrega um saco plástico transparente com as chaves e as instruções. Agradeço.

— Se alguém perguntar, eu nunca estive aqui.

— Feito.

— Estou falando sério — sussurro.

— Eu também.

83

QUANDO VOLTO À ESTRADA e pego a trilha para Sea Ranch, Alice levanta o encosto do assento, examinando o mar. As casas de vidro de madeira ficam maiores e mais bonitas quando viramos para oeste, indo para as colinas. Quando entro na propriedade que alugamos, Alice me soca o ombro e exclama:

— Puta merda!

Abro a porta e ela corre para a sala de estar e olha o mar pelas janelas que vão do chão ao teto. Ligo a calefação. O lugar tem o mesmo aspecto e cheiro de antes. Ar marinho e eucalipto, com um toque de cedro da sauna.

— Tire a roupa — digo.

Sem perguntar por que, ela tira o vestido.

— Roupa de baixo também — insisto.

Ela tira tudo e fica ali de pé, nua. Eu a beijo — esmagado pelo alívio de estarmos ali juntos e a salvo —, pego suas roupas sujas e subo para pôr a roupa para lavar. Quando desço, Alice está sentada numa poltrona perto do telescópio, enrolada numa manta, olhando para o oceano.

— Talvez hoje seja o dia — ela diz, sonhadora.

Sei o que ela procura. O que ela sempre procura, sempre que estamos no litoral.

Mais tarde, estou na cozinha, preparando o bacalhau com aspargos que compramos na cidade, quando um grito me sobressalta. Corro à sala de estar, esperando o pior, esperando encontrar Declan e sua amiga. Mas, quando chego lá, Alice está olhando pelo telescópio e apontando para o oceano.

— Baleias, Jake! Baleias!

Olho para a enorme extensão de mar acinzentado, mas não vejo nada.

— Baleias! — ela grita de novo, me puxando para olhar pelo telescópio.

Espio pela lente, mas tudo que vejo são calmas ondas azuis, um litoral rochoso, um cargueiro ao longe.

— Está vendo?

— Não.

— Continue olhando.

Alice afundou na poltrona e está folheando o livro de Lyall Watson sobre baleias.

Olho à esquerda, olho à direita. Nada. Insisto mais uma vez, mas ainda não consigo ver nada. E de repente eu vejo. Dois esguichos se movendo lentamente até a costa. Não é grande coisa, só água subindo no ar, mas mesmo assim me deixa arrepiado.

84

No DIA SEGUINTE, DE MANHÃ CEDO, vou comprar pães e doces na padaria Two-fish. Da última vez que estive aqui, as portas se abriam às oito e tudo estava pronto às oito e quinze. Chego adiantado e saio com um brioche, um bolinho de mirtilo, um pãozinho com gotas de chocolate, café e chocolate quente. Lembro-me da nuvem de solidão que desceu sobre mim durante a minha primeira vinda aqui, quando comi meu brioche na gigantesca cozinha da casa enorme e vazia.

Quando volto, o cabelo de Alice está úmido do banho, seu rosto lindamente sem maquiagem. Nos sentamos para o café da manhã, olhando para o mar, sem nada a dizer.

Passamos o dia inteiro à toa, os dois lendo livros da eclética coleção no quarto principal. Às três horas, consigo finalmente arrancar Alice de seu romance de suspense norueguês para irmos dar uma volta à beira-mar. Parecemos um casal qualquer nas roupas malfeitas que compramos no supermercado local. O casaco de Alice traz o escudo da Cal State Humboldt, com a erva que é a logo não oficial da universidade; o meu diz: MANTENHA 60M DE DISTÂNCIA.

Cerca de oito quilômetros acima, encontramos um banco, e eu ligo o celular com o novo cartão SIM: nenhum *P* piscando. Ambos mandamos mensagens para nossos trabalhos, apressadas desculpas sobre ficarmos fora da cidade por algum tempo. Me sinto mal pelos casais que deveria estar atendendo e ainda pior pelo meu grupo semanal de adolescentes. Sei que estou decepcionando todo mundo, mas não tem outro jeito.

— No fundo do poço — diz Alice, desligando o celular.

É duro para ela, eu sei. Se e quando voltarmos para casa, Ian, Evelyn e Huang vão me receber de braços abertos. Largar um escritório de advocacia no meio de um caso importante é outra história.

À tarde, frito o resto do bacalhau enquanto Alice termina o livro. Mais tarde, no deque, olhando as estrelas, surpreendo-me com a rapidez com que nos adaptamos a esta nova e bela residência, ao ritmo tranquilo da vida litorânea. Penso que poderíamos viver aqui, poderíamos facilmente absorver este ritmo.

A meu lado, recostada em sua cadeira Adirondack, Alice parece verdadeiramente descontraída, pela primeira vez em anos.

— Poderíamos comprar um lugar aqui — digo. — Com facilidade, se vendermos nossa casa na cidade.

— Você não ficaria entediado?

— Não. E você?

Ela me olha, surpresa, ao que parece, com sua própria conclusão.

— Não. Seria bom.

À noite, durmo profundamente, as ondas estourando à distância. Sonho com Alice, nós dois num chalé com vista para o mar. Não é bem um sonho, é mais uma sensação de felicidade e segurança. Acordo e respiro fundo — o frio ar marinho me enche os pulmões. Uma certeza me atinge: uma crença firme e concreta de que é realmente possível para nós criar algo novo, algo completamente diferente.

Quando Alice e eu íamos nos casar, minha única preocupação era como eu integraria aquele maravilhoso casamento à estrutura de nossas vidas. Deitado na cama, me dou conta de que as vidas antigas não são mais necessárias — pelo menos para mim — e que posso viver apenas do casamento, seja como for, seja do jeito que vier a ser. O que aconteceu no passado parece irrelevante. Pela primeira vez, sei que Alice e eu cresceremos juntos, que nosso casamento evoluirá de maneiras que eu poderei ou não compreender. Pela primeira vez, sei que ficaremos bem.

Rolo na cama para beijar Alice, para lhe contar meu sonho, para descrever aquela avassaladora sensação de otimismo que tenho, só para perceber que ela sumiu.

Deve estar na sala de estar, no telescópio, procurando suas amigas baleias.

— Alice? — chamo.

Nada.

Quando ponho as pernas para fora da cama, meu pé pisa em alguma coisa dura e fria. É o meu celular, caído no chão, de cabeça para baixo. No mesmo instante, sou tomado de medo e pavor, mas então me lembro do novo cartão SIM. Não há como eles nos terem rastreado. Apanho-o e percebo que, ao cair da mesa de cabeceira, o telefone deve ter se ligado sozinho. Há vinte e oito mensagens de texto, nove mensagens de voz. E então, no canto superior direito, vejo, piscando, o *P* azul.

85

DOU UM PULO DA CAMA, ainda de cueca, e corro para o vestíbulo. Um milhão de perguntas giram na minha cabeça. Há quanto tempo o celular está ligado? Há quanto tempo o *P* azul está piscando, revelando nossa localização exata? E como isso é possível? Temos que sair daqui. Preciso empacotar nossas coisas agora mesmo, pôr tudo no carro, ir para o mais longe possível. Só há uma estrada para sair de Sea Ranch e a única direção para onde seguir é o norte, para o Oregon, porque se formos para o sul com certeza cruzaremos com Declan enquanto ele sobe a estrada litorânea.

Mesmo assim, parte de mim acredita que, assim que chegar à sala, verei Alice em sua cadeira, enrolada numa manta, espiando pelo telescópio. Ela zombará de mim por correr pela casa como um louco de cueca. Ela me chamará e eu a tirarei da cadeira e a levarei de volta para a cama. Faremos amor.

Mais tarde, daremos outro longo passeio à beira-mar. Tomaremos uma garrafa inteira de vinho. Nos sentaremos na sauna, toda a nossa dor e medo se desfazendo em suor.

Mas ela não está ao telescópio. Há as imensas vidraças, o caminho até o mar, as baleias, as nuvens escuras varrendo o litoral em direção ao sul; não há Alice.

Ouço um barulho na cozinha e dou um suspiro de alívio. Ela está fazendo café, tentando se entender com a máquina ultramoderna da casa.

Mas não, ela não está na cozinha. Há uma caneca de café no balcão, quase cheia, ainda fumegando. Ao lado, o livro de Lyall Watson está aberto numa página sobre baleias azuis. A página está rasgada. Um talho se estende do canto superior direito até embaixo, quase separando a página do livro.

Com certeza não é nada. Tantos hóspedes estiveram nesta casa, tantas crianças manipularam aquele livro.

Que cheiro é esse? O forno está ligado, e, ao abri-lo, encontro uma bandeja de pães de canela. Meu coração dispara. Meu estômago se encolhe. Pego um pano, puxo a assadeira e a ponho em cima do balcão.

O que foi que ouvi? Um som de batida.

Abro a gaveta de talheres e pego uma faca. É uma faca de chef, aço alemão.

Ando pela sala do café da manhã, agarrando a faca, mas Alice também não está ali.

Mais barulho. Vem da garagem, acho. Passos, pés se arrastando pelo chão. Talvez ela tenha ido buscar alguma coisa no carro e se esqueceu dos pães. É o que digo a mim mesmo.

Sigo adiante pelo corredor da casa imensa, em direção à garagem. Outro ruído, mas não, não é na garagem. Vem da saleta que separa a casa do chalé de hóspedes.

Avanço agora com mais cautela, segurando a faca. Meu coração está disparado. Há alguma coisa errada.

— Alice?

Sem resposta.

— Alice?

O barulho, definitivamente, vem daquela saleta.

Passos outra vez, depois um som de raspagem, depois nada. Só o oceano, as ondas estourando. Por que ela não me responde?

Então ouço uma porta se abrir. Tenho certeza de que é a porta lateral da saleta, que dá para fora.

Sei para onde tenho que ir agora. Tenho que chegar lá antes que desapareça seja quem for que tiver saído por aquela porta. É o que penso, por alguns segundos tolos e imbecis.

Mas quando faço a curva em direção à saleta, vejo Declan. Ele parece muito maior do que me lembro. Atrás dele, à porta, está sua parceira Diane. Diane não está sozinha. Está empurrando alguém. Mesmo com as mãos atadas atrás das costas e um saco preto na cabeça, sei, é claro, que é Alice. Ela está descalça, usando apenas a camiseta com que dormiu à noite.

— Amigo — diz Declan.

Avanço para ele com a faca.

— Ei!

Seu braço enorme surge diante de mim e de repente a faca está no chão, meu braço direito torcido dolorosamente às minhas costas. Um fio de sangue escoa através de um rasgão na camisa do Declan. Ele toca o corte, surpreso.

— Não é uma boa maneira de começar, Jake. Eu não estou ferido, mas você realmente me irritou.

— Alice! — eu grito, me debatendo.

A porta da saleta se fecha, separando-me de Alice.

— Ora, Jake... — Declan me repreende. — Você não deveria ter feito isto. Eu sempre o tratei com respeito.

Seu punho afunda na minha cintura. Tento mover o braço, mas seu aperto é implacável. Recuo para socá-lo com o braço esquerdo. Ele afrouxa a mão nas minhas costas, agarra o cotovelo do meu braço esquerdo e o puxa com tanta força que grito de dor, em espasmos descontrolados.

— Foi uma coisa estúpida, Jake. Fugir desse jeito. Por que você achou que poderia escapar do Pacto?

Ele chuta minhas pernas por trás e caio de joelhos. Por um segundo, quero lhe explicar meu sonho, a sensação que tive, a promessa do recomeço.

— Jake, sério, não me provoque. Tive uma longa noite limpando a bagunça de outras pessoas e passei muito tempo dirigindo. Não estou de bom humor.

— Por favor, me leve em vez dela.

Declan solta meu braço e tento me levantar. Meu rosto está na altura da cintura dele e sua jaqueta está puxada para trás. Posso ver o revólver no coldre. Se eu pelo menos pudesse pegar a arma.

— Não é assim que funciona. Abra a porra dos olhos para o que está acontecendo.

Parece mais irritado do que zangado.

— E não se preocupe — ele acrescenta, se afastando. — Sua hora vai chegar.

Ouço uma porta de carro bater lá fora.

— Do que ela é acusada? — Tenho vergonha de perguntar, mas preciso saber. — Me diga pelo menos isso.

Declan abre a porta e me olha. Parece quase contente por me dar a notícia:

— Adultério em Primeiro Grau.

As palavras ficam girando na minha cabeça enquanto ele sai para a neblina.

— Você não é a lei! — grito, tropeçando atrás dele. — Nenhum de vocês é. Vocês são só uma merda dum culto!

Ele nem ao menos se vira para me responder. Instala-se no assento do motorista da van preta, bate a porta. O motor gira. Pelos vidros escurecidos, mal consigo distinguir Alice no banco de trás, encapuçada. Bato na janela do lado do motorista.

— Vou chamar a polícia!

Declan desce o vidro.

— Faça isso — ele fala sorrindo, puro desdém. — Diga aos meus amigos do departamento que mando lembranças.

— Você está blefando.

— Acredite, se quiser.

Declan pisca um olho.

— Eliot e Aileen acharam a mesma coisa.

A janela sobe. Caio de joelhos na areia quando o carro sobe a trilha, dobra para a autoestrada e desaparece.

Sou deixado sozinho, ajoelhado no meio-fio, de cueca. Absolutamente inútil para a minha esposa e para mim mesmo.

Alice. Ah, Alice!

Até o momento em que vi Declan, eu não tinha certeza de que minha mulher tinha sido infiel. É, os sinais lá estavam, então acho que eu sabia, mas deixei minhas suspeitas de lado — os dois copos de vinho perto do sofá, os dois pratos na pia.

De algum jeito, quando fugimos pelo pátio naquela manhã, achei que o Pacto tinha vindo por minha causa.

Adultério. Primeiro Grau.

Sofrendo com o repentino baque de solidão, um novo sentimento toma conta de mim. Uma nova certeza. Apesar de tudo aquilo, preciso salvar Alice. Preciso imaginar como fazer isso. Eu sou tudo o que ela tem. Seja o for que tiver feito, ela ainda é a minha esposa.

86

ESTOU MACHUCADO E COM HEMATOMAS, mas nada foi quebrado. Pego o telefone fixo e ligo para a emergência. Uma voz gravada recita:

— Sua ligação está sendo redirecionada.

Momentos depois, uma voz masculina atende.

— Trata-se de uma urgência?

— Preciso dar queixa de um sequestro — desabafo.

— Amigo — diz a voz. — Você tem certeza?

Bato o telefone. Merda.

Me visto, jogo nossos poucos pertences no carro, enfio os pães de canela num saco de lixo e limpo depressa os balcões da cozinha. Parece importante manter minha promessa. Não deixo rastros de nossa estada aqui, nenhum sinal da nova vida que há apenas uma hora parecia tão possível.

Quando devolvo as chaves, no escritório, a mocinha não parece surpresa ao me ver. Ela está vestindo uma camiseta do *Sloganeering*. Atrás dela, a televisão está ligada.

— Preciso sair logo — digo, pondo as chaves em cima da escrivaninha.

— Tudo bem.

Ela tira o meu cartão do envelope e faz a cobrança, depois me entrega.

— Da próxima vez, tenho um outro lugar para você. É um talento que eu tenho. Eu combino pessoas com lugares. Quanto mais te conhecer, mais fácil será. Aquele lugar parecia certo, mas não foi. Me dê outra chance.

— Tá bom.

Mas tudo o que consigo pensar é que minhas chances acabaram.

87

DE VOLTA À CASA, pacotes se acumulam à soleira da porta. Pela primeira vez, percebo ervas daninhas crescendo em rachaduras da calçada. Quando deixamos de nos preocupar? Penso nas fotos de Jonestown, antes e depois, uma estranha utopia tão depressa e completamente engolida pela selva, desaparecida e logo esquecida. Penso em Jim Jones, seu trono improvisado e a tabuleta acima dele: *Aqueles que não se lembram do passado estão condenados a repeti-lo.*

A casa está gelada. Neste momento, parece que tudo o que deixei do nosso casamento é isto: nossa pequena casinha. Preciso arrumá-la. Preciso impedir que seja devorada pelas intempéries. Numa atividade febril, limpo, organizo, trago as correspondências para dentro, ligo a lava-louças, dobro a roupa limpa. Estou morto de medo de que esta coisa que Alice e eu estamos construindo juntos seja varrida do mundo, engolida por uma selva que nem sequer podemos esperar controlar.

Quando a ordem está restabelecida, começo o trabalho real — o único trabalho que pode nos reunir outra vez, Alice e eu.

On-line, faço uma pesquisa. Localizo uma pequena ilha ao largo da costa da Irlanda. Rathlin. Traço uma rota. Compro uma série de passagens de avião, caríssimas, depois pego meu passaporte no cofre, jogo coisas numa mala e chamo um táxi. ·

A caminho do aeroporto, ligo o celular. Lá está outra vez o *P*, piscando. Uma mensagem de texto de um número desconhecido tem um link para o *SFGATE*. No site, comprimida entre a abertura de um novo restaurante e uma disputa de locatários, está a manchete: "Músico local desaparecido". Estremeço, o polegar parado em cima da manchete.

Clico para abrir a matéria.

> O ex-baixista da Ladder, Eric Wilson, foi dado como desaparecido na segunda-feira à noite, após seu carro ter sido encontrado abandonado em Ocean Beach. Ele foi visto pela última vez no começo da manhã de domingo, depois de um show no Bottom of the Hill em tributo ao falecido companheiro de banda, Damian Lee. Buscas foram realizadas em Kelly's Cove, onde Wilson costuma surfar.

A matéria lista todas as suas bandas e álbuns. E, porque o álbum da Ladder foi o mais famoso, menciona Alice. Há um comentário de um dos alunos de Biologia de Eric, que não fazia ideia de que ele era músico, e outro de um ex-companheiro de banda, que não fazia ideia de que ele era professor. Há um vídeo da Ladder se apresentando doze anos atrás, Alice a seu lado. Não o assisto. Seus pais e irmãos vieram de avião de Boston para ajudar nas buscas. Nervoso, leio a nota mais duas vezes, como se mais detalhes pudessem aparecer como mágica. Mas não há nada.

Eu deveria ficar triste porque ele desapareceu? Deveria sentir algo além de alívio?

Penso em Eliot e Aileen. Como foi que JoAnne disse? "Eles simplesmente sumiram, sem deixar rastro."

88

No AEROPORTO, OS VOOS estão atrasados devido ao clima na Costa Leste. Me pego dando saltos pelo país. De São Francisco para Denver, para O'Hare, para o Aeroporto Internacional de Newark, para Gatwick, para a Irlanda do Norte. Quando chego enfim a Belfast, faminto e exausto, não sei que dia é. Estou desesperado por notícias de Alice. Ela está na cela escura ou na brilhante? Está algemada? Está sendo interrogada? Qual será a pena? Ela tem um bom advogado?

A fila na alfândega parece não ter fim. Empresários de ternos parecem todos ter pressa de chegar a alguma reunião importante. Uma agente alfandegária sardenta dá uma longa olhada no meu passaporte, depois no meu rosto.

— Voo difícil, senhor?

— Longo.

Ela volta a olhar para o passaporte.

— Belo sobrenome irlandês o seu.

É verdade. Minha família é irlandesa. Acabamos em São Francisco há quatro gerações, quando meu tataravô, um motorista de bonde com problemas de alcoolismo, matou uma mulher na sua cidade. Para evitar a prisão, fugiu para os Estados Unidos num navio a vapor. Até agora, eu nunca tinha estado aqui. Aposto que poderiam dizer que voltei afinal para a cena do crime. Talvez aquela predisposição genética para o assassinato ainda faça parte de mim.

A guarda de fronteira sardenta folheia meu passaporte até a última página e então, com uma batida decidida, bate sobre ele um grande carimbo vermelho.

— Bem-vindo ao lar — ela diz.

Encontro um caixa eletrônico e retiro um maço de notas. Na rua, subo num táxi e me dirijo à estação de trem. Tiro o relógio do pulso para sincronizá--lo com a hora local. Antes de recolocá-lo, viro-o para ler a gravação simples: PARA JAKE, COM TODO O MEU AMOR, ALICE.

Minha cabeça dá voltas, meu corpo está exausto. O movimento matinal e o congestionamento não ajudam. Na estação, me dou conta de que chegar ao meu destino será mais complicado do que imaginei. Um trem só me levará até parte do caminho, e isso se eu chegar a conseguir um bilhete. Mas a estação está bloqueada por uma fileira de grevistas, mais de uma dúzia de trabalhadores segurando tabuletas onde se lê CONTESTAÇÃO PÚBLICA.

Caminho até o hotel Malmaison. O recepcionista é um camarada gordinho num terno amassado. Pergunto sobre o trem e ele responde com uma explicação longa e pomposa. Até onde consigo entender, estou na Irlanda do Norte num mau momento. Os ônibus estão em greve, os trens estão em greve e, ao que tudo indica, há algum jogo importante prestes a começar.

— Você gosta de futebol? — ele pergunta.

— Hmmm...

— Nem eu. Se você esperar até meio-dia, posso lhe dar uma carona até Armoy.

Ele me entrega um papel que parece ser um tíquete para alguma coisa.

— Café da manhã grátis, se quiser.

Ele aponta para uma sala triste e enorme que parece a cantina abandonada de algum colégio. No mesmo instante, um garçom está do meu lado, insistindo em me servir um chá bizarro e marrom. Agradeço e, com um prato de plástico, me encaminho para o bufê.

Há tigelas com ovos mexidos gordurosos, salsichas magras, algumas panelas com conteúdos não identificáveis, pilhas de fatias finas de pão branco. Obrigo-me a comer duas caixas de alguma coisa chamada Surpresa de Açúcar frutado, embebidas em leite desnatado. Observo os turistas, fãs de futebol e casais ingleses em lua de mel — na maioria jovens, cintilando de felicidade — equilibrando máquinas fotográficas, mapas, guarda-chuvas. Invejo-os.

Ao meio-dia, o sujeito do balcão da recepção bate no meu ombro. Subimos num carro tão pequeno que nossos braços se tocam todas as vezes em que ele precisa mudar a marcha.

Ele fala o tempo todo até Armoy, embora eu só consiga entender a metade do que diz. Está indo para a casa da ex-mulher para pegar o filho e levá-lo a uma festa de aniversário. O filho tem dez anos e os dois não se veem há um mês. Ele diz que me levaria a Ballycastle se já não estivesse atrasado. A ex-mulher vai estar zangada, o garoto vai estar chateado, ele tem que se apressar.

Armoy é uma cidade minúscula, só um pontinho na estrada. São dez quilômetros até Ballycastle, ele me informa. Sugere um táxi, se eu conseguir algum, mas lhe digo que vou tentar ir a pé. Ele começa a rir.

— Isto aqui é a porra da Irlanda do Norte. Vai chover quatro vezes antes de você chegar lá, e essa é a parte mais fácil. Só a merda do vento é capaz de te soprar de volta até Belfast.

Em frente à casa da ex-mulher, seguimos caminhos diferentes. Dou uns dez passos, mas volto e espio pela sebe, para vê-lo andar até a porta. A ex-esposa abre, uma bela mulher que parece cansada. Da vida, talvez; dele, com certeza. Mesmo à distância, sinto a triste e complicada dança do amor e odeio que ela não o deixe entrar. O menino, alto e magro, com um corte de cabelo absolutamente idiota, sai voando para abraçá-lo, e eu me afasto.

Depois de um quilômetro e meio de caminhada, como previsto, o temporal cai em cortinas geladas que ensopam meu casaco antes que eu possa tirar uma capa de chuva da mochila. Avanço contra o vento e os respingos dos caminhões que passam. Estou congelando, mas a chuva me acorda; é o tapa na cara de que preciso.

Quando entro em Ballycastle, minhas roupas passaram de encharcadas a úmidas, mas agora a chuva volta a cair. Vou direto ao terminal, esperando pegar a balsa para Rathlin. As portas do prédio estão fechadas, o estacionamento lotado. No final da doca, três pescadores estão tirando alguma coisa de um bote. Parecem ignorar a chuva gelada. Pergunto sobre a barca para Rathlin. Os três me encaram como se eu tivesse acabado de chegar de outro planeta. Suas respostas são numa língua que não compreendo. Vendo a minha expressão de perplexidade, o capitão, paciente, explica que a balsa para Rathlin aderiu à greve dos transportes.

— Espero que você não esteja com pressa.

Merda.

Volto ao centro da cidade. Não posso deixar de admitir que, mesmo com aquela chuva incessante, é um belo lugar, com seus prédios de cores brilhantes e colinas verdes sobre o mar. Alice adoraria isto aqui. Encontro uma agência de viagens, mas está fechada. Entro num pub, o Dog & Shoe. O lugar está lotado. Quando passo pela porta, vinte conversas diferentes param de repente e todas as cabeças se viram para mim. Um segundo depois, com a mesma rapidez, o burburinho recomeça. Anos atrás, fiz uma palestra num seminário em Tel-Aviv. Lembro-me de, depois, ter passeado sozinho pela cidade. Sempre que eu entrava num café ou restaurante, todas as conversas cessavam e todas as cabeças se voltavam na minha direção. No mesmo instante, todos faziam a mesma avaliação, concluíam que eu não era uma ameaça e voltavam às discussões.

Encontro uma mesa suja no canto, junto à lareira. Penduro o casaco molhado nas costas da cadeira e deixo meus olhos se acostumarem com a escuridão antes de ir até o balcão. Estou morto de vontade de tomar uma Coca Diet para acabar com a minha exaustão, mas tudo o que eles têm é cerveja, litros de cerveja.

— Há algum jeito de sair da cidade? — pergunto ao barman.

— Não até que acabe a greve.

— Posso alugar uma lancha?

Ele sacode a cabeça, aparentemente divertido com a minha ignorância.

Peço uma Harp e volto ao meu lugar para programar meu próximo movimento. Ligo o telefone, surpreso de que ainda funcione. Comprei um celular novo no aeroporto de São Francisco. O aparelho foi barato, mas o plano de dois anos me custou os olhos da cara. Foi um preço pequeno a pagar por alguma coisa sem um *P* azul que pisque. Pedi que todas as chamadas para o antigo número fossem encaminhadas para este, só para o caso de Alice me ligar.

Ela não ligou.

Eu me levanto e encaro a sala.

— Preciso ir a Rathlin — declaro em voz alta. — É urgente.

Há um longo silêncio e então uma cadeira é arrastada. Um homem musculoso e atarracado vai até mim.

— Não há barcos — diz ele. — Quando há greve, paramos tudo.

— É uma questão de vida ou morte — imploro, mas tudo o que recebo são olhares de indiferença e raiva.

Lá fora, a chuva parou. Corro até a marina, onde algumas dúzias de embarcações abandonadas chacoalham ao vento. Um pescador solitário está sentado num barco, desembaraçando uma linha.

— Eu pago quinhentas libras para você me levar a Rathlin — declaro, tirando da carteira o maço de notas novas.

Ele me examina por um minuto.

— Me dê mil.

Subo no barco, puxo outros quinhentos, aperto as notas na mão dele.

Ele olha para o meu pulso.

— E o relógio.

— Foi presente da minha mulher — digo.

— Levar você não vai me fazer muito popular por aqui — diz ele, voltando à linha de pescar.

Relutante, abro a fivela e tiro o relógio. Olho pela última vez para a inscrição. Ele o prende em seu pulso e o admira por um segundo, antes de me apontar um banco raquítico na popa.

— Pegue um colete, colega. A coisa pode ficar ruim.

89

Se Ballycastle era pequena, Rathlin é minúscula. Pelo que sei, abriga uma pensão, um pub, um café, uma loja de presentes que também funciona como agência de correios e um quilômetro e meio de litoral desabitado.

Caminho até a pensão.

— Lotada? — pergunto ao adolescente atrás do balcão.

— Só você.

Por mais nove libras, tenho um quarto com uma janela com vista para o mar. O banheiro é compartilhado, mas ao que parece vou compartilhá-lo apenas comigo mesmo.

— Será que você poderia me dizer como chegar a...

— Orla sabe que você está aqui — diz o garoto. — Vai chamá-lo quando ela estiver pronta.

Antes que eu reaja, ele já voltou ao seu jogo de futebol na televisão. Subo as escadas, entro no quartinho e olho para o mar. Não há sinal de celular.

Ansioso, saio para dar uma volta. A praia está vazia, nas duas direções. O mar aqui é espantosamente parecido com o da praia em que Alice e eu fazemos nossas caminhadas semanais. As ondas são traiçoeiras e a neblina me lembra a de casa. Está escuro quando volto à pensão, e não há nenhuma mensagem à minha espera. O garoto ainda está vendo o jogo.

Na manhã seguinte, mais impaciente, fico no saguão.

— É extremamente importante que eu veja Orla — insisto.

— Olha, moço, as coisas em Rathlin não acontecem no mesmo ritmo de São Francisco. Não precisa ficar por aqui. Eu o encontrarei.

Perambulo pela ilha. Subo as colinas, as dunas, as rochas escorregadias. Encontro o único ponto da ilha com sinal de celular — e ainda não há notícias de Alice. Olho para o mar, exausto e deprimido, me perguntando se perdi minha esposa para sempre.

Naquela noite, acordo em pânico de um pesadelo no qual estou nadando num mar revolto, tentando chegar até Alice, mas ela está sempre fora do meu alcance.

E então, finalmente, no terceiro dia, o rapaz me entrega um envelope apergaminhado. Meu nome está escrito numa elegante letra manuscrita.

Subo até o quarto, me sento na cama e respiro fundo. Meu coração está disparado. Dentro do envelope, encontro um mapa da ilha. Um X azul marca um ponto bem ao norte. Escritas no verso do mapa estão as palavras *Dez da manhã. Tênis de caminhada são necessários.*

Passo a noite em claro. Ao amanhecer, me agasalho, tomo um café da manhã inglês e ando até a extremidade da ilha. Onde há o X no mapa, só encontro um banco de frente para o oceano. O mar é cor de aço. Atrás do banco, uma trilha ao longo das colinas leva a oeste. Estou mais de uma hora adiantado, então me sento. Não vejo ninguém ou nada em qualquer direção. Aos poucos a neblina chega e me engole. Espero.

Mais tarde, ouço um movimento e levanto os olhos, vendo uma mulher de pé à minha frente.

— Amigo — diz ela. — Caminhe comigo.

90

ORLA É MAIS ALTA do que imaginei, o cabelo cor de prata cortado curto, sua roupa simples. Meu horror por ela quase me sufoca e estou pronto para odiá-la, para odiar aquela coisa que ela criou, aquela medonha conspiração que tanto causou mal a Alice e a mim. Há tanta coisa que anseio por lhe dizer — declarações de oposição, de crítica, um monólogo longo e contundente.

Mas sei que devo ser cauteloso. Sei que com Orla, assim como com muitos dos meus pacientes, a abordagem de confronto não vai funcionar. Quero desabafar com ela, quero gritar, mas isso não me levaria a lugar algum. Só criaria mais problemas para Alice. Gritar implica ameaçar, e Orla não é uma mulher que aceite ameaças. A fim de conseguir meu objetivo, preciso ser tão calmo quanto ela e mais calculista.

Caminhamos em silêncio. No começo, fico de olho nela, atento, pronto para o início do diálogo, à espera de que as palavras se tornem venenosas. Seu silêncio é enlouquecedor, e é difícil resistir ao impulso de lhe dar poder ao preenchê-lo com minhas próprias palavras.

— Eu gosto de andar — diz ela, afinal. — Isso me permite pensar com clareza. Você acredita, Jake, que está pensando com clareza?

— Estou pensando com mais clareza do que tenho feito há meses.

Ela não responde.

Acabamos chegando ao topo de uma colina e vejo um grande chalé se mesclando à paisagem gramada abaixo. A casa é reconhecível no mesmo instante. Sua combinação de madeira reciclada e paredes de vidro me leva de volta às fotos que revestem o corredor que leva ao tribunal em Fernley. Alice estará na sala do tribunal? Terá olhado para aquelas fotos do mesmo modo que eu, desesperada para estar em outro lugar? Estará a salvo?

Orla me olha, e a expressão em seu rosto me faz pensar se exprimi meus pensamentos em voz alta.

— Amigo — diz ela —, temos muito que conversar.

Fico surpreso com o tamanho e a simplicidade do interior da casa. Sim, o lugar é impecável, com seus pisos de concreto polido e vistas magníficas, mas de algum jeito consegue dar a impressão de ser modesto. A mobília é pouca e branca. Eu esperava algo mais — uma sede mundial, um centro de comando, monitores de vídeo, placas digitais, um prédio cheio de administradores, bajuladores e acólitos.

Não há nada disso. Na verdade, até onde consigo constatar, somos só nós dois.

— Sinta-se em casa, Amigo.

Ela tira os tênis e desaparece. Ando pela sala, impaciente pela sua volta. Examino o conteúdo das prateleiras, em busca de algum indício da personalidade de Orla. Encontro as obras completas de Yeats; *A Modern Instance*, o brilhante romance de William Dean Howells sobre o casamento; coleções de Joan Didion, Cynthia Ozick e Don Carroll; primeiras edições autografadas de *1984* e *Ardil-22*. Na prateleira superior, *At the Disco*, de Romney Schell, está ao lado de *Jealousy and Medicine*, de Michal Choromański. Meu olhar cai sobre uma lombada manuseada, e confiro: *Obedience to Authority: An Experimental View*, de Stanley Milgram.

E há fotografias. Um retrato de Orla, um homem que talvez seja seu marido, Ali Hewson e Bono. Orla com Bruce Springsteen e Patti Scialfa. Uma Orla mais moça com Tony Blair e sua mulher, Cherie. Bill e Melinda Gates. Uma foto em preto e branco, fora de foco, de Orla com o falecido James Garner e sua esposa, uma com os Clinton, Jackson Pollock e Dolly Parton com seus respectivos cônjuges. Espalhadas entre os livros e fotos há algumas bugigangas. Pego um relógio de pulso Breitling com um cinco vermelho na frente e viro-o, lendo uma insígnia que não deve ser popular entre todos os residentes de Rathlin.

Mexo em tudo com uma ousadia que me surpreende, se bem que aquele tempo sozinho na casa parece orquestrado. Se Orla não quisesse que eu examinasse suas coisas, teria me trazido aqui?

Na cozinha, encontro um balde de metal com dez espátulas, todas de materiais e cores diferentes. Estou girando nas mãos a roxa de silicone quando Orla volta.

— Eu estava tentando ver onde foi feita — digo. — Acredite ou não, coleciono espátulas.

— Eu sei.

Deixo a espátula cair de volta no balde.

— Essa é de uma loja de design em Copenhague. Richard e eu estivemos lá há quase dez anos e a cor atraiu meu olhar. Eu não disse nada, mas de algum jeito ele percebeu. Alguns meses depois, ela apareceu misteriosamente na nossa cozinha.

Ela anda até o balcão e aperta um botão, fazendo subir uma tela de um compartimento oculto.

— Quando o arquiteto me deu as chaves desta casa, me disse que havia sido projetada para funcionar melhor com música. Não sei se entendi bem por que, mas fui levada a pensar que ele tinha razão.

"Für Elise", interpretada por Alfred Brendel, emana de autofalantes ocultos por toda a casa.

Orla tira de um compartimento uma garrafa de vinho.

— Esta é uma garrafa especial — ela explica —, um presente de um membro. Estou pensando em abri-la, mas acho que é um pouco cedo.

— É noite em algum lugar — retruco.

Ela abre a garrafa e serve o vinho. É um Pinot Noir, suculento e denso.

— Sente-se, por favor — diz ela, levando-me para a sala de estar.

— Não sei se posso tomar vinho tinto no seu sofá branco.

— Não seja bobo.

— É sério, um espirro e Alice e eu vamos à falência.

Orla quase sorri e por um instante tenho um vislumbre, acredito, da mulher real atrás das respostas calculadas.

— Você estará me fazendo um favor. Eu não gosto desse sofá.

Ela gira o vinho no copo e dá um gole, fechando os olhos para saboreá-lo.

Pouso meu copo na mesinha de centro e me sento. Orla desliza para a poltrona de couro perto de mim. Ela se move como uma mulher muito mais moça, sentando-se sobre uma das pernas, segurando o copo com um gesto alto e firme.

— Eu vim falar com você a respeito de Alice.

— É claro que veio — ela retruca com serenidade.

— Há uma semana, minha esposa foi sequestrada. Arrastada, aterrorizada, seminua.

Orla me olha nos olhos.

— Lamento muito, Jake. Sou a primeira a admitir que foi empregado um excesso de força.

Sua reação me pega de surpresa. Achei que ela não fosse admitir nada, nem se desculpar por coisa alguma.

— Ela está em Fernley?

— Está. Mas na ala do hotel.

Penso na cama confortável, na vista, no serviço de quarto. Imagino Alice ali. E sim, admito, me lembro das palavras de Declan — *Adultério em Primeiro Grau* — e a imagino sem nada para fazer além de avaliar nosso casamento. Depois, me sentindo culpado, imagino-a numa das celas de confinamento solitário, ou coisa pior.

— Por que eu deveria acreditar em você? — pergunto.

— Sua mulher tem em Finnegan um aliado poderoso — responde Orla, imperturbável. — Mais tarde darei os detalhes. Mas primeiro, seja gentil. Há muito tempo eu quero conversar com você.

É claro, ela falará de Alice quando estiver pronta e não um segundo antes. Quase posso ouvir o aviso de Alice na minha cabeça: *Vá com calma.*

Orla se inclina um pouco na minha direção e sinto que ela está me avaliando.

— Permita-me uma pergunta. Estimando que daqui a quinhentos anos o planeta ainda esteja aqui e em grande parte da maneira como o conhecemos, você acha que o casamento ainda existirá?

— Realmente, não sei.

Fico impaciente com tamanho disparate.

— E você?

— Não é assim que funciona. Eu perguntei primeiro.

Penso por um instante.

— No fundo, nosso único objetivo é a imortalidade — afirmo. — A única maneira de conquistar a imortalidade é pela procriação. Quando um casal permanece unido, sobretudo dentro dos moldes legais do casamento, a nova geração tem maiores chances de sobrevivência, e, assim, o indivíduo tem maiores chances de imortalidade. Deixada de lado a questão dos filhos, acredito que a maioria das pessoas tem um forte desejo de ter um parceiro de vida.

— Eu imaginei que você diria exatamente isso.

Orla está me olhando com muita atenção. Não tenho certeza de que ela disse foi um elogio ou um insulto.

— Posso lhe contar uma história? — pergunta Orla.

Tenho a impressão de que ela está a ponto de me dar alguma versão da narrativa que ouvi naquele primeiro dia, quando Vivian apareceu na nossa casa com os contratos que assinamos com tanta ingenuidade, os contratos que nos mergulharam neste pesadelo. Lembro a mim mesmo de que, a despeito da calorosa hospitalidade e da aparente conexão instantânea, aquela frágil mulher de cabelos prateados é um lobo em pele de cordeiro. Ou, para ser mais preciso, uma loba em roupas de linho.

— Meus pais eram pobres — diz Orla. — Meu pai trabalhava numa mina de carvão em Newcastle; minha mãe era costureira. Embora tenham dado um lar acolhedor para minha irmã e eu, nunca nos deram conselho algum. Eles tinham opiniões, mas suas opiniões eram sem convicção ou clareza. Quando chegou a hora das coisas importantes, religião, política, trabalho, precisei encontrar meu próprio caminho. Não os culpo. Nosso mundo cresce num ritmo tão intenso, como pode qualquer um de nós estar equipado com os instrumentos certos para transmitir à próxima geração? O mundo, hoje, não é o mesmo no qual meus pais cresceram; não é sequer o mesmo no qual eu cresci. Comecei a me interessar pelo fato de que o mundo moderno está evoluindo de uma maneira que poderia deixar o casamento para trás. Há muito a se fazer em termos de globalização e economia compartilhada.

— O que a globalização tem a ver com a morte do casamento? O que tudo isso tem a ver com este sistema brutal que você criou?

Ela volta a se sentar, sobrancelhas erguidas, aparentemente surpresa pela raiva no tom da minha voz.

— O casamento é ineficiente! — declara. — Toda a construção é um modelo de recursos desperdiçados. A mulher muitas vezes fica em casa para cuidar dos filhos, ou mesmo de um só filho, abandonando a carreira pela qual trabalhou com tanto afinco, perdendo anos de criatividade. Além da perda de talento, pense no desperdício físico. Para cada casa, há inúmeras redundâncias. Quantas torradeiras você acha que há no mundo?

— Não faço ideia.

— Sério, dê um palpite.

— Dez milhões? — arrisquei, impaciente.

— Mais de duzentas milhões! E com que frequência você acha que uma família média usa essa torradeira?

Mais uma vez, ela não espera pela minha resposta.

— Só duas horas e meia horas por ano. Duzentas milhões de torradeiras permanecem sem uso, estatisticamente falando, por mais de noventa e nove, noventa e sete por cento de suas vidas úteis.

Ela bebe o resto do seu vinho, se levanta e vai à cozinha, voltando com a garrafa. Me serve de mais, sem perguntar, e depois se serve.

— O mundo quer conservar recursos, Jake. As pessoas estão acordando para o fato de que não precisamos de todas essas torradeiras; não precisamos de pequenas unidades familiares e suas casas egoístas e autossuficientes. A evolução sempre premia a eficiência. O casamento moderno e a unidade unifamiliar simplesmente não são eficientes.

Há algo de loucura em sua paixão pelo assunto. Claro que há. Sem loucura, como poderia o Pacto existir?

— Então você está dizendo que devemos descartar o casamento?

Estou perplexo. Como posso argumentar com alguém que se contradiz com tanto descaramento?

— De modo algum! Eu não sou economista, Jake, graças a Deus! Eis no que acredito: a eficiência nem sempre é boa. O que é fácil, o que é até bom, neste caso, nem *sempre* é bom. Por que eu acredito no casamento?

Ela fica de pé à minha frente.

— Porque não é fácil. Porque nos desafia. Porque *me* desafia a mudar de rumo, a considerar outros pontos de vista, a ir além dos meus próprios desejos egoístas.

— Deixe-me entender direito. Você acredita no casamento porque ele é *difícil*?

— Talvez seja difícil, mas a questão é outra. O que importa é que o casamento cria uma plataforma para a compreensão. Ele nos permite nos colocarmos dentro do pensamento e das necessidades do nosso cônjuge, a verdadeiramente explorar a essência de outra pessoa.

Orla, agora, anda pela sala.

— Essa compreensão é um importante ponto de partida para a criatividade e o pensamento além do que está disponível para o indivíduo em si. Os humanos, com muita frequência, derivam para a repetição, tendem a fazer e repetir cada vez mais o que é simples e seguro. O casamento desafia tal tendência. O Pacto, como você sabe, nasceu da falência do meu primeiro casamento. Eu vi o que o casamento poderia ser, mas sabia que a maioria dos casamentos, como o meu, era impotente para consegui-lo. Eu queria regras restritas que eliminassem o egoísmo.

— Tudo isso soa nobre em teoria. Mas o que eu testemunhei, Orla, está longe de ser nobre.

À menção do seu nome, ela parece agitada. E se vira.

— Você está aqui para me pedir que eu permita que você e sua esposa saiam do Pacto? Certo?

— Certo. — Ela me encara, sem falar. — Você deve saber que o simples fato de que eu precise pedir é absurdo.

Fico de pé para enfrentá-la, baixando a voz a um quase sussurro para que ela precise se aproximar para me ouvir.

— Você acredita que sua missão é nobre, que o Pacto é puro... mas, mesmo assim, você dirige a organização como o mais cruel tipo de culto.

Ela respira fundo, de forma audível.

— Você não quer um casamento bem-sucedido, Amigo? Você não quer uma vida com Alice? Você não quer se desafiar?

— É claro que eu quero todas essas coisas! Por que diabos você acha que eu fiz toda esta viagem? Eu quero Alice de volta. Do jeito que ela era antes de começarmos a viver com medo. Eu quero a nossa *vida* de volta. Nós éramos muito felizes antes que você se metesse e transformasse tudo em merda!

—Ah, eram?

Orla sorri. Parece estar se divertindo. Quero pôr as mãos no pescoço desta mulher e apertar.

— É, Orla. Nós éramos. Eu amo Alice. Eu faria qualquer coisa por ela. *Qualquer coisa.*

Me dou conta de que nunca disse isso a alguém. E, por um instante, me pergunto se isso só se tornou verdade neste momento, quando o verbalizei em voz alta. É, eu queria Alice para mim, mas talvez não a amasse o suficiente.

— Então por que você está desistindo?

— Eu *não* estou desistindo do meu casamento. Estou desistindo do Pacto. Você é, claramente, uma mulher muito inteligente. Me recuso a acreditar que não compreenda a diferença. Por favor, me explique como vigilância, ameaças e interrogatórios levam a qualquer um dos grandes objetivos que você descreveu. Você fala como uma advogada, mas governa como uma tirana!

Um telefone toca em algum lugar dentro da casa. Orla olha o relógio.

— Me desculpe. Preciso manter as luzes acesas, você sabe.

Ela se afasta e desaparece nos fundos da casa.

Ando de um lado para o outro, por dez minutos, quinze, esperando que Orla volte. Ela não volta.

O que fazer com Orla? Eu tinha certeza de que ela seria carismática, inflexível, uma líder nos moldes de Jim Jones ou David Koresh. Mas ela não é nada disso. Na verdade, parece ponderada e quase gentil. Parece aberta a novas informações, desejosa de assimilar novas ideias e em busca de opiniões contrárias às suas. Se eu pudesse engarrafar essas características, eu a daria a todos os meus pacientes, mas antes guardaria um pouco para mim.

É claro, talvez tudo seja uma representação. É coincidência que o telefone toque no momento exato em que eu a desafiei quanto às táticas implacáveis do Pacto?

Eu me vejo olhando para uma fotografia acima da lareira. Orla e o marido de pé entre dois outros casais — Meryl Streep e Pierce Brosnan com seus respectivos cônjuges perpétuos.

Será que todas aquelas pessoas famosas realmente a consideram uma amiga? Eu gostaria de saber. Ou foram presas numa rede da qual não podem escapar? Quantos interrogatórios foram gravados? Que segredos seriam revelados se ousassem se libertar?

Um homem alto entra na sala, com um Scottish Terrier em seus calcanhares. O homem parece cansado, mangas da camisa enroladas, botas se arrastando. Durante aquele tempo todo, achei que Orla e eu estivéssemos sozinhos. De onde ele veio?

— Olá, Jake — diz ele, estendendo a mão. — Eu sou Richard. Este é Shoki.

Richard é dez ou quinze anos mais velho do que Orla, despenteado, atraente de um jeito amarrotado e campestre. O cão permanece atento ao lado dele, me encarando.

— Orla está ansiosa para continuar a conversar com você, mas isso vai ter que esperar.

— Escute, eu já estou esperando há tempo demais. Tudo o que eu quero é a minha mulher de volta...

— Infelizmente — me interrompe Richard —, isso é algo que você vai precisar discutir com a nossa intrépida líder.

Ele pisca um olho para mim, como se estivéssemos nisto juntos.

— Tenho certeza de que ela estará de novo com você muito em breve. Enquanto isso, Altshire é uma casa de hóspedes que temos ao sul da propriedade. Você ficará bem confortável. Siga a trilha para o sul por seiscentos metros, vire à direita na árvore solitária e continue até vê-la.

— Olhe, eu não sei que tipo de brincadeira vocês estão aprontando aqui...

O Scottish Terrier rosna. Richard, bem atrás de mim, passa uma das mãos por cima do meu ombro para soltar a trava da porta e coloca a outra, com firmeza, nas minhas costas.

— Ela está doente, você sabe.

Meu primeiro pensamento é para a minha mulher e entro em pânico.

— Alice?

Ele recua.

— Não, Alice não. Orla.

O alívio me atordoa.

— Eu... eu não sabia — gaguejo.

Ele me lança um olhar rápido e triste, mas a mão nas minhas costas continua a me empurrar para fora.

— Estou contente por ter a oportunidade de conhecê-lo, Jake. Orla falou de você e Alice com grande admiração.

A porta se fecha atrás de mim e uma rajada de vento marinho frio atravessa meu casaco. Ouço Shoki latindo dentro da casa aquecida.

O ar está úmido e a neblina é densa. Vejo um chalé à distância. Será mais uma armadilha? Haverá no Pacto algum código, um atalho para lidar com um problema? "Eu não vi Jerry", diria um membro; outro responderia, "Foi mandado para Altshire"; e ambos saberiam que o indivíduo tinha sido atirado dos penhascos de Rathlin, seu corpo esmagado sobre as rochas e varrido pelo mar, flutuando ao norte das ilhas Faroe, desaparecido por completo.

91

ENTERRADO NA NEBLINA E construído na encosta de uma colina gramada, Altshire é uma versão menor da casa de Orla. A porta requer um bom tranco do meu ombro para abrir. O lugar é espartano. Um quarto, um banheiro, uma sala de estar, uma cozinha minúscula. Está gelado e um pouco mofado. Quando abro a torneira, a água sai marrom e granulada. Não há comida nos armários, só água mineral na geladeira. Abro as janelas, sacudo os lençóis.

Num barracão de metal fora do chalé, encontro meia prateleira de lenha e um machado. Levo algumas toras para o pátio e as ataco com sentimento de vingança, cortando-as até que meus braços ardem e minhas costas doem. Confuso e cansado, olho a pilha de lenha picada. Acabo entrando, fecho as janelas e acendo o fogão a lenha. E agora?

Por quanto tempo Orla pretende me manter aqui? Essa hospitalidade é outra prisão. Eliot e Aileen também ficaram em Altshire antes de desaparecer?

Fico esperando ouvir Orla à porta, mas ela não chega. Percorro o longo caminho de volta à pensão para recuperar minhas coisas. No armazém, compro o essencial, guardo tudo na mochila e volto depressa pela trilha até Altshire, correndo pelo crepúsculo, com medo de me perder na escuridão e no frio nevoento. Não paro de olhar para o celular, esperando que haja sinal.

No chalé, acendo as luzes e preparo um sanduíche, mas não tenho apetite. Orla nunca chega.

Por volta de meia-noite, tiro cobertores dos armários, volto lá fora para pegar o machado, escondo-o debaixo da cama. Deitado no colchão duro, sem dormir, olhando as sombras no teto, penso no meu tataravô, aquele que matou uma mulher em Belfast antes de fugir para a América. Todos nós nos acostumamos à pessoa que pensamos ser. Em nossas mentes, criamos uma imagem de nós mesmos, ingenuamente seguros de nossos próprios limites morais, do que faríamos e do que não faríamos.

92

À LUZ DA MANHÃ, o lugar parece diferente. A neblina levantou e vejo o oceano pelas janelas panorâmicas. Acendo outra vez o fogo, o calor logo aquece o chalé, e me lavo o melhor que posso no minúsculo chuveiro morno.

Há um livro de visitas ao lado do sofá. Folheio o início. Vinte e dois de novembro de 2001, Erin e Burl apreciaram a comemoração do seu décimo aniversário na cabine. Folheei mais adiante. Dois de abril de 2008, Jay e Julia estavam na cidade para uma sessão de autógrafos. Viram três raposas e choveu sem parar por uma semana.

Quatro de outubro, sem ano: *Gravei três músicas enquanto minha linda esposa cozinhava o mais longo e mais complicado jantar já visto. Eu me sinto outra vez inteiro, pronto para gravar mais um álbum. Enfim conheci a jovem advogada do caso dos direitos autorais. Falei de novo com Orla. Todos nós concordamos que ela será perfeita. Finnegan.*

Perfeita para quê? Estremeço. Finnegan. A fonte de todo este caos. Se pelo menos Alice nunca tivesse conhecido Finnegan. Relendo as palavras, sinto como se estivesse viajando no tempo. Por alguns instantes, acalento a mágica fantasia de que poderia simplesmente arrancar a página, jogá-la no fogo e desfazer os estragos dos últimos meses. Tento imaginar como seria um casamento sem o Pacto. E me dou conta de que, é claro, não faço ideia. Alice e eu só conhecemos o casamento nos moldes em que ele existe dentro dos confins do Pacto. A intensidade do nosso amor, a paixão daquelas noites com o bracelete, o Colar de Foco, minha violenta necessidade de proteger minha esposa... todas essas coisas existem dentro do Pacto.

Recordo aqueles primeiros dias, quando eu me perguntava se o casamento seria suficientemente excitante para Alice. Não posso negar que o Pacto nos desafiou. Ele nos trouxe incertezas e, sim, excitação. Na luta contra um inimigo comum, eu e Alice nos aproximamos incrivelmente. Mas isso também quase nos separou.

No quarto, percebo um pequeno aparelho de TV e uma bem organizada coleção de DVDs. Ponho *Crimes e pecados* no aparelho e aperto o *play*. Duas horas depois, estou impaciente, tomado por uma energia nervosa, mas não saio por medo de me desencontrar de Orla. Encho a pia da cozinha de água quente com sabão e ponho de molho todas as roupas que não estou usando, depois as penduro para secar perto do fogão a lenha. Ando de um lado para o outro e espero, o dia inteiro.

Leio o livro de visitas de trás para a frente. Mais registros de Finnegan, notas enigmáticas de agradecimento de muitos dos casais cujas fotografias enfeitam as prateleiras de Orla.

À tarde, ouço uma batida à porta. Orla está parada lá, de capa de chuva e tênis. Recuo para que entre, mas ela dá um passo atrás. Parece estar me reavaliando.

— Uma volta? — propõe ela.

Pego meu casaco e saio, descobrindo que ela já está quase cem metros adiante. Com certeza não parece doente. Quando chego a seu lado, não dá uma palavra. Andamos bastante, calados, e só viramos na direção de sua casa quando o vento traz a chuva por todos os lados.

Lá dentro, ela me entrega uma toalha para que eu seque o cabelo e sai da sala. Quando volta, vestida com novas roupas, traz um copo de vinho para si mesma e chocolate quente para mim.

— Talvez eu deva perguntar o que há aí dentro — digo, indicando a caneca.

Ela ignora o meu sarcasmo.

— Sente-se.

Orla se instala na poltrona de couro. Não há menção ao tempo transcorrido desde a nossa discussão. Em seu mundo, o tempo parece misteriosamente elástico. Sinto que há algo mais acontecendo em sua vida — será a doença mencionada por Richard? —, mas, quando ela fala, parece absolutamente concentrada.

— Eu realmente gosto de você, Amigo.

— Isso deve fazer com que eu confie em você?

Ela sacode a mão no ar, como se aquilo não tivesse importância.

— Ainda não, mas vai confiar. Você teve tempo para pensar?

— Tive. — Compreendo de repente o tempo passado sozinho em Altshire, a longa espera na casa de hóspedes. Nada era deixado ao acaso.

— E você ainda acredita que o Pacto não é o caminho adequado para um casamento bem-sucedido para você e Alice? — ela pergunta, sem rodeios, mas com julgamento.

— Você me contou uma história. Posso lhe contar outra?

Ela concorda.

— Quando eu era pequeno, tinha uma vaga e idealizada ideia de como seria um casamento. Era uma espécie de amálgama meio tola do que eu havia colhido da união dos meus pais, do que lia nos livros, do que via na televisão ou no cinema. Não era realista e, mesmo que fosse, seria o arcabouço de um casamento numa outra época. Quando cresci, essa ideia irreal tornou-se uma barreira, me impedindo de progredir nos relacionamentos. Eu simplesmente não conseguia imaginar nenhuma das mulheres que namorava no contexto daquele casamento idealizado.

— Continue. — Ela ouve com atenção.

— Quando conheci Alice, porém, alguma coisa aconteceu. No mesmo instante, aquela noção idealizada começou a desbotar e, com ela, o fardo de que precisaria ser perfeito. Eu soube que, se quisesse tê-la comigo, precisaria abandonar minhas ideias preconcebidas sobre o casamento e deixar que tudo evoluísse naturalmente. Quando ela aceitou meu pedido, Alice e eu tomamos a decisão não verbalizada de ir em frente às cegas, tateando o caminho, tentando descobrir o que funcionava para nós. Então, quando o Pacto interveio, acho que ficamos os dois aliviados por ter alguma direção. Talvez tenha sido preguiça de nossa parte. Era como se vocês nos estivessem oferecendo um mapa definido do caminho quando estávamos perdidos num território vasto e desconhecido.

Orla permanece calada.

— O Pacto tem algumas boas ideias. Alice e eu trocaremos presentes para sempre, graças a vocês, e sempre faremos viagens juntos. Eu também gosto de ideia de me cercar de pessoas profundamente comprometidas com seus casamentos. E vou lhe conceder isto: houve um tempo, depois da primeira visita de Alice a Fernley, em que ela começou a voltar mais cedo do escritório, dando mais atenção à nossa vida doméstica. Pode ser surpresa para você o fato de que, apesar do inferno que Alice sofreu, eu consiga ver que o Pacto originalmente concebido por você tinha boas intenções. E aplaudo a ideia que é o alicerce da ideologia do Pacto.

Orla parece fascinada pela minha resposta.

— E que ideia é essa?

— Equilíbrio. O Pacto busca levar equilíbrio e justiça ao casamento. Vamos admitir, em diferences momentos de um casamento, um dos cônjuges pode precisar mais do outro. Na maior parte do tempo, não acontece que um dos cônjuges dê mais do que recebe? Mais amor, mais recursos, mais tempo? Os papéis podem se inverter, mas o desequilíbrio permanece. Gosto do fato de que o Pacto trabalhe duro para levar o relacionamento para mais perto daquele ponto de equilíbrio ideal. Como terapeuta matrimonial, eu conheço, por dolorosa experiência, que a maioria dos casamentos termina quando o desequilíbrio chega a um ponto tal que não pode mais ser corrigido.

Há vozes em algum lugar da casa. Orla franze a testa.

— Não se preocupe com eles. É só o pessoal operacional.

— Meu problema com o Pacto — continuo, medindo as palavras — é o método usado. Seus objetivos deveriam ser atingidos com a orientação de uma mão delicada, e não com punho de ferro. Não há qualquer justificativa para as coisas que você faz. A violência é brutal. Não consigo compreender por que você a permite.

— O Pacto é guiado por um elegante conjunto de ideias. O punho de ferro é apenas uma pequena parte.

— Mas você não pode separar os dois — argumento, zangado. — Ameaça é igual a medo. Quando você instila medo em seus membros, nunca poderá saber se os casamentos são realmente bem-sucedidos ou se estão apenas seguindo regras porque têm medo das punições draconianas.

Orla se levanta e caminha até a janela.

— Todos os dias, Jake, quase todos os membros do Pacto levam vidas produtivas e criativas enriquecidas por casamentos encorajadores e por uma comunidade de indivíduos que partilham das mesmas ideias. Mais de noventa por cento dos nossos membros nunca viram o interior de lugares como Fernley, Kettenham ou Plovdiv.

Kettenham? Plovdiv?

— Em vez disso, aproveitam com alegria suas vidas, próximas àquele ideal de equilíbrio perfeito.

— Mas... e quanto aos outros?

— Honestamente? A inconveniência de alguns ou, em casos raros, a grande dívida paga por alguns se justifica ao fornecer um exemplo eficaz, uma lição de vida para ajudar os outros a manter casamentos melhores.

Ela está de costas para mim. Do lado de fora da janela, uma névoa se move com rapidez sobre o oceano.

— Eu conheço a sua história, Jake. Eu li a sua dissertação de mestrado. Houve um tempo em que você teria defendido com paixão as nossas táticas. Você é capaz de negar tal afirmação?

Sinto um calafrio. Durante a faculdade e nos anos seguintes, andei fascinado por alguns estudos terrivelmente desumanos, como o Experimento da Prisão de Stanford e o Experimento Milgram, bem como experiências menos famosas levadas a cabo na Áustria e na União Soviética. Embora eu tenha escolhido seguir um ramo da terapia definida pela compaixão e pela escolha pessoal, sou obrigado a reconhecer a cruel conclusão da minha dissertação: a obediência individual é às vezes necessária para servir ao bem maior, e o medo é uma tática extremamente eficaz para induzir a obediência.

— Chame-me do que quiser, Jake, mas as estatísticas indicam que, mesmo entre os membros do Pacto, cujos casamentos são muito mais bem-sucedidos do que os da população em geral, aqueles que passaram algum tempo em nossas instituições correcionais relatam ainda mais intimidade e maior felicidade, por mais tempo.

— Você está ouvindo o que diz? Isso é uma propaganda vazia!

Ela atravessa a sala e volta a se sentar. Não na poltrona, mas no sofá, a meu lado, tão perto que nossas coxas e braços se tocam. O murmúrio de vozes ao fundo se dissipou.

— Tenho acompanhado de perto os seus progressos, Jake. Sei o que aconteceu com você em Fernley. Não vou me desculpar pelo nosso uso de penalidades, mas admito que o seu caso foi conduzido com dureza. Com excessiva dureza.

— Você sabe que me deram choques elétricos durante uma hora? Que eles ficavam lá sentados olhando enquanto eu me retorcia no chão com dores excruciantes? Eu, honestamente, achei que fosse morrer em Fernley.

Ela estremece.

— Lamento profundamente por isso, Jake. Você não sabe o quanto eu lamento. Nos últimos meses, concedi autoridade demasiada a uns poucos poderosos. As coisas fugiram do meu controle.

— Isso não é desculpa.

Orla fecha os olhos, respira fundo. Percebo que, naquele momento, ela está sentindo dor. Dor física. Quando abre os olhos, ela me encara sem rodeios, inabalável.

Como tenho sido idiota. O cabelo curto, as faces encovadas. Hematomas ao longo de suas veias. Esta mulher está morrendo. Eu me sinto muito idiota por não ter percebido antes.

— O Comitê agiu de modo repreensível, Jake. Estamos instituindo novos regulamentos para garantir que os agentes de segurança possam se recusar a cumprir ordens injustas. Quanto à liderança, haverá mudanças...

— Onde estão eles agora? — interrompo. — Neil, Gordon, os membros do Comitê? O juiz que aprovou as técnicas de interrogatório usadas comigo? Quem quer que tenha aprovado o sequestro de Alice?

— Estão em fase de reeducação. Depois disso, precisaremos decidir se ainda há lugar para eles dentro do Pacto. Há muito trabalho a ser feito, Jake. Tenho orgulho do Pacto e, apesar deste recente incidente desagradável, continuo a receber provas diárias que me convencem de sua eficácia. O Pacto diz respeito ao casamento, sim, mas é muito maior do que isso. Há cerca de doze mil Amigos em todo o mundo. Os melhores entre os melhores. As pessoas mais inteligentes, as mais talentosas. Cada uma delas escolhida a dedo, rigorosamente investigada. Mas haverá mais, escreva o que digo. Não tenho uma visão clara do futuro do Pacto, mas quero que ele cresça e prospere. O casamento pode não durar para sempre. Mas, pelo maior tempo possível, quero lutar por ele. Como você disse, Jake, todos os casamentos precisam evoluir. E o Pacto também.

Ela caminha até o balcão e mexe nos controles. A casa se enche de música.

— O Pacto cometeu erros? Eu cometi erros? Sim. Mil vezes sim! Mas ainda assim estou orgulhosa por ter tentado. Amigo, nós talvez cheguemos às coisas por lados opostos, mas nos encontramos no meio do caminho. Nós dois queremos a mesma coisa. Fazemos o melhor que podemos, e temos sucesso, ou fracassamos. Nenhum resultado deve ser temido. Não fazer nada, Jake, é o que me aterroriza.

Ando até Orla e paro diante dela. Ponho as mãos em seus ombros frágeis. Posso sentir os ossos através do tecido fino do suéter. Meu rosto está a centímetros do dela.

— Toda a sua teoria — digo —, toda essa conversa. Nada disso me interessa. Você está tão cega que não consegue enxergar? Alice e eu queremos sair.

Ela se encolhe de dor e percebo que estou apertando seus ombros. Solto-a e ela recua, assustada, mas inflexível.

Uma jovem num vestido cinzento de linho aparece e sussurra alguma coisa ao ouvido de Orla, lhe entrega uma pasta verde e desaparece. E é então que ouço outras vozes nos fundos da casa, vozes masculinas, pelo menos três. O que planejam fazer comigo?

— Eu sei que você e Alice foram testados. Era preciso.

Continuo imóvel, embora minha cabeça esteja a mil.

—Alguns não viram você e Alice da mesma maneira que Finnegan e eu — Orla me observa com muita atenção. — Não compreenderam o seu potencial.

— Potencial para quê? — pergunto, confuso.

Que jogo ela está fazendo agora?

— Passei toda a minha vida sendo questionadora, Jake. Poucas vezes aceito as coisas pela aparência. É uma qualidade que também admiro em você. A dúvida é um instrumento útil, muito mais desejável do que a crença cega. Suas dúvidas tornaram a sua jornada através do Pacto infinitamente mais difícil, é verdade. Mas também fizeram com que eu o respeitasse. Acredite em mim quando digo que você tem inimigos, mas eu não estou entre eles.

— Que inimigos?

Penso na primeira festa, em dezembro, em Hillsborough. Todos foram tão amáveis, tão calorosos.

Orla fica ali parada, me estudando. Atrás dela, o mar imenso e agitado. É como se ela estivesse me esperando solucionar um complexo problema matemático na minha cabeça, para chegar ao resultado que ela já conhecia há tempos.

— Talvez seja melhor que você apenas leia os documentos.

Ela me entrega a pasta verde. O dossiê é pesado. Tem um leve cheiro de decomposição, como se houvesse sido desenterrado de um depósito mofado.

Miro a capa e vejo que há um nome: JOANNE WEBB CHARLES.

Orla sai da sala. Estou sozinho com a pasta. Por muito tempo, não a abro.

93

A PRIMEIRA PÁGINA TRAZ uma foto de muitos anos atrás. JoAnne como a conheci na faculdade, tranquila, bronzeada e feliz.

A página dois é seu currículo, tanto profissional quanto pessoal — nenhum mestrado inacabado, nenhum MBA, nenhum emprego no Schwab. De modo algum se parece com a história que ela me contou naquele dia na praça de alimentação. Em vez disso, um Ph.D. em Psicologia Cognitiva, com louvor, mas depois a abrupta interrupção do pós-doutorado que fazia numa prestigiada universidade sueca, seguida pelo casamento com Neil.

Há uma foto de Neil e JoAnne no dia de seu casamento, mãos dadas contra um fundo brilhante e deserto. Na página seguinte, há uma foto de Neil com outra mulher. Abaixo da foto, palavras datilografadas: *Neil Charles. Viúvo. Foto com sua primeira esposa, Grace. Causa da morte: acidental*.

Que porra é essa? Leio a legenda três vezes, sem querer acreditar.

A página seguinte contém o recorte de um jornal sueco e sua tradução. A matéria fala de um acordo de sete dígitos num processo contra JoAnne Webb e a universidade sueca. Os queixosos no processo eram voluntários de um experimento psicológico com resultados desastrosos. Lendo os detalhes — tão cruéis, mas tão familiares —, sinto meu estômago embrulhar.

As páginas seguintes contêm um esboço não publicado de um texto acadêmico, do qual JoAnne é coautora, sobre a correlação entre medo e almejadas mudanças comportamentais. Uma nota de rodapé foi sublinhada: *Indivíduos que demonstram pouco ou nenhuma preocupação com sua própria segurança podem em geral ser persuadidos a agir em flagrante conflito com seu próprio código moral quando testemunham um amigo ou pessoa amada correndo risco de violência.*

Folheio os papéis, tremendo. O último feixe de documentos está grampeado dentro de uma capa, em cujo frontispício há as seguintes palavras escritas à mão: *Relatório sobre indivíduos 4879 e 4880.*

Estas páginas não são datilografadas. Em vez disso, ostentam a letra familiar de JoAnne. *Encontro com 4879 no shopping Hillsdale. Gravação de áudio anexa. Respostas às minhas perguntas e comentários revelam deslealdade ao Pacto.*

Estremeço e viro a página. *Experimento da Gaiola de Vidro,* JoAnne escreveu ao alto: *4879 demonstra continuada deslealdade ao Pacto, enquanto exibe tendências estranhamente dissociadas. Parece horrorizado pela situação difícil em que me encontro, mas ao mesmo tempo extrai disso algum prazer.*

Luto contra a vontade de vomitar. Não era JoAnne o objeto do Experimento da Gaiola de Vidro; era eu.

Viro a página. *Relatório de Infidelidade: Sujeito 4880.* Minhas mãos começam a suar.

Preso à página há a fotografia granulada de um homem subindo os degraus da minha casa, carregando uma guitarra. Mesmo que ele esteja de costas para a câmera, sei perfeitamente quem é.

Observado um não membro do Pacto, identificado como Eric Wilson (ver Anexo 2a), visita o lar dos Sujeitos 4879 e 4880 enquanto o Sujeito 4879 estava em Fernley. Wilson chegou às 10:47 da noite de sábado e saiu às 4:13 da madrugada de domingo. Música foi ouvida vindo da casa durante toda a noite.

Houve música durante toda a noite. De cinco a seis horas é o lapso de tempo ideal de Alice para um ensaio sério. Em menos tempo, ela insiste, é impossível mergulhar fundo na música; se demorar mais, a coisa deixa de ser produtiva.

Levanto os olhos e percebo que Orla voltou em silêncio. Está sentada na poltrona à minha frente, bebendo vinho e me olhando.

— Eu preciso saber — digo. — A acusação contra Alice, Adultério em Primeiro Grau. Baseou-se apenas neste relatório?

Orla assente com a cabeça.

A verdade me impacta: Alice não dormiu com Eric. Sim, Eric esteve na minha casa. Sim, parecia que Alice tinha sido infiel. Mas fatos simples, tirados do contexto, nem sempre indicam a verdade. Ele não estava fodendo a minha mulher — os dois estavam ensaiando. Como fui imbecil! Como errei ao desconfiar da minha mulher!

Sacudo a cabeça, incrédulo.

— Por que JoAnne faria tudo isso?

— O Pacto tornou-se inesperadamente próspero, incrivelmente forte. Há quem morra de vontade de liderá-lo. Quando Neil e JoAnne souberam da minha doença, viram uma oportunidade. Imaginaram-se à frente do Pacto. Mas os que lutam pela liderança raramente dão bons líderes.

Orla hesita.

— Agora preciso decidir o que fazer com eles. — Um sorriso maroto lhe passa pelo rosto. — O que você faria?

Como já mencionei, há sempre uma sombra que paira entre a pessoa que queremos ser e a pessoa que somos. Em nossas mentes, criamos uma imagem de nós mesmos, ingenuamente seguros de nossos próprios limites morais. Quero ser aquela pessoa que encarna o ideal de fazer algo de bom, em vez de não fazer nada. Mas o bem e o mal são complicados, não é? E fazer alguma coisa, qualquer coisa, é muito mais difícil do que não fazer nada.

Respondo sem hesitar, sem sequer um pingo de dúvida. Quando termino, Orla toma um gole de vinho e concorda com um aceno de cabeça.

94

No aeroporto de Belfast, ponho meu telefone para carregar e aguardo. Observando a pista molhada, penso no que farei a seguir. O celular apita, está carregado, acende e lá, no canto, pisca o *P* azul.

Entram zumbindo alguns e-mails e mensagens de texto. Só passei sete dias fora, no entanto minha antiga vida parece impossivelmente distante. Deslizo a lista de mensagens e e-mails, procurando algum de Alice. Surpreendo-me ao descobrir que minha antiga vida ainda está ali, à minha espera. Há textos de Huang, Ian e Evelyn. Dylan começou a ensaiar em nova peça — fará o capitão Gancho em *Peter Pan* — e quer que eu reserve a data da estreia. Isobel me escreve: *Conrad me levou à nova padaria budista que faz um pão incrível. Fizemos torradas. Eis o segredo da vida: tudo está no pão.*

E, enfim, misturado aos outros, várias telas abaixo, está o nome de Alice. A sensação de alívio é física, como se uma faixa apertada em volta do meu peito tivesse estourado, me permitindo, pela primeira vez em muito tempo, respirar de verdade. É de dois dias atrás, quando eu ainda estava em Altshire. *Quando você chega em casa?* E é tudo. Quase posso ouvir sua voz.

Digito a resposta, *Estou a caminho, você está bem?*, mas não há resposta. Telefono. O celular dela toca, toca.

O voo de Belfast a Dublin é turbulento, o de Dublin a Londres está lotado e a noite passada em Gatwick é desconfortável. Finalmente, o avião toca o solo em São Francisco. Andando pelo terminal limpo e reluzente, estou exausto. Minhas calças balançam na cintura, devo ter perdido uns cinco quilos desde que estive aqui pela última vez. Caminho decidido pelo aeroporto, esperando não esbarrar com ninguém conhecido. No final da escada rolante, puxo o capuz sobre a cabeça e me misturo à multidão.

Penso ter ouvido meu nome, mas quando olho para trás não vejo ninguém conhecido. Continuo a andar. Do lado de fora, quando me dirijo ao ponto de táxi, ouço outra vez o meu nome.

— Amigo — diz uma voz familiar.

Me viro, perplexo.

— O que você está fazendo aqui?

— O carro está deste lado.

Vivian me puxa pelo braço, com delicadeza.

— Prefiro pegar um táxi — insisto.

— Orla me ligou — Vivian está sorrindo. — Ela quer que eu garanta que você tenha todo o conforto.

Vivian me conduz até um Tesla dourado estacionado junto ao meio-fio. Não é um modelo que eu já tenha visto, deve ser um protótipo. O motorista está de pé, fora do carro, acomodando minha mochila no porta-malas. Seu terno sob medida mal disfarça os ombros muito largos e o fato de que ele é excessivamente musculoso. Agora, ele para atrás de mim e a porta de trás do carro está aberta. Olho, ansioso, para a fila de pessoas embarcando num fluxo interminável de táxis amarelos. Vivian me ajuda a entrar no carro.

— Relaxe. Você fez uma longa viagem.

No assento ao nosso lado há uma cesta com doces e água mineral. Ela se inclina para a frente para falar com o motorista.

— Estamos prontos.

Vivian alcança o console e me entrega uma xícara de chocolate quente. Depois se recosta no assento. Enquanto o motorista enfrenta o engarrafamento na saída do aeroporto, tomo um gole. O líquido é untuoso e mentolado. Tomo outro gole. Percebo que Vivian está se inclinando na minha direção, mãos estendidas, pronta para segurar a xícara.

De repente, estou com muito sono. Os voos foram tão longos, a viagem e os últimos dias tão extenuantes. Tento manter os olhos abertos — para onde estamos indo? Preciso saber que estou a caminho de casa.

— Durma — diz Vivian, em voz carinhosa.

— Você está me levando para Alice, certo? — pergunto a Vivian, mas ela está mexendo no celular.

Seu rosto sai de foco.

O motorista vira para a 111 Norte. Há um gosto metálico na minha boca e estou tonto. Tento me manter alerta até o marco 80, onde um caminho vai dar na nossa casa pela beira-mar e o outro atravessa a ponte e segue para as montanhas a leste, mas a estrada à nossa frente é hipnotizante.

95

No sonho, subo os degraus da frente, tiro a chave da mochila e entro.

— Alice? — chamo, mas não há resposta.

Em cima da mesa da cozinha há um bilhete. Está escrito com um lápis azul-elétrico, e embaixo ela fez um desenho de nós dois na frente da nossa casa, um brilhante sol alaranjado nos iluminando de cima. Adoro seu otimismo. Não me lembro da última vez que vi o sol brilhar através da neblina da nossa região. Na parte de baixo, ela prendeu um ingresso.

E então já não estou mais em casa. Estou de pé numa fila do lado de fora de Bottom of the Hill. Quando passo pela porta, o show já começou. Alice está de pé na frente e no centro, liderando a banda que toca uma de suas novas canções. As luzes são fracas. Uma garçonete se aproxima e me entrega um refrigerante. Ela segura a bandeja de lado e se encosta na parede, perto de mim. Sinto-a empurrar meu ombro, depois outro solavanco. É chocante. Me viro para olhá-la, mas em vez dela vejo a janela escura do Tesla. Minha cabeça está muito pesada, minha mente muito enevoada. Quero continuar sonhando. Não estou pronto para virar a página.

Quero voltar para o sono, voltar para aquela boate. Quero Alice de volta ao palco.

— Ela é fantástica — diz a garçonete, olhos fixos em Alice —, não é?

E então ela se vai.

Um soco no ombro, luz atravessando o vidro escurecido. A voz de Alice quase um sussurro, sumindo. Onde estou? Relutante, entreabro os olhos. Por que ainda não estou em casa?

Outro solavanco. O carro balança para a frente e para trás. Estamos numa estrada de terra, com poeira subindo, obscurecendo a visão. O sol brilha muito, chega a ofuscar, mesmo por trás das janelas escuras.

Sol? Me dou conta de que não estamos em lugar algum perto de Ocean Beach, não estamos em lugar algum perto de São Francisco. No nosso bairro, o sol não está programado para brilhar nos próximos três meses, pelo menos.

A poeira sobe à volta do carro, uma nuvem densa nos envolvendo. O calor, a luminosidade intensa, a paisagem plana, a ausência de cor. Parece que estamos atravessando os imensos vales do planeta Marte. Ainda estou dormindo?

Há algo errado. Muito errado. Viro para a direita, esperando ver Vivian. Vou pedir respostas, vou querer saber onde estamos e, mais importante, para onde estamos indo. Mas percebo então que estou no banco de trás do carro, sozinho. Uma divisória de vidro separa agora os bancos dianteiro e traseiro. Protejo os olhos contra o brilho implacável do sol. Pelo vidro, mal consigo discernir o contorno de duas cabeças nos assentos da frente.

Entro em pânico. Me sinto tão idiota. Mais uma vez. Tão ingênuo. Acreditar em Orla. Confiar em sua bondade e em seus argumentos. Como pude ter sido levado a acreditar nela?

Não quero que Vivian saiba que estou acordado. Examino o banco de trás. Não há nada útil. Só o saco de pãezinhos e uma manta cinzenta de lã com a qual alguém me cobriu, agora enrolada em volta das minhas pernas. Procuro os controles das janelas. Não estão na porta e sim num painel central, presos ao lado do console. Devagar, quase sem mover o corpo, alcanço os botões. Não tenho planos. Só quero sair daqui. Preciso fugir.

Meu dedo esticado alcança o interruptor com a etiqueta TRASEIRA ESQUERDA. Estou prestes a apertá-lo quando penso que talvez eu deva apertar o outro, TRASEIRA DIREITA. Embora seja mais difícil dar um pulo no banco antes de me jogar pela janela e correr pela paisagem árida e suja, acho que é minha melhor chance. Se eu pular para este lado, o motorista me apanhará com poucas passadas. Se pular para o outro, caberá a Vivian, em seus saltos sete e meio, começar a caçada. É, eu consigo correr mais do que Vivian, tenho certeza.

Reposiciono o corpo, deslizando pelo assento, tirando em silêncio a manta das minhas pernas, o dedo perto do controle das janelas. Reflito por um ou dois segundos, repassando minhas opções inacreditavelmente limitadas, e me dou conta de que esta fuga improvável é minha única escolha. Para me salvar, para salvar Alice. Será que ela ainda está viva?

Num movimento único, aperto o botão e me jogo na direção da janela. Mergulharei de cabeça. Vai doer, mas de algum jeito eu vou rolar, me levantar e correr.

Então acontece isto: nada! As janelas estão trancadas. Desesperado, puxo a maçaneta da porta, posicionando o corpo para cair e rolar, mas ainda nada. Todos os controles traseiros foram bloqueados. Estou preso.

96

O Tesla para. As nuvens de poeira do lado de fora dos vidros demoram uma eternidade para se dissipar. Não consigo ver nada. Ouço a janela do lado do motorista ser baixada e um burburinho de vozes.

Ouço então o estalido de um portão se abrindo e sinto os pneus do carro subirem no concreto. Meu coração aperta. Não preciso mais olhar pela janela para saber onde estamos. Fernley.

O que eles realmente fizeram com Alice?

Enquanto passamos pelo portão, o guarda de uniforme cinza espia dentro do carro para dar uma olhada em mim. Estremeço ao ouvir o segundo portão se abrindo à frente. O carro avança e o portão se fecha atrás de nós. Dentro dos limites da propriedade, saímos da pista, pegando o caminho mais longo. Ao alto, há o zumbido de um Cessna descendo para uma aterrissagem. O avião pousa bem à nossa frente.

O Tesla estaciona atrás da aeronave, aguardando. Um homem está sendo tirado do Cessna. Algo na maneira como ele fica de pé, na hesitação de sua postura, me diz que esta é sua primeira vez aqui. Dois guardas o conduzem pela pista de pouso e através da passagem cercada que leva à enorme construção.

Estou encarando a prisão, todo o seu horror me invadindo, quando a porta do carro se abre. Mudo a direção do olhar e vejo meu motorista. Com o coração pesado, saio do carro, usando a mão para proteger os olhos do sol. Ele me leva até o banco dianteiro de um carrinho de golfe. Sua mão vai para o bolso e eu, por instinto, me encolho, mas ele tira um par de óculos Ray-Ban e me entrega. Me servem com perfeição.

Um homem uniformizado está no assento do motorista, ruivo e absurdamente alto, o rosto pálido queimado do sol do deserto. Ele me lança um olhar nervoso, depois se volta para a frente. Vivian sobe atrás de nós. Me viro para confrontá-la, mas ela sorri, com ar tranquilo. O sorriso só piora as coisas.

— Onde está Alice?

Nem o motorista nem Vivian respondem. Alguma coisa em Fernley provoca aquele comportamento, como numa igreja, na sala do diretor, ou coisa muito pior.

O carrinho de golfe corre pela lateral do prédio e por um longo e estreito corredor que leva ao subsolo do complexo. O túnel é úmido e frio. O carrinho se move tão depressa que preciso me segurar com força na barra à minha frente. Penso em pular, mas para onde eu iria? Depois de algum tempo, paramos numa plataforma de carga. Um homem bem vestido e de cabelos prateados está à nossa espera.

— Amigo — diz ele, avançando para apertar minha mão. Olho-o nos olhos, mas nada digo, sem levantar a mão. Odeio este jogo incessante, os apertos de mão polidos e os cumprimentos cordiais, todo o comportamento civilizado mascarando algum horror indizível.

Nós dois andamos pela plataforma de carga e passamos por uma porta trancada. Vivian desapareceu, mas o sujeito alto parece estar pairando em algum lugar atrás de nós.

Entramos num corredor que leva a uma escada. A escada leva a outro corredor e depois o corredor leva a uma lavanderia, o ar denso de vapor. Ao nos ver, todos os operários param o que estão fazendo e nos olham. Mais algumas escadas, passamos por outros corredores, através de outras portas trancadas, todas com teclados complexos, cada porta do labirinto batendo ao se fechar às nossas costas.

O lugar está vazio e silencioso, exceto pelas batidas das portas e o eco de nossos passos. O homem não fala comigo. Imagino que minha recusa de apertar sua mão só piore as coisas.

Mas antes, quando ele me chamou de Amigo, pareceu muito confuso quando não respondi. Como alguém pode aprender a jogar aquele jogo se as regras estão sempre mudando?

Continuamos por um labirinto de escadarias nas entranhas do prédio. A certa altura, passamos por uma barulhenta sala de caldeiras, depois por uma série de almoxarifados e mais quatro lances de escadas. O suor pinga em meus olhos, borrando minha visão. A caminhada é tão longa que quase se torna absurda. O ar parece rarefeito e eu luto para recuperar o fôlego. Lembro-me do meu primeiro dia ali, acompanhando Gordon. Mesmo antes de saber para onde ele me levava, percebi que fugir seria impossível. Ao longo de todo o caminho, meu guia não fala.

Por fim, uma série de portas trancadas, um sistema de segurança e um detector de metais dão acesso ao corredor mais comprido que já vi. Os pisos de concreto são substituídos por carpetes felpudos e uma claridade ofuscante entra por inúmeras janelas. Ergo a mão para proteger os olhos da luz. Atrás de nós, continuo a sentir os passos silenciosos do homem alto de sapatos tamanho quarenta e oito. Enquanto andamos, começo a perceber uma sala adiante, com a porta aberta.

O corredor é tão comprido, o sol através das janelas altas tão ofuscante que, a princípio, penso ter imaginado o brilho vermelho no fim do caminho, parado ali na porta aberta. Uma mulher. Estamos nos movendo na sua direção. Meu coração bate forte. Por um instante, fico perplexo diante de um gesto, um jeito que ela tem de segurar os cotovelos, quando está com frio. É tudo tão familiar, meus olhos devem estar me pregando peças.

Mas, à medida que a distância entre nós diminui, me dou conta de que se trata exatamente de quem parece ser.

97

ENTRO PELA PORTA ABERTA. Lá está ela, de pé, dentro da sala, absolutamente imóvel, usando um vestido vermelho formal, cortado de modo a exibir seus ombros pálidos. Seu cabelo está puxado para um lado, preso num coque elaborado. Ela parece tão bem tratada, a maquiagem mais carregada do que estou acostumado, unhas pintadas num tom de vermelho mais escuro, joias — um único fio de pérolas que nunca vi e pequenos brincos de brilhante — impecáveis. Enquanto me aproximo, ela não dá uma palavra.

— Imagino que vocês dois preferem passar algum tempo a sós — diz meu acompanhante.

Seus olhos encontram os meus e ele parece nervoso, antes de deixar a sala, fechando a porta ao sair.

Imagino que devamos estar na ala do hotel. Há no quarto uma cama *king-size*, uma escrivaninha elegante, uma janela que dá para o deserto.

Abro a boca para falar, mas as palavras não saem. Com Alice de pé à minha frente, linda, fico sem fala, de felicidade e alívio.

Quanto tempo ela passou naquele quarto, à minha espera?

Maravilhado, me adianto e a puxo para mim. Ela envolve minha cintura com os braços e se aninha. Dá um suspiro profundo e compreendo que ela também está aliviada. Abraço-a com força, sentindo o calor do seu corpo, sua cabeça no meu ombro. A sensação é boa, mas há um problema: ela não se parece inteiramente com Alice. Talvez seja o cabelo, a maquiagem, o vestido; não sei. Recuo por um instante. Sua aparência é maravilhosa, mas diferente. É a mesma Alice, sem dúvida, mas vestida para um outro papel, um papel numa produção teatral que nunca vi.

— Eu fui à Irlanda — digo. — Fui procurar Orla.

— E você voltou.

Ao ouvir sua voz, me dou conta de que isto não é um castigo. Eu não fui levado para a destruição. Orla estava mesmo dizendo a verdade.

— Ainda podemos sair correndo — digo.

Alice dá um sorriso triste.

— Com estes sapatos?

Ela me beija, um beijo comprido e macio, e por um instante quase me esqueço de onde estamos.

Mas então ouço vozes e recuo. Paranoico, examino os cantos do teto, em busca de uma luz reveladora. Presto atenção ao zumbido dos aparelhos. Olho para a faixa de luz debaixo da porta, procurando sinais de movimento. Vou à janela e, por cima da cerca coberta de hera, vejo o imenso deserto à minha frente. Nada além de areia e cactos por quilômetros e quilômetros. Tudo parece tão irreal... por um instante, fico hipnotizado pelo sol alaranjado pairando sobre o deserto.

Quando me viro para o quarto, Alice está de pé à minha frente, nua, o vestido vermelho caído a seus pés. A luz do sol atravessa a janela e olho fixo para minha mulher, maravilhado. Vejo o quanto está pálida, o quanto está magra. Pergunto-me se a marca em seu quadril é um hematoma, de dias antes, ou só um truque das sombras.

Ando até ela. Ela se aproxima e desabotoa minha camisa, desafivela meu cinto, passa as unhas pelo meu peito. Toco seu rosto, seus seios. Sua pele sob minhas mãos é tão morna. Eu senti muita falta dela.

Quando minha mulher me puxa para ela, não posso deixar de me perguntar se aquele momento lindo é um sonho. Ou pior, será uma representação?

Por uma fração de segundo, imagino uma salinha, monitores de vídeo, alguém num tedioso uniforme cinzento nos observando, ouvindo. Alice se afasta de mim. Vejo-a se mover em direção à cama. Ela se deita de costas nos lençóis brancos e abre os braços.

— Vem cá — ela ordena, e é impossível decifrar a expressão de seu rosto.

98

Rolo sobre os lençóis, querendo minha esposa, e percebo, com um sobressalto, que a cama a meu lado está vazia. Dou um pulo, em pânico. Mas Alice está ali, sentada na poltrona aos pés da cama, me olhando. Está de novo com o vestido vermelho, mas a maquiagem desbotou e o elaborado coque se desfez. Ela se parece de novo com ela mesma.

Faço a pergunta que vinha evitando:

— Eles te machucaram?

Alice sacode a cabeça. Aproxima-se e se senta a meu lado.

— Me puseram na solitária por dois dias, talvez mais, depois fui trazida para este quarto, sem explicações. Me deram licença para andar por aí, o quanto quisesse. — Com um gesto, indica a janela. — Mas aonde eu iria?

Saio da cama e vou pegar minhas roupas no chão quando Alice diz:

— Olhe dentro do armário.

Abro a porta. Ali, em cabides de veludo, estão um terno impressionante, uma camisa de linho engomada e uma gravata Ted Baker. No chão, uma caixa de sapatos contém um par de sapatos de couro italiano.

— Quando eu saí do chuveiro hoje pela manhã, todas as minhas roupas tinham desaparecido. Este vestido estava pendurado no armário. Apareceu uma mulher para fazer meu cabelo, maquiagem e unhas. Quando lhe perguntei do que se tratava, ela me disse que não tinha licença para dizer. Parecia nervosa.

Visto a camisa branca, as calças, o paletó. Tudo fica perfeito. Os sapatos também parecem ter sido feitos sob medida para mim.

Alice pega na escrivaninha uma caixinha de veludo azul e a abre, revelando duas abotoaduras de ouro no formato da letra *P*. Estendo os pulsos, e ela as coloca.

— E agora? — pergunto.

— Não faço ideia, Jake. Estou apavorada.

Vou até a porta, meio que esperando que esteja trancada por fora. Mas a maçaneta gira e a porta se abre. Num reflexo tardio, agarro uma grande garrafa d'água, uma arma inútil. Juntos, entramos no corredor vazio.

99

É ESTRANHO NOS VER juntos naquele lugar. Parado ali com a minha mulher, quase consigo fingir que somos só nós dois. Quase consigo fingir que não estamos cercados por concreto, arame farpado e um deserto sem fim.

Começamos a andar na direção dos elevadores. Ouço vozes, mas não sei dizer de onde vêm. Então uma porta se abre à nossa passagem e por ela sai um homem. Alto, de terno escuro e gravata vermelha. E embora eu fique perplexo ao me ver diante dele, de alguma maneira faz todo sentido.

— Olá, Amigos.

Aceno com a cabeça.

— Finnegan.

Ele olha primeiro para Alice, depois para mim. Seu olhar é intenso, mas não desvio o meu.

— Há uma coisa que Orla gostaria que vocês vissem.

Dito isso, Finnegan empurra a porta e vemos uma sala estreita e sem janelas.

Alice entra primeiro, e eu sinto a mão de Finnegan nas minhas costas, insistindo para que eu entre. Numa das paredes, há uma cortina escura. Finnegan a abre, revelando uma grande janela, dando para uma espécie de capela, iluminada por um grande lustre.

O lugar está lotado. Há um burburinho de conversas, uma eletricidade expectante permeando o ambiente. Pessoas seguram taças cheias de champanhe, mas ninguém bebe. É como se esperassem por alguma coisa. Estranhamente, quando a cortina se abre, ninguém olha na nossa direção.

— Eles não podem nos ver — observa Alice.

Reconheço alguns rostos, mas não a maioria. Procuro Neil, JoAnne, Gordon, todos os que aparecem nas fotos em branco e preto que cobrem a parede da sala de mármore do tribunal. Lembro-me de ficar encarando cada uma das fotos, à espera de que o juiz me desse a sentença. Por um instante, me pergunto onde estão. Mas então acho que compreendo.

Finnegan continua em silêncio enquanto observamos a multidão. Depois de um minuto, ele aperta um botão e outra porta se abre, revelando apenas escuridão. Alice estremece e dá um suspiro, levando-me pela mão para o desconhecido, os dedos entrelaçados nos meus.

Sinto mãos nos meus ombros e me viro para descobrir que é a mulher de Finnegan, Fiona. Ela está com o mesmo vestido verde que usou no dia do nosso casamento. Ela e Finnegan nos seguem em silêncio.

Velas delineiam as paredes do corredor estreito, bruxuleando na escuridão. Atrás de nós há apenas o som de pés percorrendo o chão. No corredor à nossa frente, ouve-se um gemido. Não estamos sozinhos. Meu coração começa a bater mais depressa, sinto o suor descer pelos meus braços, pelas costas. A meu lado, porém, Alice parece estar em paz; não demonstra nem mesmo ansiedade.

À medida que andamos, os sons se intensificam. Um arrastar de correntes, alguma coisa se debatendo num espaço fechado. A respiração fica mais audível, o eco de mais correntes, alguma coisa sendo arrastada ou talvez presa. Um sensor de movimento é acionado, acendendo uma luz fraca à nossa frente. Olho à direita e vejo uma estrutura alta e familiar. Paraliso, e me dou conta de que aquilo está a poucos centímetros de mim. E então um vulto se delineia — de pé entre folhas de acrílico, braços e pernas esticados e algemados. Um Colar de Foco o obriga a olhar diretamente para a frente. Ao continuarmos a andar, outro sensor de movimento é acionado e um holofote brilha sobre a estrutura por um segundo, talvez dois. Apesar da névoa condensada sobre o acrílico, o rosto fica claro. Por um instante, encontro os olhos do juiz, o homem que aprovou meu interrogatório. Seu olhar não traduz qualquer emoção. E então ele é mais uma vez mergulhado na escuridão.

Me viro para Alice, e vejo que ela está olhando para o outro lado, mais acrílico, outra instalação. Uma mulher. Lembro-me de tê-la visto numa das festas, lembro-me de vê-la nos corredores de Fernley: um importante membro do Conselho. Seu cabelo está opaco, seu rosto brilhante de transpiração.

Alice para diante dela, hipnotizada.

Uma a uma, passamos pelas imponentes instalações vivas. Um a um, sensores de movimento são acionados, iluminando rapidamente os rostos dos prisioneiros. Impossível avaliar suas expressões. Será medo? Vergonha? Ou algo mais — um entendimento de que foi feita justiça? De que ninguém está acima das leis do Pacto? Sua missão deve ser respeitada. O equilíbrio deve ser restabelecido, não importa o que aconteça.

À medida que Finnegan e Fiona nos seguem a poucos passos de distância — cada um deles parando para olhar e continuando a andar, o corredor se enche de luzes que piscam. Membros do Conselho, sozinhos em suas molduras transparentes, algemados, cada um deles testemunha de sua própria queda em desgraça. Espécimes para estudo, como fui uma vez. Sujeitos debaixo do microscópio. Só o terror em seus olhos e a insistente tremedeira de um dos prisioneiros, em luta contra as amarras firmes, nos lembram de que se trata de vida, e não de arte.

Recordo o momento em que Orla me perguntou que punições deveriam ser aplicadas àqueles que abusaram dos seus poderes, aqueles que subverteram os objetivos do Pacto em benefício dos seus próprios desejos. Não lamento minha resposta.

Bem e mal são complicados. Quem somos e quem pensamos ser raramente são a mesma coisa.

Talvez Orla e eu, o Pacto e eu, não sejamos tão diferentes quanto já pensei.

Mais adiante, há duas últimas instalações, separadas dos outros e cercadas de velas. Enquanto Alice e eu nos movemos entre elas, mantenho o olhar firme à frente. Não preciso olhar; sei quem está ali. À minha esquerda, sinto a mão de Alice indo em direção à fina folha de acrílico que a separa de JoAnne. Quando o sensor de movimento se desliga e a luz se apaga, ouço o ruído dos dedos de Alice deslizando pelo vidro.

100

No final do corredor, dobramos bruscamente à direita, depois outra vez à direita. No escuro, tento me orientar. Tenho a sensação de que estamos voltando para o lugar de onde saímos, cada passo nos levando mais para o interior da prisão. E então uma luz pisca e Orla fica visível. Ela está de pé ao lado de um grande candelabro, toda de branco, nos observando, aguardando.

Quando paro, Alice me puxa para a frente, com gentileza. Ela se move sem hesitação, sua mão tão quente, tão adequada. Tudo parece incongruente — esta inércia, este movimento, nos impulsionando adiante.

Paramos diante de Orla. As chamas das velas escavam sombras em seu rosto pálido. À sua esquerda há uma porta fechada, pintada de dourado. À sua direita, outra porta fechada, esta pintada de branco.

— Alô, Amigos.

Ela se inclina para beijar Alice no rosto, depois a mim. Está ainda mais frágil do que quando a vi há apenas alguns dias. Sua voz está mais fraca, sua pele emaciada.

— Talvez agora eu tenha ganhado a sua confiança — ela diz.

Faço que sim.

— E você ganhou a minha.

Ela faz um gesto para a porta dourada à sua esquerda.

— Cheguem mais perto. Ouçam.

Encosto a orelha na porta. Alice faz o mesmo. Do outro lado, há vozes. Dezenas de vozes, todas falando ao mesmo tempo. Copos, música de fundo —

os sons de uma festa. Percebo que de alguma maneira fomos levados de volta para atrás da capela.

Alice olha para seu vestido vermelho, como se pela primeira vez compreendesse seu propósito.

— Do outro lado desta porta estão quarenta dos nossos membros mais estimados, mais confiáveis — explica Orla. — Eles não fazem ideia da razão pela qual foram convocados para vir aqui.

Olho para Alice. Ela não parece estar com medo. Longe disso. Parece intrigada.

— Levei o Pacto até onde fui capaz — Orla continua. — E agora chegou minha hora de sair. Não posso deixar esta terra sem saber que alguém tomará conta do Pacto, que ele irá evoluir e se expandir.

Alice continua imóvel ao meu lado. Orla a observa com atenção e me dou conta de que Orla sabia, desde o começo, como tudo terminaria.

— Com uma das mãos, um líder segura a compaixão e, com a outra, a disciplina. Testemunhei que vocês são capazes de encontrar esse equilíbrio. — Ela se aproxima. — Jake, Alice, de todo coração, acredito que vocês são os indicados para liderar o Pacto neste novo capítulo. Entretanto, para ser um grande líder, é preciso haver vontade. É preciso aceitar a responsabilidade sem hesitação, sem arrependimentos.

Orla põe uma das mãos em meu ombro e a outra no ombro de Alice.

— É por isso que lhes estou dando uma escolha. Se vocês entrarem pela porta dourada, todos os recursos do Pacto estarão à sua disposição. Vocês poderão delineá-lo como lhes aprouver. Estarei de pé a seu lado naquela capela, ficaremos todos de pé com os Amigos e anunciarei vocês dois como nossos novos líderes.

— E a porta branca? — Alice pergunta.

Orla tem um violento acesso de tosse, apoiando-se em mim, agarrando meu braço. Sinto a surpreendente força de seus dedos no paletó do meu terno quando me adianto para segurá-la. Segundos depois, ela se recupera e parece se aprumar, mais alta do que antes, como se fizesse apelo a todas as suas forças.

— Meu caro Jake, minha cara Alice, como vocês sabem, ninguém, na história do Pacto, teve permissão para sair. Nunca. Considerando, porém, a importância do que lhes estou pedindo, é justo que lhes permita escolher. A porta branca é uma saída. Se vocês a atravessarem, suas obrigações para com o Pacto cessarão de imediato. Mas saibam disto: passem por aquela porta e ninguém irá salvá-los. Ninguém salvará Alice. Vocês estarão inteiramente por conta própria. Morram ou vivam. Sozinhos.

Olho para Alice, deslumbrante em seu vestido vermelho. Seus olhos estão brilhando com expectativa. Tento imaginar o que ela está pensando; minha mulher, sempre determinada a vencer. Minha esposa, que contém multidões.

Imagino nossa passagem pela porta dourada. Posso nos ver andando pela multidão, mãos roçando nossos braços, nossas costas. Imagino os casais bem vestidos, sua devoção, aquele abraço coletivo. Imagino o silêncio se abatendo sobre a multidão quando Alice e eu damos um passo à frente, erguemos nossas taças no ar e pronunciamos uma única e poderosa palavra: *Amigos*.

Alice agarra a minha mão e naquele instante eu sei. Na alegria, na tristeza, ela está comigo. Ela me puxa para mais perto e sinto sua respiração em meu pescoço enquanto ela sussurra ao meu ouvido. Palavras de encorajamento e, sim, algo mais. Palavras ditas apenas para mim.

Ponho a mão na maçaneta e a giro.

101

DAMOS UM PASSO NA NOITE DESERTA. Há milhões de estrelas, mais do que já vi. A grama sob nossos pés é verde, ainda úmida dos esguichos. Cem metros adiante está a cerca de arame, dois metros e meio de altura, coberta de hera.

Alice tira os sapatos de salto e os joga na grama.

— Agora! — ela sussurra.

Corremos para a cerca. Não há sirenes, não há holofotes, só o baque surdo de nossos pés na grama.

Na cerca, arrancamos um galho de hera e encontramos um ponto de apoio. Lado a lado, subimos. Apesar dos dias passados em Fernley, Alice ainda tem força, resultado dos exercícios matinais em Ocean Beach, e só levamos alguns segundos para escalar a cerca. Caímos do outro lado, na areia fria do deserto. Nós nos jogamos nos braços um do outro, rindo, inebriados com a liberdade recém-reconquistada.

Necessitamos de algum tempo para recuperar o fôlego. Estão nos deixando sair.

Paramos de rir. Olho nos olhos de Alice e sei o que ela está pensando. Estamos realmente por nossa conta?

Imagino uma autoestrada ao longe, negra sob o luar, refletindo faixas amarelas para indicar o caminho de casa. Mas não vejo uma autoestrada.

Cactos gigantescos pontilham a paisagem. O deserto se estende diante de nós, infinito. Não há luzes de cidades distantes, não há sons de civilização. Só temos a garrafa d'água que eu trouxe do quarto. Precisaremos ir adiante antes que o sol surja e o calor se instale. Começamos a correr para longe de Fernley, rumo à autoestrada que deve estar lá — em algum lugar, mas a areia é macia e fofa, e logo passamos para um trote, depois para uma marcha forçada. A bainha do vestido de Alice se arrasta pela areia.

Acabamos chegando a uma trilha de terra e começamos a andar pela superfície plana, pontilhada de cascalho afiado. Dou meus sapatos a Alice e continuo só de meias. Uma luz cruza o céu, depois outra, e mais outra.

— Uma chuva de meteoros — diz Alice. — É lindo!

Cada um de nós toma um gole d'água, com cuidado para não perder nenhuma gota.

Andamos por muito tempo. Minhas pernas doem, meus pés estão dormentes. Não sei quanto tempo transcorreu quando percebo que Alice reduziu a velocidade e está mancando. Onde está a autoestrada? As estrelas desapareceram, a lua está quase invisível quando a noite cede lugar à aurora. Desatarraxo a tampa da garrafa e a faço beber.

Alice dá um gole, com cuidado, depois me entrega a garrafa e se deixa cair no chão pedregoso.

— Vamos descansar só por um minuto — diz ela.

Bebo algumas gotas, atarraxo bem a tampa e me sento ao seu lado.

— Há de haver uma estrada em algum lugar, um posto de gasolina — afirmo.

— Claro, há de haver.

Ela põe os dedos na minha nuca. Eu a beijo, um beijo suave e demorado, percebendo que seus lábios estão ásperos e rachados. Um pensamento terrível me vem à cabeça: teremos feito a escolha errada? Mas, quando me afasto, relutante, vejo que Alice está sorrindo.

Esta é a maravilhosa e complicada mulher com quem me casei. A mulher que se deitou a meu lado na praia durante nossa lua de mel no Adriático. A mulher que ficou de pé no saguão do Grande Hotel, dançando devagar em volta de mim, cantando a plenos pulmões toda a letra de "Let's Get Married" de Al Green. A mulher que se sentou à minha frente na piscina, numa noite quente do Alabama, olhando fixo para o anel que eu lhe oferecia, e disse apenas:

— Tá bom.

Vejo nela a firme determinação de seguir em frente e não recuar, a determinação de abraçar esta estranha jornada, este casamento e todas as surpresas nele contidas. A determinação de ir até o fim. Na alegria ou na tristeza.

Aqui no deserto, compreendo agora o que deveria ter visto há muito tempo: Nosso amor é forte. Nosso compromisso é sólido. Não preciso do Pacto para ficar com a minha esposa. Sem dúvida, o casamento é um território amplo e desconhecido, e nada é garantido. Ainda assim, encontraremos nosso próprio caminho.

De repente, o céu se enche de uma luz ofuscante quando o enorme sol sobe no horizonte. Ouço o vento soprando pelo chão do vale. Ondas de calor começam a subir da terra. Minutos se passam e estamos aqui sentados, imóveis, paralisados. Estamos tão cansados, e há tanto chão a percorrer. Minha cabeça está oca. O sol implacável e o ar seco desta estranha paisagem desértica parecem ter lavado tudo o que houve antes na minha vida.

Em breve, o deserto faiscará com um calor insuportável e a areia sob nossos pés estará escaldante.

— Amigo — diz Alice, se pondo de pé.

Ela segura a minha mão e, com força surpreendente, me levanta. Juntos, começamos a andar.

AGRADECIMENTOS

QUERO AGRADECER À MINHA agente e amiga de longa data, Valerie Borchardt, bem como a Ann Borchardt. Vocês duas são incríveis.

Mais uma vez obrigada à minha brilhante editora, Kate Miciak, por sua visão e seu contagiante entusiasmo. Obrigada a Kara Welsh por apoiar este livro, e à maravilhosa equipe da Penguin Random House: Julia Maguire, Kim Hovey, Cindy Murray, Janet Wygal, Quinne Rogers, Susan Turner e Jennifer Prior.

Obrigada a Jay Phelan e Terry Burnham por suas ideias e textos a respeito de presentes. Obrigada a Bill U'Ren, é claro. Obrigada a Ivana Lombardi, Kira Goldberg e Peter Chernin, por acreditarem nesta história. Muito obrigada às editoras e aos tradutores, em todo o mundo, que se dedicaram a este livro; espero conhecê-los pessoalmente algum dia. Obrigada a Jolie Holland e Timothy Bracy pelas letras das músicas.

O grande Leonard Cohen costumava se dirigir à plateia com a palavra "Amigos". Grande parte deste livro foi escrita com o álbum *Live in London* tocando ao fundo.

Obrigada, Kathie e Jack, por um milhão de pequenas gentilezas. Obrigada, Oscar, por suas ideias para a trama. Acima de tudo, obrigada, Kevin, por mais de duas décadas de presentes inesperados, inclusive este.

ESTE LIVRO, COMPOSTO NA FONTE FAIRFIELD,
FOI IMPRESSO EM PAPEL POLEN SOFT 70G/M², NA GRÁFICA SANTA MARTA.
SÃO BERNARDO DO CAMPO, fevereiro de 2020.